사랑의 종말

THE END of the AFFAIR

GRAHAM GREENE

사랑의 종말

그레이엄 그린 장편소설 · **서창렬** 옮김

H

차례

일러두기

1. 이 책은 그레이엄 그린 탄생 100주년을 맞아 빈티지북스에서 발행한 2004년 판 *THE END OF THE AFFAIR*를 번역한 것이다.
2. 본문의 고딕체는 작가의 의도를 존중하여 원문의 이탤릭체를 가급적 그대로 옮긴 것임을 밝혀 둔다.
3. 본문의 각주는 모두 옮긴이 주이다.

C에게

인간은 아직 존재하지 않은 자리를 마음속에 치니고 있다.
그 자리가 존재할 수 있도록 고통이 그곳으로 스며든다.

레옹 블루아

제1권

1

이야기는 시작이나 끝이 있는 게 아니고, 화자話者가 경험의 특정한 순간을 제 나름으로 선택해서 거기서부터 뒤돌아보거나 앞을 내다보는 것이다. 나는—상당히 유명해졌을 때—기교가 돋보인다는 찬사를 들은 직업 작가로서의 막연한 자부심에서 '화자가 선택한다'고 했지만 1946년 1월 비 오는 캄캄한 밤, 빗물이 넓은 강을 이룬 공원을 비스듬히 가로질러 걸어오는 헨리 마일스를 본 그 순간을 선택한 것은 과연 내 의지였을까, 아니면 그 심상이 나를 선택한 것일까? 통상적인 내 창작 기법에 따라 바로 거기서 시작하는 것이 편리하고 적절한 게 사실이지만, 만약 내가 당시 하느님을 믿었다면 어떤 손이 팔꿈치를 잡아당기며 "저이한테 말을 건네렴. 저이는 아직 너를 보지 못했어"라고 넌지시 이끌었다는 것도 믿을 수 있었을 것이다.

그게 아니라면 왜 그에게 말을 건넸어야 했을까? 증오가 사람과의 관계에서 사용하기에 지나치게 도를 넘은 말이 아니라고 한다면 나는 헨리를 증오했다. 그의 아내 세라도 증오했다. 그리고 헨리도 그날 밤 그 일이 있은 지 얼마 안 가서 나를 증오하게 되었을 것이다. 그뿐만 아니라 그는 때때로 아내도 증오하고, 또 당시에는 세라와 내가 다행히도 믿지 않았던 또 다른 존재♦도 증오했을 게 틀림없다. 그러므로 이것은 사랑의 기록이라기보다는 증오의 기록에 훨씬 더 가까우며, 따라서 만약 내가 헨리와 세라를 두둔하는 말을 한다면 그대로 믿어 주어도 될 것이다. 나는 편견에 휘둘리지 않으려 애쓰며 글을 쓰고 있다. 왜냐하면 직업 작가로서의 내 자존심은 증오에 가까운 감정을 표현하는 것보다도 진실에 가깝게 그려 내는 것을 더 좋아하기 때문이다.

그런 밤에 안락함을 좋아하는 헨리가 집 밖에 나와 있는 것을 보니 신기했다. 게다가—내 생각일 뿐일지도 모르지만— 그에게는 세라가 있지 않은가. 나에게 안락이라는 것은 부적절한 장소나 시간에 일어난 좋지 않은 기억 같은 것이다. 사람은 외로우면 불편함을 택하기 십상이다. 안락함은 그 공원의

♦ '신'을 말함.

반대편—남쪽—에 위치한 침실이자 거실인 내 방에도, 전에 살던 사람들이 두고 간 방 안의 가구에도 얼마든지 있었다. 그런데도 나는 빗속을 뚫고 가까운 술집으로 가서 한잔하고 싶은 생각이 들었던 것이다. 3층에 사는 남자가 술집으로 친구들을 불러들인 탓에 좁은 실내에는 모자를 쓰고 외투를 걸친 낯선 사람들이 잔뜩 들어찼는데, 그 통에 나는 실수로 남의 우산을 집어 들었다. 스테인드글라스로 장식된 문을 닫은 다음 1944년에 폭격을 맞은 뒤로 수리한 적이 없는 계단을 조심스럽게 내려왔다. 나는 내 나름의 이유로 폭격 맞았던 일을 기억하고 있었고, 어떻게 해서 그 튼튼하고 볼품없는 빅토리아조 양식의 스테인드글라스가—우리 조상들이 그러했듯이—그 충격을 견뎌 냈는지도 알았다.

공원을 가로질러 걷기 시작하면서 이내 우산이 바뀐 것을 알아차렸다. 우산에 난 구멍으로 빗물이 새어 들어와 내 방수 외투의 옷깃 속으로 흘러내리는 것이었다. 그때 헨리를 보았다. 그를 피하려 했다면 아주 쉽게 피할 수 있었을 것이다. 그는 우산도 없었다. 가로등 불빛에 드러난 모습에서 그가 비 때문에 앞을 제대로 보지 못한다는 것을 알 수 있었다. 잎이 다 떨어져 비를 막아 주지 못하는 시커먼 나무들이 망가진 배수관처럼 여기저기 서 있었다. 그의 뻣뻣한 검은 모자에서 빗물이 뚝뚝 떨어져 검은색 공무원 외투를 타고 줄줄 흘러내렸다. 만약 내가 똑바로 걸어서 옆을 지나갔다 해도 그는 나를 알아

보지 못했을 것이고 보도에서 두 발짝만 떨어져 걸었다면 확실히 몰라보았을 테지만 나는 그에게 말을 건넸다. "헨리, 하마터면 몰라볼 뻔했네." 그러자 오랜 친구를 만난 것처럼 그의 눈이 밝게 빛났다.

"벤드릭스." 그가 다정한 목소리로 말했다. 세상 사람들은 그에게는 증오의 이유가 있지만 나에게는 없다고 말했을 것이다.

"이 빗속에서 뭐 하는 건가, 헨리?" 세상에는 자기에게는 없는 장점을 지닌 탓에 어떻게든 놀려 주고 싶은 사람이 있는 법이다. 그가 얼버무리듯이 말했다. "아, 바람 좀 쐬려고." 갑자기 비바람이 휘몰아쳐서 모자가 북쪽으로 날아가려는 것을 그는 간신히 제때에 붙잡았다.

"세라는 잘 지내나?" 묻지 않으면 이상할 것 같아서 내가 물었다. 그녀가 아프다거나 불행하다거나 죽어 간다는 말을 듣는다면 더없이 기쁠 것 같았다. 그 당시 나는 세라가 어떤 식으로든 고통을 겪는다면 내 고통은 줄어들 것이고, 혹시 그녀가 죽기라도 한다면 나는 해방될 수 있을 거라고 생각했다. 그녀가 죽는다면 내가 처한 비루한 상황에서는 누구나 상상할 법한 그 모든 것들을 이제 나는 더 이상 상상하지 않게 될 거라고 생각했다. 세라가 죽는다면 심지어 가엾고 어리석은 헨리조차도 좋아할 수 있을 것만 같았다.

그가 말했다. "아, 오늘 저녁엔 어딜 좀 나갔네." 그의 말에 내 마음속의 악마가 다시 꿈틀거렸다. 세라가 어디 있는지 나만 알고 있던 때에도 남들이 물으면 헨리는 분명 그렇게 대답했을 그 시절이 생각난 탓이었다. "술 한잔 할 텐가?" 내가 물었다. 놀랍게도 그는 걸음을 돌려 나와 함께 걸었다. 우리는 그동안 한 번도 그의 집 밖에서 함께 술을 마신 적이 없었다.

"우리가 자넬 본 지도 꽤 됐군, 벤드릭스." 어찌 된 일인지 다들 나를 성으로만 불렀다. 문학에 관심이 깊은 부모님이 지어 준 제법 근사한 모리스라는 이름은 내 친구들이 부르라고 지은 게 아닌 모양이었다.

"꽤 됐어."

"어, 아마…… 1년도 더 됐을 거야."

"1944년 6월이었으니." 내가 말했다.

"참, 그렇게나 오래됐군 그래." 바보 같으니, 하고 나는 속으로 생각했다. 1년하고도 6개월 동안이나 만나지 않았는데도 이상한 점을 전혀 보지 못한 바보 같으니. 그들과 나, 양쪽' 사이에 가로놓인 거라곤 500미터도 안 되는 평평한 풀밭뿐이었다. 그는 세라에게 "벤드릭스는 어떻게 지낼까? 벤드릭스를 집에 초대하는 건 어때?" 하고 물어볼 생각이 한 번도 들지 않았단 말인가. 그렇게 물어봤다면 그녀의 대답이…… 얼버무리는 듯 이상하고 미심쩍어 보이지 않았을까? 나는 연못에 던져진 돌멩이처럼 그들의 시야에서 완전히 벗어나 있었다. 그 돌멩이가 일으킨 파문은 일주일쯤, 어쩌면 한 달쯤 세라의 마음을 어지럽혔을 테지만 헨리는 전혀 눈치채지 못했다. 나는 그

눈치 없음의 덕을 보았음에도 헨리의 무신경함을 증오했다. 다른 사람들도 그 덕을 누릴 수 있다는 것을 알았기 때문이다.

"부인은 영화 보러 갔나?" 내가 물었다.

"아니. 영화관엔 거의 안 가."

"전에는 자주 가던데."

폰트프랙트암스에는 경기가 좋아 떠들썩하고 흥겨웠던 때의 유물인 크리스마스 장식이 아직 그대로 있었다. 연보라색과 주황색 종이로 만든 여러 개의 종을 달고 종이테이프를 두른 장식이었다. 젊은 여주인은 몸을 기울여 가슴을 바에 꼭 붙인 채 무시하는 듯한 눈으로 손님들을 쳐다보았다.

"예쁘군." 헨리가 건성으로 말했다. 그런 다음 조금 주눅이 든 얼빠진 모습으로 두리번거리며 모자 걸 곳을 찾았다. 나는 헨리가 이전에 가 본 적이 있는 술집이라곤 기껏해야 관청 동료들과 함께 점심을 먹으러 간 노섬벌랜드가의 스테이크 전문 음식점 정도였을 거라는 인상을 받았다.

"뭘 마실 텐가?"

"위스키 한 잔 하고 싶네."

"나도 그러고 싶지만, 여기선 럼주로 만족해야 할 것 같네."

우리는 탁자에 앉아 술잔을 만지작거렸다. 헨리에게 할 말이 많았던 적은 한 번도 없었다. 만약 1939년에 고위 관료를 주인공으로 하는 소설을 쓰기 시작하지 않았다면 과연 내가 헨리나 세라를 사귀려고 그토록 애를 썼을지 의문이다. 헨리 제임스는 언젠가 월터 베전트와 토론하면서 재능이 충만한 젊은 여자가 근위병에 관한 소설을 쓰기 위해서는 근위대 막사의 식당을 지나가다가 창문으로 안을 들여다보기만 하면 된다고 말했다. 그렇지만 소설을 써 나가다가 어느 단계에 이르러 세부적인 것들을 확인하려 할 경우, 그 여자는 근위병 한 사람과 잠자리를 같이할 필요가 있다는 것을 깨닫게 되리라는 게 내 생각이다. 나는 헨리와 잠자리를 같이하지는 않았지만, 그다음으로 좋은 방법을 썼다. 처음으로 세라를 밖으로 데리고 나가 저녁 식사를 대접했던 날, 내게는 관료 아내의 머릿속에는 뭐가 들어 있는지 알아보려는 냉혹한 속셈이 있었다. 세라는 내 의도를 알아차리지 못하고 내가 순전히 그녀의 가정생활에 관심이 있는 줄로만 알았을 게 틀림없다. 아마 그 때문에 처음에는 나를 좋게 봤을 것이다. 나는 그녀에게 물었다. 헨리는 몇 시에 아침을 먹지요? 출근할 때 지하철을 이용하나요, 아니면 버스나 택시를 타나요? 퇴근하면서 일을 집으로 가져오는 습관이 있어요? 왕실의 문장紋章이 찍힌 가방을 들고 다니나요? 세라와의 우정은 나의 관심에서 피어났다. 세라는 누군가가 남편을 진지하게 생각해 준다는 사실을 매우 기뻐했다. 헨리는 영향력 있는 인물이었다. 그러나 그 영향력은 코끼리가 영향력이 있는 것처럼 그가 일하는 기관의 규모에서 비롯된 것이었다. 영향력이 있는 것 중에는 실은 별 볼 일 없이 호들갑스러운 것들이 있는 법이다. 헨리는 연금부—나중에 국가 보안부로 바뀌었다—의 영향력 있는 차관보였다. 국가 보안Home Security…… 훗날 상대가 미워져서 뭔가 공격할 무기가 필요할 때면 나는 이 명칭을 꺼내어 비웃어 주곤 했다.◆ 어떤 기회에 나는 의도적으로 세라에게 내가 헨리를 사귀게 된 것은 단지 그를 내 소설에 등장하는 인물의 모델로 삼기 위해서였다는 것을, 그것도 어리석고 희극적인 인물의 모델이었다는 것을 말해 주었다. 그때부터 그녀는 내 소설을 싫어하기 시작했다. 그녀가 헨리에게 쏟는 정성은 엄청났다(나는 결코 그 점을 부인할 수 없었다). 그래서 내 마음이 악마에게 점령당한 음울한 시간이면 죄 없는 헨리에게까지도 괘씸한 생각이 들어서 나는 이 소설을 이용하여 글로 쓰기 부적절한 상스러운 삽화를 꾸며 내곤 했다. 언젠가 세라가 나와 함께 온밤을 꼬박 보냈을 때(작가가 자기 소설의 마지막 말을 예견하듯이 나는 이 일을 미리 짐작하고 있었다) 나는 간혹 찾아드는, 한 번에 몇 시간 동안 지속된 듯한 완전한 사랑의 기분을 불쑥 내뱉은 뜻밖의 말 한마디로 깨뜨리고 말았다. 2시쯤에 뜽한 기분으로 잠이 들었다가 3시쯤에 깨어난 나는 세라의 팔에 손을 얹어 그녀를 깨웠다. 나는 모든 걸 다시 잘해 보려 했던 것 같다. 내 희생자는 잠이 덜 깬 몽롱하고 아름다운 얼굴을, 신뢰하는 표정이 가득 깃

◆ 연금부가 별 관련이 없는 국가 보안부로 바뀌었다는 사실에 대한 비웃음일 수도 있고, 가정 보안home security도 제대로 못 하는 것에 대한 비웃음일 수도 있다.

든 얼굴을 내게로 돌렸다. 세라는 이미 우리가 다투었던 일을 잊은 모양이었는데, 나는 쉽게 잊어버리는 그녀의 성격에서도 새로운 꼬투리를 찾아냈다. 우리 인간은 얼마나 꼬인 존재인가. 그러면서도 하느님이 우리를 만드셨다고 말한다. 그러나 나는 완전 방정식처럼 단순하고 공기처럼 맑은 존재가 아닌 신은 상상하기 힘들다. 나는 그녀에게 말했다. "난 누워서 줄곧 소설의 5장을 구상하고 있었어요. 헨리 말인데, 그이는 중요한 회의에 앞서 입 냄새를 없애기 위해 종종 커피콩을 먹지 않나요?" 세라는 고개를 저으며 소리 없이 울기 시작했다. 나는 물론 우는 이유를 모르는 척했다. 난 그저 궁금해서 물어본 것뿐이에요. 소설 속 인물에 관해 계속 고민하고 있었거든요. 헨리를 공격하려던 게 아니었어요. 훌륭한 사람도 종종 커피콩을 먹잖아요…… 나는 그렇게 지껄였다. 세라는 잠시 울다가 다시 잠이 들었다. 세라는 잠꾸러기였는데, 나는 그녀가 잠을 잘 자는 것조차도 내 화를 돋우는 행위로 여겼다.

헨리는 럼주를 재빨리 마시고 나서 연보라색과 주황색 종이테이프를 어설픈 눈길로 이리저리 쳐다보았다. 내가 물었다. "크리스마스, 즐겁게 보냈나?"

"즐겁게 보냈지. 아주 좋았어." 그가 말했다.

"집에서?" 헨리는 내 말투가 이상하다는 듯이 나를 쳐다보았다.

"집에서 보냈냐고? 그야 물론이지."

"세라도 잘 있고?"

"잘 있네."

"럼주 한 잔 더 하겠어?"

"이번엔 내가 사겠네."

헨리가 술을 가지러 간 사이 나는 화장실에 갔다. 화장실 벽에는 갈겨쓴 낙서들이 있었다. '주인 놈 개새끼, 젖통 큰 마누라도 개잡년.' '모든 기둥서방과 창녀들에게 즐거운 매독과 복된 임질을!' 나는 서둘러 화장실을 빠져나와 화사한 빛깔의 종이테이프가 있고 잔 부딪치는 소리가 쟁그랑쟁그랑 들리는 실내로 돌아왔다. 때때로 나는 쾌락을 좇는 다른 사람들에게서나 자신의 모습이 적나라하게 투영되어 있는 것을 발견하고는성자나 영웅적인 덕행을 믿고 싶은 강렬한 소망을 갖는다.

나는 화장실에서 본 그 두 개의 낙서를 헨리에게 말해 주었다. 그에게 충격을 주고 싶어서 말한 것이었는데, 그가 덤덤하게 "질투란 끔찍한 거야"라고만 말해서 좀 놀라웠다.

"젖통 큰 마누라 낙서 말인가?"

"두 가지 다. 자신이 불행하면 남의 행복에 질투가 나는 법이지." 나는 그가 국가 보안부에서 이런 걸 터득했으리라고는전혀 생각하지 못했다. 내 펜에서는 다시 신랄한 독설이 새어나온다. 이 신랄함은 얼마나 아둔하고 생기 없는 것인가. 할수만 있다면 나도 사랑의 마음으로 글을 쓰겠다. 그러나 내가사랑의 마음으로 글을 쓸 수 있다면 나는 나 아닌 다른 사람이 될 것이다. 사랑을 잃어버리지도 않았을 것이다. 나는 문득 반들거리는 타일을 입힌 탁자 표면 너머의 그에게서 뭔가를 느꼈다. 그것은 사랑 같은 심각한 감정과는 거리가 먼, 아마도 불행을 함께 나누는 동지애 정도일 듯싶은 감정이었다. 내가 헨리에게 말했다. "자넨 **자신이** 불행하다고 여기는 건가?"

"벤드릭스, 난 걱정이 있네."

"말해 보게."

그가 나에게 얘기를 한 것은 술기운 때문이었다고 생각한다. 그게 아니라면 내가 그에 관해 꽤 많은 걸 알고 있다는 것을 어렴풋이 알아챈 걸까? 세라는 그에게 충실했지만, 우리 같은 관계에서는 내가 헨리에 관한 이런저런 것들을 주워듣지 않을 수 없었다. 나는 그의 배꼽 왼쪽에 점이 하나 있다는 것을 알고 있었다. 언젠가 세라가 내 몸에 난 점을 보고 그걸 떠올렸기 때문이다. 그가 근시로 고생하면서도 낯선 사람 앞에서는 안경을 쓰려 하지 않는다는 사실을 알고 있었다(따라서 안경 쓴 그의 모습을 한 번도 본 적이 없는 나는 여전히 낯선 사람인 셈이었다). 그는 10시에 차를 마시는 습관이 있다는 것도 알고, 심지어 그의 잠버릇도 알고 있었다. 그는 내가 이미 많은 걸 알고 있으니 한 가지 사실을 더 안다 해도 우리의 관계는 변하지 않으리라고 생각한 것일까? 그가 말했다. "나는 세라 일로 걱정하고 있어, 벤드릭스."

술집의 문이 열리자 내리치는 비가 불빛 속에서 드러났다.

무척 흥겨워 보이는 작달막한 남자 한 사람이 안으로 뛰어 들어오며 소리쳤다. "다들 안녕하슈?" 남자의 말에 대꾸하는 사람은 없었다.

"세라가 어디 아픈가? 자네 말을 들으니……"

"아니, 아프진 않아. 아픈 데는 없는 것 같네." 그는 궁색하고 어색한 표정으로 주위를 둘러보았다. 이곳은 그에게 어울리는 환경이 아니었다. 나는 그의 눈 흰자위에 핏발이 선 것을 보았다. 안경을 무리할 정도로 안 쓰고—주변에 항상 낯선 사람들이 적잖이 있으니까—지낸 탓인 것 같았다. 그게 아니라면 울어서 그렇게 된 것인지도 몰랐다. 그가 말했다. "벤드릭스, 여기선 말할 수 없네." 마치 전에는 다른 곳에서 얘기를 하곤 했다는 듯한 말투였다. "나랑 같이 우리 집에 가세."

"세라가 집에 돌아오지 않았을까?"

"아직 안 돌아왔을 것 같네."

술값은 내가 냈는데, 그게 또 헨리의 심사를 어지럽혔다. 헨리는 절대 남의 호의를 편안하게 받아들이지 못하는 성격이었다. 함께 택시를 타면 언제나 남들이 돈을 꺼내려고 더듬거리는 동안 미리 손에 요금을 쥐고 기다리는, 그런 사람이었다. 공원의 큰길에는 아직 빗물이 흥건했지만 헨리의 집은 그리 멀지 않았다. 헨리는 '앤 여왕 채광창'[*] 밑에서 열쇠로 문을 열

[*] 문 위에 낸 부채꼴 모양의 채광창.

고 들어가면서 "세라, 세라" 하고 불렀다. 나는 그녀의 대답을 한편으로는 고대하면서도 한편으로는 두려워했다. 그러나 아무도 대답하지 않았다. 그가 말했다. "아직 안 들어왔네. 자, 서재로 가세."

나는 그때까지 그의 서재에 들어가 본 적이 없었다. 나는 늘 세라의 친구로 그의 집을 방문했고, 그를 만나는 것도 세라의 영역에서 이루어졌다. 세라의 거실에는 물건들이 되는대로 놓여 있었다. 서로 조화를 이루는 물건이 하나도 없었다. 어떤 특정 시대를 나타내는 물건도 없고 면밀히 계획하여 구입한 것도 없었다. 예스러운 것에 대한 취향이나 과거의 정서를 나타내는 물건은 하나도 놓이지 않았으므로 모든 게 바로 그 주일이나 그 시기에 속한 것처럼 보였다. 세라의 거실에 있는 모든 것들은 실제로 쓰이고 있다는 느낌이 들었다. 그러나 그와 반대로 헨리의 서재에 들어온 지금, 나는 한 번이라도 쓰인 적이 있는 물건이 거의 없다는 느낌을 받았다. 기번[♦]의 전집이 한 번이라도 펼쳐진 적이 있었을지 의심스러웠다. 스콧[♦♦]의 전집은 청동으로 만든 '원반 던지는 사람' 모형 조각상이 그러하듯이—아마도—아버지의 소유물이었기 때문에 거기 있을 뿐인 듯싶었다. 그래도 그는 단지 자신의 방이라는 이유 때문에,

---

[♦] 『로마제국 쇠망사』를 지은 영국의 역사가 에드워드 기번(1737~1794)을 말한다.
[♦♦] 영국의 시인이자 소설가인 월터 스콧(1771~1832)을 말한다.

자기 것이라는 이유 때문에 쓰임새가 거의 없는 그 방에 있는 것이 더 행복한 모양이었다. 나는 쓰라림과 시기심을 느끼면서 사람은 어느 것을 확고히 소유하게 되면 그걸 쓸 필요가 없는 법이라고 생각했다.

"위스키?" 헨리가 물었다. 나는 그의 눈에 핏발이 서 있던 것을 떠올리며 요즘 그가 전보다 술을 더 많이 마시는 게 아닐까 생각했다. 그가 따르는 위스키 양이 확실히 예전의 두 배쯤 되었다.

"고민이 뭔가, 헨리?" 나는 오래전에 고위 관리에 관한 소설을 포기했으므로 이제 더 이상 인물의 모델이 필요치 않았다.

"세라." 그가 말했다.

그가 2년 전에 그런 식으로 말했다면 나는 놀랐을까? 아닐 것이다. 너무 기뻤을 것이다. 남을 속이는 것에도 신물이 날 때가 있다. 그의 전술의 실수를 통해 내가 이길 가능성이 있었다면, 그 가능성이 아무리 적다 해도 나는 기꺼이 그와 대놓고 싸웠을 것이다. 이기고 싶은 마음이 그때처럼 강렬했던 때는 지금껏 살아오는 동안 그 이전에도 그 이후에도 한 번도 없었다. 좋은 작품을 쓰고 싶다는 욕망조차 그때의 욕망처럼 강렬했던 적이 없었다.

그는 붉게 충혈된 눈으로 나를 쳐다보며 말했다. "벤드릭스, 난 두렵네." 나는 더 이상 그를 깔볼 수 없었다. 그도 불행을 배운 불행 학교의 졸업생이었다. 나와 같은 학교를 나온 셈이었다. 나는 처음으로 그를 나와 대등한 사람으로 여겼다. 그의 책상 위에는 옥스퍼드 액자[1]에 담긴 빛바랜 옛날 사진들이 놓여 있었는데, 그중 하나가 머리에 떠올랐다. 그의 아버지 사진이었다. 그걸 보았을 때 나는 사진 속 아버지가 헨리와 많이 닮았다고 생각했고(그 사진은 헨리와 거의 같은 나이인 40대 중반에 찍은 것이었다), 동시에 많이 다르다는 생각도 들었다. 다르다는 생각이 든 것은 아버지의 콧수염 때문이 아니라 빅토리아 시대 특유의 자신 있는 표정, 세상의 중심에 자리 잡고 있어서 세상이 어떻게 돌아가는지 잘 안다는 듯한 표정 때문이었다. 갑자기 헨리에게서 친근한 동지애 같은 감정을 새삼 느꼈다. 그의 아버지(재무부에서 근무했다)가 살아 계셨다면 나는 그의 아버지도 좋아했겠지만, 그보다도 헨리가 더 좋아졌다. 헨리와 나는 같은 이방인이었던 것이다.

"뭐가 두려운 거야, 헨리?"

그는 누가 떠밀기라도 한 것처럼 안락의자에 털썩 주저앉으며 넌더리가 난다는 듯이 말했다. "벤드릭스, 난 늘 최악의 상황을, 남자로서 상상할 수 있는 최악의 상황을 생각해 왔네." 지난날 그 시기에 더할 나위 없이 안달하고 조바심쳤던 내가 지금은 이렇게 지극히 무덤덤하고 차분하기까지 하다는 사실이 내가 생각해도 신기했다.

---

[1] 우물 정井자 모양으로 귀퉁이가 튀어나온 액자.

"자넨 날 믿을 수 있잖아, 헨리." 내가 세라에게 쓴 편지는 몇 통 안 되었지만 그래도 세라가 내 편지를 한 통쯤 간직하고 있을 수도 있다는 생각이 들었다. 작가들은 이런 직업상의 위험을 무릅쓰곤 한다. 여자들은 연인의 훌륭함을 과장하는 경향이 있고, 작가들은 어느 실망스러운 날에 경솔한 편지 한 통이 '흥미로운 품목'이라는 이름 아래 5실링에 팔리는 육필 편지 목록에 나타나리라는 것을 내다보지 못한다.

"그러면 이걸 좀 보게나." 헨리가 말했다.

그는 편지 한 통을 내게 건넸다. 내 필체는 아니었다. "읽어 보게." 헨리가 말했다. 헨리의 친구에게서 온 것으로, 이렇게 쓰여 있었다. '자네가 도와주고 싶어 하는 그분은 새비지라는 사람을 찾아가 상의하는 게 좋을 것 같네. 새비지의 사무실은 비고가 159번지에 있어. 내가 겪어 보니 꽤나 유능하고 신중한 사람이더군. 그리고 새비지 밑에서 일하는 직원들도 그 분야에서 일하는 사람치고는 한결 덜 역겨운 것 같았어.'

"무슨 말인지 잘 모르겠네, 헨리."

"난 이 친구에게, 지인 한 분이 나한테 사설탐정 사무소에 관해 알아봐 달라고 부탁했다는 편지를 보냈어. 끔찍한 일일세, 벤드릭스. 이 친구는 내가 지인의 일인 것처럼 가장하고 있다는 걸 간파했을 거야."

"자네 정말로……?"

"아직 그 일에 관해 아무것도 안 했어. 그렇지만 그 편지가 내 책상 위에 놓여 있으니 그걸 볼 때마다…… 세라가 하루에도 열 번쯤 이 방에 들어오는데도 난 아내가 절대 그걸 읽지 않을 거라고 믿고 있으니 너무 어리석지 않은가? 난 그 편지를 서랍 속에 넣어 두지도 않아. 그러면서도 아내를 신뢰하지 못하고…… 세라는 산책하러 나갔네. **산책** 말일세, 벤드릭스."

빗물이 외투 속으로도 스며든 탓에 그는 가스난로 가까이로 소매 끝을 가져갔다.

"안됐네."

"자넨 언제나 세라의 특별한 친구였잖은가, 벤드릭스. 흔히 여자에 대해 말하길, 그 여자가 어떤 사람인지 가장 모르는 사람은 그 남편이라고 하잖아. 아까 공원에서 자넬 보았을 때 난 이런 생각을 했다네. 내가 자네한테 이 얘기를 했을 때 자네가 웃으면서 날 놀린다면 그 편지를 불에 태워 버려도 되지 않을까 하는……"

그는 나에게서 시선을 돌린 채 젖은 팔을 앞으로 쭉 뻗고 앉아 있었다. 나는 그 어느 때보다도 웃고 싶은 마음이 들지 않았지만, 웃을 수만 있다면 웃어 주고 싶었다.

내가 말했다. "웃으면서 자넬 놀릴 수 있는 상황이 아닌데 그래. 설사 그 생각이 **공상적인 것**이라 해도 말일세."

그가 애절한 어조로 물었다. "**공상적인 생각**이라…… 자넨 날 바보라고 생각하지? 안 그런가?"

조금 전이었다면 기꺼이 웃었겠지만 지금 거짓말을 할 수밖에 없는 상황이 되자 그에게서 느꼈던 예전의 온갖 질투심이 되살아났다. 남편과 아내는 일심동체여서 부부의 아내를 미워하게 되면 그 남편도 덩달아 미워지는 것일까? 헨리의 질문은 나에게 그는 정말 잘 속는 사람이라는 사실을 새삼 상기시켜 주었다. 너무도 잘 속는 사람이어서 내게는 그가 마치 호텔 침실에 지폐를 함부로 놓아두는 바람에 도둑질을 묵인하는 사람처럼 아내의 부정不貞을 눈감아 주는 사람으로 보일 정도였다. 한때 나의 사랑에 도움이 되었던 바로 그 특징 때문에 그가 미워진 것이었다.

헨리의 윗도리 소매가 가스난로 앞에서 희미한 김을 피워 올리며 말라 갔다. 그가 여전히 내게서 눈을 돌린 채 되뇌었다. "물론 자네는 날 바보라고 생각할 거야."

그때 내 안의 악마가 말했다. "아니야, 헨리. 난 자넬 바보라고 생각지 않아."

"그렇다면 자넨 그런 일이…… 있을 수 있다고 생각한단 말인가?"

"물론 있을 수 있는 일이지. 세라도 사람이니까."

그가 화난 목소리로 말했다. "그런데도 나는 항상 자넨 세라 편이라고 생각했지 뭔가." 마치 그 편지를 쓴 사람이 나인 것 같은 어조였다.

"당연히 나보다야 자네가 세라에 대해 훨씬 더 잘 알지." 내가 말했다.

"어떤 점에선 그렇지." 그가 침울하게 말했다. 헨리는 어떤 식으로 내가 세라를 가장 잘 알았는지 생각하고 있다는 걸 나는 알 수 있었다.

"헨리, 자넨 내가 자네를 바보라고 생각하는지 물었어. 난 그 생각에는 전혀 바보스러운 점이 없다고 말했을 뿐이야. 난 절대 세라를 깎아내리는 말을 한 게 아니란 말일세."

"알아, 벤드릭스. 미안하네. 최근엔 잠을 잘 자지 못했어. 한밤중에 깨어나서 이놈의 편지를 어떻게 하나, 생각한다네."

"태워 버리게."

"마음 같아선 나도 그러고 싶어." 그는 여전히 편지를 손에 쥐고 있었는데, 한순간 그가 정말로 편지를 불에 태우려 한다는 생각이 들었다.

"아니면 새비지 씨를 만나 보든지." 내가 말했다.

"하지만 그 사람 앞에서 내가 세라의 남편이 아닌 척할 순 없어. 생각해 보게, 벤드릭스. 질투에 빠진 수많은 남편들이 앉았던 책상 앞 의자에 앉아 같은 이야기를 뇌까리는 모습을…… 그곳엔 대기실이 있어서 서로 지나가면서 서로의 얼굴을 힐끔힐끔 쳐다보지 않을까?" 이 얘기를 들으니 헨리를 상상력이 풍부한 사내로 인정해도 무방할 것 같았다. 신기하다는 생각이 들었다. 상상력만큼은 내가 그보다 우월하다는 생각이 흔들렸고, 그래서인지 그를 놀리고 싶은 오래된 욕망이 다시 내 안에서 눈을 떴다. 내가 말했다. "나를 보내는 건 어때, 헨리?"

"자네를?" 순간 내가 너무 나간 게 아닌가 하는 생각이 들었다. 헨리가 의심하기 시작할지 모른다는 걱정이 들기도 했다.

"그래." 나는 위험한 장난이라고 생각하면서도 그렇게 말했다. 이제 와서 헨리가 과거에 대해 약간 알게 된다 한들 그게 무슨 대수겠는가? 그에게는 오히려 좋은 일일 테고, 어쩌면 자기 아내를 더 잘 다루는 법을 배우게 될지도 모를 일이었다. "난 질투심 많은 연인인 척할 수 있을 거야." 내가 말을 이었다. "질투심 많은 연인은 질투심 많은 남편보다 조금 더 괜찮고, 조금 덜 우스꽝스럽지 않겠어? 질투에 빠진 연인은 문학 작품에서도 응원을 받는다네. 배신당한 연인은 비극적 인물로 나오잖아. 결코 희극적 인물은 아니란 말일세. 트로일로스‡를 생각해 봐. 나라면 새비지를 만나 상담하더라도 자존심 깎이는 일이 아닐 걸세." 헨리는 옷소매가 다 말랐는데도 여전히 소매를 난로 가까이에 대고 있어서 이제는 옷이 눋기 시작하는 것 같았다. 헨리가 말했다. "정말 날 위해 그렇게 해 주겠어, 벤드릭스?" 그의 눈가에 눈물이 맺혔다. 이 같은 지극한 우정의 표시를 전혀 기대하지 않았거나 혹은 그럴 자격이 없다고 생각했던 듯싶었다.

"물론 그렇게 하고말고. 자네 소매가 타는 것 같아, 헨리."

♦ 그리스 신화에 나오는 인물. 트로이의 왕 프리아모스의 아들로 크레시다와의 사랑으로 유명하다. 트로이 전쟁 때 아킬레우스에게 살해되었다.

그는 마치 남의 소매나 되는 듯이 옷소매를 바라보았다.

"그렇지만 이건 공상 같은 걸세." 그가 말했다. "내가 무슨 생각을 하고 있었는지 모르겠군. 처음엔 얘기를 털어놓고, 그 다음엔 자네한테 부탁까지 하다니…… 이런 걸 다. 친구를 통해—그것도 그 친구더러 연인인 척 가장하게 해서—자기 아내를 염탐하게 할 수는 없는 노릇이네."

"아, 떳떳한 일은 아니지." 내가 말했다. "하지만 간음이나 도둑질은 아니잖아. 적의 총격을 받고 도망치는 것도 아니고. 떳떳지 못한 일들이 날마다 벌어지고 있어, 헨리. 그게 현대 생활의 일부라네. 나 자신도 그런 걸 대부분 해 봤으니까."

헨리가 말했다. "자넨 좋은 친구야, 벤드릭스. 내게 필요했던 것은 제대로 된 얘기를 나누는 것뿐이었네. 내 머릿속을 맑게 정리해 줄 이야기 말이야." 그러더니 이번에는 정말로 편지를 가스불에 갖다 댔다. 그가 마지막 종잇조각을 재떨이에 놓았을 때 내가 말했다. "이름은 새비지. 주소는 비고가 159번지인가 169번지."

"잊어버리게." 헨리가 말했다. "내가 얘기한 거, 다 잊어버려. 말이 안 되는 얘기니까. 나는 요즘 두통이 심했어. 병원엘 가 봐야겠네."

"문소리가 났어." 내가 말했다. "세라가 돌아온 모양이네."

"아, 가정부일 거야." 그가 말했다. "영화관에 갔다 오나 봐."

"아니, 세라의 발소리인걸."

그가 걸어가서 서재의 문을 열었다. 얼굴에 자동적으로 우스꽝스러운 잔주름이 생기면서 부드럽고 애정 어린 표정으로 변했다. 세라를 보면 나타나는 그의 이러한 기계적 반응에 나는 늘 짜증이 났다. 그것은 아무런 의미도 없는 행위였기 때문이다. 설사 사랑에 빠진 사이라 하더라도 여자를 볼 때마다 언제나 환영할 수는 없는 노릇이었다. 게다가 나는 그들 두 사람은 서로 사랑에 빠진 적이 한 번도 없었다는 세라의 말을 믿었다. 내가 그녀를 증오하고 불신했던 순간들에도 그보다는 더 진실된 환영의 뜻이 깃들어 있었다고 믿는다. 적어도 내게 있어서 그녀는 조심스럽게 다루어야 하는 도자기 같은 집 안의 물건이 아니라 독자적인 인격체였다.

"세에라." 그가 큰 소리로 부르며 맞았다. "세에라." 참기 힘들 만큼 가식적인 목소리로 음절을 길게 끌며 부르는 것이었다.

내가 어떻게 현관에 들어선 그녀가 계단 발치에 멈춰 선 채 고개를 돌려 우리를 바라보고 있는 모습을 글로써 남에게 보여 줄 수 있을까? 나는 내 소설 속 인물을 묘사할 때조차도 오로지 그들의 행동을 통해서만 묘사할 뿐이었다. 소설에서는 독자가 자신이 택한 제 나름의 방식으로 인물을 상상하는 게 허용되어야 한다고 늘 생각해 왔다. 나는 독자에게 이미 만들어져 있는 설명을 제공하고 싶지 않다. 그런데 지금 내 기법이 나를 배반한다. 왜냐하면 나는 다른 어떤 여인이 세라를 대신하는 것을 원치 않기 때문이다. 나는 독자가 그녀의 넓은 이마와 도톰하고 또렷한 입, 균형 잡힌 얼굴을 보아 주기를 바라면서도 내가 전달할 수 있는 거라곤 물이 떨어지는 방수 외투 차림으로 몸을 돌린 채 "네, 여보" 하고 말한 다음 "당신?" 하고 말하는 그녀의 막연한 모습뿐이다. 그녀는 언제나 나를 "당신"이라고 불렀다. 전화로 "당신이에요?" 하거나 "당신, 할 수 있어요? 당신, 할 거예요? 당신, 정말 그래요?" 하는 식이어서 나는 종종 바보같이 한참 동안이나 세상에는 '당신'이라는 사람이 딱 한 사람 있는데 그게 바로 나라는 상상을 하곤 했다.

"만나서 반가워요." 내가 말했다. 이것도 증오의 순간 중 하나였다. "산책 다녀온 거예요?"

"네."

"날씨가 참 고약한 밤이군요." 내가 비난조로 말하자 헨리가 걱정된다는 듯이 덧붙였다. "흠뻑 젖었어, 세라. 이러다가 감기에 걸려 죽겠어."

일반적으로 쓰이는 상투적 표현이 운명의 통고처럼 대화에 끼어드는 수가 있다. 그러나 설사 그가 사실을 얘기했다는 걸 우리가 알았다 해도 우리 둘 중 누가 안달하고 불신하고 증오하면서도 그녀의 파멸을 진실로 불안해했을지 궁금하다.

2

그 후 얼마나 많은 날이 지나갔는지 알 수 없다. 예전의 심란한 마음이 되살아났고, 그런 암담한 상태에서는 장님이 빛의 변화를 알아차리지 못하듯이 날이 가는 것을 모르기 마련이다. 내가 어떻게 할지 행동의 방향을 정한 때가 그로부터 7일째 되는 날이던가, 아니면 21일째 되는 날이던가? 3년이 지난 지금은 공원 가장자리를 걸으며 밤새도록 멀리서 그들의 집을 지켜보았던 기억도 흐릿해져 있다. 나는 연못가에서, 또는 18세기에 지은 교회의 현관 지붕 아래서 혹시 저 문이 열리고 세라가 폭격을 면한 그 잘 닦인 계단을 내려오지 않을까 하는 일말의 기대감을 품고 그렇게 지켜보았다. 그러나 그런 요행은 한 번도 일어나지 않았다. 장마가 끝나고 서리 내리는 청량한 밤이 찾아왔지만 고장 난 청우 표시기*처럼 그들의 집에서는 남자도 여자도 나오지 않았다. 나는 헨리가 어둠이 깔린 공원을 걸어가는 모습을 다시 보지 못했다. 그는 대단히 인습적인 사람이어서 나에게 그런 얘기를 한 것을 부끄러워하는지도 몰랐다. 나는 인습적이라는 이 형용사를 비웃으면서 쓰고 있지만, 그러나 나 자신을 가만히 들여다보면 이 인습적인 것을—마치 차들이 지나가는 큰길에서 마을을 바라보면 편안한 휴

◆ 습도의 변화에 따라 남녀 인형이 나왔다 들어갔다 하게 만든 집 모양의 장치.

식의 느낌을 주는 초가집, 돌집들이 무척 평화로워 보이는 것처럼—예찬하고 신뢰할 따름임을 깨닫게 된다.

며칠이었는지 아니면 몇 주였는지도 모를 그 불확실한 기간 동안 세라의 꿈을 많이 꾸었던 기억이 난다. 어떤 때는 고통스러운 느낌으로, 어떤 때는 기쁨을 느끼며 꿈에서 깨곤 했다. 한 여자가 온종일 뇌리에서 떠나지 않았다면 밤에는 그 여자의 꿈을 꾸지 않았어도 되지 않겠는가. 나는 소설을 쓰려고 애를 썼지만 잘되지 않았다. 과제를 하듯 날마다 500단어씩 쓰기는 했지만 인물들이 생생히 살아나지 못했다. 글쓰기는 나날의 잡다한 일상에 많이 의존한다. 작가는 장보기, 소득세 신고, 우연한 대화 등에 정신이 팔려 있지만, 무의식의 흐름은 그런 일에 방해받지 않고 계속 흘러서 문제를 해결하고 앞일을 도모한다. 책상 앞에 아무 소득 없이 무기력하게 앉아 있다가도 갑자기 말들이 하늘에서 떨어지듯 쏟아져 나오고, 어려운 난관에 봉착한 것 같았던 상황이 풀려 나가곤 한다. 작품은 잠을 자거나 장을 보거나 친구들과 얘기를 나누는 동안 만들어진다. 그런데 이 증오와 의심은, 이 파괴의 열정은 소설보다도 더 깊고 강하다. 무의식이 소설 대신 거기에 작용하여, 마침내 어느 날 아침 잠에서 깨었을 때 나는 마치 밤새 계획을 세우기라도 한 것처럼 오늘은 새비지 씨를 만나러 가리라는 것을 알았다.

신뢰받는 직업에는 참 이상한 것들이 많다. 사람들은 자신의 변호사를 신뢰하고 의사를 신뢰한다. 가톨릭 신자는 자신의 신부를 신뢰하는 것 같다. 나는 여기에 사설탐정을 추가했다. 다른 의뢰인들이 힐끔힐끔 살펴볼 거라는 헨리의 생각은 전혀 맞지 않았다. 그 사무소에는 대기실이 두 개 있었고, 나는 그중 한 곳에 들어가 혼자 기다렸다. 비고가에 위치한 사무소라는 점 때문에 미리 예상했던 분위기와는 묘하게 달랐다. 대기실에는 변호사 사무실의 대기실에서 나는 것과 같은 퀴퀴한 냄새가 배어 있고, 치과 병원의 대기실에 더 잘 어울릴 듯싶은 유행잡지—《하퍼스 바자》《라이프》그리고 프랑스 패션 잡지 몇 종—같은 읽을거리도 비치되어 있었다. 나를 안내해준 사내는 약간 지나치다 싶을 정도로 정중하고 옷도 잘 차려입었다. 그는 난롯가에 놓인 의자로 나를 이끈 다음 아주 조심스럽게 문을 닫았다. 나는 환자가 된 느낌이 들었는데, 생각해보니 사실 환자였다. 질투에 효과가 있는 것으로 유명한 충격요법을 받으러 온 환자였던 것이다.

새비지 씨를 보았을 때 맨 먼저 눈에 띈 것은 그의 넥타이였다. 어떤 동문회를 나타내는 넥타이였던 것 같다. 다음으로 눈에 띈 것은 면도를 말끔히 하고 분을 살짝 바른 얼굴이었고, 그다음은 이마였다. 옅은 금발을 뒤로 빗어 넘긴 이마는 이해와 동정과 도움을 주고 싶은 열망을 나타내는 표지등처럼 반짝였다. 악수를 할 때 그가 내 손가락을 묘하게 비트는 것을 알아차렸다. 나는 그가 틀림없이 프리메이슨 단원이었을 거라고 생각한다. 만약 나도 똑같이 그렇게 악수해 주었다면 아마도 그에게서 특별한 말을 듣게 되었을 것이다.

"벤드릭스 씨?" 그가 말했다. "앉으세요. 이게 가장 편안한 의자일 겁니다." 그는 나를 위해 쿠션을 토닥토닥 두드린 다음 내가 별다른 얘기 없이 자리에 앉을 때까지 걱정스러운 표정으로 내 곁에 서 있었다. 그러고 나서 마치 내 맥박을 짚으려는 것처럼 등받이가 높은 딱딱한 의자를 끌어당겨 내 옆에 앉았다. "자, 모든 걸 선생 자신의 말로 얘기해 주세요." 그가 말했다. 아니, 내가 나 자신의 말이 아닌 다른 무슨 말로 얘기할 수 있다는 건지, 나는 상상이 가지 않았다. 당혹스럽고 씁쓸했다. 나는 동정을 얻으러 여기 온 게 아니라 내 능력껏 돈을 지불하고 어떤 실질적인 도움을 받으려고 온 것이었다.

내가 말을 꺼냈다. "누군가의 동정을 살펴 주는 비용이 얼마나 되는지 모르겠군요."

새비지 씨가 줄무늬 넥타이를 매만지며 말했다. "그 문제는 지금 걱정하지 않아도 됩니다, 벤드릭스 씨. 이 예비 상담 비용은 3기니입니다. 그러나 선생께서 더 이상 일을 진척하고 싶은 생각이 없을 경우에는 요금을 받지 않습니다. 전혀 안 받아요. 최고의 광고는, 선생도 아시겠지만,"―그가 체온계를 밀어 넣듯 상투적인 어구를 슬쩍 넣었다―"고객 만족이니까요."

일반적인 상황에서는 다들 비슷하게 행동하고 같은 말을 사용하는 것 같다. 내가 말했다. "이건 아주 간단한 일이에요." 내가 말을 꺼내기도 전에 새비지 씨는 모든 걸 다 알고 있었다는 생각이 들자 화가 났다. 내가 해야 할 말 가운데 새비지 씨가 신기하게 여길 말은 하나도 없을 테고, 그가 캐내야 할 것 가운데 이미 그해에만도 수십 번 캐내지 않은 것은 하나도 없을 터였다. 의사조차도 종종 환자에게 당황하는 경우가 있지만, 새비지 씨는 모든 증상을 자신이 훤히 알고 있는 한 가지 병만을 취급하는 전문가였다.

그가 터무니없이 점잔을 빼며 말했다. "천천히 얘기하십시오, 벤드릭스 씨."

나는 그의 다른 모든 고객들과 마찬가지로 머리가 혼란스러워지고 있었다.

"사실 계속 얘기할 거리가 없어요." 내가 설명했다.

"아, 그건 제 일입니다." 새비지 씨가 말했다. "선생은 단지 그 느낌을, 그 분위기를 얘기해 주시기만 하면 됩니다. 우린 선생의 부인에 관해 얘기하는 거라고 생각합니다만."

"꼭 그런 건 아니에요."

"그렇지만 그 이름으로 통하는 부인 아닙니까?"

"아니에요. 아주 잘못짚었네요. 그 여자는 내 친구의 아내예요."

"그 친구분이 선생을 보냈습니까?"

"아니요."

"선생과 그 부인이…… 친한 사이인가 보죠?"

"아니요. 1944년 이래로 딱 한 번 봤을 뿐입니다."

"잘 이해가 되지 않는군요. 사람의 동정을 살펴봐 달라고 하지 않았나요?"

나는 그제야 그가 내 화를 돋우었다는 사실을 깨달았다. "그렇게 오랫동안 사랑하거나 증오할 수는 없단 말인가요?" 나는 그에게 퍼부어 댔다. "착각하지 마세요. 나도 질투에 빠진 당신의 고객 중 하나일 뿐이라고요. 다른 고객들과 다를 바 없어요. 다만 내 경우엔 시차가 좀 있을 뿐이죠."

새비지 씨는 내가 마치 짜증 부리는 아이라도 되는 것처럼 내 소매에 손을 얹고 말했다. "질투는 전혀 부끄러운 게 아닙니다, 벤드릭스 씨. 나는 언제나 질투에 경의를 표한답니다. 질투는 진정한 사랑의 표시니까요. 우리가 얘기하고 있는 그 부인 말입니다, 그분이 다른 사람과…… 친밀한 관계를 맺고 있다고 생각할 만한 근거가 있으신가요?"

"그 남편은 부인이 자기를 속이고 있다고 생각해요. 누군가를 은밀히 만나고 있다고 생각하죠. 어딜 갔다 왔는지에 대해서 거짓말을 한다는 겁니다. 그러니까…… 비밀이 있는 거예요."

"아, 비밀. 그렇군요."

"물론 아무 일도 아닐 수도 있어요."

"벤드릭스 씨, 저의 오랜 경험에 의하면 거의 틀림없이 뭔가 있습니다." 새비지 씨는 마치 앞으로 계속 치료받도록 나를 충분히 설득시킨 것처럼 책상으로 돌아가 서류를 작성할 준비를 했다. 이름, 주소, 남편의 직업을 적어 넣었다. 그런 다음 뭔가

받아 적을 것 같은 자세로 연필을 쥐고 물었다. "헨리 마일스 씨가 선생이 저랑 상담하는 것을 알고 있습니까?"

"아니요."

"우리 직원이 마일스 씨 눈에 띄면 절대 안 되겠군요?"

"물론입니다."

"그럼 더 복잡해지는데요."

"나중에 당신이 작성한 보고서를 그에게 보여 주게 될지는 모르겠어요."

"그 집에 관한 정보를 좀 주실 수 있나요? 가정부는 있습니까?"

"예."

"가정부의 나이는?"

"잘 모르겠네요. 서른여덟?"

"가정부를 따라다니는 사내들이 있는지 모르시나요?"

"몰라요. 가정부의 할머니 이름도 모르고요."

새비지 씨가 느긋한 미소를 지어 보였다. 나는 잠시 그가 책상에서 걸어와서 다시 나를 토닥거릴지도 모른다는 생각을 했다. "벤드릭스 씨, 선생은 조사하는 일에 관해서는 경험이 없다는 걸 알 수 있겠네요. 가정부는 아주 중요하답니다. 자기 여주인의 버릇에 관해 우리에게 아주 많은 걸 얘기해 줄 수 있거든요. 마음이 내킨다면 말입니다. 아주 간단한 질문에도 얼마나 많은 중요한 정보를 주는지 아시면 깜짝 놀랄 겁니다."

그날 아침 그는 자신의 주장을 확실히 증명해 보이듯이 조그 맣게 갈겨쓰는 글씨체로 여러 장에 걸쳐 메모를 했다. 한번은 질문을 갑자기 중단하고 이렇게 물었다. "긴급한 필요성이 생 겼을 경우, 우리 직원이 선생 댁을 찾아가도 괜찮겠습니까?" 나는 괜찮다고 말했는데, 곧바로 어떤 전염병이 내 방에 들어 와도 된다고 허락한 것만 같은 기분이 들었다. "그렇지만 꼭 와야 할 필요가 없다면……"

"그야 물론이죠. 물론이죠. 이해합니다." 나는 그가 이해했 다고 정말로 믿는다. 내가 그에게 그의 직원이 내 집에 들어오 는 것은 가구에 먼지가 내려앉거나 내 책을 검댕으로 더럽히 는 것과 같은 일이라고 말했다 해도 그는 놀라거나 화내지 않 았을 것이다. 나는 깨끗하게 줄 쳐진 풀스캡♦에 글을 쓰는 것 에 집착하기 때문에 원고용지에 차를 흘린 자국이나 얼룩 한 점만 있어도 사용하지 못한다. 그런 별난 성격 탓에 반갑지 않 은 사람이 찾아오는 경우에는 내 원고용지를 안전한 곳에 넣 어 두어야만 직성이 풀렸다. 내가 말했다. "오기 전에 미리 알 려 주면 더 좋을 것 같군요."

"물론입니다. 하지만 항상 그렇게 할 수 있는 건 아닙니다. 주소를 불러 주세요, 벤드릭스 씨. 그리고 전화번호도."

"전용 전화가 아니고 집주인 아주머니와 연결된 전화예요."

♦ 가로 약 20센티미터, 세로 약 33센티미터 크기의 대판 양지.

"제 직원들은 하나같이 매우 신중합니다. 보고는 매주 받겠습니까, 아니면 조사가 다 끝난 후에만 받겠습니까?"

"매주. 결코 끝나지 않을 수도 있으니까요. 어쩌면 찾아낼 게 아무것도 없을지도 모르죠."

"선생은 의사를 찾아갔는데 아무 이상도 발견하지 못한 경우가 많던가요? 잘 아시겠지만 벤드릭스 씨, 우리의 도움이 필요하다는 걸 느낀다는 사실은 거의 틀림없이 그 일에는 뭔가 보고할 게 있다는 걸 의미합니다."

나는 새비지 씨에게 일을 맡긴 게 다행이었다고 생각한다. 그를 천거하는 이들은, 그는 대체로 그런 직업에 종사하는 다른 사람들보다 덜 불쾌한 사람으로 여겼다. 그럼에도 나는 그의 자신감이 뇌꼴스러웠다. 생각해 보면 죄 없는 사람을 염탐하는 일은 결코 존경스러운 일이 못 되는데, 연인들은 거의 대부분 죄 없는 사람 아니던가? 연인들은 어떤 죄도 저지르지 않았고, 실제로 마음속으로 자기들은 잘못한 게 전혀 없다고 확신한다. 그들은 언제든 '나 말고는 아무에게도 해를 입히지 않는 한 나쁜 짓이 아니다'라는 오래된 속담을 입 밖에 꺼낼 준비가 되어 있으며, 당연히 사랑 앞에서는 모든 게 용서된다는 것을 믿는다. 나도 사랑에 빠져 있던 시절에는 그걸 믿었다.

의뢰 비용 문제에 이르렀을 때 새비지 씨는 놀랄 만큼 저렴한 값을 불렀다. 하루 3기니에 실제로 쓴 비용은 별도라고 했다. "물론 실제 비용은 승인해 주셔야 합니다." 그렇게 말하며 그가 설명해 주었다. "아시다시피 가끔 커피를 마셔야 하고, 우리 직원이 술을 한잔 사야 할 경우도 생깁니다." 나는 위스키는 승인하지 않겠다고 가벼운 농담을 했는데, 새비지 씨는 그 유머를 알아차리지 못했다. "한 가지 사례를 말씀드리자면," 그가 말했다. "적절한 때의 더블 위스키 한 잔이 한 달이나 걸렸을 조사 업무를 절약한 사례가 있습니다. 아마 그 고객이 여태껏 지불한 위스키값 중에서 가장 싼 위스키값이었을 겁니다." 고객 중에는 매일매일 계산하는 것을 선호하는 고객이 있다고 그가 얘기했고, 나는 주 단위로 계산하는 것이 좋겠다고 말했다.

모든 일이 아주 순탄하게 진행되었다. 내가 사무실에서 나와 다시 비고가로 들어설 때가 가까웠을 무렵, 그는 이 같은 상담은 빠르든 늦든 언젠가는 모든 남자들에게 일어나기 마련이라는 점을 나에게 거의 확신시켜 주었다.

3

"그 밖에 더 말씀해 주실 참고 사항은 없습니까?" 나는 새비지 씨가 이렇게 말한 것을 기억한다. 탐정은 모름지기 정확한 단서를 찾아내기 전에 사소한 자료를 많이 모으는 일이 소설가 못지않게 중요하다는 걸 알아야 한다. 그렇지만 정확한 단서를 찾아내는 일은—진짜 문제를 드러내는 일은—얼마나 어려운가. 외부 세계의 엄청난 압력이 흡사 압살형처럼 우리를 짓누른다. 나 자신의 이야기를 쓰려 하는데도 문제는 여전히 똑같다. 아니, 오히려 더 심하다. 그런 것들을 꾸며 낼 필요도 없을 만큼 훨씬 더 많은 사실들이 있으니까 말이다. 어떻게 내가 전쟁이 일어나기 전해의 그 눈부셨던 여름의, 그 저주받은 여름의 어지러운 장면—매일매일의 신문, 나날의 식사, 배터시 방향으로 털털거리며 달려가는 차량들, 먹이를 찾아 템스강에서 날아오는 갈매기 떼, 그리고 아이들이 배를 띄우며 놀던 1939년 초여름의 눈부시게 빛나는 공원—에서 인간의 성격을 파헤칠 수 있겠는가? 내가 충분히 오래 생각했다 해도 헨리가 연 파티에서 과연 세라의 미래의 연인을 알아낼 수 있었을지 의문스러웠다. 우리는 그날 처음 만나서 질 나쁜 남아프리카산 셰리*를 마셨다. 스페인에서 전쟁이 터졌기 때문이었다. 세라가 내 눈에 띈 것은 행복해 보였기 때문이었다고 생각한다. 그 시절에는 닥쳐올 폭풍에 대한 불안감으로 행복의 감정이 오랫동안 숨죽이고 있었다. 행복감은 술에 취한 사람이나 아이들에게서나 나타날 뿐 다른 데서는 좀처럼 볼 수 없었다. 그녀는 내 소설을 읽었다고 말한 뒤 그에 대해서는 더이상 언급하지 않았으므로 나는 즉시 그녀가 좋아졌다. 그녀

♦ 스페인 남부 지방에서 생산되는 백포도주.

가 나를 작가로 대하기보다는 한 인간으로 대한다는 것을 알았기 때문이다. 그녀를 사랑하게 되리라는 생각은 전혀 하지 못했다. 그 한 가지 이유는 그녀가 아름답다는 것이었다. 아름다운 여자가 똑똑하기까지 하면 내 안 깊숙한 곳에 자리 잡은 열등감이 꿈틀거렸다. 심리학자들이 '코페추어* 콤플렉스'라고 이미 명명했는지는 모르겠지만, 나는 언제나 정신적으로든 육체적으로든 어떤 우월감을 갖지 못하면 성욕이 잘 느껴지지 않았다. 그 첫 만남에서 내가 그녀에 대해 알아차린 것은 아름답다는 것, 행복해 보인다는 것, 그리고 손으로 사람들을 만질 때 마치 사랑하는 사람을 대하듯이 어루만진다는 것뿐이었다. 그녀가 내게 했던 말 중에서 앞뒤 맥락과 관계없이 얘기한 한마디 말이 생각난다. "싫어하는 사람이 많은 것 같네요." 아마내가 동료 작가들에 대해서 심한 말을 했던 모양이다. 기억은 나지 않는다.

얼마나 굉장한 여름이었던가. 그때가 몇 월이었는지 정확히 알아보려 애쓰지는 않으련다. 그러려면 심한 고통을 느끼며 그때로 거슬러 가야 하니까 말이다. 그렇지만 그 질 나쁜 셰리를 지나치게 많이 마신 뒤 무덥고 북적대는 방을 나와 헨리와 함께 공원을 걸었던 일은 기억난다. 낮게 기울어진 햇빛이 공

♦ 평생 여자에 관심이 없었으나 거지 소녀에게 반해 결혼했다는 전래 이야기 속의 아프리카 왕.

원을 고루 비추었고, 그 빛을 받은 풀은 파리했다. 멀리 보이는 집들은 빅토리아 시대의 판화에 나오는 집들처럼 조그맣고 윤곽이 또렷하고 평온해 보였다. 한 아이의 울음소리만이 멀리서 들려올 뿐이었다. 18세기에 지어진 교회가 풀밭 속에서 장난감처럼 서 있었다(이렇게 비가 오지 않는 건조한 날씨에는 밤에도 장난감을 밖에 놓아둘 수 있었다). 바야흐로 낯선 사람한테도 마음을 터놓을 수 있는 시간이었다.

헨리가 말했다. "우리 모두 행복해질 수 있어요."

"그럼요."

나는 자신이 연 파티에서 빠져나와 눈물이 글썽한 채로 공원에 서 있는 헨리에게 엄청난 호감을 느꼈다. 내가 말했다. "집이 참 아름답네요."

"아내가 골랐답니다."

나는 불과 그 일주일 전에 다른 파티에서 그를 만났었다. 당시 그는 연금부에서 근무했고, 나는 소설의 소재를 얻기 위해 그에게 들러붙어 계속 말을 걸었다. 이틀 후 초대장이 왔다. 나는 세라가 초대장을 보내게 했다는 것을 나중에야 알았다. "결혼한 지는 오래됐나요?" 내가 물었다.

"10년 됐습니다."

"부인이 참 아름다우시네요."

"날 아주 많이 도와줘요." 그가 말했다. 가엾은 헨리. 그런데 내가 왜 그를 가여워하지? 결국 승리의 카드—점잖음, 겸손함,

신뢰의 카드—는 그가 쥐고 있지 않았던가?

"그만 돌아가 봐야겠습니다." 그가 말했다. "아내한테만 다 맡겨 둘 수는 없으니까요, 벤드릭스." 그런 다음 1년쯤 알고 지낸 친구처럼 내 팔에 손을 얹었다. 그 동작은 그녀에게서 배운 것일까? 결혼한 부부는 서로 닮아 가는 법이니까. 우리는 나란히 걸어서 되돌아갔다. 현관문을 열었을 때 나는 두 사람이 키스를 하고 나서 떨어지는 것처럼 보이는 모습을 벽감에 있는 거울을 통해 보았다. 한 사람은 세라였다. 나는 헨리를 쳐다보았다.

그는 보지 못했거나 아니면 신경 쓰지 않았다. 이도 저도 아니라면 그는 얼마나 불행한 사람인가, 하고 나는 생각했다.

새비지 씨라면 그 장면이 참고가 된다고 생각했을까? 나중에 알게 되었지만 세라와 키스를 한 사람은 연인이 아니라 연금부에서 일하는 헨리의 동료로, 아내가 그 일주일 전에 어떤 능력 있는 선원과 도망쳤다는 남자였다. 세라는 그를 그날 처음 만난 것이었다. 그리고 그 남자는 이제는 더 이상 내가 철저히 배제되었던 그 장면의 일부가 아닐 것이다. 사랑이 저절로 소멸되기까지는 그리 오랜 시간이 걸리지 않으니까.

나는 과거의 그때를 그냥 내버려 두고 싶었다. 왜냐하면 1939년의 일을 쓸 때면 나의 모든 증오가 되살아나는 것을 느끼기 때문이다. 증오는 사랑이 작동시키는 분비샘과 동일한 분비샘을 작동시키는 것 같다. 심지어 사랑이 초래하는 행동과 동일한 행동을 초래한다. 만약 우리가 그리스도의 수난 이야기를 어떻게 해석해야 할지 배우지 않았다면 과연 우리는 그리스도를 사랑한 사람이 질투 많은 유다였는지 아니면 비겁한 베드로였는지 그들의 행동만으로 알 수 있겠는가?

4

새비지 씨 사무소에서 집에 돌아오니 집주인 아주머니가 마일스 부인한테서 전화가 왔었다고 전해 주었다. 그러자 예전에 현관문이 닫히는 소리에 이어 그녀의 첫 발자국 소리를 들었을 때 느끼곤 했던 들뜬 감정이 살아났다. 얼마 전에 나를 보게 된 것이 물론 사랑의 감정은 아니겠지만 어떤 감정을, 나와 함께했던 어떤 추억을 일깨웠을 거라는 허황된 희망이 차올랐다. 그때는 내가 그녀를 한 번만 더—아주 짧고 미숙하고 불만족스럽게라도—소유할 수 있다면 나는 다시 평화로워질 수 있을 것 같았다. 그녀를 내 존재에서 씻어 내고, 그런 다음 그녀를 버릴 수 있을 것 같았다. 그녀가 나를 버리는 게 아니라 내가 그녀를 말이다.

18개월 동안이나 가만히 있다가 맥컬리 7753번으로 전화를 걸자니 기분이 이상했다. 더 이상했던 것은 마지막 번호가 뭐였는지 확실치 않아서 내 전화번호 수첩을 들춰 봐야 했다는 사실이다. 나는 자리에 앉아 신호음을 들으면서 헨리가 벌써 퇴근한 것은 아닐까, 그가 전화를 받으면 무슨 말을 해야 하나, 하는 생각을 했다. 그런 걱정을 하다가 이제는 그에게 진실을 얘기해도 문제 될 게 없다는 생각에 이르렀다. 거짓말이 나를 버리고 떠났다고 생각하니, 거짓말이 나의 유일한 친구였던 것처럼 쓸쓸한 기분이 들었다.

잘 훈련받은 듯한 가정부가 그 번호를 되풀이해 말하는 소리가 내 고막을 울렸다. 내가 말했다. "마일스 부인 계십니까?"

"마일스 부인요?"

"맥컬리 7753번 아닌가요?"

"맞는데요."

"마일스 부인 부탁합니다."

"전화 잘못 거셨습니다." 여자가 전화를 끊었다. 사소한 것들도 시간과 더불어 변한다는 사실을 미처 생각지 못한 것이었다.

전화번호부에서 마일스를 찾아보았으나 예전 번호가 그대로 나와 있었다. 1년도 더 된 전화번호부였던 것이다. 전화 안내원에게 막 전화를 걸려는 순간에 전화벨이 울렸다. 세라였다. 세라가 약간 당황한 어조로 말했다. "당신이에요?" 다른 어떤 이름으로 나를 불러 본 적이 없는 그녀가 예전과 같은 애정의 감정이 없어진 지금 그렇게 부르려니 당혹스러운 모양이었다. 내가 말했다. "예, 벤드릭스예요."

"세라예요. 내가 전화했다는 말 못 들었어요?"

"아, 전화하려고 했어요. 그런데 끝내야 할 글이 하나 있어서…… 그건 그렇고, 내가 당신 전화번호를 가지고 있는 것 같지 않네요. 전화번호부에 나와 있겠지요?"

"아뇨. 아직. 전화번호가 바뀌었거든요. 맥컬리 6204번. 당신에게 뭐 좀 부탁하려고요."

"뭔데요?"

"그리 큰 부탁은 아니에요. 당신과 점심을 같이했으면 해서요. 그뿐이에요."

"아, 좋아요. 반가운 얘기예요. 언제?"

"내일은 안 될까요?"

"예. 내일은 안 돼요. 아까 말했듯이 끝내야 할 글이 한 편 있어서……"

"수요일은요?"

"목요일은 어떨까요?"

"좋아요." 세라가 말했다. 나는 그녀의 그 짧은 대답 속에 실망감이 서렸다고 믿고 싶을 정도였다. 우리의 자존심은 그렇게 우리를 속이는 법이다.

"그럼 1시에 '카페 로열'에서 만납시다."

"고마워요." 그녀가 말했다. 나는 그녀의 목소리에서 그녀가 정말로 고마워한다는 것을 알 수 있었다. "목요일에 봐요."

"목요일에 봐요."

나는 수화기를 손에 든 채 앉아 마치 알고 싶지도 않은 추하고 어리석은 사람을 보듯이 증오라는 놈을 바라보았다. 그녀가 전화기 곁을 떠나기 전에 붙들어야 했으므로 재빨리 그녀의 번호로 전화를 돌렸다. 내가 말했다. "세라, 내일도 괜찮아요. 내가 뭘 좀 착각했어요. 같은 장소, 같은 시간에 내일 봐요." 나는 전화를 끊고 나서도 고요한 전화기에 손가락을 댄 채로 가만히 그대로 앉아 있었다. 뭔가 기대감이 스며들었다. 속으로 생각했다. 그래, 생각나. 이런 게 바로 희망의 느낌이야.

5

나는 입구 쪽을 보지 않을 작정이었으므로 탁자 위에 신문을 펼쳐 놓고 같은 면을 거듭 되풀이해서 읽었다. 사람들이 계속 들어왔다. 나는 고개를 끄덕여 보임으로써 바보 같은 기대감을 드러내는 사람들과 똑같은 사람이 되고 싶지 않았다. 우리가 새삼스럽게 실망할 만큼 기대할 게 뭐가 있단 말인가? 석간신문에는 흔히 있는 살인 사건과 설탕류의 식품을 배급하는 문제에 관한 의회의 논쟁이 실려 있었다. 세라는 5분 늦었다. 운이 없으려니 내가 시계를 들여다보는 것을 그녀가 마침 보아 버렸다. 그녀의 목소리가 들려왔다. "미안해요. 버스로 왔는데, 차가 많이 막혔어요."

내가 말했다. "지하철이 더 빠른데."

"알아요. 그렇지만 서두르고 싶지 않았어요."

그녀는 종종 사실대로 솔직하게 말함으로써 나를 당황하게 만들었다. 우리가 서로 사랑하던 시절에 나는 그녀에게서 우리의 사랑은 영원할 거라거나 언젠가는 서로 결혼을 하게 될 거라는 등의 진실 이상의 과장된 말을 끌어내려고 노력해 보았다. 그녀가 그렇게 말한다 해도 그걸 믿지 않았을 것이다. 다만 그녀의 입에서 그 말이 나오는 것을 듣고 싶었을 뿐이다. 어쩌면 나 자신이 그걸 부인함으로써 만족감을 느끼고 싶었는지도 모른다. 그러나 그녀는 결코 마음에 없는 말을 실없이 뇌까리는 사람이 아니었다. 그러다가 갑자기 참으로 달콤하고 가슴 벅찬 뜻밖의 말로 나의 찜찜한 기분을 확 날려 버리는 것이었다. 언젠가는 우리의 관계가 끝나게 될 거라고 차분한 어조로 얘기하는 그녀의 말에 비참한 기분이 들었던 적이 있는데, 그 잠시 후에 이어진 다음과 같은 말을 듣고 믿을 수 없을 만큼 환한 행복감을 느꼈던 기억이 난다. "난 당신을 사랑한 것처럼 다른 어떤 남자를 사랑해 본 적이 단 한 번도 없어요. 그리고 앞으로도 결코 없을 거예요." 이런, 본인은 모르겠지만 그녀 역시 실없는 말을 뇌까리는 연극 놀이를 하는구나, 하고 나는 생각했다.

그녀는 내 옆에 앉아 라거 맥주 한 잔을 시켰다. "룰스 식당을 예약했어요." 내가 말했다.

"그냥 여기 있으면 안 돼요?"

"우린 늘 거기로 갔는데."

"그러네요."

아마 우리의 태도가 긴장하고 어색해 보이는 모양이었다. 우리 자리에서 멀지 않은 소파에 앉은 작달막한 남자가 우리를 유심히 보고 있다는 것을 나는 알아차렸다. 나는 시선으로 그를 제압하려 했고, 그것은 어렵지 않았다. 긴 콧수염에 옅은 황갈색 눈을 가진 남자는 황급히 눈을 돌렸다. 엉겁결에 그의 팔꿈치가 맥주잔을 쳐서 바닥으로 굴러떨어지게 했다. 남자는 당황해서 쩔쩔맸다. 순간 미안한 감정이 일었다. 그 사람은 신문 같은 곳에 실린 내 사진을 보고 나를 알아본 것일 수도 있고, 어쩌면 많지 않은 내 독자 가운데 한 명일 수도 있다는 생각이 들었기 때문이다. 남자 옆에는 조그만 소년이 앉아 있었는데, 아들 앞에서 아버지를 창피하게 만든 것은 잔인한 짓이었다. 소년의 얼굴이 빨개졌다. 웨이터가 급히 달려왔고, 소년의 아버지는 지나치게 허둥대며 사과했다.

내가 세라에게 말했다. "물론 점심은 당신이 원하는 곳에서 먹어야지요."

"난 그 후론 한 번도 거기 가지 않았어요."

"하긴 그곳은 당신의 단골 식당이 아니었으니까."

"당신은 거기 자주 가요?"

"나한테는 편리한 곳이니까요. 일주일에 두세 번은 가죠."

그녀가 휙 일어서며 말했다. "가요." 그러고 나서 갑자기 발작적으로 기침을 했다. 작은 몸에 비해 기침이 너무 큰 것 같았다. 심한 기침 탓에 이마에 땀이 맺혔다.

"기침이 너무 심한데요."

"아, 별거 아니에요. 미안해요."

"택시?"

"난 걷는 게 더 좋아요."

메이든레인을 걷다 보면 왼쪽에 대문 하나와 하수구 쇠창살 하나가 나오는데, 우리는 서로 아무 말도 하지 않고 그곳을 지나갔다. 처음으로 함께 저녁을 먹은 날 나는 헨리의 버릇에 대해 이것저것 물어보았고 그녀는 내 관심에 따뜻하게 응대해 주었다. 그날 지하철역으로 걸어가는 도중에 나는 그곳에서 약간 어설프게 그녀에게 키스했다. 내가 왜 그랬는지 모르겠다. 아마 거울을 통해 보았던 그 모습이 머릿속에 떠올랐기 때문일 것이다. 그게 아니라면 그녀와 사랑을 나눌 생각이 전혀 없었는데, 심지어 그녀를 다시 만날 별다른 계획이 있었던 것도 아닌데 왜 내가 그랬겠는가. 그녀는 너무 아름다워서 감히 접근할 생각조차 품지 못하게 했으니까 말이다.

자리에 앉으니 낯익은 웨이터가 다가와 내게 말했다. "아주 오랜만에 오셨군요, 선생님." 그 말에 민망해진 나는 세라에게 거짓말을 하지 말걸, 하고 후회했다.

"아," 내가 말했다. "요즘은 위층에서 점심을 먹는다네."

"그리고 사모님도. 사모님도 오랜만……"

"거의 2년 만이네요." 세라가 말했다. 나는 때때로 그녀의 이런 정확성이 미울 때가 있었다.

"그렇지만 저는 사모님께서 라거 맥주를 즐겨 드시던 것을 기억합니다."

"기억력이 좋네요, 앨프리드." 웨이터는 그녀가 자기를 기억하고 있다는 사실에 기뻐하며 환하게 웃었다. 세라는 언제나 웨이터들과 좋은 관계를 유지하는 재주가 있었다.

음식을 먹는 동안 우리의 따분하고 시시한 이야기는 중단되었다. 식사를 다 하고 나서야 그녀는 나를 만나고 싶어 한 이유를 슬쩍 흘렸다. "당신과 점심을 같이하고 싶었어요." 그녀가 말했다. "헨리와 관련해서 물어보고 싶은 게 있어서."

"헨리?" 나는 목소리에서 실망한 기색이 드러나지 않도록 애썼다.

"헨리가 걱정돼요. 저번 밤에 그이를 봤을 때 어땠어요? 좀 이상하지 않던가요?"

"전혀 이상한 점은 모르겠던데." 내가 말했다.

"당신에게 가끔씩이라도 그이를 만나 줄 수 있는지 물어보고 싶었어요. 물론 당신은 매우 바쁘다는 걸 잘 알지만 말예요. 그이는 외로운 것 같아요."

"당신이 있는데도?"

"그이가 정말로 내게 관심을 기울이는 건 아니라는 거, 알잖
55

아요. 그런 지 오래됐어요."

"당신이 집에 없을 때면 당신에게 관심을 기울이기 시작하나 보죠."

"난 그리 자주 외출하지 않아요. 요즘은……" 때마침 터져 나온 기침 덕에 세라는 그 말을 마저 하지 않아도 되었다. 기침이 끝났을 때 그녀는 이미 적절히 화제를 바꿀 다음 수를 생각해 두고 있었다. 진실을 회피하는 모습이 그녀답지는 않았지만 말이다. "새 작품을 쓰고 있나요?" 그녀가 물었다. 마치 낯선 사람이─칵테일파티 같은 곳에서 만난 낯선 사람이─묻는 것 같은 투였다. 세라는 처음 만나 남아프리카산 셰리를 마시며 얘기할 때도 그런 말은 하지 않았다.

"그럼요."

"지난번 작품은 별로 마음에 들지 않았어요."

"그땐 쓴다는 것 자체가 투쟁이었죠. 평화가 찾아오자……" '평화가 가 버리자'라고 말했어도 괜찮았을 듯싶다.

"문득문득 당신이 내가 싫어한 예전의 그 생각으로 돌아갈까 봐 걱정스러울 때가 있어요. 내가 정말 싫어한 당신의 그 생각 말이에요. 그런 작가들도 있잖아요."

"나는 작품 한 편 쓰는 데 1년 걸려요. 복수하기 위해서 소설을 쓴다는 건 너무 힘든 일이죠."

"당신은 복수해야 할 이유가 없다는 걸 안다면……"

"물론 농담이에요. 우린 서로 좋은 시간을 보냈으니까. 우린 애들이 아니에요. 언젠가는 끝나야 한다는 걸 알고 있었어요. 봐요, 우린 친구처럼 만나서 헨리 이야기를 할 수 있잖아요."

내가 돈을 냈다. 밖으로 나와 20미터쯤 걸어 내려가니 그 대문과 하수구 쇠창살이 나왔다. 나는 보도 위에서 걸음을 멈추고 말했다. "스트랜드로 갈 거죠?"

"아니요. 레스터 광장으로 가요."

"나는 스트랜드로 갈 거예요." 그녀는 대문 앞에 서 있었다. 거리에는 인적이 없었다. "여기서 작별 인사를 해야겠네요. 만나서 반가웠어요."

"나도요."

"시간 나면 언제든 전화해 줘요."

나는 세라에게 다가갔다. 하수구 쇠창살이 발에 밟혔다. "세라." 내가 말했다. 그녀는 누가 오는지 보려는 것처럼, 시간이 있는지 알아보려는 것처럼 휙 고개를 돌렸다. 그러나 고개를 다시 제자리로 돌렸을 때 기침이 그녀를 집어삼켰다. 그녀는 대문 앞에서 몸을 웅크리고 연신 기침을 했다. 격한 기침 탓에 눈이 빨개졌다. 모피 코트를 입은 그녀는 구석에 몰린 조그만 짐승 같았다.

"미안해요."

나는 뭔가를 강탈당한 것처럼 억울해하며 말했다. "진료를 받아 봐야겠어요."

"그냥 기침일 뿐이에요." 그녀가 손을 내밀며 말했다. "잘 가요, 모리스." 이름을 부르는 것이 모욕처럼 느껴졌다. 나도 "잘 가요" 하고 말했지만 그녀의 손을 잡지는 않았다. 나는 바쁜데 이렇게 헤어지게 되어 잘됐다는 것처럼 보이려 애쓰면서 뒤도 돌아보지 않고 바삐 걸음을 놀렸다. 기침이 다시 시작된 것을 들었을 때는 뭔가 경쾌하고 신나고 즐거운 곡조를 휘파람으로 불 수 있었으면, 하는 생각이 들었다. 그러나 나는 음악에는 젬병이었다.

6

작가는 젊었을 때 어떤 어려움도 견뎌 내며 평생토록 지속할 거라고 스스로 믿는 글쓰기 습관을 기른다. 나는 20년 동안 일주일에 닷새씩 하루 평균 500단어를 줄곧 써 왔다. 나는 1년에 장편소설 한 편을 써낼 수 있다. 거기에는 원고를 수정하고 타자기로 친 원고를 교정하는 시간도 포함되어 있다. 나는 언제나 대단히 규칙적이었다. 그래서 하루치 분량이 끝나면 어떤 장면을 그리고 있는 도중이라 할지라도 일을 멈추었다. 오전 작업을 하는 중에 때때로 내가 쓴 글자 수를 세어서 100단어마다 원고에 표시를 한다. 따라서 인쇄소에서는 내 작품의 분량을 주의 깊게 헤아릴 필요가 없다. 타자한 원고의 맨 앞 페이지에 83,764 같은 숫자가 표시되어 있기 때문이다. 젊었을 때는 육체적인 사랑조차도 내 일정을 바꾸지 못했다. 사랑의 행위는 점심시간 이후에 시작되어야 했다. 그리고 아무리 늦게 잠자리에 든다 해도—내 침대에서 잠을 자는 한—오전에 작업한 것을 다시 읽어 보고 나서 그에 대해 생각하며 잠이 들었다. 심지어 전쟁조차도 내 습관에 별 영향을 끼치지 못했다. 한쪽 다리를 전다는 이유로 군 복무에서 면제된 나는 민방위대에서 근무할 때 한가하고 조용한 아침에 당번을 서는 것을 그다지 원치 않았는데, 동료들은 그걸 무척 좋아했다. 그결과 나는 열심히 일하는 사람이라는 온당치 않은 평판을 얻었지만, 내가 열심히 일한 것은 책상 앞에 앉아 글 쓰는 일, 즉내 펜에서 천천히, 규칙적으로 나오는 그날 분량의 단어에 대한 것일 뿐이었다. 그러던 내가 세라로 인해 스스로 부과한 규율을 뒤엎게 되었다. 초기의 주간 공습과 1944년의 V1* 폭격 사이에 벌어진 폭격들은 적들의 편의상 거의 야간 공습이었다. 그런데 내가 세라를 볼 수 있는 시간은 대개 오전뿐이었다. 왜냐하면 그녀는 오후에는 친구들로부터 벗어날 수 없었기 때문이다. 그녀와 친구들은 장을 다 보고 나면 으레 저녁 사이렌이 울리기 전에 함께 모여 잡담을 나누었다. 그녀는 종종 하루에 두 차례 열리는 장—채소 배급 줄과 고기 배급줄—사이에 내게로 왔고, 우리는 사랑을 나누곤 했다.

♦ 제2차 세계대전 말기에 독일이 영국을 공격할 때 사용한 로켓 폭탄.

그러나 나는 이런 상황에서도 아주 쉽게 다시 글쓰기 작업으로 돌아갈 수 있었다. 사람은 행복하기만 하면 어떤 규율도 견뎌 낼 수 있다. 글쓰기 습관을 깨뜨린 것은 바로 불행이었다. 우리가 얼마나 자주 다투는지, 내가 얼마나 자주 짜증을 부리며 그녀의 신경을 건드리는지 깨달았을 때 나는 우리의 사랑이 불행한 운명을 맞이하리라는 것을 알아차리게 되었다. 사랑이 시작과 끝이 있는 정사로 변한 것이었다. 나는 사랑이 시작된 그 순간을 말할 수 있었다. 그리고 어느 날, 사랑이 끝난 마지막 시간을 말할 수 있으리라는 것을 알았다. 세라가 가고 나면 나는 일이 손에 잡히지 않았다. 나는 우리가 주고받은 말을 곱씹으며 스스로 분노와 회한을 부채질했다. 그리고 언제나 내가 그 발길을 재촉하고 있다는 것을 알았다. 나는 내가 사랑한 유일한 것을 내 인생에서 자꾸만 몰아내고 있었다. 사랑은 오래도록 변치 않는 것인 척할 수 있는 한 나는 행복했다. 심지어 나라는 사람은 함께 살기 좋은 사람이고 따라서 사랑도 변치 않을 것처럼 나 자신을 속였던 것 같다. 그러나 사랑이 죽어야 한다면 빨리 죽어 버리기를 바랐다. 우리의 사랑은 덫에 걸려서 피를 흘리며 죽어 가는 조그만 짐승과도 같았다. 나는 눈을 질끈 감고 그 목을 비틀어야만 했다.

그래서 나는 그동안 글을 쓰지 못했다. 앞에서 말했듯이 소설가의 글쓰기 작업의 태반은 무의식중에 일어난다. 그러한 깊은 무의식 속에서 첫 단어가 종이 위에 나타나기도 전에 마지막 단어가 써지는 것이다. 우리는 우리 이야기의 세부적인 내용을 기억하는 것이지 그걸 지어내는 것이 아니다. 전쟁도 그러한 심해 동굴을 방해하지 못했다. 그러나 이제 나에게는 전쟁보다, 내 소설보다 훨씬 더 중요한 것이 있었다. 그것은 사랑의 종말이었다. 그것이 지금 하나의 소설처럼 만들어지고 있는 것이었다. 세라를 울린 날카로운 말이, 아주 자연스럽게 입 밖으로 나온 것 같았던 그 말이 실은 그동안 그 심해의 동굴 속에서 날카로워지고 있었던 것이다. 내 소설은 진행이 더뎠지만, 내 사랑은 영감에 고취된 것처럼 종말을 향해 달음질쳤다.

세라가 나의 지난번 소설을 좋아하지 않은 것은 놀라운 일이 아니었다. 그 소설은 단지 벌어먹고 살아야 하기 때문에 줄곧 부자연스럽게, 억지로 쓴 것이었다. 평론가들은 그 소설을 장인의 작품이라고 평했다. 예전에는 열정이 있었던 자리에 이제 남은 거라곤 숙련된 솜씨뿐이었다. 나는 다음 소설에서는 그 열정이 되돌아올 것이고, 흥분이 다시 사람들이 결코 의식하지 못했던 것을 기억하도록 일깨워 주리라고 생각했다. 그러나 룰스 식당에서 세라와 점심을 먹은 후 일주일 동안 나는 아무 일도 하지 못했다. 또다시 나는, 나는, 나는, 하고 글을 쓰는 버릇이 도졌다. 마치 이것은 세라와 헨리, 그리고 내가 알지도 못하고 심지어 그의 존재를 믿지도 않으면서 증오하는 제삼자의 이야기가 아니라 내 이야기인 것처럼 말이다.

오전에 일을 해 보려고 애를 썼으나 뜻대로 되지 않았다. 점심때 술을 너무 많이 마셔서 오후 시간은 헛되이 흘러갔다. 어두워진 후에는 불을 끈 채 창가에 서서 어두컴컴하고 평평한 공원 너머 북쪽 집들의 불 밝힌 창들을 바라보았다. 날이 몹시 추워서 가스난로 옆으로 다가가야만 따뜻했고, 그러다 보면 옷이 그슬렸다. 몇 송이 눈이 공원 남쪽의 가로등 불빛을 가로지르며 날아와서는 그 두껍고 축축한 손가락으로 유리창을 어루만졌다. 나는 초인종 소리를 듣지 못했다. 주인아주머니가 문을 두드리며 말했다. "파키스라는 어떤 사람이 찾아왔는데요." 아주머니는 '어떤'이라는 말을 통해서 내 방문객의 사회적 지위가 낮다는 사실을 은근히 내비쳤다. 나는 들어 본 적이 없는 이름이었지만 아무튼 들여보내라고 말했다.

그 미안해하는 듯한 온순한 눈, 눈송이가 날리는 날씨 탓에 촉촉해진 그 유행이 지난 콧수염을 보고 나는 전에 어디서 보았더라, 하며 생각을 굴렸다. 나는 책상 위의 전기스탠드만 켜 놓았고, 그 사람은 근시인 것처럼 주의 깊게 앞을 내다보며 그쪽으로 다가왔다. 그는 그늘 속에 있는 나를 알아보지 못했다. 그가 말했다. "벤드릭스 선생님이시죠?"

"예."

그가 말했다. "파키스라고 합니다." 마치 나에게 뭔가 의미 있는 이름이라는 것처럼 들렸다.

"아, 그렇습니까. 앉으세요. 담배 한 대 피우시죠."

"아닙니다, 선생님." 그가 말했다. "근무 중에는 안 됩니다. 물론 정체를 감추느라 피우는 건 예외지만."

"그렇지만 지금은 근무 중이 아니지 않나요?"

"어떤 의미에서는 그렇습니다, 선생님. 지금 제가 말씀드리는 30분 동안은 근무에서 해제된 거니까요. 선생님께서는 일주일에 한 번 보고받는 걸 원하신다고 새비지 씨에게서 들었습니다. 비용에 관해서 말입니다."

"보고할 게 뭐 좀 있나요?" 내가 느끼는 기분이 실망인 것인지 흥분인 것인지 확실치 않았다.

"아주 없지는 않습니다, 선생님." 그가 만족스러운 표정으로 말했다. 그러고 나서 호주머니에서 굉장히 많은 종잇조각과 봉투를 꺼내며 필요한 것을 찾았다.

"앉으세요. 서 있으면 나도 불편하니까."

"그럼 앉겠습니다, 선생님." 자리에 앉은 그는 나를 좀 더 자세히 볼 수 있었다. "전에 어디선가 뵙지 않았나요, 선생님?"

나는 봉투에서 첫 장을 꺼냈다. 초등학생이 쓴 것처럼 또박또박 기록한 비용 명세서였다. 내가 말했다. "글씨를 아주 단정하게 쓰는군요."

"제 아들이 쓴 겁니다. 아들에게 이 분야의 일을 훈련시키고 있거든요." 그러고 나서 그가 급히 덧붙였다. "그 애의 비용은 적지 않았습니다, 선생님. 지금처럼 그 애한테 일을 떠맡긴 경우를 빼고는 말입니다."

"아이가 이 일을 맡아서 하나요?"

"제가 보고드리러 온 동안뿐입니다, 선생님."

"몇 살이죠?"

"12세가 넘었습니다." 그는 마치 아들이 시계인 것처럼 말했다. "꼬맹이도 도움이 될 때가 있거든요. 가끔 만화책이나 한 권 사 주는 것 외에는 비용도 안 듭니다. 애한테 주목하는 사람은 없으니까요. 뭉그적거리며 망을 보기엔 애들이 제격이죠."

"아이에게는 어울리지 않는 일 같은데요."

"그렇지만 선생님, 녀석은 이 일의 진짜 의미에 대해선 모른답니다. 만약 침실로 몰래 숨어들어 가야 하는 경우가 생기면 녀석은 뒤에 남겨 둘 겁니다."

나는 비용 명세서를 읽었다.

1월 18일	석간신문 2부	2펜스
	지하철 왕복	1실링 8펜스
	커피. 건터스	2실링

그는 내가 읽는 동안 나를 유심히 지켜보았다. "그 집은 커피값이 생각보다 비쌌습니다." 그가 말했다. "그렇지만 남의 눈에 띄지 않으려면 그럴 수밖에 없었습니다."

1월 19일	지하철	2실링 4펜스
	병맥주	3실링
	칵테일	2실링 6펜스
	비터♦ 1파인트	1실링 6펜스

그가 또 내가 읽어 나가는 것을 방해했다. "맥주는 좀 양심에 찔립니다, 선생님. 제가 부주의해서 잔을 엎질렀습니다. 하지만 그땐 보고드릴 것이 생겨서 제가 좀 흥분해 있었답니다. 아실지 모르겠지만 어떤 때는 수 주일 동안 실망스럽게도 특별한 일이 없는 경우가 있는데, 이번에는 이틀 만에……"

물론 나는 이 사람과 당황하던 그 아이를 기억했다. 나는 1월 19일의 보고서를 읽었다(1월 18일에는 얼핏 보아도 대수롭지 않은 동정에 대한 기록들뿐이라는 것을 알 수 있었다). '피의뢰인은 버스로 피커딜리서커스♦♦에 갔음. 들뜬 표정이었음. 부인은 에어가를 지나 카페 로열로 들어감. 그곳엔 어떤 신사가 부인을 기다리고 있었음. 본인과 본인의 아이는……'

그는 나를 가만 내버려 두지 않았다. "선생님, 보시다시피 그 부분은 필체가 다릅니다. 저는 은밀한 관계로 여겨지는 인물에 관한 것이 있을 경우에는 절대 아이에게 보고서를 쓰게

♦ 쓴맛이 강한 맥주.
♦♦ 런던 도심부에 있는 원형 광장.

65

하지 않습니다."

"아이를 잘 키우는군요." 내가 말했다.

'본인과 본인의 아이는 가장 가까운 자리에 앉았음.' 내가 읽어 내려갔다. '피의뢰인과 그 신사는 격식을 차리지 않고 서로 다정하게 대하는 것으로 보아 아주 가까운 사이인 게 분명해 보였음. 어느 때인가는 탁자 밑에서 서로 손을 잡았다고 생각됨. 그 점을 확인할 수는 없었지만 피의뢰인의 왼손이 보이지 않았고 그 신사의 오른손도 보이지 않았는데, 그런 경우는 보통 그런 식으로 손을 잡은 것을 나타냄. 그들은 잠깐 동안 다정한 말을 주고받은 뒤 걸어서 조용하고 한적한 식당으로 감. 고객들에게 룰스 식당으로 알려진 그곳에서 탁자에 앉지도 않고 긴 의자를 골라 앉아 폭찹♦ 2인분을 주문함.'

"폭찹이 중요한가요?"

"그것은 신분을 나타내는 표시일 수 있습니다, 선생님. 자주 즐겨 먹는다면 말입니다."

"그럼 그 신사의 신분은 확인하지 못했나요?"

"계속 읽으시면 알게 될 겁니다, 선생님."

'본인은 바에서 칵테일을 마시며 이 폭찹 요리를 주문하는 것을 관찰했음. 하지만 바 뒤에 있는 여자 바텐더나 어떤 웨이터에게서도 그 신사의 신분을 알아낼 수 없었음. 본인은 모호

♦ 돼지 갈빗살 요리.

66

하고 무심한 태도로 슬쩍 질문을 던졌으나 그 질문이 그들의 호기심을 불러일으킨 게 분명해 보였고, 그래서 본인은 그곳을 떠나는 게 낫겠다고 생각했음. 하지만 보드빌 극장의 무대지킴이와 친해짐으로써 본인은 그 식당을 계속 관찰할 수 있었음.'

"어떻게 친해졌나요?" 내가 물었다.

"'베드포드헤드' 바에서 친해졌습니다, 선생님. 전 그들이 폭찹을 주문했으니 한참 걸릴 게 틀림없다고 생각하고 그리로 갔습니다. 그리고 얼마 뒤 극장으로 돌아가는 그 사람과 동행하게 되었죠. 그 극장의 뒷문은……"

"그곳은 나도 잘 압니다."

"전 보고서를 아주 중요한 내용만으로 압축해서 쓰고자 했습니다, 선생님."

"암, 그래야지요."

보고서는 계속 이어졌다. '점심 식사 후 피의뢰인들은 메이든레인을 함께 걷다가 어느 식료품점 앞에서 헤어짐. 본인은 그들이 격렬한 감정을 진정시키려 애를 쓰고 있다는 인상을 받음. 그들은 이것으로 영원히 이별하는 게 아닐까, 본 조사와 관련하여 말하자면 해피엔드가 아닐까, 하는 생각이 떠올랐음.'

그는 또다시 걱정스러운 표정으로 끼어들었다. "개인적인 느낌이 들어간 것을 용서하시겠죠?"

"물론입니다."

"저 같은 일을 하는 사람들도 때로는 감정에 휩쓸리곤 한답니다, 선생님. 저는 그 부인이 **마음에 들었어요.** 피의뢰인 말입니다."

'본인은 그 신사를 미행할 것인가, 피의뢰인을 미행할 것인가 잠시 망설였음. 그러나 본인이 지시받은 사항에 따르면 신사를 미행하는 것은 허용되지 않는다고 판단했음. 그래서 피의뢰인을 미행함. 부인은 감정이 북받친 모습으로 채링크로스 로드를 향해 조금 걸어감. 그런 다음 국립 초상화 미술관으로 들어갔으나 겨우 몇 분밖에 머무르지 않음······'

"다른 중요한 일은 없었나요?"

"없었습니다, 선생님. 부인은 실은 앉아 있을 곳을 찾고 있었던 것 같습니다. 왜냐하면 그다음엔 성당으로 들어갔으니까요."

"성당?"

"메이든레인에 있는 가톨릭 성당이었습니다, 선생님. 다 보고서에 쓰여 있습니다. 그렇지만 기도하러 간 게 아니라 그저 앉아 있으려고 들어간 겁니다."

"그런 것까지 알 수 있나요?"

"당연히 저도 피의뢰인을 따라 안으로 들어갔죠. 저는 진짜 신도처럼 보이려고 부인 뒤로 몇 줄 떨어진 자리에서 무릎을 꿇고 앉았습니다. 그런데 선생님, 부인은 분명히 기도를 올리지 않았습니다. 부인은 가톨릭 신자가 아닐 겁니다. 그렇지 않나요, 선생님?"

"예, 아니에요."

"마음이 진정될 때까지 어둠 속에 앉아 있으려는 것이었습니다."

"누군가를 만나려던 것 아니었을까요?"

"아닙니다, 선생님. 부인은 겨우 3분 동안만 앉아 있었고, 누구하고도 얘기하지 않았습니다. 제가 보기에는 실컷 울고 싶었던 것 같습니다."

"아마 그랬을 겁니다. 하지만 손에 관한 것은 틀렸어요, 파키스 씨."

"손이라니요, 선생님?"

나는 불빛에 내 얼굴이 잘 드러나도록 몸을 움직였다.

"우린 손을 대지도 않았습니다."

내 나름의 농담을 하고 나니 그에게 미안한 생각이 들었다. 그러잖아도 원래 소심한 사람인 그를 깜짝 놀라게 한 것이 미안했다. 그는 마치 갑작스럽게 상처를 입고서 몸이 마비된 상태로 다음 공격을 기다리는 사람처럼 입을 약간 벌린 채 나를 쳐다보았다. 내가 말했다. "그런 실수는 흔히 일어날 거라고 생각해요, 파키스 씨. 새비지 씨가 우릴 소개시켜 줬어야 해요."

"아닙니다, 선생님." 그가 침울하게 말했다. "제 잘못입니다." 그는 고개를 숙이고 앉아 무릎 위에 놓인 자신의 모자를 내려다보았다. 나는 그의 기운을 북돋우려 했다. "사소한 문제예요." 내가 말했다. "밖에서 이런 모습을 본다면 정말 우스꽝스러울 겁니다."

"하지만 전 밖이 아니라 안에 있잖습니까, 선생님." 그가 말했다. 그는 모자를 돌리면서 바깥 공원만큼이나 축축하고 을씨년스러운 목소리로 말을 이었다. "마음이 쓰이는 사람은 새비지 씨가 아닙니다. 그분은 이 분야의 일을 하는 사람치고는 이해심이 많은 분이죠. 신경 쓰이는 사람은 바로 제 아들입니다. 그 애는 나를 대단한 사람으로 여기고 일을 시작했거든요." 그는 비참한 마음 깊숙한 곳에서 겁먹은 듯한 자조적인 미소를 건져 올렸다. "우리 아들 같은 애들이 어떤 책을 읽는지 아십니까, 선생님? 닉 카터류流의 소설◆을 읽는답니다."

"아이가 이런 일을 왜 알아야 합니까?"

"어린아이는 정직하게 대해야 합니다, 선생님. 그리고 제 아이는 틀림없이 물어볼 겁니다. 제가 어떻게 뒤를 밟았는지 알고 싶어 하니까요. 그게 바로 녀석이 지금 배우고 있는 일이거든요. 뒤를 밟는 것 말입니다."

"아이한테 이렇게 말해 줄 수는 없나요? 난 그 사람이 누구

◆ 닉 카터라는 형사를 주인공으로 한 싸구려 소설. 라디오 방송국에서 범죄 드라마로 만들어 방송했다.

70

라는 걸 알 수 있었다. 그래서 난 흥미가 없었다. 이런 식으로."

"그렇게 제안해 주시니 고맙습니다, 선생님. 그렇지만 이 문제는 전반적으로 볼 필요가 있습니다. 제가 우리 아이한테까지 그렇게 말할 수 없다는 얘기는 아닙니다. 하지만 만약 이 뒷조사를 하는 중에 녀석이 우연히 선생님을 만나면 어떻게 생각하겠습니까?"

"그런 일은 없을 거예요."

"하지만 충분히 일어날 수 있는 일입니다, 선생님."

"이번엔 그냥 집에 남겨 두는 건 어때요?"

"그건 더더욱 안 좋은 일입니다, 선생님. 엄마가 없는 아이인 데다 지금은 방학 기간이거든요. 저는 방학 때는 늘 이런 식으로 녀석을 교육해 왔습니다. 새비지 씨도 전적으로 동의해 주었고요. 이번에는 제 자신이 바보 같은 짓을 했으니 창피함은 제가 다 감수해야죠. 녀석이 너무 진지한 성격이 아니라면 좋겠지만, 제가 실수를 하면 녀석은 무척 속상해하거든요. 언젠가 프렌티스 씨가—이이는 새비지 씨의 조수인데, 다소 냉정한 사람입니다, 선생님—아이가 있는 데서 이렇게 말했습니다. '또 실수했군, 파키스.' 그 말에 녀석이 처음으로 눈을 뜬 겁니다." 그는 굉장한 결심을 한 것 같은 태도로 일어나서(우리가 어찌 남의 용기를 잴 수 있겠는가?) 말했다. "제 문제를 얘기하느라 선생님 시간을 많이 빼앗았군요."

"나는 즐거웠습니다, 파키스 씨." 비꼰 게 아니라 진심이었다. "너무 마음 쓰지 말도록 하세요. 아이가 당신을 닮았나 보네요."

"녀석은 엄마의 머리를 닮았습니다, 선생님." 그가 구슬프게 말했다. "저는 빨리 가 봐야겠습니다. 밖은 추우니까요. 여기 오기 전에 아들 녀석에게 추위를 피할 수 있는 좋은 자리를 찾아 주기는 했습니다만, 녀석은 너무 열심이어서 아마 눈을 피해 거기에 있지만은 않을 겁니다. 비용을 인정하신다면 이니셜로 서명해 주시겠습니까, 선생님?"

나는 창가에 서서 얇은 방수 외투의 옷깃을 세우고 낡은 모자를 눌러쓴 그를 지켜보았다. 눈이 더 많이 내리고 있었다. 벌써 세 번째 가로등까지 간 그의 모습은 발자국을 내며 나아가는 조그만 눈사람처럼 보였다. 나는 10분 동안이나 세라 생각도, 질투에 대한 생각도 하지 않았다는 것을 문득 깨닫고 깜짝 놀랐다. 그 시간 동안 타인의 걱정스러운 마음을 헤아릴 만큼 사람다워진 것이었다.

7

질투, 또는 내가 언제나 질투라고 믿어 온 것은 오직 욕망과 더불어 존재한다. 구약 성경 집필자들은 '질투하시는 하느님'이라는 말을 즐겨 사용했다. 아마 그것은 하느님은 인간을 사랑하신다는 믿음을 간단하게, 간접적으로 표현하는 그들의 방식이었을 것이다. 그러나 나는 다른 종류의 욕망이 있다고 생각한다. 지금의 나의 욕망은 사랑보다 증오에 더 가깝다. 그리고 헨리는 오래전부터 세라에 대한 육체적 욕망을 느끼지 못했다. 나는 언젠가 세라가 내게 해 준 말로부터 그렇게 믿을 만한 근거를 가지고 있다.

그럼에도 당시의 헨리는 나만큼이나 질투에 빠져 있었다는 생각이 든다. 그가 욕망한 것은 세라와 함께 있는 것뿐이었다. 헨리는 처음으로 세라가 자신을 신뢰하지 않는다는 것을 느꼈다. 그는 고민스럽고 절망스러웠다. 무슨 일이 일어나고 있는지, 그리고 앞으로 무슨 일이 일어날지 몰랐다. 그는 몹시 불안정한 상태로 살아갔다. 그 정도로 악화된 그의 처지는 나보다 더 나빴다. 나는 가진 게 아무것도 없다는 데서 오는 안정감이 있었다. 나는 단지 내가 잃어버린 것만을 가지고 있었을 뿐이지만, 헨리는 여전히 식탁에 앉은 세라의 모습과 계단에서 나는 그녀의 발소리, 문 닫는 소리, 그녀의 뺨에 해 주는 키스 등을 가지고 있었다. 그는 지금도 그때보다 더 많은 것을 가지고 있을 것 같지는 않지만, 사랑에 굶주린 사람에게 그 정도만 해도 아주 많은 것 아닌가. 게다가 더 나쁜 것은 그는 한때 나는 한 번도 가져 보지 못한 안정감을 누렸다는 점일 것이다. 파키스 씨는 공원을 가로지르며 돌아가는 그 순간에도 세라와 내가 한때 연인이었다는 사실을 전혀 알지 못했다. 연인이라는 단어를 쓰고 보니 나의 뇌는 나의 의지에 반하여 꼼짝없이 고통이 시작된 시점으로 돌아간다.

메이든레인에서 서툰 키스를 한 지 일주일 뒤에 나는 세라에게 전화를 해서 밖으로 불러냈다. 저녁을 먹으면서 세라는 헨리가 영화를 좋아하지 않으며, 따라서 자기도 영화관에 가는 일이 무척 드물다고 했다. 마침 내 소설 하나가 영화로 만들어져 워너 극장에서 상영되고 있었다. 나는 얼마간 '과시'도 하고 싶었고, 또한 그런 어색한 키스를 했으므로 예의상으로라도 그에 뒤따르는 뭔가를 해야 한다고 느꼈으며, 한편으로는 여전히 관료의 결혼 생활에 관심이 있었다. 그래서 세라에게 함께 영화를 보러 가자고 청한 것이었다. "헨리에게 같이 가자고 하는 건 소용없는 일이겠네요?"

"전혀 소용없어요." 그녀가 말했다.

"그럼 영화를 본 뒤에 우리와 함께 저녁을 먹을 순 있겠죠?"

"그이는 일거리를 잔뜩 가지고 집에 올 거예요. 어떤 진절머리 나는 자유당원이 다음 주에 의회에서 미망인에 관해 질의를 한대요." 그러므로 그 자유당 당원이—루이스라는 웨일스 사람이었던 것 같다—그날 밤 우리가 함께한 잠자리를 만들어 주었다고 말할 수도 있을 것이다.

영화는 그다지 좋은 영화가 아니었다. 때때로 나에게는 아주 절실했던 상황이 영화의 상투적 수법으로 왜곡되게 나타난 것을 보는 일은 몹시 고통스러웠다. 세라와 함께 뭔가 다른 것을 하러 갔더라면 좋았을 텐데, 하는 생각이 들었다. 처음에는 "난 저렇게 쓰지 않았어요"라고 말하곤 했으나 계속 그렇게 말할 수는 없는 노릇이었다. 그녀는 동정하듯이 손으로 나를 만졌고, 그때부터 우리는 아이들이나 연인들이 그러하듯이 계속 천진하게 손을 맞잡고 앉아 있었다. 겨우 몇 분 동안이긴 했지만 갑자기 예기치 않게 영화에 생기가 돌았다. 나는 이것은 내 이야기이고 이번만큼은 내가 실제로 썼던 대화라는 것도 잊어버린 채 싸구려 식당에서의 사소한 장면에 진심으로 감동했다. 여자의 연인은 스테이크와 양파를 주문했었는데, 여자는 남편이 양파 냄새를 싫어하기 때문에 그걸 먹기를 잠시 주저했다. 그러자 여자의 연인은 그녀가 주저하는 이유—그의 머릿속에 그녀가 집으로 돌아가서 불가피하게 남편과 포옹하는 모습이 떠올랐다—를 깨닫고는 상심하여 화를 냈다. 그 장면은 성공적이었다. 나는 말이나 행동에서 어떠한 치장도 없이 그저 평범하고 단순한 에피소드로 격정의 감정을 전달하고자 했는데, 그게 성공적으로 표현된 것이었다. 잠깐 동안 나는 행복했다. 글쓰기란 바로 이런 것이었다. 나는 글쓰기 이외의 이 세상 어떤 것에도 흥미가 없어졌다. 집으로 돌아가서 그 장면을 다시 읽어 보고 싶었다. 뭔가 새로운 것을 써 보고 싶었다. 세라 마일스에게 저녁을 함께 먹자고 청하지 않았더라면 얼마나 좋았을까, 하는 생각이 들었다.

나중에—우리는 다시 룰스 식당으로 갔고, 막 우리가 주문

한 스테이크가 나왔다―그녀가 말했다. "당신이 쓴 장면이 하나 있더군요."

"양파에 관한 거?"

"네." 바로 그 순간에 양파 한 접시가 탁자에 나왔다. 나는 세라에게 물었다(그날 저녁 그녀를 탐할 생각은 털끝만큼도 없었다). "헨리는 양파를 싫어하나요?"

"네. 양파 냄새를 참지 못해요. 당신은 양파 좋아해요?"

"예." 그녀는 내게 양파를 권한 다음 자신도 먹었다.

양파 한 접시로 인해 사랑에 빠질 수 있을까? 있을 법하지 않다. 하지만 맹세컨대 내가 사랑에 빠진 것은 바로 그때였다. 물론 단순히 양파 때문만은 아니었다. 갑자기 그녀가 한 여인으로 느껴지고 그녀의 솔직함―나중에 빈번히 나를 행복하게도, 비참하게도 만들었던 솔직함―이 가슴에 다가왔기 때문이다. 나는 식탁보가 늘어뜨려진 탁자 밑으로 손을 넣어 그녀의 무릎 위에 얹었다. 그러자 그녀의 손이 내려와 내 손 위에 포개졌다. 내가 말했다. "스테이크가 맛있군요." 시처럼 들리는 그녀의 대답이 뒤따랐다. "내가 먹어 본 것 중에서 최고예요."

구애도 유혹도 없었다. 우리는 맛있는 스테이크를 반쯤 남기고 클라레◆를 3분의 1쯤 남겼다. 메이든레인으로 나온 우리

◆ 프랑스 보르도산 적포도주.

76

두 사람의 마음속에는 똑같은 생각이 담겨 있었다. 대문과 하수구 쇠창살이 있는 이전과 똑같은 곳에서 우리는 키스를 했다. 내가 말했다. "사랑에 빠진 것 같아요."

"저도요."

"집으로 갈 순 없어요."

"그래요."

채링크로스역에서 택시를 잡아탔다. 나는 운전사에게 아버클가로 가자고 했다. 아버클가는 택시 기사들이 이스트본 지역에 붙인 이름으로, 패딩턴역 옆으로 리츠, 칼튼 등과 같은 호화로운 이름의 호텔들이 즐비하게 늘어선 곳이었다. 이들 호텔의 문은 언제나 열려 있고, 한두 시간 정도는 언제든 방을 잡을 수 있었다. 지난주에 나는 이스트본 지역에 다시 가 보았다. 그 지역의 절반이 사라졌다. 호텔이 늘어서 있던 구역이 폭격을 받아 산산이 부서진 것이었다. 우리가 그날 밤 사랑을 나누었던 브리스틀 호텔이 있던 곳도 허공이 되어 버렸다. 그 호텔 현관에는 양치식물 화분이 있었다. 파란 머리의 여자 지배인이 우리에게 가장 좋은 방을 보여 주었다. 그 방은 금박을 입힌 커다란 더블베드와 빨간 벨벳 커튼, 그리고 전신을 다 볼 수 있는 거울이 있는 순 에드워드 시대풍의 방이었다. (아버클가에 오는 사람치고 일인용 침대 두 개가 필요한 이들은 없었다.) 그때의 사소한 사항들은 또렷이 기억난다. 지배인이 자고 갈 것인지 나에게 물었던 것, 잠시 머물다 가면 방값이 15실링이

라는 것, 전기 미터기는 동전을 넣어야만 작동하는데 우리 둘
다 동전이 없었던 것 등등. 그러나 사소하지 않은 다른 것들,
예컨대 처음에 세라가 어떤 표정을 지었는지, 그리고 우리는
무엇을 했는지 따위는 기억나지 않는다. 기억나는 거라곤 우
리는 둘 다 초조해했고 몹시 서툴게 사랑을 나누었다는 것뿐
이다. 그 점은 중요하지 않았다. 우리는 시작했다는 것, 그게
중요한 점이었다. 그때는 온 인생이 기대감으로 가득 차 있었
다. 아, 언제나 선명하게 기억나는 것이 또 하나 있다. 우리 방
(30분 뒤의 '우리 방') 문 앞에서 다시 그녀에게 키스하면서, 그
녀가 헨리에게로 돌아간다고 생각하니 너무 싫다고 말했을 때
그녀는 이렇게 받아쳤다. "걱정 말아요. 그이는 미망인 문제로
바쁘니까요."

"헨리가 당신에게 키스하는 생각만 해도 마음이 쓰려요." 내
가 말했다.

"그이는 키스하지 않을 거예요. 양파를 끔찍이도 싫어하니
까요."

나는 그녀를 공원 건너편에 있는 그녀의 집까지 바래다주었
다. 헨리의 서재 문 밑으로 불빛이 새어 나왔다. 우리는 2층으
로 올라갔다. 거실에서 서로의 몸을 껴안았다. 도무지 떨어질
수가 없었다. "금방이라도 헨리가 올라올 것 같은데." 내가 말
했다.

"올라오면 소리가 들려요." 그녀는 그렇게 말하고 나서 무

섭도록 명료하게 덧붙였다. "계단 중에 항상 삐걱 소리를 내는 곳이 한 군데 있거든요."

나는 외투를 벗을 틈도 없었다. 우리는 키스를 했고, 그때 계단에서 삐걱하는 소리가 들려왔다. 헨리가 방에 들어왔을 때 나는 세라의 천연덕스러운 얼굴을 구슬피 바라보았다. 그녀가 말했다. "당신이 올라와서 우리에게 술 한잔 권해 주기를 바라고 있었답니다."

헨리가 말했다. "아, 좋지. 뭘 마실 겁니까, 벤드릭스?" 나는 술을 마시지 않겠다고 했다. 해야 할 일이 있었다.

"밤에는 일하지 않는다고 말했던 것 같은데요."

"어, 이건 별개의 일이에요. 평론이거든요."

"재미있는 책에 관한 건가요?"

"그리 재미있는 책은 아니에요."

"나도 당신처럼…… 글 쓰는 재능이 있었으면 좋겠어요."

세라는 문까지 따라 나왔고, 우리는 다시 키스했다. 그 순간 내가 고맙게 여긴 사람은 세라가 아니라 헨리였다. 마치 과거의 모든 남자와 미래의 모든 남자가 그들의 그림자를 현재에 던지고 있는 것만 같았다. "왜 그래요?" 세라가 물었다. 그녀는 언제나 키스 뒤에 숨은 의미와 머릿속에서 속삭이는 소리를 재빨리 알아차렸다.

"아무것도 아니에요." 내가 말했다. "내일 아침에 전화할게요."

"내가 전화하는 게 낫겠어요." 그녀가 말했다. 조심, 나는 생각했다. 조심…… 세라는 어떻게 이 같은 일에 어떤 식으로 대처해야 하는지 잘 알고 있단 말인가. 나의 뇌리에 다시 한번항상—그녀는 분명히 '항상'이라고 말했다—삐걱 소리를 내는 계단이 떠올랐다.

제2권

1

불행의 감정은 행복의 감정보다 훨씬 전달하기 쉽다. 우리는 고통 속에서 우리 자신의 존재를 알아차리는 것 같다. 비록 그것이 무섭도록 자기중심적인 형태—나의 이 고통은 내 개인적인 것이다, 움츠러든 이 신경은 다른 누구의 것도 아닌 내 것이다, 라는 식으로 여기는 형태—를 띤다 할지라도 말이다. 그러나 행복은 우리를 없애 버린다. 행복 속에서 우리는 우리의 정체성을 잃어버린다. 인간애라는 말은 성인聖人들이 자신들에게 나타난 하느님의 모습을 묘사하는 데 사용되어 왔다. 그러므로 내 생각에는 우리가 한 여자에게 느끼는 사랑의 강도를 설명하는 데 기도, 명상, 묵상 등과 같은 말을 써도 될 것 같다. 우리는 또 기억, 지성, 지능을 포기하기도 하고, 또한 박

탈감과 어두운 밤을 경험하기도 하며, 때로는 보상으로서 일종의 평화를 경험하기도 한다. 사랑의 행위 자체는 작은 죽음이라고 묘사되어 왔는데, 연인들은 종종 작은 평화를 경험하기도 한다. 사실은 내가 미워하는 것을 마치 사랑했던 것처럼 이렇게 쓰고 있다는 게 이상하다. 나는 종종 내가 무슨 생각을 하는지 알아차리지 못한다. 내가 '어두운 밤' 같은 말에 대해서 무엇을 알 것이며, 오직 하나의 기도밖에 없는 내가 기도에 대해서 무엇을 알겠는가? 나는 그런 것들을 물려받았을 뿐이다. 마치 아내의 죽음으로 여자의 옷, 향수, 크림 등등의 쓸모없는 물건들을 갖게 된 혼자 남겨진 남편처럼 말이다. 그럼에도 이같은 평화가 있었다……

이것이 전쟁이 일어나고 나서 첫 몇 개월 동안의 내 생각이다. 전쟁이 가짜 전쟁이었던 것처럼 평화도 가짜 평화였을까? 지금 생각하니 그것은 의심과 기다림으로 점철된 그 수개월 동안 나에게 안심과 위로의 팔을 뻗어 주었던 것 같다. 그러나 그때조차도 평화는 오해와 의심으로 자주 깨지곤 했다고 생각된다. 그 첫 저녁에 상쾌한 기분과는 거리가 먼 슬픔과 체념만을 안고 집으로 돌아갔듯이, 이후에도 그녀를 만나고 돌아갈 때면 번번이 나는 그녀의 여러 남자 중 하나일 뿐—단지 이 시점에 그녀가 가장 좋아하는 연인일 뿐—이라는 확신을 품고 집으로 돌아가곤 했다. 내가 심하게 집착하며 사랑하기에 밤중에 잠이 깨면 나도 모르게 곧장 생각에 잠기게 만들고 그리하여 잠을 포기하게 만드는 대상인 이 여인도 자신의 모든 시간을 나에 쏟는 것처럼 보였다. 그럼에도 나는 그녀에게서 신뢰감을 느끼지 못했다. 사랑의 행위를 할 때면 거만하게 굴 수 있었지만, 그러나 혼자일 때면 나는 거울 속의 주름 잡힌 얼굴과 저는 다리를 들여다보며 그녀가 왜 이런 나를 좋아하겠는가 하는 의심만 들 뿐이었다. 우리가 만날 수 없는 경우도 적지 않았다. 치과나 미용실 약속이 있을 때, 헨리가 손님을 불러 접대할 때, 그들 둘만의 시간을 보낼 때가 그런 경우였다. 헨리가 미망인의 연금 일을 처리하거나 또는—그는 곧 전직되었으므로—방독면 배급이나 인가받은 마분지 상자의 디자인 일을 하는 동안 그녀는 집 안에 있어야 해서 나를 배반할 (나는 연인으로서의 이기심에 사로잡혀, 있지도 않은 의무를 있는 척 가장하며 그 배반이라는 단어를 사용하고 있었다) 기회가 없을 것이라고 나 자신에게 말해 봤자 아무 소용 없는 일이었다. 왜냐하면 욕정만 있으면 더없이 위태로운 상황에서도 사랑을 나눌 수 있다는 걸 내가 잘 알고 있었으니까. 불신은 사랑 행위의 성공과 더불어 자란다. 실제로 우리의 바로 다음번 만남에서 그 같은 일이 나로서는 불가능하다고밖에 표현할 수 없는 그런 방식으로 일어나지 않았던가.

나는 조심하기를 바라는 그녀의 마지막 충고의 말로 인한 슬픔이 아직 가시지 않은 채 잠이 깼다. 그러나 잠에서 깬 지 3분도 안 되어 전화기를 타고 들려온 그녀의 목소리에 슬픔이 눈녹듯 사라져 갔다. 나는 전화 목소리만으로 내 기분을 완전히 바꿔 놓을 수 있는 여자를 그 전에도 그 후에도 보지 못했다. 그녀는 방에 들어오거나 내 옆구리에 손을 대는 것만으로도 내가 떨어져 있을 때마다 잃어버리곤 하는 절대적인 신뢰감을 즉시 회복시켜 주었다.

"여보세요." 세라가 말했다. "아직 잠이 덜 깼어요?"

"아니. 언제 볼 수 있을까요? 오늘 오전?"

"헨리가 감기에 걸려서 집에 있어요."

"당신이 이리 올 수 있다면 좋을 텐데……"

"난 전화를 받아야 해서 집에 있어야 해요."

"헨리가 감기에 걸렸다는 이유만으로?"

그 전날 밤에는 헨리에 대해 우정과 동정을 느꼈지만 그는 이미 적이 되어 버렸다. 조롱과 원망과 은밀한 비난의 대상이 되어 버린 것이었다.

"그이는 목소리가 안 나와요."

나는 야비하게도 그가 그런 어설픈 병에 걸린 것이 은근히 기뻤다. 나오지 않는 쉰 목소리로 미망인의 연금 문제를 답답하게 뇌까리는 공무원 나리…… 내가 말했다. "어떻게 만날 방법이 없을까요?"

"물론……"

잠시 침묵만이 전화선을 타고 흘러서 나는 전화가 끊어진 줄 알았다. 내가 말했다. "여보세요. 여보세요." 그러나 그녀는 생각하고 있었다. 나에게 신속히 올바른 답을 주려고 신중하게, 침착하게, 다급히 생각하는 중이었다. "1시에 침대에 누워 있는 헨리에게 먹을 것을 갖다줄 거예요. 당신과 나는 거실에서 함께 샌드위치를 먹을 수 있어요. 나는 미리 헨리에게 당신이 그 영화라든가 영화의 원작인 당신 소설에 대해서 얘기하고 싶어 한다고 말해 둘게요." 그녀가 전화를 끊기 무섭게 신뢰감도 끊어졌다. 나는 생각했다. 세라는 이전에도 얼마나 많이 이런 식으로 계획을 짰을까? 그녀의 집으로 가서 초인종을 눌렀을 때 나는 그녀의 적인 것 같은 기분이 들었고, 탐정인 듯한 기분도 들었다. 몇 년 뒤 파키스와 그의 아들이 그녀의 행동거지를 관찰하듯이 나는 그녀의 말을 관찰하는 탐정이나 되는 듯한 기분이 들었던 것이다. 잠시 후 문이 열리자 신뢰감이 되돌아왔다.

당시 누가 누구를 원했는가 하는 점은 의문의 여지 없이 명확했다. 우리는 둘 다 서로를 욕망했다. 녹색 모직 가운을 입은 헨리는 베개 두 개에 등을 기댄 채 앉아서 음식이 담긴 쟁반을 들고 있었다. 우리는 아래층 방의 딱딱한 마룻바닥에 쿠션 하나를 깔고서 문을 약간 열어 둔 채로 사랑을 나누었다. 절정의 순간이 왔을 때 나는 자신을 방기하듯 토해 내는, 슬픔과 노여움이 서린 듯한 그녀의 야릇한 신음 소리를 위에서 헨리가 들을까 봐 손으로 가볍게 그녀의 입을 막아서 그 소리를 죽여야 했다.

나는 애초에는 세라에게서 소설을 쓰는 데 도움이 될 만한 내용을 얻으려고만 했던 것을 생각하며 그녀 옆에 쭈그리고 앉아, 마치 이 모습을 다시는 보지 못할 것처럼 그녀를 자꾸자꾸 들여다보았다. 쪽모이 세공 마룻바닥에 고인 술처럼 보이는 모호한 갈색빛 머리, 이마에 맺힌 땀방울, 달리기 경주를 막 끝낸 것 같은 가쁜 숨결, 그리고 지쳐 쓰러진 채 승리감을 만끽하고 있는 젊은 운동선수 같은 모습……

그때 계단에서 삐걱하는 소리가 났다. 잠시 우리 둘 다 꼼짝하지 않았다. 샌드위치는 손도 대지 않은 채로 식탁 위에 놓여 있고, 잔에는 술이 채워지지도 않았다. 그녀가 소리 죽여 말했다. "그이가 아래층으로 내려갔어요." 그녀는 의자에 앉아 무릎 위에 접시를 올려놓고 잔을 옆에 놓았다.

"헨리가 들었을 것 같아요." 내가 말했다. "지나가면서."

"들었다 해도 무슨 소린지 몰랐을 거예요."

내 표정이 못 믿겠다고 말하는 것처럼 보였는지 세라가 부드럽고 나른한 목소리로 설명했다. "가엾은 헨리. 이런 일은 한 번도 없었어요. 지난 10년 동안 한 번도." 그래도 우리는 우리가 안전하다고 확신할 수 없었다. 우리 두 사람은 조용히 앉아서 귀를 기울였고, 이윽고 계단에서 삐걱하는 소리가 다시 들려왔다. 나는 내 목소리가 내 귀에도 갈라지고 허황되게 들리는 것을 느끼며 쓸데없이 큰 소리로 말했다. "그 양파 장면이 마음에 들었다니 기쁘군요." 헨리가 문을 열고 안을 들여다보았다. 그는 회색 플란넬 덮개로 감싸인 온수병을 들고 있었다. "좋아 보여요, 벤드릭스." 그가 조그만 목소리로 말했다.

"당신이 직접 그걸 가지러 가면 어떡해?" 그녀가 말했다.

"대화를 방해하고 싶지 않아서 그랬어."

"우린 어젯밤에 본 영화 얘기를 하고 있었어요."

"필요한 거 있으면 뭐든 다 얘기해요." 헨리가 조그만 목소리로 내게 말했다. 이어 세라가 나를 위해 꺼내 온 클라레를 바라보았다. "29년산을 가져오지 그랬어." 그는 잘 들리지도 않는 목소리로 그렇게 속삭이듯 말하고 나서 플란넬 덮개로 감싸인 온수병을 움켜쥐고 방을 나갔고, 우리는 다시 단둘이 남게 되었다.

"마음에 걸려요?" 내가 물었다. 그녀는 고개를 저었다. 무슨 뜻으로 그렇게 물었는지 나 자신도 잘 몰랐다. 막상 헨리를 보니 후회의 감정이 일었을지도 모른다고 생각했던 것 같다. 그러나 세라는 후회의 감정에 얽매이지 않는 놀라운 면이 있었다. 우리 같은 보통 사람들과는 달리 그녀는 죄책감에 사로잡히지 않았다. 어떤 일이 일단 행해지면 그것으로 끝난다는 게 그녀의 생각이었다. 후회는 행동과 더불어 죽는다는 것이었다. 만약 헨리가 우리의 행위를 현장에서 잡았다 해도, 그걸 가지고 한 차례 이상 화를 낸다면 세라는 헨리의 처사가 부당하다고 생각했을 것이다. 가톨릭교도는 고해실에서 과거를 영구히 하느님께 맡김으로써 과거의 일로부터 자유로워진다고

들 말한다. 그런 점에서 그녀는 타고난 가톨릭교도라고 할 수 있었을 것이다. 비록 그녀는 나만큼이나 하느님을 믿지 않았지만 말이다. 아니, 나는 그때는 그렇게 생각했지만 지금은 잘 모르겠다.

만약 이 소설이 똑바로 나아가지 못한다면, 그 이유는 내가 이상한 데서 길을 잃었기 때문이다. 나는 지도를 가지고 있지 않다. 나는 종종 내가 여기에 쓰고 있는 것이 과연 진실인지 의문스러울 때가 있다. 그날 오후, 묻지도 않았는데 그녀가 갑자기 "난 당신을 사랑하는 것만큼 그 누구나 그 무엇을 사랑해본 적이 한 번도 없어요"라고 말했을 때 나는 더없는 신뢰감을 느꼈다. 반쯤 먹은 샌드위치를 손에 들고 의자에 앉아 있는 세라는 마치 5분 전에 그 딱딱한 마룻바닥에서 그랬던 것처럼 자신을 완전히 방기하고 있는 듯했다. 대부분의 사람들은 그처럼 완전한 말을 하는 것을 꺼린다. 과거를 떠올리고 앞날을 예상하고 의문을 품기 때문이다. 세라는 의문을 품지 않았다. 그녀에게는 이 순간만이 중요했다. 영원이란 시간의 확장이 아니라 시간의 부재라고 한다. 때때로 내 눈에는 그녀가 자신을 방기하는 태도가 무한이라는 그 이상한 수학적 지점—폭도 없고 공간도 차지하지 않는 지점—에 닿아 있는 것처럼 보일 때가 있었다. 시간이 뭐가 중요한가? 세라의 모든 과거와 그녀가 때때로 만났을 다른 남자들(또 이런 말을 하는군), 또는 그녀가 똑같은 진실한 감정으로 똑같은 말을 할지도 모르는 모든 미래, 이런 것이 뭐가 중요하단 말인가? 내가 나도 그만큼 그녀를 사랑한다고 대답했을 때, 그녀는 거짓말쟁이가 아니었지만 나는 거짓말쟁이였다. 왜냐하면 나는 결코 시간에 대한 의식을 버리지 못하기 때문이다. 내게는 현재가 여기에 존재한 적이 한 번도 없다. 나에게 현재는 언제나 작년이거나 다음 주 같은 것이다.

세라가 "다른 누구도 사랑하지 않을 거예요. 다시는"이라고 말했을 때도 거짓말을 한 게 아니었다. 시간에, 수학적 점 위에 존재하지 않는 시간에 모순이 있을 뿐이다. 그뿐이다. 세라는 나보다 훨씬 더 큰 사랑의 능력을 지녔다. 나는 그 순간의 둘레에 커튼을 치지 못했다. 나는 과거를 잊어버리지 못했고, 두려움을 떨치지 못했다. 심지어 사랑을 나누는 순간에도 나는 아직 저질러지지 않은 범죄의 증거를 수집하는 경찰관 같았다. 그리하여 그로부터 7년여 뒤, 내가 파키스의 편지를 열어 보았을 때도 그 증거들이 내 기억 속에 다 들어 있어서 나의 쓰라린 마음을 더욱 쓰라리게 했다.

2

'선생님,' 편지는 그렇게 시작했다. '저와 제 아이가 17번지 댁의 가정부와 친분을 맺게 되었다는 것을 기쁜 마음으로 알려 드립니다. 이로써 조사가 훨씬 빠르게 진행될 수 있을 것입니다. 왜냐하면 저는 가끔 피의뢰인의 일정 메모장을 슬쩍 훔쳐봄으로써 동향을 파악할 수 있고, 또한 피의뢰인이 휴지통에 버린 내용물을 날마다 조사할 수 있게 되었기 때문입니다. 그 휴지통에서 입수한 흥미로운 증거물을 여기에 동봉하니 읽어 보시고 돌려주시면 감사하겠습니다. 피의뢰인은 일기도 씁니다. 수년 동안 써 왔다는데, 그러나 가정부는—앞으로는 안전을 강화하기 위해 가정부 대신 친구라고 지칭하겠습니다—여태까지 일기장에 접근하지 못했습니다. 피의뢰인이 그 일기장을 서랍에 넣고 자물쇠를 채우기 때문인데, 그건 의심스러운 정황일 수 있습니다. 아닐 수도 있겠지만 말입니다. 여기에 동봉하는 중요한 증거물과는 별도로 피의뢰인은 자신의 일정 메모장에 기록되지 않은 용무에 아주 많은 시간을 보내는 것 같고, 그걸로 보아 일정 메모장은 눈속임용이 아닐까 생각됩니다. 물론 개인적으로 저는 모든 관계자분을 위해 정확한 사실이 요망되는 이 같은 일을 조사함에 있어 저급한 견해를 취하거나 편견을 가지고 대하는 태도를 달가워하지 않습니다만.'

우리는 비극에 의해서만 상처를 받는 것이 아니다. 기괴함도 상처를 입히는 무기이다. 볼품없고 우스꽝스러운 무기 말이다. 파키스 씨의 두서없고 요령 없고 비효율적인 보고서를 아들이 보는 앞에서 그의 입에 쑤셔 넣고 싶은 마음이 일 때가 종종 있었다. 마치 내가 세라를 함정에 빠뜨리려고(그런데 무슨 목적으로? 헨리에게 상처를 주려고? 아니면 나 자신에게 상처를 주려고?) 어릿광대를 우리의 은밀한 관계에 불러들인 것만 같았다. 은밀한 관계. 이 말조차도 파키스 씨 보고서 냄새가 난다. 그는 언젠가 이런 보고서도 쓰지 않았던가. '시더로드 16번지에서 은밀한 관계가 일어났다는 직접적인 증거는 없지만 피의뢰인이 속이고자 하는 의도를 가졌던 것은 분명해 보입니다.' 그 보고서는 나중에 쓴 것이었다. 그 보고서에서 내가 알게 된 것은 세라가 일정 메모장에 쓴 두 곳—치과와 양장점 가기—의 경우, 정말 약속이 잡혀 있었는지는 모르겠지만 아무튼 그 계획된 장소에 그녀가 나타나지 않았다는 것뿐이었다. 그녀는 추적을 피한 것이었다. 값싼 편지지에 연보라색 잉크로 흘려 쓴 필체의 조잡한 보고서를 뒤집어 보니 세라가 쓴 굵고 깨끗한 글씨가 눈에 들어왔다. 거의 2년 뒤에 그 글씨를 알아보리라고는 미처 생각지 못했다.

그것은 보고서 뒷면에 핀으로 꽂아 놓은 종잇조각일 뿐이었다. 거기에 파키스 씨가 빨간색 연필로 큼지막하게 A라고 표시하고, 그 밑에 이렇게 썼다. '사건의 전개를 고려하면 중요한 자료일 수 있으니 모든 증빙 서류는 제가 관리할 수 있도록 돌려주시기 바랍니다.' 그 종잇조각은 휴지통에서 꺼낸 것으로, 연인이 세심한 손길로 편 것처럼 반듯하게 펴져 있었다. 그것은 연인에게 보내는 글이 틀림없었다. '저는 당신에게 글을 쓰거나 말을 할 필요가 없습니다. 제가 말하기 전에 당신은 모든 걸 다 아시니까요. 그러나 사람은 사랑을 할 때는 지금까지 늘 써 왔던 낡은 방법을 또 써야 할 필요를 느끼나 봐요. 저는 이제 사랑하기 시작했을 뿐이라는 걸 알고 있습니다. 그렇지만 저는 이미 당신 이외의 모든 것, 모든 사람을 버리고 싶어요. 단지 두려움과 습관만이 그걸 막고 있을 뿐입니다. 사랑하는……' 글은 거기까지뿐이었다. 그 글이 대담하게 나를 쳐다보았다. 나는 세라가 전에 나에게 보냈던 모든 편지의 모든 내용을 다 잊어버렸다는 사실을 떠올리지 않을 수 없었다. 만약 그 편지들이 세라의 사랑을 온전히 고백한 것이었다면 내가 지금까지 계속 간직하고 있지 않겠는가? 그리고 당시에 세라는 내가 그 편지들을 버리지 않고 계속 간직하고 있을까 봐, 자신의 마음을 '행간'—그녀의 표현이었다—에 숨기려고 늘 조심스럽게 쓰지 않았던가? 그러나 이 최근의 사랑은 행간이라는 우리를 부수고 나왔다. 행간에 숨어 있기를 거부한 것이었다. 내가 기억하는 한 가지 암호가 있었다. 그것은 '양파'였다. 우리의 편지에서 그 암호는 조심스럽게 우리의 욕정을 나타내는 것이 되어 있었다. 사랑이 '양파'가 되었고, 심지어 사랑의 행위 자체도 '양파'가 되었다. '저는 이미 당신 이외의 모든 것, 모든 사람을 버리고 싶어요.' 그래, 양파. 나는 증오심에 사로잡혀 생각했다. 양파. 우리끼리는 그걸 양파라고 했지.

나는 그 편지 조각 밑에 '의견 없음'이라고 쓴 다음 그걸 다시 봉투에 넣고 파키스 씨 주소를 적었다. 그런데 밤중에 잠이 깼을 때 나는 그 편지 내용을 다 읊조릴 수 있었다. '버린다' 는 말이 갖가지 물리적 이미지로 떠올랐다. 잠을 이루지 못하고 누워 있으니 하나하나의 기억들이 떠오르며 증오와 욕망으로 나를 찔러 댔다. 쪽모이 세공 마룻바닥에 부채처럼 펼쳐진 그녀의 머리카락, 삐걱거리는 계단, 그리고 길에서 보이지 않도록 배수로에 들어가 누워 있었던 시골에서의 하루…… 나는 그 배수로에 누운 채 굳은 땅 위에 종려나무 잎처럼 펼쳐진 그녀의 머리카락 사이에서 서리가 반짝이는 것을 보았다. 절정의 순간에 트랙터 한 대가 지나갔는데, 다행히 트랙터의 사내는 고개를 돌리지 않았다. 왜 증오는 욕망을 죽이지 못하는 걸까? 나는 잠을 이룰 수만 있다면 뭐든 다 주었을 것이다. 욕정을 대체할 수 있는 게 있다고 믿었다면 남학생들처럼 그 짓을 했을 것이다. 그러나 그 짓으로 욕정을 대체하려고 해 본 적도 있지만 소용없는 짓이었다.

나는 질투가 심한 남자다. 한 편의 긴 질투의 기록—헨리에 대한 질투, 세라에 대한 질투, 파키스 씨가 어쭙잖게 추적하고 있는 다른 어떤 친구에 대한 질투—이 될 듯싶은 이 글에서 이런 말을 한다는 것이 우스꽝스러워 보인다. 이 모든 것이 과거의 일이 된 지금에는 헨리에 대한 질투는 기억이 특별히 생생해질 때만 느낀다(왜냐하면 세라와 내가 결혼했다면 그녀의 충실성과 나의 욕망이 어우러져 우리는 분명 평생토록 행복할 수 있었을 테니 말이다). 그러나 나의 연적에 대한 질투는 지금도 여전하다. 연적이란 말은 언제나 눈꼴사나운 만족감과 자신감과 성공을 누리는 그이를 표현하기에는 너무 부족하고 부적당한 멜로드라마적인 말이지만 말이다. 그이는 나를 이 드라마의 한 부분으로도 인정하지 않으려 했다는 생각이 들 때가 있다. 그럴 때면 나는 그의 주의를 끌고 싶은, 그리고 그의 귀에 대고 "당신은 나를 무시할 수 없어. 내가 여기 있어. 나중에 무슨 일이 일어났든 그 당시엔 세라가 날 사랑했어"라고 소리 지르고 싶은 엄청난 충동을 느낀다.

세라와 나는 종종 질투에 대해서 긴 토론을 했다. 나는 그녀의 과거에 대해서도 질투했다. 그녀는 과거에 있었던 일을 생각나는 대로 나에게 솔직히 얘기해 주었다. 아무 의미도 없는 육체관계에 관한 얘기였다(안타깝게도 헨리는 불러일으키지 못한 마지막 순간의 황홀한 경련을 찾고자 하는 무의식적 욕망은 있었을 수도 있다). 세라는 헨리에게 충실했듯이 연인들에게도 충실했다. 그러나 내게는 위안이 되었어야 할(그녀는 나에게도 말할 나위 없이 충실했으니까) 바로 그 점 때문에 나는 화가 났다. 언젠가 세라는 내가 화를 내는 것을 놀린 적이 있다. 자신이 아름답다는 것을 믿지 않으려 한 것처럼 내가 진짜로 화가 나 있다는 것을 믿지 않으려 한 것이었다. 그리고 나는 그녀가 나의 과거나 예상되는 나의 미래에 대해 질투하지 않았기 때문에 더욱 화가 났다. 나는 사랑이란 내가 생각하는 모습과 다른 어떤 형태를 띨 수도 있다는 것을 믿으려 하지 않았다. 나는 사랑을 내 질투의 정도로 측정했고, 그 기준에 따르면 세라 는 나를 전혀 사랑하지 않는 셈이 되었다.

우리의 토론은 노상 같은 모습을 띠었는데, 그중 특별한 경 우 하나만을 이야기해 보려 한다. 그 경우가 특별한 것은 토론 이 행동으로 끝났기 때문이다. 그것은 아무런 도움이 되지 않 는 어리석은 행동이었다. 도움이 된 게 있다면 글을 쓰기 시작 할 때면 언제나 드는 이 꺼림칙한 마음, 결국 아마도 그녀가 옳고 내가 틀렸을 거라는 느낌이 일었다는 것뿐이다.

내가 화가 나서 이렇게 말한 기억이 난다. "이것은 당신 본 래의 냉담함에서 나온 유물일 뿐이에요. 냉담한 여자는 절대 질투하지 않아요. 당신은 아직 평범한 인간의 감정을 지니지 못했을 뿐이라고요."

그녀가 아무런 반박도 하지 않아서 나는 화가 났다. "당신 말이 맞을 거예요. 난 단지 당신이 행복하길 바란다고 말하는 것일 뿐이에요. 당신이 불행해지는 건 정말 싫어요. 당신이 행 복해지는 일이라면 난 당신이 뭘 하든 개의치 않아요."

"그건 변명에 불과해요. 내가 다른 여자랑 잔다면 당신도 언 제든 그와 똑같이 할 수 있다고 생각하고 있겠죠."

"그런 건 중요하지 않아요. 난 당신이 행복하길 바랄 뿐이에 요."

"날 위해서라면 다른 여자와의 잠자리도 마련해 줄 건가요?"

"그럴 수도 있겠죠."

불안감은 연인들이 느끼는 최악의 감정이다. 어떤 때는 단조롭기 짝이 없는 욕정 없는 결혼이 더 나아 보이기도 한다. 불안감은 의미를 왜곡시키고 믿음을 해친다. 촘촘히 포위된 도시에서는 모든 보초가 잠재적 배반자다. 파키스 씨가 감시하기 전에도 나는 그녀를 감시하려 했었다. 별 뜻 없이 그저 내가 두려워서 조그만 거짓말을 하거나 얼버무린 것을 가지고 나는 그녀의 거짓과 잘못을 들추어내곤 했다. 거짓말 하나하나에 대해서 배신이라는 식으로 의미를 확대하고, 대단히 솔직한 말에서도 그 뒤에 숨은 의미를 읽어 내려 했다. 세라가 다른 남자를 만지는 생각만 해도 견딜 수 없었으므로 나는 언제나 그걸 두려워했고, 극히 예사스러운 손동작에서도 은밀한 애정 행위를 연상하곤 했다.

"내가 불행하기보다는 행복하기를 원하지 않나요?" 그녀가 반박할 수 없는 논리로 물었다.

"당신이 다른 남자와 있는 걸 보느니 차라리 내가 죽든지 아니면 당신이 죽는 걸 보는 편이 더 나을 것 같아요. 내가 별난 게 아니에요. 그게 보통 사람의 사랑인 겁니다. 아무한테나 물어봐요. 사랑을 해 본 사람이라면 다들 같은 말을 할 테니." 나는 함부로 지껄였다. "사랑하는 사람은 누구나 질투하게 마련이죠."

우리는 내 방에 있었다. 늦봄 오후, 우리는 사랑을 나누기 위해 안전한 시간에 내 방에서 만났다. 모처럼 우리 앞에 몇 시간이 여유롭게 기다리고 있었지만, 나는 언쟁을 하느라 그 시간을 다 허비하고 말았다. 사랑을 나누지도 못했다. 세라가 침대에 앉아 말했다. "미안해요. 화나게 하려는 게 아니었는데. 당신 말이 옳을 거예요." 그러나 나는 세라를 그냥 놔두지 않았다. 세라가 나를 사랑하지 않는다고 생각하고 싶어서 그녀를 미워했다. 그녀를 나의 틀 밖으로 몰아내고 싶었다. 지금에야 드는 생각이지만, 그녀가 나를 사랑하든 사랑하지 않든 내가 그녀에게 무슨 불만을 가질 수 있었을까? 세라는 나에게 거의 1년 동안이나 충실했다. 나에게 크나큰 기쁨을 주었고, 나의 변덕스러운 기분을 참아 주었다. 그런데 나는 그에 대한 대가로 그녀에게 순간적인 쾌락 외에 무엇을 주었단 말인가? 나는 언젠가는 우리의 관계가 끝나리라는 것을 잘 아는 상태에서 초롱초롱한 정신으로 이 사랑을 시작했다. 그럼에도 불안감이—미래는 절망적이라는 논리적인 믿음이—우울증처럼 피어오르면 나는 그녀를 자꾸자꾸 괴롭히며 못살게 굴었다. 마치 반갑지도 않고 아직 올 때도 되지 않은 미래라는 손님을 지금 당장 문 안으로 불러들이고 싶어 하는 것처럼 말이다. 내 사랑과 두려움은 마치 양심의 가책을 느낀 것처럼 굴었다. 설사 우리가 죄를 신봉했다 해도 우리의 행동은 거의 다르지 않았을 것이다.

"당신은 아마 헨리는 질투하겠지요." 내가 말했다.

"아니요. 난 그러지 못해요. 너무 우습잖아요."

"결혼 생활이 위협받는 걸 본다면……"

"그럴 리가요." 그녀가 건조하게 말했고, 나는 그녀의 말을 일종의 모욕으로 받아들였다. 그래서 곧장 문을 열고 나온 다음 계단을 내려가 거리로 나섰다. 이제 끝인가, 나는 생각했다. 나의 연극도 이걸로 끝인가? 되돌아갈 필요는 없어. 세라를 나의 틀 밖으로 몰아낼 수 있다면 오래도록 함께할 조용하고 다정한 결혼 상대를 어디에선가 찾을 수 있지 않을까? 그러면 난 사랑에 아주 깊이 빠지지는 않을 테니 질투도 느끼지 않겠지. 나는 안정을 얻게 될 거야. 그러자 내 자기 연민과 증오가 보호자도 없는 백치들처럼 서로 손을 잡고 어두워져 가는 공원을 가로지르며 걸어가는 것이었다.

이 글을 쓰기 시작할 때 나는 이것은 증오의 이야기라고 말했으나 왠지 확신이 서지 않는다. 나의 증오는 실은 나의 사랑만큼이나 결함이 있는 듯싶다. 나는 글을 쓰다 말고 고개를 들어 책상 가까이에 있는 거울에 비친 내 얼굴을 보며 생각했다. 증오는 정말 저렇게 보이게 하는 걸까? 왜냐하면 우리 모두가 경험하는 것처럼 어린 시절에 나를 마주 보던, 상점 진열창에 비친 그 얼굴이 생각났기 때문이다. 손에 넣을 수 없는 진열장 안의 영롱한 물건을 동경 어린 눈으로 바라보던, 우리의 입김으로 흐릿해진 창에 비친 그 얼굴……

이런 토론이 벌어졌던 때는 1940년 5월 어느 날이었던 게 틀림없다. 전쟁이 여러 가지 면에서 우리에게 도움이 되었고,

그래서 나는 전쟁을 내 불륜극의 꼴사납고 못 미더운 공범이라고까지 생각할 정도였다. (나는 가성 소다 같은 말인 '불륜'이라는 말을 일부러 입에 올렸다. 시작과 끝이 있다는 것을 암시하면서 말이다.) 이 무렵에는 독일이 이미 저지대 국가[*]를 침공했던 것으로 기억한다. 시체 같은 봄은 달콤한 운명의 냄새를 풍겼지만 나에게는 아무 상관이 없었다. 다만 두 가지 실제적인 사실은 나와 관계가 있었다. 그 하나는 헨리가 국가 보안부로 전근되어 밤늦게까지 일한다는 사실이었다. 다른 하나는 집주인 아주머니가 공습이 무서워 지하실로 거처를 옮겼고, 따라서 이제 더 이상 아주머니가 난간 너머로 달갑지 않은 손님을 감시하느라 2층에 잠복하는 경우가 없다는 사실이었다. 나는 다리를 절기 때문에(어렸을 때 당한 사고의 여파로 한쪽 다리가 약간 짧다) 나 자신의 생활에는 전혀 변화가 없었다. 단지 공습이 시작될 때면 바짝 경계해야 할 필요성을 느낄 뿐이었다. 당분간 나는 전쟁에서 벗어나 있는 듯한 기분이었다.

그날 저녁, 피커딜리에 이르렀을 때에도 나는 여전히 증오와 불신에 가득 차 있었다. 이 세상 그 누구보다도 세라에게 상처를 입히고 싶었다. 나는 여자를 하나 데리고 돌아가 세라와 사랑을 나눈 바로 그 침대에서 잠자리를 같이하고 싶었다. 마치 세라에게 상처를 입히는 유일한 방법은 나 자신에게 상

---

[*] Low Countries. 유럽 북해 연안의 벨기에, 네덜란드, 룩셈부르크를 말한다.

처를 입히는 거라는 사실을 내가 잘 알고 있는 것만 같았다. 그 시간대의 거리는 어둡고 조용했다. 달 없는 하늘 위로 서치라이트의 둥근 빛줄기만 이리저리 움직였다. 문간이나 사용하지 않는 대피소 입구에 서 있는 여자들의 얼굴은 보이지 않았다. 그들은 반딧불이처럼 손전등으로 신호를 해야 했다. 색빌가로 가는 동안 내내 이 조그만 불빛들이 계속 깜박거렸다. 나는 무의식적으로 세라는 지금 무얼 하고 있을까 궁금해했다. 집에 돌아갔을까? 혹시라도 내가 돌아올까 봐서 기다리고 있는 건 아닐까?

한 여자가 손전등을 비추며 말했다. "아저씨, 저랑 같이 집에 가지 않을래요?" 나는 고개를 저으며 계속 걸음을 옮겼다. 한참 더 걸으니 한 여자가 어떤 남자에게 말을 걸고 있었다. 여자가 남자에게 보여 주려고 자기 얼굴에 빛을 비추었을 때 어딘가 앳되고 가무잡잡하고 행복하고 아직 되바라지지 않아 보이는 얼굴이 언뜻 내 눈에 들어왔다. 자신이 사로잡힌 신세라는 것을 아직 알아차리지 못한 짐승 같은 모습이었다. 나는 그곳을 지나쳤다가 잠시 후 그들을 향해 되돌아왔다. 내가 다가가자 남자는 여자를 두고 떠났다. "술 한잔 할까?" 내가 말했다.

"나중에 저랑 같이 집에 갈 거예요?"

"그럴게."

"저는 빨리 술기운이 오르는 술을 좋아해요."

우리는 그 거리의 언덕배기에 있는 술집으로 들어갔다. 나는 위스키를 두 잔 시켰다. 그러나 여자가 술을 마실 때 세라의 얼굴이 떠올라서 여자의 얼굴이 제대로 눈에 들어오지 않았다. 여자는 세라보다 젊었고—열아홉 살 이상으로는 보이지 않았다—더 아름다웠고 심지어 덜 되바라져 보이기까지 했는데, 그러나 그것은 되바라질 만한 것이 훨씬 적었기 때문일 뿐이었다. 그녀와 같이 가느니 차라리 개나 고양이와 같이 가는 게 낫겠다는 생각이 들었다. 여자는 거기서 몇 집만 건너면 나오는 집의 맨 위층에 자신의 멋진 방이 있다고 말했다. 그녀는 방세는 얼마를 내야 하고, 자기 나이는 몇 살이며, 어디에서 태어났고, 1년 동안 어떤 카페에서 어떻게 일했는지 얘기해 주었다. 먼저 자기한테 말을 거는 남자하고는 함께 집에 가지 않지만, 나는 신사라는 것을 곧장 알아볼 수 있었다고 말했다. 존스라는 카나리아 한 마리를 기르고 있는데, 그 새를 준 신사의 이름을 따서 그렇게 부르는 거라고 했다. 그녀는 런던에서 자리 잡기가 얼마나 어려운지 얘기하기 시작했다. 나는 세라 생각을 했다. 세라가 아직 내 방에 있다면 전화를 걸 수 있을 텐데. 여자가 나에게 묻는 말이 귀에 들어왔다. 만약 나에게 정원이 있다면 종종 자기 카나리아를 기억해 주지 않겠느냐고 묻는 소리였다. 그녀가 말했다. "이런 질문을 해도 괜찮죠?"

나는 위스키 잔 너머로 여자를 바라보면서 그녀에게서 아무런 욕정도 느끼지 못하는 게 너무 이상하다는 생각을 했다. 오랜 세월 난잡한 생활을 한 뒤에 갑자기 어른이 된 듯한 기분이었다. 세라에 대한 뜨거운 감정이 단순한 욕망을 영원히 죽여버린 것이었다. 사랑 없이 여자와 즐기는 행위를 나는 다시는 못 할 것이다.

나를 이 술집으로 이끈 것은 분명 사랑이 아니었다. 공원에서 여기까지 오는 동안 내내 그것은 증오라고 속으로 중얼거리지 않았던가. 세라에 대한 이야기를 쓰고 있는 지금도 여전히 그녀를 영원히 나의 틀 밖으로 몰아내려 애쓰면서 이것은 증오의 기록이라고 중얼거리듯이 말이다. 만약 세라가 죽는다면 난 그녀를 잊을 수 있을 거라고 언제나 중얼거려 왔으니까 말이다.

나는 여자가 아직 덜 마신 위스키와 여자를 남겨 두고, 그리고 여자의 자존심이 상하지 않도록 1파운드짜리 지폐 한 장을 건넨 뒤 술집을 나와 뉴벌링턴가를 걸었다. 한참을 걸으니 공중전화 부스가 나왔다. 손전등이 없던 탓에 내 방 전화번호를 다 돌릴 때까지 성냥을 몇 번이나 다시 켜야 했다. 신호가 가는 소리가 들렸고, 나는 내 책상 위에 놓인 전화기를 머리에 떠올릴 수 있었다. 만약 세라가 의자에 앉아 있거나 침대에 누워 있다면 전화가 있는 곳까지 몇 걸음을 걸어가야 하는지도 정확히 알았다. 그런데도 나는 30초 동안이나 빈방에 전화벨이 울리도록 그냥 내버려 두었다. 그런 다음 세라네 집에 전화했더니 가정부가 세라는 아직 안 들어왔다고 말했다. 나는 등화관제로 깜깜한 공원—당시에는 그리 안전한 곳이 못 되었다—을 돌아다니고 있을 세라를 생각하며 손목시계를 들여다보았다. 내가 바보 같은 짓을 하지 않았다면 우린 세 시간을 함께 보낼 수 있었는데, 하는 생각이 들었다. 혼자 집에 돌아온 나는 책을 읽으려 하면서도 내내 전화벨이 울리지 않는지 귀를 기울였다. 전화는 오지 않았다. 그녀에게 다시 전화하는 것은 내 자존심이 허락하지 않았다. 마침내 나는 침대로 가서 물약으로 된 수면제를 평소보다 두 배나 먹었다. 잠이 깊이 든 탓에 다음 날 아침 내가 맨 처음 한 일은 전화를 받고, 우리 사이에 아무 일도 없었던 것처럼 얘기하는 세라의 목소리를 들은 것이었다. 수화기를 내려놓을 때까지는 다시 완벽한 평화가 찾아온 것만 같았다. 그러나 수화기를 내려놓자마자 내 머릿속의 악마가 세 시간을 낭비한 것이 그녀에게는 아무런 의미도 없는 짓이었다는 생각이 들도록 나를 부추겼다.

나는 아무래도 있을 법하지 않은 인격신의 존재는 넙죽 받아들일 줄 아는 사람들이 왜 인격 악마의 존재를 받아들이는 것에는 주저하고 머뭇거리는지 도무지 이해할 수 없다. 나는 악마가 내 상상 속에서 활동하는 방법을 아주 잘 알고 있다. 여태껏 세라가 한 말 중에 그 악마의 간교한 의심이 틀렸다는 것을 입증해 주는 말은 하나도 없었다. 물론 그 녀석은 대개 세라가 말을 마칠 때까지 기다렸다가 활동했지만 말이다. 그 악마 녀석은 우리가 말다툼을 하기 훨씬 전에 그 말다툼이 일어나도록 상황을 조성하곤 했다. 녀석은 세라의 적이라기보다는 사랑의 적이었다. 악마는 원래 그런 존재 아닌가? 만약 사랑을 하는 신이 존재한다면 악마는 그 사랑의 가장 취약하고 가장 흠이 많은 모조품조차도 파괴하려고 날뛰리라는 것을 나는 상상할 수 있다. 익마 녀석은 사랑의 습관이 자랄까 봐 두려워하는 게 아닐까? 그래서 그 녀석은 우리 모두가 사랑의 배반자가 되게 하려고, 그리고 자기를 도와 사랑의 불을 끄게 하려고 우리를 함정에 빠뜨리려 하는 게 아닐까? 만약 우리 같은 사람을 재료로 사용하여 자신에게 헌신하는 사도를 만드는 신이 있다면, 악마 또한 제 나름의 야심이 있을 것이다. 악마는 나 같은 사람이라도, 가엾은 파키스 같은 사람이라도 훈련시켜서 자신을 따르는 사도로—다른 데서 빌려 온 광신주의에 사로잡혀 사랑을 눈에 띄는 대로 파괴하려고 벼르는 사도로—만들려는 꿈을 꾸고 있을 것이다.

3

내가 이렇게 생각한 이유는 파키스의 다음번 보고서에서 그가 이 악마의 게임에 정말로 깊이 빠져 있다고 느꼈기 때문이다. 드디어 실제로 사랑의 냄새를 맡은 그는 아들을 사냥개처럼 데리고 다니며 그 뒤를 밟고 있는 중이었다. 그는 세라가 아주 많은 시간을 보내는 장소를 알아냈으며, 그보다 더 중요한 것은 이 방문이 은밀하게 이루어지고 있음을 확실히 알게 된 것이었다. 나는 파키스 씨가 민첩한 탐정이라는 것을 스스로 증명해 보였다고 인정하지 않을 수 없었다. 그는 피의뢰인이 시더로드 16번지를 향해 걸어가는 시간에 맞추어 아들의 도움으로 그 집 가정부를 집 밖에 나와 있도록 꾸며 놓았다. 세라는 걸음을 멈추고 가정부에게 말을 건넸고—그날은 가정부가 쉬는 날이었다—가정부는 세라에게 파키스 씨의 아들을 소개했다. 그러고 나서 세라는 다시 걸었고 다음 모퉁이에서 방향을 틀었는데, 그곳에 파키스 자신이 기다리고 있었다. 그는 세라가 조금 더 걷다가 되돌아가는 것을 보았다. 가정부와 파키스의 아들이 보이지 않자 그녀는 16번지의 초인종을 눌렀다. 파키스 씨는 16번지에 사는 거주자들을 조사하기 시작했다. 쉽지 않은 일이었다. 왜냐하면 그 집은 여러 세대가 나뉘어 사는 집이어서 세 개의 초인종 중에서 세라가 어느 초인종을 눌렀는지 알 도리가 없었기 때문이다. 그는 며칠 내로 최종 보고를 하겠다고 약속했다. 그의 계획은 세라가 다음에 집을 나와 이 방향으로 걷기 시작할 때 미리 앞질러 그 집으로 가서 세 개의 초인종에 가루를 뿌려 두는 것이었다. '물론 증거물 A 이외에는 피의뢰인이 불미스러운 행동을 한 증거는 없습니다. 만약 이 보고서에 영향을 받아 법적 절차를 진행할 목적으로 그 같은 증거가 필요하다면, 어쩌면 적당한 거리를 두고 피의뢰인의 뒤를 따라가 집 안으로 들어가야 할지도 모릅니다. 그러려면 피의뢰인을 알아볼 수 있는 제2의 증인이 필요할 겁니다. 피의뢰인을 현장에서 붙잡을 필요는 없습니다. 옷차림새가 얼마간 흐트러지고 흥분된 상태였다는 것만으로도 법정에서는 충분히 증거로 인정될 수 있을 테니까요.'

증오는 육체적 사랑과 흡사하다. 절정이 있고 나면 평온의 시간이 찾아든다. 나는 파키스 씨의 보고서를 읽으며 가엾은 세라, 하고 생각했다. 왜냐하면 그 순간은 내 증오의 오르가슴이었고, 이제 나는 만족스러웠기 때문이다. 그처럼 꼼짝없이 포위된 세라가 안쓰러웠다. 그녀는 사랑한 것 말고는 잘못한 게 아무것도 없었다. 그런데도 파키스와 그의 아들은 모든 움직임을 감시하고, 그녀의 가정부와 모의를 하고, 초인종에 가루를 묻히고, 어쩌면 그녀가 요즘 누리는 유일한 평화일지도 모르는 것에 강력한 폭발물을 설치할 계획을 세우고 있었다. 보고서를 찢어 버리고 염탐꾼들이 그녀에게서 손을 떼게 하는 건 어떨까 하는 생각이 슬며시 들었다. 만약 내가 속해 있는 별 볼 일 없는 클럽에서《태틀러》잡지를 펼쳐 보다가 헨리의 사진을 보지만 않았더라면 그렇게 했을지도 모른다. 요새 헨리는 잘나갔다. 지난번 국왕 탄신일에는 그동안 정부 부처에서 훌륭하게 일해 온 공로로 C. B. E.'칭호를 받았으며, 왕

♦ 대영제국 3등급 훈장 수훈자.

립 위원회의 위원장으로 임명되었다. 그 잡지에는 〈마지막 사이렌〉이라는 영국 영화의 특별 시사회 밤에 찍힌 헨리의 사진이 실렸는데, 창백한 얼굴에 휘둥그레진 눈을 한 그는 세라를 팔에 낀 모습으로 플래시라이트를 받고 있었다. 세라는 플래시를 피하느라 고개를 숙였지만 나는 남자의 손가락을 끌어들이기도 하고 물리치기도 하는, 숱이 많고 거칠어 보이는 세라의 머리털을 이내 알아보았다. 갑자기 나는 손을 뻗어 그녀를 만지고 싶었다. 그녀의 머리카락을, 그녀의 은근한 머릿결을 만져 보고 싶었다. 세라를 내 옆에 눕히고 싶었다. 베개 위에서 고개를 돌려 그녀에게 말을 건네고 싶었다. 알아차리기 어려울 정도로 은은한 그녀의 향기를 맡고 싶고 그녀의 살 내음을 입으로 느끼고 싶었다. 그러나 사진에는 한 부서의 수장으로서 만족감과 자신감을 보이며 기자의 카메라를 바라보는 헨리가 있었다.

나는 1898년에 월터 베전트 경이 기증한 사슴 머리 밑에 앉아 헨리에게 편지를 썼다. 논의하고 싶은 중요한 일이 있으니 나와 함께 점심을 먹을 수 있겠느냐고 썼다. 다음 주엔 언제든 좋으니 그가 편한 날을 잡으면 된다고 했다. 편지를 받은 헨리는 신속히 전화해서 자기가 나를 점심에 초대하겠다고 했는데, 그것은 전형적으로 헨리스러운 행동이었다. 나는 헨리만큼 남의 초대를 불편해하는 사람은 본 적이 없었다. 내가 무엇때문에 화가 났는지 정확히 기억나지는 않지만 아무튼 그의 말이 나를 화나게 했다. 그는 자기네 클럽에 특별히 좋은 포트와인이 있다는 구실을 댔던 것 같은데, 그러나 진짜 이유는 남에게 신세를 진다는 느낌이—사 주는 점심을 공짜로 먹는 사소한 신세조차도—거북살스러웠던 것이다. 헨리는 자신이 지는 신세가 얼마나 사소한 것인지 거의 알지 못했다. 그는 토요일로 날을 잡았다. 토요일은 내가 속한 클럽에 사람이 거의 없는 날이다. 일간 신문 기자들은 신문을 만들지 않아도 되었고, 장학관들은 브롬리나 스트레덤 등지의 자기 집으로 돌아갔다. 성직자들은 토요일에 무엇을 하는지 잘 모르지만, 아마 다음 날의 설교를 준비하느라 집 안에 들어박혀 있지 않을까 싶다. 작가들의 경우(그들을 위해 이 클럽이 만들어졌지만), 거의 모두가—코넌 도일, 찰스 가비스, 스탠리 웨이먼, 냇 굴드 등의 얼굴과 의외로 더 걸출하고 더 낯익은 얼굴 하나가—벽에 걸려 있었다. 생존 작가들은 한 손으로 꼽을 수 있을 정도였다. 나는 클럽에 있으면 언제나 마음이 편했다. 동료 작가들을 만나게 될 가능성이 거의 없기 때문이었다.

헨리가 비엔나스테이크를 골랐던 기억이 난다. 그것은 그가 순진하다는 표시였다. 헨리는 자기가 무엇을 주문하고 있는지 몰랐으리라고 나는 확신한다. 아마 비엔나슈니첼* 같은 것이 나오리라고 예상했을 것이다. 그는 자신의 홈그라운드를 벗어

♦ 송아지 고기로 만든 커틀릿.

나면 너무 불안해하는 성격이라 요리에 대해 아무 말도 하지 못하고 그저 그 분홍빛 잡탕 죽 같은 것을 꾸역꾸역 넘기기만 했다. 나는 또 플래시라이트 앞에서 점잔을 뺀 모습이 떠올라서 그가 캐비닛 푸딩♦을 시켰을 때도 아무런 충고의 말도 하지 않고 내버려 두었다. 그 끔찍한 식사를 하는 동안(그래도 그날의 요리는 그 클럽의 평소 요리보다는 나았다) 우리는 아무것도 아닌 일에 관해 공연히 멋들어진 말들을 주고받았다. 헨리는 언론에 매일같이 보도되는 왕립 위원회의 업무가 무슨 내각의 기밀이라도 되는 것처럼 보이게 하려고 무진 애를 쓰며 얘기했다. 커피를 마시려고 휴게실로 들어갔을 때, 그곳에는 난롯가에 놓인 널찍한 검은색 말총 소파에 자리 잡은 우리밖에 없었다. 벽에 걸린 뿔들이 이 상황에서는 아주 잘 어울린다는 생각이 들었다. 나는 구식 난로 울 위에 발을 올려놓았는데, 그 때문에 헨리가 꼼짝없이 구석에 갇힌 꼴이 되었다. 나는 커피를 저으며 말했다. "세라는 어떤가?"

"잘 있네." 헨리가 얼버무리듯이 말했다. 그는 미심쩍은 듯이 조심스럽게 포트와인을 맛보았는데, 아마 비엔나스테이크의 기억이 떠오른 모양이었다.

"자네, 요즘도 걱정해?" 내가 물었다.

그는 우울한 표정으로 시선을 돌렸다. "걱정?"

♦ 뜨겁게 찐 푸딩.

"걱정했잖아. 자네가 나한테 그렇게 말했어."

"기억이 나지 않는걸. 세라는 잘 있어." 마치 내가 세라의 건강에 대해 묻기라도 한 것처럼 그가 힘없이 말했다.

"그 탐정을 찾아가서 상의해 본 적 있나?"

"그 이야기는 잊어 줬으면 했는데. 그땐 내 상태가 좋지 않았어. 이 왕립 위원회를 준비하는 일도 있고 해서 과로했으니까."

"자네 대신 내가 탐정을 만나 보겠다고 제안했던 거 생각나?"

"우리 둘 다 다소 신경이 곤두서 있었나 봐." 헨리는 머리 위에 걸린 오래된 뿔들을 쳐다보면서 그 기증자의 이름을 읽으려고 눈을 찌푸렸다. 그가 어리숙하게 말했다. "그런 걸 다 기억하다니 자네 머린 보통이 아닌 것 같아." 나는 그를 놓아줄 생각이 없었다. 내가 말했다. "그 며칠 뒤에 난 그 사람을 만나러 갔었네."

그가 안경을 내려놓고 말했다. "벤드릭스, 자넨 그럴 권리가 전혀 없어……"

"그 비용을 내가 다 내고 있네."

"정말 뻔뻔스럽군 그래." 그가 일어섰다. 그러나 나는 그가 폭력을 쓰지 않고는 지나갈 수 없도록 그를 구석에 가둬 두고 있었고, 폭력은 헨리의 기질에 어울리지 않았다.

"자넨 세라가 결백하다는 게 밝혀지길 바랐잖아?"

"밝힐 게 뭐가 있다고. 난 갈 테니 좀 비켜 줘."

"자네도 이 보고서를 읽어야 할 것 같네."

"그럴 생각이 전혀……"

"그럼 내가 그 은밀한 방문에 대해 좀 읽어 줘야겠군. 세라의 연애편지는 잘 보관해 두라고 탐정에게 돌려보냈네. 이보게 헨리, 자넨 제대로 속아 왔더군."

정말로 그가 나를 때릴 것 같다는 생각이 들었다. 그가 나를 때렸다면 나도 기꺼이 맞받아 때렸을 것이다. 세라가 오랜 세월 제 나름의 방식으로 어리석어 보일 만큼 성실히 보살펴 온 이 미련퉁이를 말이다. 그러나 그때 클럽의 총무가 안으로 들어왔다. 회색 턱수염을 길게 기르고 국물 자국이 눈에 띄는 조끼를 입은 그는 빅토리아 시대의 시인처럼 보였으나 실은 자기가 길렀던 개들을 회고하는 짤막하고 슬픈 책(『피도는 언제까지나』는 1912년에 큰 성공을 거두었다)을 썼을 뿐이었다. "여, 벤드릭스. 오랜만이군 그래." 그가 말했다. 그를 헨리에게 소개하자 그는 이발사처럼 재빠르게 말했다. "매일 보도를 챙겨 읽고 있습니다."

"무슨 보도를요?" 클럽 총무가 그 말을 했을 때 헨리는 이번에는 자신이 하고 있는 일이 곧바로 머리에 떠오르지 않은 것이었다.

"왕립 위원회."

이윽고 그가 나가자 헨리가 말했다. "그 보고서를 내게 주겠나? 그리고 내가 좀 지나갈 수 있게 해 주게."

나는 총무가 우리와 함께 있는 동안 그가 곰곰이 생각해 본 모양이라고 여기고 최근의 보고서를 건넸다. 그는 그 보고서를 곧장 불 속에 넣은 뒤 부젓가락으로 쑤셔 넣었다. 나는 그 행동에 위엄이 서려 있다고 생각하지 않을 수 없었다. "어떡하려고?" 내가 물었다.

"어떡하긴? 아무것도 안 해."

"그렇다고 사실이 없어지는 건 아닐세."

"사실 따위 개나 줘 버려." 헨리가 말했다. 나는 그 전에는 헨리가 상스럽게 말하는 것을 들어 본 적이 없었다.

"언제든 자네한테 복사본을 보내 줄 수 있네."

"이젠 날 좀 보내 주겠나?" 헨리가 말했다. 악마는 자신이 할 일을 하나 끝냈다. 나는 독이 빠져나가는 것을 느꼈다. 나는 난로 울에서 발을 떼어 헨리가 지나갈 수 있게 했다. 헨리는 쓰고 온 모자도 잊어버린 채 곧장 클럽을 나갔다. 공원을 걸어오는 그의 모습을 보았을 때 그가 쓰고 있었던, 빗물이 뚝뚝 떨어지던 그 고급스러운 검은 모자였다. 빗속에서 그의 모습을 보았던 것이 불과 몇 주 전의 일이 아니라 아주 오래전의 일인 것만 같았다.

4

나는 그를 따라잡을 수 있거나, 화이트홀까지는 먼 거리이니까 적어도 앞에 가는 그를 볼 수는 있을 거라고 생각했다. 그래서 나는 그의 모자를 집어 들고 밖으로 나왔으나 그의 모습은 어디에서도 보이지 않았다. 나는 어디로 가야 할지 모르는 채로 되돌아 걸었다. 요즘은 이 시간이 가장 안 좋은 시간이었다. 시간이 남아돌았다. 나는 채링크로스 지하철역 근처의 조그만 서점을 들여다보면서 지금쯤이면 파키스 씨가 길모퉁이에서 기다리고 있을 시더로드에서 세라가 이미 가루 묻은 초인종에 손을 댄 뒤가 아닐까 하는 생각을 했다. 시간을 되돌릴 수만 있다면 나는 헨리를 보고도 모르는 체 그냥 지나갔을 것이다. 비 때문에 앞이 잘 안 보이는 헨리가 그냥 지나쳐 가도록 내버려 두었을 것이다. 그러나 내가 뭘 어떻게 하든 그것이 과연 사건의 진로를 바꿀 수 있을지 의심이 들기 시작한다. 헨리와 나는 지금은 우리 나름의 방식으로 동맹 관계지만, 그러나 무한한 파도에 맞서서도 동맹일 수 있을까?

길을 건너고 과일 행상인을 지나서 빅토리아 공원으로 들어갔다. 바람 부는 우중충한 날씨 탓에 벤치에 앉아 있는 사람들이 많지 않아서 헨리의 모습이 곧바로 내 눈에 들어왔으나, 그 사람이 헨리라는 것을 알아차리는 데는 약간 시간이 걸렸다. 모자도 쓰지 않고 밖에 나와 있는 그는 이름 없고 가진 것

없는 사람들, 가난한 교외 지역에서 올라와서 아는 이 없는 사람들—참새에게 모이를 주는 노인이나 '스완앤드에드거'라는 상표가 찍힌 갈색 종이 꾸러미를 든 여자 등등—과 같은 부류가 된 것처럼 보였다. 헨리는 벤치에 앉아 고개를 숙인 채 자기 구두에 눈길을 던지고 있었다. 나는 오랫동안 배타적으로나 자신만을 동정했기 때문에 나의 적에게 동정심이 드는 것이 이상해 보였다. 나는 헨리 옆에 조용히 모자를 내려놓고 떠나려 했으나 그가 고개를 들어 나를 쳐다보았다. 그가 울고 있었다는 것을 알 수 있었다. 그는 머릿속으로 아주 먼 여행을 다녀온 게 틀림없었다. 눈물은 왕립 위원회와는 다른 세상에 속한 것이니까 말이다.

"미안하네, 헨리." 내가 말했다. 우리는 뉘우치는 몸짓 하나로 우리의 죄에서 빠져나올 수 있다고 아주 쉽게 믿는 경향이 있다.

"앉게." 헨리가 눈물의 권위를 가지고 명령했고, 나는 그의 명령에 복종했다. 그가 말했다. "나는 줄곧 생각하고 있었네. 두 사람은 사랑하는 사이인가, 벤드릭스?"

"왜 그런 상상을……?"

"그 말 하나로 설명이 되었네."

"자네가 무슨 말을 하는지 모르겠어."

"그 말 하나가 유일한 변명이군, 벤드릭스. 자네가 한 짓이…… 추악한 만행이라는 걸 모르겠나?" 그는 그 말을 하면서 모자를 뒤집어 안에 붙은 상표를 살펴보았다.

"그런 줄 짐작도 못 했으니 자넨 날 지독한 바보라고 생각하겠지, 벤드릭스. 그런데 왜 세라는 날 떠나지 않았을까?"

자기 아내의 성격에 대해서도 내가 가르쳐 주어야 한단 말인가? 또다시 내 안에서 독이 스멀스멀 퍼지기 시작했다. 내가 말했다. "자넨 안정된 수입이 있잖아. 그리고 세라가 길들여 놓은 습관대로 살아가는 사람이고. 자넨 세라의 안전판인 거지." 그는 마치 내가 왕립 위원회 앞에서 선서하고 증언을 하는 증인이나 되는 것처럼 진지한 태도로 주의 깊게 내 말에 귀기울였다. 나는 쌀쌀맞게 말을 이었다. "자넨 다른 사람들에게 문제가 되지 않는 것처럼 우리에게도 문제 되지 않았지."

"다른 사람들도 있었나?"

"가끔 자네는 모든 걸 다 알고 있으면서도 개의치 않는다는 생각이 들었지. 때로는 자네에게 터놓고 얘기해서 결판을 짓고 싶은 마음이 일기도 했어. 우리가 지금 그러고 있듯이. 너무 늦었지만 말일세. 난 내가 자네를 어떻게 생각하는지 말해 주고 싶었네."

"어떻게 생각하는데?"

"세라의 뚜쟁이라고 생각했지. 자넨 날 위해 뚜쟁이 노릇을 했고, 다른 사람들을 위해서도 뚜쟁이 노릇을 한 거야. 그리고 지금은 가장 최근의 사내를 위해 뚜쟁이 노릇을 하고 있는 것이고. 영원한 뚜쟁이지. 왜 화를 내지 않나, 헨리?"

"전혀 몰랐네."

"자넨 자네의 무지 때문에 뚜쟁이 노릇을 하게 됐어. 세라와 사랑을 나누는 법을 익히지 않았기 때문에 뚜쟁이 노릇을 하게 됐지. 세라가 다른 데서 사랑을 찾아야 했으니 말이야. 그리고 자네는…… 기회를 줌으로써 뚜쟁이 노릇을 했지. 자넨 따분하고 어리석은 사람이기 때문에 뚜쟁이 노릇을 하게 된 거야. 그래서 지금 따분하지 않고 어리석지 않은 어떤 녀석이 시더로드에서 세라와 놀아나고 있단 말일세."

"세라는 왜 자넬 떠났나?"

"나 또한 따분하고 어리석은 사람이 되었으니까. 그렇지만 나는 원래부터 그런 사람은 아니었네, 헨리. 자네가 나를 그렇게 만든 거야. 세라가 자네를 떠나려 하지 않아서 난 따분한 사람이 된 거야. 불평과 질투로 세라를 따분하게 했다네."

그가 말했다. "세상 사람들은 자네 작품을 아주 높게 평가하잖나."

"세상 사람들은 자네를 최고의 위원장이라고 평한다네. 도대체 우리가 하는 일이 이 문제와 무슨 상관인가?"

헨리가 남쪽 둑 위로 흘러가는 잿빛 뭉게구름을 쳐다보며 침울하게 말했다. "난 그 밖의 것은 아무것도 모르네." 갈매기 떼가 바지선 위를 낮게 날고, 겨울빛에 물든 탄환 제조탑*이 부서진 창고 사이에 어둑하게 서 있었다. 참새에게 모이를 주던 노인도 가고 없고 갈색 종이 꾸러미를 들고 있던 여자도 보이지 않았다. 역 바깥의 어스름 속에서는 과일 행상인들이 짐승처럼 소리를 질러 댔다. 마치 온 세상에서 덧문이 닫히고 있는 것만 같았다. 곧 우리는 모두 제멋대로 하도록 방임되고 버림받을 것이다. "난 자네가 왜 그동안 내내 우리를 보러 오지 않는지 궁금했네." 헨리가 말했다.

"우리는—어떤 면에서는—사랑의 종말에 이르렀던 것 같아. 우린 달리 함께할 수 있는 일이 없었어. 세라는 자네하고는 함께 쇼핑을 하고 요리를 하고 잠이 들 수 있었지만, 나하고 할 수 있는 일은 오직 사랑을 나누는 것뿐이었지."

"세라는 자네를 무척 좋아해." 그는 마치 **나를** 위로해 주는 것이 자기 일인 양, 쓰라린 눈물에 젖었던 눈이 내 눈인 양 말했다.

"좋아하는 걸로는 만족하지 못하네."

"난 그걸로 만족했네."

"나는 사랑이 끊임없이 계속되기를 원했어. 시들어 가는 일 없이……" 나는 세라 말고는 누구에게도 이런 말을 한 적이 없었다. 그러나 헨리의 대답은 세라의 대답과는 달랐다. 헨리가 말했다. "그건 인간의 본성이 아냐. 우린 만족할 줄 알아야해……" 세라는 그렇게 말하지 않았다. 빅토리아 공원에서 그

♦ 과거에는 녹인 납을 높은 곳에서 물에 떨어뜨려 둥근 모양의 탄환을 만들었는데, 그 시절에 탄환을 만드는 장소로 사용된 탑을 말한다.

렇게 헨리 옆에 앉아 하루가 저물어 가는 것을 보면서 나는 모든 '사랑'의 종말을 떠올렸다.

5

세라는 이렇게 말했다(이 말은 그녀가 누군가와의 밀회를 즐긴 뒤 빗물을 뚝뚝 흘리며 현관으로 들어섰던 그날 이전에 내가 그녀에게서 들었던 거의 마지막 말이었다). "그렇게 두려워할 필요 없어요. 사랑은 우리가 서로 만나지 않는다고 해서 끝나는 게 아니에요⋯⋯" 그녀는 이미 결심한 것이었다. 나는 그걸 다음 날까지도, 전화기가 시체로 발견된 이의 벌어진 입처럼 소리를 내지 못하는 물건에 불과한 것이 되었을 때까지도 몰랐다. 그녀는 말했다. "이봐요, 사랑하는 당신. 사람들은 평생 하느님을 보지 못하면서도 하느님을 여전히 계속 사랑하잖아요. 안 그래요?"

"그건 우리식 사랑이 아니에요."

"다른 방식의 사랑이 있다는 게 믿어지지 않을 때가 있더군요." 그때 나는 세라가 이미 다른 사람의 영향을 받고 있다는 것을 알아차렸어야 했다고 생각한다. 우리가 만난 뒤로 세라가 그렇게 말한 적은 없었으니까. 우리는 우리 세계에서 하느님을 없애자는 데 기꺼이 동의했었으니까. 박살이 난 현관을 잘 빠져나가도록 내가 조심스럽게 손전등을 비춰 주었을 때 그녀가 다시 말했다. "모든 게 다 괜찮을 거예요. 우리가 마음 깊이 사랑한다면."

"더 이상 당신에게 덤빌 수가 없구려." 내가 말했다. "당신이 모든 걸 다 가졌으니."

"당신은 몰라요." 그녀가 말했다. "당신은 몰라요."

창에서 떨어진 유리가 우리 발밑에서 부서졌다. 문 위에 있는 낡은 빅토리아풍 스테인드글라스만이 꿋꿋이 버티고 있었다. 부서져 가루가 된 유리는 아이들이 질척한 밭이나 길가에 부숴 놓은 얼음처럼 하얘졌다. 그녀가 다시 말했다. "두려워하지 말아요." 나는 세라가 그로부터 다섯 시간 후에 벌 떼처럼 끊임없이 웅웅거리는 소리를 내며 남쪽에서 날아들 그 이상한 신무기에 대해 말하고 있는 게 아니라는 것을 알았다.

1944년 6월 그날은 후에 V1이라 부르게 된 신무기의 공격이 있던 최초의 밤이었다. 우리는 공습에 익숙해져 있지 않았다. 1944년 2월의 짧은 시기를 제외하고는, 1941년 최후의 대공습 이래로 공습은 소강상태에 접어들어 있었다. 사이렌이 울리고 최초의 로봇♦들이 날아왔을 때 우리는 몇 대의 폭격기가 우리의 야간 방공망을 뚫고 들어온 것이라고 생각했다. 한 시간이 지나도 해제경보가 울리지 않자 사람들은 불안감

♦ 로켓 폭탄을 말한다.

을 느꼈다. 내가 세라에게 이렇게 말했던 기억이 난다. "녀석들도 군기가 빠졌나 봐요. 할 일이 너무 없어서." 그 순간, 어둠 속에서 내 침대에 누워 있던 우리는 처음으로 그 로봇을 보았다. 그것은 나직이 공원을 가로질러 날았다. 우리는 그걸 불이 붙은 비행기라고 생각했고, 묵직하게 웅웅거리는 묘한 소리는 고장 난 엔진 소리라고 생각했다. 두 번째 로봇이 날아왔고, 이어 세 번째 로봇이 눈에 들어왔다. 우리는 마음을 바꾸었고 우리의 방공망에 대해서도 생각을 달리했다. "놈들은 비둘기를 보내듯이 저것들을 날려 보내고 있군." 내가 말했다. "놈들이 미치지 않았다면 계속 저러진 않겠죠." 그러나 그들은 계속 날려 보냈다. 한 시간이 지나고 또 한 시간이 지나고 다시 한 시간이 지나도, 심지어 동이 트기 시작한 후에도 그랬으므로 결국엔 우리도 이것은 뭔가 새로운 무기라는 것을 깨닫기에 이르렀다.

우리가 침대에 막 누웠을 때 공습이 시작되었다. 그렇다고 해서 대수로울 것은 없었다. 당시의 나에게 죽음은 별문제가 아니었다. 초기에는 그걸 바라기까지 했다. 함께 침대에서 일어나고, 옷을 주워 입고, 느릿느릿 멀어져 가는 자동차의 미등처럼 그녀의 손전등 불빛이 공원 맞은편으로 천천히 건너가는 모습을 지켜보는, 이 같은 일을 영원히 끝내 줄 완전한 소멸을 바란 것이었다. 이따금 영원이란 결국 죽음의 순간의 끝없는 연장으로서 존재하는 것이 아닐까 하는 생각이 들었다. 나는 그 죽음의 순간을 택하고 싶었다. 만약 세라가 살아 있다 해도 나는 여전히 그 순간을 택하고 싶어 할 것이다. 절대적인 신뢰와 절대적인 희열의 순간을, 생각하는 것이 불가능하기 때문에 싸우는 것이 불가능한 그 순간을 택하고 싶을 것이다. 나는 세라가 너무 조심스럽게 구는 것에 대해 불평하곤 했다. 그런 나로서는 우리가 '양파'라는 단어를 사용했던 일과 파키스 씨가 휴지통에서 수거해 온 그녀의 글 쪼가리를 쓰라린 기분으로 비교하지 않을 수 없었다. 그렇다 해도 자신을 오롯이 방기해 버리는 그녀의 자태를 내가 몰랐다면 아직 알지 못하는 나의 후임자에게 그녀가 쓴 글을 읽는 일이 한결 덜 괴로웠을 것이다. 물론 그 V1들도 사랑의 행위가 끝날 때까지 우리에게 별 영향을 미치지 못했다. 내가 가진 모든 것을 다 쏟아 낸 나는 세라의 배 위에 얼굴을 묻고 입으로 그녀의 맛—물만큼이나 은은하고 포착하기 어려운 맛—을 음미하고 있었는데, 그때 로봇 하나가 요란한 소리를 내며 공원에 떨어졌다. 저 아래 남쪽 어딘가에서 유리창 깨지는 소리가 들려왔다.

"우리도 지하실로 내려가야 할 것 같아요." 내가 말했다.

"주인아주머니가 거기 있을 텐데요. 난 다른 사람과 얼굴을 마주치면 안 돼요."

소유하고 난 뒤에는 애정이 깃든 책임감이 생긴다. 그때에는 자신이 책임질 게 아무것도 없는 한 사람의 정부일 뿐이라는 사실을 잊어버리는 것이다. 내가 말했다. "아주머니는 아마

다른 데 가고 없을 거예요. 내가 내려가서 보고 올게요."

"가지 마요. 제발 가지 마세요."

"잠깐이면 돼요." 그 시절에는 잠깐이 영원이 될 수도 있다는 것을 잘 알고 있었지만, 그럼에도 사람들은 여전히 그 말을 사용했다. 나는 가운을 걸치고 손전등을 찾았다. 그렇지만 손전등은 거의 필요 없었다. 이제 하늘은 희뿌옇게 동이 텄으므로 불을 켜지 않은 방에서도 세라의 얼굴 윤곽을 볼 수 있을 정도였다.

그녀가 말했다. "빨리 갔다 와요."

계단을 달려 내려갈 때 또 하나의 로봇이 날아오는 소리가 들렸는데, 잠시 후 갑자기 엔진 소리가 멎으며 무거운 정적이 흘렀다. 우리는 그때가 위험한 순간이라는 것을, 유리창에서 멀리 떨어져 납작 엎드려야 할 때라는 것을 배울 기회가 없었다. 나는 폭발 소리도 듣지 못했다. 5초 후인지 5분 후인지 모를 시간이 지난 다음에 정신을 차리고 보니 세상이 바뀌어 있었다. 나는 내가 여전히 서 있다고 생각했다. 아무튼 어둠 때문에 뭐가 뭔지 알 수 없었다. 누군가가 차가운 주먹으로 내 뺨을 누르고 있는 듯했고 입에서는 찝찔한 피 맛이 느껴졌다. 잠시 내 머릿속에는 아무 생각도 없었다. 그저 오랜 여행에서 돌아온 것처럼 피곤하다는 느낌뿐이었다. 세라에 대한 기억도 전혀 없고, 근심, 질투, 불안, 증오에서도 완전히 벗어나 있었다. 내 마음은 누군가가 막 행복의 편지를 쓰려 하는 백지였다. 기억이 돌아오더라도 그 편지는 계속 쓰일 것이고 나는 행복할 거라는 확신이 들었다.

그러나 실제로 기억이 돌아오자 그렇지가 않았다. 나는 맨먼저 내가 등을 대고 누워 있다는 것과 빛을 가린 채 내 몸 위에서 균형을 잡고 걸려 있는 것은 현관문이라는 것을 깨달았다. 다른 어떤 잔해가 그 문짝을 붙들고 있어서 그것은 내 몸에서 5~7센티미터 정도 위에 걸려 있었다. 이상한 점은, 나중에 알았지만, 어깨에서 무릎까지 마치 그 문짝의 그림자에 얻어맞은 듯 타박상을 입었다는 사실이었다. 내 뺨을 누르고 있는 주먹은 알고 보니 문짝의 사기 손잡이였다. 그 손잡이가 내 이빨 두 개를 부러뜨렸다. 그다음으로 나는 당연히 세라와 헨리, 그리고 사랑의 종말에 대한 두려움을 떠올렸다.

나는 문 밑에서 기어 나와 몸에 묻은 먼지를 털었다. 지하실 쪽을 향해 소리쳐 보았으나 아무도 없었다. 폭격을 맞은 현관 입구에서 새벽빛이 잿빛으로 밝아 오는 것을 볼 수 있었다. 그 파괴된 현관에서부터 거대한 공허가 뻗어 나가는 듯한 느낌이 들었다. 그동안 햇빛을 막아 주었던 나무가 사라졌다는 것을 깨달았다. 쓰러진 나무 몸통도 없이, 그야말로 흔적도 없이 사라져 버린 것이었다. 멀리서 공습 감시원들이 호루라기를 불어 댔다. 나는 2층으로 올라갔다. 계단은 첫 번째 층계참까지의 난간이 떨어져 나갔으며, 회벽이 무너지고 바스러져서 수북이 쌓여 있었다. 그러나 이 집은 당시의 기준으로 보면 아주 심하게 타격을 입은 것은 아니었다. 완전히 박살이 난 것은 이웃집들이었다. 내 방의 문은 열려 있었다. 복도를 걸어가니 열린 문을 통해 세라가 보였다. 그녀는 침대에서 내려와 마룻바닥에 웅크리고 앉아 있었다. 무서워서 그랬을 거라는 생각이 들었다. 그녀는 터무니없이 어려 보였다. 발가벗은 어린애 같았다. 내가 말했다. "폭탄이 근처에 떨어졌나 봐요."

획 고개를 돌린 세라는 겁에 질린 얼굴로 나를 쳐다보았다. 나는 가운이 찢어지고 온몸에 회반죽 가루를 뒤집어쓰고 있다는 것을 미처 깨닫지 못했다. 내 머리털은 회반죽 가루로 하얬고, 입과 뺨에는 피가 엉겨 붙어 있었다. "오, 하느님." 그녀가 말했다. "당신, 살아 있군요."

"실망한 것 같네요."

그녀는 마룻바닥에서 일어나 옷을 집으려고 손을 뻗었다. 내가 말했다. "지금 가 봐야 좋을 거 없어요. 곧 해제경보가 울릴 테니 그때 가요."

"가야 해요." 그녀가 말했다.

"폭탄은 한번 떨어진 곳엔 안 떨어져요." 내가 말했다. 생각 없이 나오는 대로 내뱉은 말이었다. 왜냐하면 그것은 틀렸다는 게 이미 증명된 속설이었으니까.

"다쳤군요."

"이가 두 개 부러졌어요. 그게 다예요."

"이리 와요. 얼굴을 닦아 줄게요." 그녀는 내가 다시 반대할

새도 없이 옷을 다 입었다. 나는 세라처럼 옷을 빨리 입는 여자를 본 적이 없었다. 그녀는 내 얼굴을 아주 천천히, 조심스럽게 닦아 주었다.

"마루에 앉아 뭘 하고 있었어요?" 내가 물었다.

"기도했어요."

"누구에게?"

"아마 존재하고 계실 그 어떤 것에."

"아래층으로 내려오는 게 더 실제적이었을 거예요." 그녀의 진지한 태도에 나는 놀랐고, 그래서 진지함에서 벗어나도록 그녀를 놀려 주고 싶었다.

"내려갔어요." 그녀가 말했다.

"당신이 내려온 소리는 못 들었는데."

"그곳엔 아무도 없었어요. 처음엔 당신도 보이지 않았고요. 얼마 후에야 문짝 밑으로 삐져나온 당신 팔을 보았어요. 난 당신이 죽은 줄 알았어요."

"가까이 와서 어떻게 좀 해 보지 그랬어요."

"그랬어요. 그렇지만 그 문짝을 들어 올릴 수가 없었어요."

"나를 움직일 수 있는 공간이 약간 있었어요. 문이 나를 짓누르지는 않았으니까. 그러면 내가 그때 깨어났을지도 모르는데."

"무슨 말인지 잘 모르겠어요. 나는 정말 당신이 죽은 줄 알았어요."

"그렇다면 기도할 것이 별로 없었을 텐데. 안 그래요?" 나는 세라를 놀렸다. "기적을 바라는 거 말고는."

"희망이 아주 없을 땐," 그녀가 말했다. "기적을 바라는 기도를 올릴 수밖에요. 기적은 가련한 사람들에게 일어나는데, 내가 바로 그런 사람이었잖아요."

"해제경보가 울릴 때까지 여기 있어요." 그녀는 고개를 저으며 곧바로 방을 나갔다. 나는 계단을 따라 내려가 내 뜻과는 반대로 그녀를 졸라 대기 시작했다. "우리 오늘 오후에 볼 수 있을까요?"

"난 안 돼요."

"그럼 내일……"

"헨리가 돌아와요."

헨리. 헨리. 헨리. 그 이름은 우리의 관계를 가르고 울려와서 모든 행복, 재미, 희열의 기분을 망가뜨리며 결국 사랑은 죽고 정과 습관이 승리한다는 사실을 상기시켜 주었다. "그렇게 두려워할 필요 없어요." 그녀가 말했다. "사랑은 우리가 서로 만나지 않는다고 해서 끝나는 게 아니에요……" 그 뒤 거의 2년이 지나서야 현관에서의 그 만남이 있었던 것이다. "당신?"

6

물론 그 뒤로도 여러 날 동안 나는 희망을 가지고 있었다. 내 전화를 받지 않은 것은 우연일 뿐이라고 생각했다. 일주일 뒤 가정부를 만나 마일스 부부의 안부를 물었을 때 세라가 시골에 내려가 있다는 것을 알았다. 전시에는 편지가 분실되는 경우가 허다하지, 나는 속으로 중얼거렸다. 나는 아침마다 우편함에 우편물이 떨어지는 소리에 귀를 기울였고, 주인아주머니가 내 우편물을 가져다줄 때까지 일부러 2층에 그대로 머물러 있었다. 나는 편지를 한꺼번에 다 살펴보지 않았다. 가능한 한 실망은 뒤로 미루고 희망은 살려 두어야 했다. 편지를 하나씩 차례차례 읽었다. 그래서 마지막 한 통이 남았을 때에야 세라에게서 온 편지가 없다는 것을 알 수 있었다. 그러면 4시 우편배달 시간까지 삶은 시들해졌고, 그 뒤에는 다시 긴 밤을 보내야 했다.

나는 거의 일주일 동안 그녀에게 편지를 쓰지 않았다. 자존심이 허락지 않았기 때문이다. 그러다가 어느 날 아침 나는 자존심을 완전히 팽개치고 애타는 기분을 담아 편지를 쓴 다음, 공원 북쪽 그녀의 집 주소가 쓰인 봉투에 '화급, 전송 바람'이라고 적었다. 그러나 답장은 오지 않았고, 나는 희망을 포기한 채 세라가 한 말을 생생히 떠올렸다. "사람들은 평생 하느님을 보지 못하면서도 하느님을 여전히 계속 사랑하잖아요. 안 그래요?" 나는 증오감을 느끼며 세라는 항상 자신의 거울에 자기 모습이 멋들어지게 나타나야만 직성이 풀리는 여자야, 자기 자신한테 고상하게 들리게 하려고 남자를 버리는 것을 종교와 뒤섞고 있는 거야, 이젠 X란 놈과 잠자리를 함께하는 게 더 좋다는 사실을 인정하지 않으려는 심보야, 하고 생각했다.

그때가 최악의 시기였다. 상상에 잠겨서 그녀의 모습을 떠올리는 것이 내 일이 되었다. 하루에도 50번씩, 밤중에 자다가도 눈을 뜨면 즉시 막이 오르고 연극이 시작되는 것이었다. 언제나 같은 연극이었다. 섹스를 하는 세라, 우리가 함께했던 것과 똑같은 행위를 X와 하고 있는 세라, 그녀만의 특별한 방식으로 키스하는 세라, 섹스 도중에 몸을 동그랗게 구부리고 고통스러운 듯 신음 소리를 내는 세라, 완전히 자신을 방기하는 세라…… 나는 빨리 잠들기 위해 밤이면 수면제를 먹었다. 그러나 해가 뜰 때까지 잠들게 해 주는 수면제는 찾지 못했다. 다만 낮 동안에는 잠깐잠깐 그 로봇들이 생각을 그쪽으로 돌릴 수 있게 해 주었다. 무거운 정적과 폭발 사이의 몇 초 동안은 내 마음속에서 세라에 대한 생각이 사라지곤 했다. 3주가 지났는데도 그녀의 모습이 처음과 다를 바 없이 선명하고 빈번히 떠올랐고, 언젠가는 그 같은 환상이 끝날 거라는 아무런 근거도 없는 것 같아서 나는 상당히 진지하게 자살을 생각하기 시작했다. 심지어 날짜를 정해 놓고 거의 희망에 가까운 기분으로 수면제를 모으기까지 했다. 언제까지나 이런 식으로 계속 살 필요는 없잖아, 나는 나 자신에게 말했다. 이윽고 그 날이 왔고 연극은 여전히 계속되었으나 나는 자살하지 않았다. 비겁해서 그런 게 아니었다. 한 가지 기억이 내 자살을 막은 것이었다. 그것은 V1이 떨어진 뒤 내가 방에 들어섰을 때 세라의 얼굴에 나타난 실망의 표정에 대한 기억이었다. 그녀는 X와의 새로운 사랑 행위로 인한 양심의 가책을 덜 느끼려고 진심으로 나의 죽음을 바라지 않았을까? 그녀도 일종의 기본 양심이 있었을 테니까 말이다. 만약 내가 지금 자살한다면 그녀는 나에 대해 전혀 불안해할 필요가 없을 것이다. 4년의 세월을 나와 함께 사랑을 나누었으니 X와 함께 있는 동안에도 내가 신경 쓰여서 불안한 순간이 있을 게 틀림없었다. 나는 그녀에게 그런 만족감을 주고 싶지 않았다. 방법만 알았다면 나는 그녀가 더 이상 견딜 수 없는 시점에 이를 때까지 그녀의 불안을 증폭시켰을 것이다. 그렇게 하지 못하는 나의 무능력에 화가 났다. 그녀가 참으로 증오스러웠다.

물론 사랑에 끝이 있듯이 증오에도 끝이 있었다. 6개월이 지난 후의 어느 날, 나는 하루 종일 세라 생각을 하지 않았으며, 그날은 행복했었다는 사실을 깨달았다. 그러나 그것을 증오의 종말이라고 할 수는 없었다. 왜냐하면 나는 지체 없이 문방구로 들어가 그림엽서를 한 장 사서 세라에게 잠시나마 고통을 줄 수도 있을 것 같은—누가 알겠는가?—의기양양한 글을 썼기 때문이다. 그러나 주소를 쓰고 났을 때는 그녀에게 상처를 주고 싶은 욕망이 사라져 버려서 엽서를 길에다 버리고 말았다. 그러므로 헨리와의 그 만남으로 증오가 되살아난 것은 뜻밖의 일이 아닐 수 없었다. 파키스 씨의 다음번 보고서를 열어 보면서 증오가 되살아난 것처럼 사랑도 되살아날 수 있다면, 하고 바랐던 기억이 난다.

파키스 씨는 자신의 일을 잘 수행했다. 가루를 묻힌 것이 효과를 거둔 덕에 그 다세대 주택의 어느 방인지 알아냈다. 시더 로드 16번지 맨 위층으로, 거주자는 미스 스마이스와 그녀의 동생 리처드였다. 헨리가 편리한 남편이듯 미스 스마이스도 헨리만큼이나 편리한 누나 노릇을 하는 건 아닐까 하는 생각이 들었다. 그 이름을 보자—그 y와 끝에 있는 e를 보자—내 안에 숨어 있던 모든 속물근성이 꿈틀거렸다.[1] 그 여자는 시더 로드의 스마이스[2]로 전락한 걸까, 하고 나는 생각했다. 그 리처드라는 자가 바로 세라의 남성 편력의 긴 사슬에서 끝에 해당하는, 지난 2년 동안 세라의 연인이었던 자일까? 내가 그자를 보게 되면(나는 파키스 씨의 보고서보다 좀 더 분명히 알아보기 위해 그자를 직접 볼 작정이었다), 나는 1944년 6월에 세라가 나를 버리고 달려갔던 그 사내를 보는 것일까?

---

[1] 스마이스의 스펠링은 Smythe로, 평범한 이름인 스미스Smith와 비슷하지만 y와 e가 다른 스마이스라는 이름에는 속어로 '뚜쟁이'라는 의미가 있다. 그 이름만으로 상대를 멸시하고 싶은 속물근성이 발동했음을 뜻한다.

[2] 여기서도 뚜쟁이라는 의미로 쓰인다.

"내가 상처 입은 남편처럼 초인종을 누르고 곧장 걸어 들어가서 그자와 맞대면을 할까요?" 내가 파키스 씨에게 물었다(그와 나는 미리 약속을 하고 A.B.C.*에서 만났다. 그가 아들을 데리고 가야 해서 술집에는 들어갈 수 없으니 거기서 만나자고 제안했다).

"저는 반대입니다, 선생님." 파키스 씨가 차에 설탕을 세 스푼째 넣으며 말했다. 그의 아들은 오렌지에이드 한 잔과 빵 하나를 챙겨 들고 우리 두 사람의 이야기가 들리지 않는 탁자에 가서 앉았다. 아이는 모자와 외투에서 진눈깨비를 떨며 들어오는 모든 사람을 관찰했는데, 마치 나중에 보고서를 작성해야 하는 사람처럼 갈색 구슬 같은 눈을 초롱초롱하게 뜨고 지켜보았다. 파키스가 지시한 훈련의 일부인 것 같았다. "그럴 경우엔 말입니다." 파키스 씨가 말했다. "선생님께서 증거를 제시하지 못하면 법정에서 문제를 복잡하게 만들 겁니다."

"법정까지 가는 일은 없을 거예요."

"원만히 해결하실 겁니까?"

"흥미를 잃었어요." 내가 말했다. "사실 리처드 스마이스라는 남자에 관해 법석을 피울 수는 없어요. 그 사람을 한번 보고 싶을 따름이에요. 그뿐입니다."

"선생님, 가장 안전한 방법은 계량기 검침원으로 꾸미는 것

♦ 제과점 겸 찻집.

입니다."

"그 챙 달린 모자는 쓸 수 없어요."

"동감입니다, 선생님. 저도 그건 피하려고 합니다. 장래에 제 아들 녀석에게 그런 경우가 생겼을 때도 그건 피하게 하고 싶습니다." 그의 침울한 눈이 아들의 움직임을 하나하나 전부 다 좇고 있었다. "저 녀석이 아이스크림을 먹고 싶어 했지만 이런 날씨엔 안 된다고 말했습니다." 그는 아이스크림 생각에 몸이 오싹해진 것처럼 약간 떨었다. 그가 "모든 직업에는 저마다의 위엄이 있는 법입니다, 선생님" 하고 말했을 때 나는 잠시 그게 무슨 의미인지 알지 못했다.

내가 말했다. "저 애를 좀 빌려주겠어요?"

"불유쾌한 일은 없을 거라는 걸 확실히 말씀해 주시면 그러겠습니다." 그가 미심쩍어하면서 말했다.

"난 마일스 부인이 거기 있을 땐 찾아가고 싶지 않아요. 이 연극은 안심하고 믿어도 될 겁니다."

"그런데 선생님, 왜 아이를?"

"아이가 몸이 좀 안 좋다고 말할 생각이에요. 집을 잘못 찾아온 걸로 하는 겁니다. 그럼 그들은 잠시 쉬었다 가라고 하지 않을 수 없을 거예요."

"그 정도는 아이가 너끈히 해낼 수 있을 겁니다." 파키스 씨가 자랑스럽게 말했다. "누구든 우리 랜스를 물리치지 못할 테니까요."

"이름이 랜스인가요?"

"랜슬롯 경의 이름을 땄습니다.『원탁의 기사』에 나오는."

"놀랍군요. 꽤 불유쾌한 이야기가 있는 사람인데."

"그가 성배를 찾았습니다." 파키스 씨가 말했다.

"성배를 찾은 사람은 갤러해드예요. 랜슬롯은 기네비어와 잠자리를 함께하다가 들켰죠." 왜 우리는 순진한 사람을 놀려 주고 싶은 욕망을 가지고 있는 걸까? 질투인 것일까? 파키스 씨는 아들을 배신한 듯한 표정으로 아이를 건너다보며 침울하게 말했다. "처음 듣는 애깁니다."

7

다음 날 나는 아이와 함께 시더로드로 가는 도중에 하이가 에서—아이 아버지에게 심술을 부리고 싶어서—아이에게 아이스크림을 사 주었다. 헨리 마일스는 칵테일파티를 열고 있다고 파키스 씨에게서 보고받았으므로 들킬 위험은 없었다. 파키스 씨는 아들의 옷을 잡아당겨서 펴 준 다음 나에게 아이를 인도했다. 아이가 고객과의 첫 무대 출연에 경의를 표하는 뜻으로 가장 좋은 옷을 입고 나온 데 반해 나는 가장 후줄근한 옷을 입었다. 아이의 스푼에서 딸기 아이스크림이 조금 떨어져 아이의 옷에 묻었다. 나는 조용히 앉아 있다가 아이가 다

먹고 나자 물었다. "하나 더?" 아이가 고개를 끄덕였다. "이번에도 딸기 아이스크림?"

아이가 말했다. "바닐라요." 그런 다음 한참 뒤에 덧붙였다. "바닐라로 주시면 고맙겠습니다."

아이는 두 번째 아이스크림을 몹시 신중한 태도로 먹었다. 흡사 지문을 없애려 하는 것처럼 조심스럽게 스푼을 핥기도 했다. 그런 다음 우리는 아버지와 아들처럼 서로 손을 잡고 공원을 지나 시더로드를 향해 걸었다. 세라도 나도 자식이 없구나, 하는 생각이 들었다. 이렇게 욕망, 질투, 파키스 씨 보고서 따위와 같은 음험한 짓에 몰두하기보다는 결혼하고 아이를 낳아 달콤하면서도 덤덤한 평화를 누리며 함께 조용히 살아가는 것이 더 지각 있는 삶이 아니었을까?

나는 시더로드 집의 맨 위층 초인종을 눌렀다. 그러고 나서 아이에게 말했다. "명심해. 넌 몸이 아픈 거야."

"아이스크림을 주면 어떻게 해야……" 아이가 말을 꺼냈다. 파키스가 미리 준비를 해 두어야 한다고 아이를 훈련시킨 것이었다.

"그러진 않을 거야."

문을 연 사람이 미스 스마이스일 거라는 생각이 들었다. 자선 바자회 같은 데서 볼 수 있는, 윤기 없는 머리가 희끗희끗하게 센 중년 여자였다. 내가 말했다. "윌슨 씨 댁 맞죠?"

"아닌데요. 잘못……"

"혹시 아래층에 살고 있는 건 아닌지, 그건 모르시나요?"

"윌슨이라는 사람은 이 집에 없어요."

"큰일이네." 내가 말했다. "아이를 데리고 먼 길을 걸어왔는데, 아이가 지금 몸이 안 좋아서……"

나는 차마 아이의 얼굴을 보지 못했지만, 미스 스마이스가 아이를 빤히 바라보는 모습을 통해 아이가 말없이 효과적으로 자신의 역할을 수행하고 있다고 확신했다. 새비지 씨는 이 아이를 자신의 팀 일원으로 인정한 것이 자랑스러웠을 것이다.

"들어와서 좀 쉬게 하세요." 미스 스마이스가 말했다.

"대단히 고맙습니다."

세라는 얼마나 자주 이 문을 통해 좁고 어수선한 현관으로 들어갔을까, 하는 생각이 모락모락 피어올랐다. 지금 나는 X의 집에 있다. 아마 모자걸이에 걸린 갈색 중절모는 그자의 것이리라. 내 후임자의 손이—세라를 만진 손이—매일같이 이 문의 손잡이를 돌렸으리라. 열린 문으로 가스불의 노란 불꽃과 눈이 올 것 같은 잿빛 오후를 밝히고 있는 분홍색 갓이 달린 전등과 이 방에 어울리지 않게 크레톤 사라사 덮개를 씌운 안락의자가 보였다. "아이에게 물 한 잔 갖다줄까요?"

"대단히 고맙습니다." 나는 조금 전에도 이 말을 했다는 생각이 났다.

"아니면 오렌지스쿼시나."

"그러실 필요 없습니다."

"오렌지스쿼시요." 아이가 단호하게 말했다. 그리고 이번에도 한참 뒤에, 여자가 문을 나가려 할 때 "오렌지스쿼시로 주시면 고맙겠습니다" 하고 덧붙였다. 둘이서만 있게 되자 나는 비로소 아이를 바라보았다. 크레톤 덮개를 씌운 안락의자에 등을 웅크리고 앉아 있는 아이의 모습은 정말로 아파 보였다. 아이가 내게 눈을 찡긋해 보이지 않았다면 아이가 혹시 정말로 아픈 게 아닐까 생각할 뻔했다. 미스 스마이스가 오렌지스쿼시를 들고 돌아왔을 때 내가 말했다. "고맙습니다 해야지, 아서."

"이름이 아서인가요?"

"아서 제임스입니다." 내가 말했다.

"옛날식 이름이군요."

"우리가 옛날식 가족이라서요. 아이 엄마는 테니슨을 좋아했죠."

"엄마는……?"

"예, 그렇습니다." 내 대답에 여자는 동정의 눈으로 아이를 바라보았다.

"아이가 선생님에게 위로가 되겠군요."

"걱정거리도 되고요." 내가 말했다. 나는 부끄러운 생각이 들기 시작했다. 여자는 전혀 의심하지 않고 대해 주는데, 나는 도대체 여기서 뭘 하고 있단 말인가? X를 만날 수 있을 것 같은 낌새는 없었고, 침대가 떠오르는 사내를 만난들 기분이 더 나아질 것 같지도 않았다. 나는 작전을 바꾸었다. 내가 말했다.
"참, 제 소개를 할게요. 저는 브리지스라고 합니다."

"저는 스마이스예요."

"전에 꼭 어디선가 뵌 것 같은 생각이 듭니다."

"저는 안 그런 것 같아요. 얼굴을 아주 잘 기억하는 편입니다만."

"공원에서 뵌 것 같기도 합니다."

"거긴 남동생하고 종종 가요."

"혹시 존 스마이스라는 분 아닙니까?"

"아니에요." 그녀가 말했다. "동생 이름은 리처드예요. 아이는 좀 어떤가요?"

"더 안 좋아요." 파키스의 아들이 말했다.

"체온을 재 봐야 하지 않을까요?"

"저에게 오렌지스쿼시를 조금 더 주실 수 있어요?"

"오렌지스쿼시가 해롭진 않겠죠?" 미스 스마이스가 걱정스럽게 말했다. "가엾어라. 아마 열이 있나 봐요."

"이미 너무 폐를 끼쳤습니다."

"아픈 아이를 보고도 그냥 가게 하면 동생이 저를 용서하지 않을 거예요. 동생은 아이들을 무척 좋아하거든요."

"동생분이 집 안에 계십니까?"

"곧 돌아올 거예요."

"직장에서 돌아오는 건가 보죠?"

"어, 동생의 근무일은 사실은 일요일이에요."

"성직자인가요?" 나는 은근히 악의를 품고 물었는데, 알쏭달쏭한 대답이 돌아왔다. "꼭 그런 것은 아니에요." 우리 사이에 근심스러운 표정이 커튼처럼 내려왔고, 여자는 개인적인 고민을 안고 그 커튼 뒤로 물러났다. 그녀가 일어섰을 때 현관문이 열리고 X가 나타났다. 어둑한 현관에 나타난 그의 얼굴에서 나는 잘생긴 배우의 얼굴을 가진 남자라는 인상을 받았다. 너무 자주 거울을 들여다볼 성싶은 얼굴, 어딘가 천박해 보이는 얼굴이었다. 나는 만족감이 아닌 우울한 기분으로 남자에 대한 세라의 취향이 좀 더 고상했더라면, 하고 생각했다. 잠시 후 그가 전등 불빛 속으로 들어왔다. 왼쪽 뺨을 큼지막하게 덮은 검푸른 반점들이 눈에 띄었는데, 그것은 어떤 특별한 표시처럼 보일 정도였다. 스스로 거울을 들여다봐도 전혀 만족감을 얻을 수 없는 얼굴이었다. 내가 공연히 양심을 품은 것이었다.

미스 스마이스가 말했다. "제 동생 리처드예요. 이분은 브리지스 씨. 브리지스 씨의 어린 아들이 지금 몸이 좀 안 좋아서 내가 안으로 들어오시라고 했다."

그는 나와 악수를 하면서 아이에게 눈길을 던졌다. 그의 손은 뽀송뽀송하고 따뜻했다. 그가 말했다. "당신 아이는 전에 본 적이 있습니다."

"공원에서요?"

"그런 것 같아요."

그는 그 방에 어울리지 않을 만큼 너무 강인해 보였다. 그는 크레톤 사라사와 어울리지 않았다. 그 짓을 하는 동안 누나는 이 방에 앉아 있고 그들은 다른 방에서 하는 걸까…… 아니면 누나에게 심부름을 시켜서 집 밖으로 내보내고 사랑을 나누는 것일까?

아무튼 그 사내를 보았으니 이곳에 더 머무를 필요가 없었다. 그렇지만 사내를 보고 나니 다음과 같은 다른 많은 의문들이 떠올랐다. 그들은 어디서 만났을까? 세라가 먼저 꼬리쳤을까? 세라는 그 사내에게서 무엇을 본 걸까? 그들은 얼마나 오랫동안 연인으로 지냈고 얼마나 자주 사랑을 나누었을까? 나는 세라가 쓴 그 말들을 외우고 있었다. '저는 당신에게 글을 쓰거나 말을 할 필요가 없습니다. (……) 저는 이제 사랑하기 시작했을 뿐이라는 걸 알고 있습니다. 그렇지만 저는 이미 당신 이외의 모든 것, 모든 사람을 버리고 싶어요.' 나는 사내의 뺨에 있는, 눈에 거슬리는 반점을 쳐다보며 생각했다. 그 누구도 안전하지 않아. 꼽추도, 불구자도…… 다들 사랑을 촉발하는 방아쇠를 지니고 있다니까.

"여기에 온 진짜 목적이 무엇입니까?" 그가 내 생각을 깨뜨리며 불쑥 물었다.

"미스 스마이스에게 얘기했습니다…… 윌슨이라는 사람을……"

"당신 얼굴은 기억나지 않지만 당신 아이의 얼굴은 기억나요." 그는 아이의 손을 만지고 싶기라도 한 듯 잠깐 손을 움직이다가 멈칫했다. 그의 눈에는 은근한 부드러움이 있었다. 그가 말했다. "나를 두려워할 필요는 없습니다. 난 사람들이 여길 찾아오는 것에 익숙하답니다. 나는 다만 도움이 되길 바랄 뿐이죠."

미스 스마이스가 설명했다. "사람들은 보통 너무 수줍어하거든요." 대관절 그게 다 무슨 말인지 나로서는 도무지 알 수가 없었다.

"난 윌슨이라는 사람을 찾고 있었을 뿐입니다."

"이곳엔 그런 사람이 없다는 걸 내가 알고 있단 사실을 당신은 알지 않습니까."

"전화번호부를 빌려주면 내가 그 사람의 주소를 확인할 수……"

"다시 자리에 앉으시죠." 그는 그렇게 말하고 나서 우울한 표정으로 아이를 바라보며 생각에 잠겼다.

"그만 가 봐야겠습니다. 아서도 한결 좋아진 것 같고 윌슨은……" 사내의 모호한 태도가 나를 불편하게 했다.

"물론 가고 싶으면 가도 됩니다. 그렇지만 아이는 여기 두고 갈 수 없을까요? 30분 만이라도요. 아이와 얘기를 좀 하고 싶습니다." 그는 아이가 파키스의 조수라는 것을 알아차리고 캐물으려는 것일까, 하는 생각이 문득 떠올랐다. 내가 말했다.

"아이에게 물어보고 싶은 게 있으면 뭐든 나한테 물어보십시오." 그가 반점이 없는 뺨을 내게로 돌릴 때마다 나는 화가 났고, 보기 흉한 반점이 있는 뺨이 보일 때마다 화가 사라지는 것이었다. 그리고 나는 믿을 수 없었다. 미스 스마이스가 차를 준비하는 동안 이곳 꽃무늬 크레톤 사라사 사이에서 욕정을 채웠으리라고는 더 이상 믿을 수 없었다. 그러나 절망은 언제나 답을 만들어 낼 수 있다. 그때 절망이 나에게 물었다. 그럼 너는 그게 욕정이 아니라 사랑이었기를 더 바라는 거니?

"당신이나 나는 이미 나이가 너무 많아요." 그가 말했다. "그렇지만 학교 선생이나 교회 사제들…… 그들은 이제 막 자신들의 거짓말로 이 아이를 타락시키기 시작한 겁니다."

"빌어먹을what the hell, 도대체 무슨 말인지 모르겠군요." 그러고 나서 미스 스마이스를 향해 재빨리 덧붙였다. "죄송합니다."

"그것 보세요." 그가 말했다. "만약 내가 당신을 화나게 했다면 아마 '오, 주여My God'라고 했을지도 모르겠네요."

내 말이 그를 놀라게 한 것 같았다. 그는 어쩌면 비국교도 목사인지도 몰랐다. 미스 스마이스는 그가 일요일에 일한다고 말하지 않았는가. 그렇지만 그 같은 사람이 세라의 연인이라니 얼마나 기이한 일인가. 갑자기 세라가 대수롭지 않은 여자로 생각되었다. 그녀의 연애가 웃기는 일이 되었다. 다음번 내 디너파티에서는 세라가 우스갯거리로 사용될지도 모를 일이었다. 잠시 나는 그녀로부터 자유로워졌다. 아이가 말했다.

"속이 울렁거려요. 오렌지스쿼시 조금 더 마실 수 있어요?"

미스 스마이스가 말했다. "얘야, 이젠 그만 마시는 게 좋을 것 같구나."

"이젠 정말 아이를 데리고 가야겠습니다. 정말 고맙습니다." 나는 그의 반점을 잘 봐 두려 했다. 내가 말했다. "나 때문에 기분이 상했다면 죄송합니다. 나도 모르게 그만 욕설이…… 당신이 지니고 있는 것과 같은 종교적 믿음이 없어서 말입니다.

그가 놀란 표정으로 나를 쳐다보았다. "나도 그런 거 없는데요. 난 아무것도 믿지 않습니다."

"나는 당신이 내 거친 언사를 싫어하는 줄……"

"나는 종교의 잔재로 남아 있는 과시적인 표현들을 싫어해요. 용서하십시오. 내가 너무 나갔군요, 브리지스 씨, 나도 압니다. 그렇지만 나는 사람들이 관용적으로 쓰는 말에서도 종교가 연상될 수 있다는 사실에 두려움을 느낄 때가 종종 있습니다. 굿바이 같은 말이 그런 예가 될 수 있겠군요.♦ 내 자손들은 신 같은 말이 우리에게 어떤 의미를 가졌는지조차도 모를 거라고 믿을 수 있었으면 좋겠어요. 스와힐리어로 쓰인 말을 모르듯이 말입니다."

"자손이 있나요?"

그가 침울하게 말했다. "난 자식이 없습니다. 저런 아들을

♦ 굿바이good-bye에서 신God이 연상된다는 뜻.

둔 당신이 부러워요. 아이를 갖는다는 건 커다란 의무와 커다란 책임이 따르는 일이지요."

"아이에게 뭘 물어보려 했습니까?"

"아이가 편안한 느낌을 갖게 해 주고 싶었습니다. 그래야 이곳에 다시 오고 싶어 할 테니까요. 어린애한테는 하고 싶은 말이 참 많지요. 어떻게 세상이 존재하게 되었는가 하는 거. 죽음에 대해서도 얘기해 주고 싶었어요. 학교에서 주입한 모든 거짓말을 몰아내 버리고도 싶었고요."

"30분 동안의 이야깃거리로는 좀 많아 보이는군요."

"씨앗을 뿌릴 수는 있습니다."

나는 심술궂게 말했다. "그건 복음서에 나오는 말입니다."

"아, 나도 타락했습니다. 그런 말을 내게 할 필요는 없어요."

"사람들이 정말 당신을 찾아오나요? 남몰래 말입니다."

"알면 놀라실 거예요." 미스 스마이스가 말했다. "사람들은 희망의 메시지를 간절히 바라고 있거든요."

"희망?"

"예, 희망." 리처드 스마이스가 말했다. "만약 온 세상 사람들이 이 지상에서 우리가 가지고 있는 것이 전부이고 그 밖의 다른 것은 아무것도 없다는 걸 안다면, 그 어떤 내세의 보상도 응보도 천벌도 없다는 걸 안다면, 어떤 희망이 생겨날 것인지 당신은 모르겠습니까?" 그의 얼굴은 한쪽 뺨이 눈에 띄지 않으면 무척 고귀해 보였다. "그렇게 되면 우린 이 세상을 천국처럼 만들기 시작할 겁니다."

"그 전에 먼저 설명되어야 할 것이 굉장히 많군요." 내가 말했다.

"내 서재를 보여 드릴까요?"

"남부 런던에서 제일가는 합리주의자의 서재랍니다." 미스 스마이스가 설명했다.

"나는 개종할 필요가 없습니다, 스마이스 씨. 지금 현재는 아무것도 믿지 않아요. 때때로 그렇지 않을 때도 있습니다만."

"우리가 문제시해야 할 것은 그 '때때로'입니다."

"이상한 것은 때때로 찾아드는 뭔가를 믿고 싶은 때가 희망의 순간이라는 겁니다."

"자존심이 희망으로 가장할 수 있지요. 또는 이기주의가 그럴 수도 있고요."

"그것은 이 문제와 아무 관련이 없는 것 같습니다. 그런 순간은 갑자기 찾아들지요. 아무 이유 없이, 향기가 스며들듯……"

"아." 스마이스가 말했다. "꽃의 구조나 지적 설계 논쟁 같은 거 말이군요. 시계는 시계공을 필요로 한다는 얘기♦ 말입니다.

♦ 지적 설계 이론을 주창한 영국 국교회 신부 윌리엄 페일리가 사용한 비유. 시계는 저절로 만들어지는 것이 아니라 지능을 가진 누군가가 만들었다는 것을 알 수 있듯이 이 복잡하고 정교한 우주도 어떤 지적인 존재가 창조한 것이고 그 창조주가 야훼라는 이론이다.

그건 이미 낡은 이야기예요. 그에 대해서는 슈베니겐이 25년 전에 다 대답했습니다. 내가 보여 드릴 테니……"

"오늘은 안 됩니다. 정말 아이를 데리고 집에 가야겠습니다."

그는 또다시 거절당한 연인처럼 애정이 좌절된 것에 실망스러워하는 몸짓을 지어 보였다. 머릿속에 갑자기 이 남자는 사람이 죽어 가는 임종의 자리에서 얼마나 많이 배제되었을까, 하는 생각이 떠올랐다. 나는 그에게도 뭔가 희망의 메시지를 주고 싶은 생각이 이는 것을 느꼈다. 그러나 그때 그가 뺨을 돌렸고, 내 눈에 들어온 것은 다만 거만한 배우의 얼굴이었다. 나는 그가 가엾고 미숙하고 시대에 뒤떨어져 보일 때가 더 마음에 들었다. 에이어, 러셀◆…… 요즘에는 그들이 유행이었다. 그러나 서재에 논리 실증주의자의 책이 많이 있을 것 같지는 않았다. 그의 서재에는 세상에 초연한 학자들의 책이 아니라 개혁 운동가들의 책만 있을 듯싶었다.

문 앞에서—그가 그 굿바이라는 위험한 말을 쓰지 않았다는 것을 알아차렸다—나는 그의 잘생긴 뺨에 대고 쏘아붙였다. "당신은 내 친구 마일스 부인을 만나 봐야 합니다. 그 친구는 이런 것에 흥미를……" 나는 말을 멈췄다. 내가 쏜 탄환이 급소에 명중한 것이었다. 뺨의 반점이 진홍색으로 붉어지는

◆ A. J. 에이어와 버틀런드 러셀은 당시 유행한 논리 실증주의의 대표적 철학자이다.

것 같았다. 그가 몸을 휙 돌려 돌아가는 것과 동시에 미스 스마이스가 "에구구" 하고 내뱉는 소리가 들렸다. 내가 그에게 고통을 준 것이 틀림없었다. 하지만 그 고통은 그의 고통일 뿐 아니라 나의 고통이기도 했다. 나는 나의 탄환이 빗나가기를 얼마나 간절히 바랐던가.

밖으로 나왔을 때 파키스의 아들이 배수로에 대고 구역질을 했다. 나는 거기 서서 아이가 토하도록 거들어 주면서 생각했다. 그자도 세라를 잃은 걸까? 이 사슬에는 끝이 없는 걸까? 이제 나는 또 Y를 찾아야 하는 걸까?

8

파키스가 말했다. "아주 쉬웠습니다, 선생님. 연회장은 상당히 북적거렸어요. 그래서 마일스 부인은 제가 관청에서 일하는 남편의 동료라고 생각했고, 마일스 씨는 제가 부인의 친구라고 생각했습니다."

"칵테일파티는 괜찮았나요?" 나는 세라와의 첫 만남을, 그리고 어떤 남자와 함께 있었던 세라의 모습을 다시 떠올리면서 물었다.

"대단히 성공적이었다고 말할 수 있습니다, 선생님. 그런데 마일스 부인은 몸이 좀 안 좋아 보이더군요. 심하게 기침을 해

댔습니다." 그 말을 들으니 기분이 좋아졌다. 아마도 이번 파티에서는 구석진 곳에서 키스하거나 몸을 만지는 일이 없었을 테니까. 그는 책상 위에 갈색 종이 꾸러미를 내려놓으며 자랑스럽게 말했다. "저는 가정부한테 미리 들어서 부인의 방으로 가는 길을 알고 있었습니다. 저를 유심히 보는 사람이 있으면 화장실을 찾는 중이라고 말하려 했습니다만 그런 사람은 없었습니다. 부인의 책상 위에 이것이 놓여 있었습니다. 그날도 여기에 뭘 썼나 봅니다. 물론 부인은 매우 조심스럽게 일기를 쓰겠지만, 일기장과 관련된 내 경험에 비추어 보면 일기는 언제나 뭔가 진실을 드러내게 마련입니다. 사람들은 자신만의 간단한 암호를 만들어 내지만 그것은 금방 들통이 난답니다, 선생님. 혹은 중요한 사실을 일부러 빠뜨리고 넘어가기도 하지만, 뭘 빠뜨렸는지 금방 알게 됩니다." 그가 말하는 동안 나는 포장을 벗기고 일기장을 꺼내서 펼쳐 보았다. "누구나 일기를 쓰는 한 뭔가 중요한 것을 기억해 두고 싶어 하는 게 인지상정 아니겠습니까, 선생님. 그렇지 않다면 뭐 하러 일기를 쓰겠습니까?"

"이걸 읽어 봤나요?" 내가 물었다.

"어떤 성질의 일기인지 확인해 보았습니다, 선생님. 한 꼭지를 읽어 보고 부인은 신중한 유형이 아니라고 판단했습니다."

"올해 쓴 일기가 아니군요." 내가 말했다. "2년 전 거예요."

그는 잠시 당황했다.

"이것도 내 목적에 도움이 되겠네요." 내가 말했다.

"예, 쓸데가 있을 겁니다, 선생님. 소홀히 보아 넘기지 않고 하나하나 꼼꼼히 챙겨 보신다면 말입니다."

일기는 큼지막한 회계 장부에 쓰여 있었다. 붉은 선과 파란 선을 가로지르는 익숙한 굵은 글씨체가 눈에 들어왔다. 일기는 매일 쓴 게 아니어서 나는 파키스를 안심시킬 수 있었다. "몇 년에 걸쳐 쓴 것이로군요."

"제 생각엔 부인이 무슨 일로 인해서 그 일기를 꺼내 읽어 본 것 같습니다." 나에 관한 어떤 기억이, 우리가 나눈 사랑에 관한 어떤 추억이 바로 이날 그녀의 마음속에 떠올랐고, 그리하여 뭔가가 그녀의 마음의 평화를 어지럽힌 것일 수도 있을까? 나는 궁금했다. 내가 파키스에게 말했다. "이걸 손에 넣게 되어 기쁩니다. 아주 기뻐요. 알다시피 우리의 거래는 여기서 끝내야 할 것 같군요."

"만족스러웠길 바랍니다, 선생님."

"아주 만족스러워요."

"그러시다는 것을 편지로 써서 새비지 씨에게 보내 주시면 고맙겠습니다, 선생님. 새비지 씨는 고객들에게서 불만의 편지는 받습니다만 좋은 내용의 편지는 받지 못하거든요. 고객들은 만족할수록 잊어버리고 싶어 해서요. 마음속에서 곧장 우리를 내보내고 싶은 거죠. 그걸 탓할 수는 없지만 말입니다."

"편지를 써서 보낼게요."

"그리고 제 아들 녀석을 친절하게 대해 주셔서 감사합니다, 선생님. 배탈이 좀 났다는데, 왜 그랬는지 저는 압니다. 랜스 같은 아이한테 아이스크림을 먹지 못하게 하는 건 어려운 일이죠. 걔는 거의 말 한 마디도 하지 않고 아이스크림을 사 주지 않을 수 없게 만들곤 한답니다." 나는 얼른 일기를 읽고 싶었으나 파키스는 자꾸만 늑장을 피웠다. 그는 실은 그를 잊지 않겠다는 내 말을 믿지 못하고 자신의 그 비굴해 보이는 눈과 궁상스러운 콧수염을 내 기억 속에 좀 더 확고히 새겨 두고 싶은 모양이었다. "저는 선생님과 친분을 맺게 되어 즐거웠습니다. 이런 언짢은 상황에서 즐거웠다는 말을 써도 되는지 모르겠습니다만. 우리가 언제나 진짜 신사분을 위해 일하는 건 아니거든요. 작위를 지닌 분이라 해도 신사가 아닌 사람이 많답니다. 한번은 상원의원이 된 귀족의 일을 맡아 했는데, 제가 보고서를 드렸더니 그분은 마치 제가 죄를 지은 당사자인 것처럼 마구 화를 내시더라고요. 그럴 땐 정말 기운이 빠지죠. 사람들은 일이 잘되면 잘될수록 얼른 우리를 물리치고 관계를 끊고 싶어 더욱 안달한답니다."

나도 얼른 파키스를 물리치고 싶다는 생각을 했으므로 그의 말에 죄책감이 일었고, 따라서 그를 빨리 내보낼 수가 없었다. 그가 말했다. "저는 선생님께 조그만 기념품을 드리고 싶다는 생각을 했습니다. 하지만 선생님께서는 받고 싶지 않은

151

물건일 것 같아요." 남이 나를 좋아해 준다는 건 신기한 일이다. 그래서 이쪽에서도 정성스럽게 대해 주고 싶은 마음이 자동적으로 생기게 마련이다. 그래서 파키스에게 거짓말을 했다. "난 언제나 우리의 대화가 즐거웠어요."

"그런데 처음엔 순조롭지 못했습니다, 선생님. 저의 바보 같은 실수로 말입니다."

"그 얘길 아이한테 했나요?"

"예, 선생님. 그렇지만 며칠 후에야, 휴지통에서 성공적으로 종잇조각을 찾아낸 일이 있고 난 뒤에야 얘기했습니다. 그땐 가시를 뽑아낸 기분이었죠."

나는 일기장을 내려다보며 읽었다. '너무 행복하다. M. 내일 그이가 돌아온다.' 나는 잠시 M이 누구일까 생각했다. 사랑을 받았다는 것, 한때 자신의 존재가 타인의 하루를 행복하게 할 수도 있고 침울하게 할 수도 있는 힘을 지녔었다는 것, 그 생각을 하니 참으로 이상하고 낯선 기분이 들었다.

"그렇지만 선생님께서 이 기념품을 불쾌하게 여기지 않으신다면……"

"불쾌하게 여기다니요? 그럴 리 없습니다, 파키스."

"흥미롭고 쓸모가 있을 수도 있는 물건을 가지고 왔습니다, 선생님." 그는 호주머니에서 휴지로 감싼 물건을 꺼내 책상에 내려놓았다. 그런 다음 수줍은 몸짓으로 그것을 가만히 나에게 밀었다. 나는 휴지를 벗겼다. 그것은 브라이틀링시 메트로

폴 호텔 마크가 새겨진 값싼 재떨이였다. "재미있는 내력이 있는 재떨이입니다, 선생님. 볼턴 사건을 기억하시는지요?"

"글쎄요. 기억나지 않아요."

"당시에는 큰 파문을 일으킨 사건이었습니다, 선생님. 볼턴 부인, 부인의 가정부, 그리고 남자. 그들 셋이 함께 발견되었지요. 그 재떨이가 침대 옆에 있었습니다. 부인 쪽 옆에."

"조그만 박물관을 채울 수 있을 만큼 많은 물건을 모았겠군요."

"원래는 그걸 새비지 씨에게 드렸어야 했습니다. 그분이 특별한 관심을 보였으니까요. 하지만 지금은 안 드리길 잘했다는 생각이 드는군요. 선생님 친구분들이 담뱃불을 끌 때 거기 새겨진 마크에 대해 이런저런 얘기들을 할 텐데, 그때 선생님이 이렇게 턱 대답하시는 겁니다. 볼턴 사건이라고 알아? 친구분들은 다 그에 관한 얘기를 더 듣고 싶어 할 겁니다."

"대단히 그럴듯하네요."

"그게 다 인간의 본성입니다, 선생님. 인간의 사랑이기도 하고요. 저도 **놀라긴** 했습니다만. 제삼의 인물이 있으리라곤 전혀 예상하지 못했거든요. 게다가 그 방은 크지도 않고 화려하지도 않았습니다. 그땐 제 아내도 살아 있었지만, 아내에게 구체적인 얘기를 하고 싶진 않았습니다. 아내는 그런 얘기를 들으면 몹시 심란해하거든요."

"이 기념품, 소중히 보관할게요." 내가 말했다.

"재떨이가 말을 할 수 있다면 좋겠어요, 선생님."

"허, 정말 그러네요."

생각이 그토록 심오한 파키스도 얘기를 마쳤다. 그는 약간 끈적거리는 손으로(랜스의 손을 잡고 돌아다니느라 그랬을 것이다) 마지막 악수를 하고 떠났다. 그는 다시 만나 보고 싶은 사람은 아니었다. 나는 세라의 일기장을 열었다. 우선 모든 게 끝난 1944년 6월 그날의 일기를 찾아 읽을 생각이었다. 이윽고 그렇게 끝나 버린 이유를 알아내고 나서 살펴보니, 그녀의 사랑이 어떻게 해서 점차 사라져 갔는지—세라의 일기를 내 일기와 대조해 봄으로써—정확히 알 수 있는 다른 날짜의 일기가 적잖이 있었다. 나는 이 일기장을 한 사건—파키스가 맡은 사건 중의 하나—의 한 가지 문서로서만 차분히 취급하고 싶었다. 그러나 나로서는 그 정도의 차분함을 유지할 수가 없었다. 일기장을 열었을 때 내가 발견한 것은 내가 생각하고 있던 게 아니었기 때문이다. 증오와 의심과 질투에 너무 깊이 사로잡혀 있었던 나는 그녀의 일기를 낯선 이에게서 받는 사랑의 맹세처럼 읽었다. 나는 세라의 체면을 손상하는 증거가 많을 것으로 예상했었지만(나는 그녀가 거짓말을 한다는 것을 자주 간파하지 않았던가?) 그게 아니었다. 믿을 수 없었던 세라의 목소리와는 달리 내가 믿을 수 있는, 지금 이 글 속에 완전한 답이 들어 있었다. 내가 맨 먼저 읽은 것은 마지막 두 페이지였다. 나는 재차 확인하기 위해 맨 나중에 그 페이지를 다시 읽었다. 누구에게나 사랑하는 대상은 부모님이나 하느님밖에 없다고 알고 있을 때 자신이 타인에게서 사랑받고 있음을 발견하는 것은, 그리고 그걸 믿게 되는 것은 이상한 일이 아닐 수 없다.

제3권

1

......우리의 사랑이 끝났을 때 남은 건 오직 당신뿐이었습니다. 우리 둘 다 그랬습니다. 저는 여기저기에, 이 남자 저 남자에게 조금씩 사랑을 나누어 주며 일생을 보냈을지도 모릅니다. 그렇지만 우리는 패딩턴역 근처 호텔에서 있었던 우리의 맨 처음 사랑에서조차도 우리가 가진 모든 것을 다 써 버렸습니다. 당신은 거기 계시었고, 당신이 부자에게 가르쳐 주셨듯이 우리에게 다 써 버릴 것을 가르쳐 주셨습니다. 언젠가는 당신에 대한 이 사랑 말고는 남은 게 아무것도 없게 하시려고 말입니다. 그러나 당신은 저에게 너무 잘해 주셨습니다. 제가 고통을 달라고 요청할 때 당신은 저에게 평화를 주십니다. 그이한테도 평화를 주십시오. 그이에게 나의 평화를 주십시오. 평

화는 저보다 그이에게 더 필요하니까요.

1946년 2월 12일

이틀 전 나는 평화, 고요, 사랑 같은 감정을 느꼈다. 인생이 다시 행복해지려는 것 같았다. 하지만 어젯밤, 계단 꼭대기에 있는 모리스를 만나려고 긴 계단을 걸어 올라가는 꿈을 꾸었다. 나는 여전히 기뻤다. 계단 꼭대기에 이르면 우리는 정사를 나누게 될 테니까. 내가 가고 있다고 그에게 소리쳤다. 하지만 대답한 것은 모리스의 목소리가 아니었다. 그것은 배를 향해 조난의 위험을 경고하는 무적[1] 소리처럼 부우웅 하고 울리는 낯선 사람의 목소리였고, 그 소리에 나는 겁이 났다. 나는 생각했다. 그이는 자기 방을 세놓고 다른 데로 간 거야. 그런데 난 그이가 어디로 갔는지 몰라. 그래서 다시 계단을 내려오려니까 물이 허리 위까지 차오르고 집 안은 안개로 가득 찼다. 그때 잠이 깼다. 나는 더 이상 평화롭지 못했다. 예전만큼이나 그가 그립다. 그와 함께 샌드위치를 먹고 싶고, 그와 함께 술집에서 술을 마시고 싶다. 나는 지쳤다. 고통은 더 이상 원치 않는다. 나는 모리스를 원한다. 나는 일반적인 타락한 인간의 사랑을 원한다. 사랑하는 하느님, 당신은 제가 당신의 고통을 제 고통으로 삼고자 한다는 것을 아십니다. 그러나 지금은 그

---

[1] 霧笛. 항해 중인 배에게 안개를 조심하라는 뜻으로 부는 고동.

러고 싶지 않습니다. 잠시 고통을 거두어 주세요. 그리고 다음
에 다시 그 고통을 제게 주세요.

거기까지 읽은 다음에는 처음부터 읽기 시작했다. 세라는 일
기를 날마다 쓰지는 않았고, 나도 모든 일기를 다 읽고 싶지는 않
았다. 그녀가 헨리와 함께 간 극장, 식당, 파티장…… 내가 전혀
모르는 그런 모든 생활은 여전히 내 마음을 아프게 하는 힘을 지
니고 있었다.

2

1944년 6월 12일

나는 그를 사랑하고 있으며 앞으로도 영원히 사랑하리라
는 것을 그가 믿게 하려고 애쓰는 일이 몹시 피곤하게 여겨질
때가 종종 있다. 그는 변호사처럼 내 말에 딴지를 걸며 내 말
을 왜곡한다. 그는 우리의 사랑이 끝날 경우 자신의 주위에 펼
쳐질 황량한 사막을 두려워한다는 것을 나는 안다. 하지만 나
도 똑같은 두려움을 느끼고 있다는 것을 그는 알지 못한다. 그
가 입 밖으로 소리 내어 말하는 것을 나는 속으로 조용히 말하
고 여기에 글로 쓴다. 사막에 무엇을 지을 수 있단 말인가? 하
루에 여러 차례 사랑을 나누고 난 뒤에는 이따금 섹스에도 끝

이 있을 수 있을까 하는 의문이 든다. 나는 그 역시 이런 의문을 품고 있으며 사막이 시작되는 그 지점을 두려워한다는 것을 알고 있다. 우리가 서로를 잃는다면 우리는 사막에서 어찌할 것인가? 그 뒤에는 어떻게 살아간단 말인가?

그는 과거와 현재와 미래를 질투한다. 그의 사랑은 흡사 중세의 정조대 같다. 그는 나와 함께 있을 때만, 내 안에 있을 때만 안심한다. 내가 그를 안심시킬 수만 있다면 우리는 야만스럽거나 지나치지 않게, 평화롭고 행복하게 사랑할 수 있을 테고, 그러면 사막도 시야에서 사라질 것이다. 어쩌면 평생토록.

만약 하느님을 믿는다면 사막도 충만하게 채울 수 있을까?

나는 언제나 남들이 나를 좋아해 주기를, 칭찬해 주기를 바랐다. 어떤 남자가 내게 등을 돌리면, 또는 친구를 잃으면 나는 심한 불안감을 느낀다. 나는 남편도 잃고 싶지 않다. 나는 언제나, 어디서나 모든 것을 원한다. 나는 사막이 두렵다. 교회에서는 하느님은 당신을 사랑한다고 말하며, 하느님은 모든 것이라고 말한다. 그 말을 믿는 사람은 타인의 칭찬도 필요치 않고, 남자와의 잠자리도 필요치 않다. 그런 사람은 마음이 편안하고 든든하다. 그렇지만 나는 믿음을 억지로 지어내지 못한다.

모리스는 오늘 온종일 나를 다정하게 대했다. 그는 지금까지 나만큼 사랑한 여자는 한 번도 없었다는 말을 곧잘 한다. 그 말을 자주 함으로써 내가 그걸 믿게 하려는 것 같다. 그러나 내가 그 말을 믿는 것은 나도 똑같이 그를 사랑하기 때문일 뿐이다. 만약 내가 그를 사랑하지 않게 된다면 그의 사랑을 더이상 믿지 않게 될 것이다. 만약 내가 하느님을 사랑하게 된다면 나는 하느님이 나를 사랑하신다는 것을 믿게 될 것이다. 사랑을 바라는 것만으로는 충분치 않다. 우리는 먼저 사랑해야한다. 하지만 나는 그 방법을 모른다. 그렇지만 나는 사랑을바란다. 간절히 바란다.

그는 온종일 상냥했다. 딱 한 번, 내가 어떤 남자의 이름을언급했을 때 그가 시선을 돌리는 것을 보았다. 그는 내가 아직도 다른 남자들과 잠을 잔다고 생각한다. 설령 내가 그런다 한들 그게 그렇게 큰 문제일까? 만약 그가 가끔 다른 여자와 잠자리를 같이한다 해도 그걸 가지고 내가 불평하겠는가? 우리가 만약 사막에서 서로 함께하지 못한다면, 나는 그가 그 사막에서 다른 여자와 약간의 교제를 갖는다 해도 그에게서 그 즐거움을 빼앗으려 하지 않을 것이다. 하지만 그는 만약 그런 때가 오면 나에게 물 한 잔도 주지 않으려 할 거라는 생각이 들때가 많다. 그는 나를 철저히 고립 상태로 몰아넣을 테고, 그래서 나는 아무도 없이, 아무것도 없이 홀로 있게 될 것이다. 은둔자처럼 말이다. 그러나 은둔자는 결코 외롭지 않다. 잘은모르지만 그렇다고들 한다. 나는 너무 혼란스럽다. 우리는 지금 서로에게 뭘 하고 있는 것일까? 나는 그가 나에게 하고 있는 것과 똑같이 그에게 해 주고 있다는 것을 알고 있기에 하는말이다. 우리는 때로는 몹시 행복하고, 때로는 평생 살아오면서 이보다 더 불행했던 적은 없었을 만큼 불행하다. 우리는 마치 서로의 불행을 잘라 내서 그걸 재료로 하나의 조각상을 함께 만들고 있는 것만 같다. 그러나 나는 그 도안조차 알지 못한다.

1944년 6월 17일

어제는 그의 집으로 갔고, 우리는 늘 하던 일을 했다. 나는 그 일을 여기에 쓸 만큼 낯 두꺼운 편은 아니지만, 그러나 쓰고 싶다. 왜냐하면 글을 쓰고 있는 지금은 이미 어제의 내일이 되어 버렸고, 나는 어제가 끝나는 것이 두렵기 때문이다. 내가 이렇게 글을 쓰고 있는 한 어제는 오늘이고 우리는 아직 함께 있는 것이리라.

어제 그를 기다리는 동안 공원에는 연사들이 나와 있었다. 독립노동당 당원과 공산당원과 그리고 단순히 익살만 떠는 사람이 나와 연설을 했다. 기독교를 공격하는 사람도 있었는데, 그 사람은 남부 런던 합리주의자 협회인가 하는 단체에 소속된 사람이었다. 한쪽 뺨을 덮은 반점만 아니었다면 잘생긴 얼굴이었을 것이다. 그 사람의 연설을 듣는 사람은 거의 없었고 야유하는 사람도 없었다. 그는 이미 죽은 것을 공격하고 있었고, 그래서 나는 왜 저런 수고를 할까 하고 의아해했다. 나는 잠시 멈춰 서서 귀 기울였다. 그 사람은 신의 존재를 긍정하는 논리에 반박하는 논리를 펼치고 있었다. 나는 이 세상에 그 어떤 욕구들이 있다는 것을 알지 못했다. 외로움을 느끼고 싶지 않다는 이 비겁한 욕구를 제외하고는 말이다.

헨리가 마음을 바꾸어 집으로 오겠다는 전보를 보냈을지도 모른다는 두려움이 갑자기 일었다. 나는 내가 가장 두려워하는 것이 무엇인지—나의 실망인지, 모리스의 실망인지—정말 모르겠다. 어떤 것이든 우리는 둘 다 같은 방식으로 반응한다. 다투는 쪽을 택하는 것이다. 나는 나 자신에게 화를 내고 그는 나에게 화를 낸다. 집에 가 보았다. 전보는 없었다. 나는 모리스와의 만남에 10분 늦었고, 그가 화를 낼 것에 대비하여 내가 먼저 화를 내기 시작했는데 뜻밖에도 그는 다정하게 대했다.

우리 둘이서 그렇게 오랫동안 함께 있어 본 적이 전에는 한 번도 없었다. 게다가 밤새 함께 있을 수도 있었다. 우리는 상추와 롤빵과 배급 버터를 샀다. 우리는 많이 먹고 싶지 않았으며, 날씨도 무척 더웠다. 지금도 덥다. 다들 올여름은 무척이나 아름답고 멋진 여름이라고 말할 것이다. 나는 지금 헨리가 있는 시골에 가려고 기차를 타고 있다. 이제는 모든 게 영원히 끝나리라. 나는 두렵다. 이것은 사막이다. 주변 수 마일 이내에는 아무도 없다. 아무것도 없다. 런던에 있으면 나는 빨리 죽을 수 있을지도 모른다. 그러나 런던에 있으면 나는 전화통으로 가서 내가 외우고 있는 유일한 번호로 전화를 걸 것이다. 나는 가끔 우리 집 전화번호를 잊어버린다. 프로이트는 그것은 헨리의 전화번호이기도 하기 때문에 내가 잊어버리고 싶어

하는 거라고 말할 것이다. 그러나 나는 헨리를 사랑한다. 헨리
가 행복하기를 바란다. 다만 오늘은 헨리가 **행복**하기 때문에
밉다. 나도 행복하지 못하고 모리스도 행복하지 못한데 그이
만 행복하기 때문에 말이다. 그이는 아무것도 알지 못할 것이
다. 그이는 내가 피곤해 보인다고 말할 테고, 생리 때문이라고
생각할 것이다. 그이는 이제 더 이상 생리 날짜를 계산해 보려
고 애쓰지 않는다.

저녁에 사이렌이 울렸다. 물론 어제저녁에 말이다. 그러나
그게 무슨 상관인가? 사막에는 시간이 없다. 그렇지만 내가 원
하면 나는 사막에서 나올 수 있다. 나는 내일 기차를 타고 집
으로 가서 그에게 전화를 걸 수 있다. 헨리는 아마도 계속 시
골에 있을 테고, 우리는 함께 밤을 보낼 수 있을 것이다. 맹세
가 그리도 중요한 것은 아니다. 내가 제대로 안 적이 한 번도
없는 존재에게 한 맹세, 사실상 믿지 않는 존재에게 한 맹세는
말이다. 나와 그 존재 외에는 내가 맹세를 깨뜨렸다는 것을 아
는 사람이 없을 것이다. 게다가 그 존재는 존재하지 않는 게
아닐까? 그 존재는 분명 존재하지 않을 것이다. 어떻게 자비로
운 하느님과 이 절망이 동시에 있을 수 있단 말인가.

만약 내가 돌아간다면 우리는 어디에 있게 될까? 어제 사이
렌이 울리기 전의 그 상태로 돌아가는 걸까? 1년 전의 상태로
돌아가는 걸까? 우리의 관계가 끝날 것이 두려워 서로에게 화
를 내고, 남은 게 아무것도 없게 되었을 땐 어떻게 살아가야

할까, 마음 졸이던 그 상태로? 나는 이제 더 이상 마음 졸일 필요가 없다. 이제는 두려워할 게 아무것도 없다. 이걸로 끝이다. 그러나 사랑하는 하느님, 사랑하고픈 이 욕망을 저는 어찌해야 합니까?

내가 왜 '사랑하는 하느님'이라고 쓰지? 그분은 사랑스럽지 않다. 나에게는 사랑스럽지 못하다. 만약 그분이 존재하는 게 사실이라면, 이 맹세를 할 생각을 내 마음속에 불어넣은 분은 바로 그분이다. 그 때문에 나는 그분을 미워한다. 그분이 밉다. 거의 2~3분마다 회색빛 석조 교회와 술집이 철로 뒤쪽으로 지나간다. 사막은 교회와 술집으로 가득하다. 그리고 연쇄점, 자전거를 타는 사람들, 풀밭과 소 떼, 공장의 굴뚝도 허다하다. 마치 수조 속의 물을 통해 물고기를 보듯이 사막에서는 모래를 통해 그런 것들을 본다. 헨리도 수조 속에서 주둥이를 쳐들고 내 키스를 기다리고 있다.

우리는 사이렌 소리를 무시했다. 우리에게 그 소리는 문제가 되지 않았다. 우리는 그런 식으로 죽는 것이 두렵지 않았다. 그러나 이번 공습은 쉼 없이 계속 이어졌다. 여느 공습과는 달랐다. 신문에서 보도하는 것은 아직 허락되지 않았지만, 그러나 다들 알고 있었다. 이번 것은 우리가 익히 경고를 받아온 신무기였다. 모리스는 지하실에 누가 있는지 보려고 내려갔다. 그는 내 걱정을 했고 나는 그를 걱정했다. 나는 뭔가 일이 터지리라는 것을 알고 있었다.

그가 내려간 지 2분도 채 안 되어서 거리에서 폭발 소리가 들렸다. 그의 방은 집의 뒤쪽에 자리 잡고 있어서 문이 폭발의 흡인력으로 덜컹 열리고 회반죽이 약간 떨어진 것 말고는 아무 일도 없었다. 그러나 폭탄이 떨어질 때 그는 집의 앞쪽에 있었다는 것을 나는 알고 있었다. 나는 계단을 내려갔다. 계단에는 회반죽 부스러기와 부서진 난간이 어지러이 널려 있었고 현관은 난장판이 되었다. 처음에는 모리스가 보이지 않았다. 얼마 후에야 문짝 밑으로 삐져나온 그의 팔을 볼 수 있었다. 그의 손을 만져 보았다. 그것은 정녕코 죽은 사람의 손이었다. 두 사람이 서로 사랑한다면 키스할 때 애정이 없는 척 가장하고 싶어도 그러지 못하는 법인데, 그의 손을 만졌을 때 생명이 조금이라도 남아 있었다면 내가 그걸 알아차리지 못했을 리 있겠는가? 만약 내가 그의 손을 잡고 내 쪽으로 당긴다면 그 손은 문 밑에서 무기력하게 스르르 빠져나오리라는 것을 알았다. 물론 지금은 그 생각이 극도의 히스테리에서 비롯되었음을 안다. 내가 속은 것이다. 그는 죽지 않았다. 히스테리 상태에서 한 약속에 대해서도 책임져야 하는 걸까? 그렇다면 깨뜨려도 되는 약속은 어떤 약속이란 말인가? 이 글을 쓰고 있는 지금도 나는 히스테리 상태이다. 그러나 나는 지금 어디를 둘러봐도 불행하다고 얘기할 수 있는 상대가 한 사람도 없다. 왜냐하면 내가 불행하다고 하면 그들은 왜 그런지 묻고 나서 거푸 질문을 퍼부을 테고, 그러면 나는 슬픔을 주체하지 못하고 무너져 버릴 것이기 때문이다. 나는 무너지면 안 된다. 헨리를 보호해야 하니까. 제기랄, 헨리가 뭐람. 될 대로 되라지. 나는 내 진실을 받아들여 줄 사람을 원한다. 보호가 필요치 않는 사람을 원한다. 설령 내가 몹쓸 년이라 해도 그 몹쓸 년을 사랑해 줄 사람은 없단 말인가?

나는 마룻바닥에 무릎을 꿇었다. 그런 어색한 행동을 할 만큼 제정신이 아니었다. 어렸을 때도 그런 적이 없었고 그렇게 해야 할 필요도 없었다. 내가 기도를 믿지 않은 것처럼 부모님도 기도를 믿지 않았으니까. 나는 무슨 기도를 해야 할지 생각이 나지 않았다. 모리스는 죽었다. 소멸되었다. 영혼 같은 것은 없다. 내가 그에게 준 반쪽짜리 행복조차 피가 빠져나오듯 그에게서 빠져나왔다. 그는 다시는 행복할 기회를 갖지 못하리라, 그 누구와도 행복한 시간을 보낼 수 없으리라, 하고 나는 생각했다. 나 아닌 다른 여자가 그를 사랑했다면 내가 줄 수 있었던 것보다 더 큰 행복을 그에게 줄 수도 있었을 것이다. 그러나 이제 그에게는 그런 기회가 없을 것이다. 나는 무릎을 꿇은 채 얼굴을 침대에 묻고 내가 하느님을 믿을 수 있기를 간절히 바랐다. 나는 말했다. 사랑하는 하느님—왜 '사랑하는'이야? 왜?—제가 당신을 믿게 해 주세요. 저는 믿을 수 없습니다. 믿게 해 주세요. 나는 계속했다. 저는 몹쓸 년입니다. 저는 제 자신이 밉습니다. 제 힘으로는 아무것도 할 수 없습니다. 믿게 해 주세요. 나는 눈을 꼭 감고 주먹을 꽉 쥐었다. 손톱이 손바닥을 찔렀고, 이윽고 아픔 말고는 아무것도 느낄 수 없었다. 나는 말했다. 믿을게요. 그이를 살려 주세요. 그러면 **믿을게요**. 그이한테 기회를 주세요. 그이가 행복을 얻을 수 있게 해 주세요. 그렇게 해 주시면 저는 당신을 믿겠습니다. 그러나 그것만으로는 불충분했다. 믿는 것은 아픔과 손해를 감수하는 것이 아니다. 그래서 나는 말했다. 저는 그이를 사랑합니다. 만약 당신께서 그이를 살려만 주신다면 저는 뭐든 다 하겠습니다. 나는 아주 천천히 말을 이었다. 그이를 영원히 단념할 테니, 제발 살려만 주셔서 그이한테 기회를 한번 주세요. 나는 힘껏, 더욱 힘껏 주먹을 쥐었고, 손톱에 찔린 손바닥 피부가 벗겨지는 것을 느꼈다. 나는 말했다. 사람들은 서로 보지 않고도 사랑을 할 수 있잖아요. 사람들은 당신을 보지 않고도 평생 당신을 사랑합니다. 바로 그때 그가 문간에 나타났다. 살아난 것이었다. 나는 생각했다. 이제 그 없이 살아야 하는 고통이 시작되는 것인가. 그러자 그가 다시 문짝 밑에서 가만히 죽은 채로 있다면 좋을 것을, 하는 생각마저 들었다.

1944년 7월 9일

헨리와 함께 8시 30분 기차를 탔다. 텅 빈 일등실 객차였다. 객차 안에서 헨리는 왕립 위원회의 의사록을 소리 내어 읽었다. 패딩턴역에서 택시를 잡아타서 청사 앞에서 헨리를 내려 주었다. 헨리더러 오늘 저녁에는 꼭 집에 들어오도록 약속하게 했다. 운전사가 실수로 14번지를 지나쳐 남쪽으로 나를 데리고 갔다. 그 집 문은 수리되었고, 앞쪽 창문은 널빤지가 둘러쳐져 있었다. 죽어 있는 듯한 느낌은 끔찍하다. 사람은 어떻게든 다시 살아 있는 느낌을 느끼고 싶어 한다. 북쪽 우리 집에 도착해서 보니, 내가 '아무것도 전송하지 말라'고 얘기해 두었기 때문에 전송하지 않고 쌓아 둔 오래된 편지들이 있었다. 오래된 도서 목록, 오래된 청구서, 봉투에 '화급, 전송 바람'이라고 쓰인 편지 한 통…… 나는 편지를 개봉해서 내가 아직 살아 있는지 알아보고 싶었으나, 결국 도서 목록과 함께 그 편지를 찢어 버렸다.

3

1944년 7월 10일

공원에서 우연히 모리스를 만나게 되더라도 내 약속을 깨뜨리지는 않을 거라고 생각해서 아침을 먹은 뒤에 밖으로 나갔고, 점심을 먹은 후에도 다시 나갔고, 초저녁에도 다시 나가 돌아다녔지만 그를 보지는 못했다. 헨리가 저녁 식사에 손님들을 초대했기에 6시 이후에는 밖에 나갈 수 없었다. 지난 6월에 그랬던 것처럼 오늘도 연사들이 공원에 나와 연설을 했다. 얼굴에 반점이 있는 남자는 여전히 기독교를 공격했는데, 그의 연설에 관심을 보이는 사람은 없었다. 나는 그 남자가 자신이 믿지 않는 존재에게 한 약속은 지킬 필요가 없다는 것을, 그리고 기적은 일어나지 않는다는 것을 나에게 확신시켜 주었으면 하는 막연한 기대감을 품고 그리로 가서 잠시 그의 말에 귀 기울였다. 그렇지만 나는 연설을 듣는 동안 내내 혹시 모리스의 모습이 보이지 않을까 하는 생각으로 주변을 두리번거렸다. 남자는 복음서의 연대에 대해 얘기했고, 가장 일찍 나온 복음서도 예수 그리스도가 탄생한 지 100년 이내에 쓰인 것이 아니라는 얘기를 했다. 나는 복음서가 그렇게 오래된 것인지 몰랐다. 하지만 전설이 언제 시작되었는가 하는 점이 그토록 중요한 문제인지, 나로서는 알 수 없었다. 그러고 나서 그는 복음서에 나오는 그리스도는 결코 자신이 신이라고 주장하지 않았다고 말했다. 그의 말을 들으며 나는 생각했다. 그런데 예수 그리스도라는 사람이 실제로 존재했었나? 모리스가 나타나기를 기다리며 주위를 살펴보지만 그의 모습은 보이지 않는 고통에 비하면 복음서 따위가 무슨 문제람? 머리가 희끗희끗 센 여자가 작은 명함을 나누어 주었다. 명함에는 리처드 스마이스라는 그 남자의 이름과 시더로드에 위치한 그의 집 주소가 인쇄되어 있었으며, 누구든 개인적으로 자기한테 와서 이야기를 나누자는 초대의 글도 있었다. 어떤 사람들은 마치 그 여자가 기부를 요청하기라도 하는 것처럼 명함을 받기를 거부하고 가 버렸으며, 또 어떤 사람들은 받은 명함을 풀밭에 버렸다(나는 여자가 버려진 명함을 줍는 것을 보았는데, 아끼기 위해서 그러는 거라는 생각이 들었다). 끔찍한 반점, 아무도 관심을 보이지 않는 문제에 대한 연설, 친구가 되자는 제안을 거절당한 것과도 같은 버려진 명함들…… 무척 서글퍼 보이는 모습들이었다. 나는 명함을 호주머니에 넣으면서 나의 그런 모습을 그가 봐 주기를 내심 바랐다.

윌리엄 멀록 경이 저녁 식사 자리에 왔다. 그분은 국가 보험 제도를 맡은, 로이드 조지♦의 고문관으로, 나이가 아주 많은 저명인사다. 물론 헨리는 지금은 연금과 아무 관계도 없지만, 여전히 그 문제에 관심이 많고 그 시절을 즐거이 회상하곤 한다. 모리스와 내가 처음으로 저녁을 먹었으며 모든 일이 시작되었던 때에 헨리가 담당했던 일이 미망인 연금 업무 아니었던가? 헨리는 만약 미망인 연금을 1실링 더 올리면 그들의 수준이 과연 10년 전과 같은 수준에 이를 것인지를 두고 통계 숫자를 잔뜩 들어 가며 멀록과 긴 논쟁을 벌였다. 두 사람은 생활비에 관해 의견을 달리했다. 아무튼 둘 다 국가는 미망인 연금을 올릴 여력이 없다고 말했으므로 논쟁은 탁상공론에 지나지 않았다. 나는 국가 보안부의 헨리의 상관과 이야기를 나누어야 했다. 나는 V1에 관한 것 말고는 얘기할 거리가 생각나지 않았다. 불현듯 아래층으로 내려가서 문짝에 깔린 모리

♦ 영국 총리를 역임한 정치가.

스를 발견했던 이야기를 모든 사람에게 들려주고 싶은 충동
이 일었다. 나는 옷을 입을 시간이 없었으므로 당연히 발가벗
은 상태였다고 말해 주고 싶었다. 그랬다면 윌리엄 멀록 경은
고개라도 돌렸을까? 헨리는 내 말을 들어 보려고나 했을까?
헨리에게는 자신이 목하 다루고 있는 화제 이외의 것들은 듣
지 못하는 놀라운 재주가 있는데, 그 시점에서의 그의 화제는
1943년의 생활비 지수였다. 나는 이렇게 말해 주고 싶었다.
나는 발가벗고 있었어. 왜냐하면 모리스와 나는 저녁 내내 섹
스를 했으니까.

　나는 헨리의 상관을 쳐다보았다. 던스턴이라는 남자였다.
콧대가 꺼지고 얼굴이 찌그러진 그이는 도공이 만들다가 실패
한 작품처럼 보였다. 수출 불합격품 같은 얼굴이었다. 그가 하
는 일은 미소 짓는 것뿐일 거라는 생각이 들었다. 화를 내지도
않고 무관심하지도 않을 사람 같았다. 그는 나의 행위를 인간
으로서 충분히 그럴 수 있는 일로 받아들일 것이다. 내가 어떤
태도를 취하기만 하면 그는 응해 줄 거라는 느낌이 들었다. 내
가 그래선 안 될 게 뭐야, 하는 생각이 들었다. 이 사막에서 탈
출해서는 안 될 까닭이 어디 있어? 단 30분만이라도 말이야.
나는 모리스에 대해서만 약속했을 뿐이야. 다른 사람들에 대
해서는 아무런 약속도 하지 않았어. 나는 나에게 찬사의 말을
해 주는 사람도 없이, 나에게 흥분하는 사람도 없이 여생을 외
로이 홀로 살 수는 없어. 헨리가 다른 사람들과 나누는 얘기나

들으면서 체더 동굴에서 유골로 발견된 그 사람과 같이 물방울처럼 똑똑 떨어지는 대화 아래에서 화석이 되어 버릴 수는 없단 말이야.

1944년 7월 15일

자르뎅데구르메에서 던스턴과 점심을 먹었다. 그는 말하기를······

1944년 7월 21일

우리 집에서 던스턴이 헨리를 기다리는 동안 그와 함께 술을 마셨다. 모든 것이······

1944년 7월 22일

D와 저녁을 먹었다. 그런 다음 그이는 술을 한잔 마시러 우리 집에 왔다. 그러나 그 일은 잘 안 됐다. 잘 안 됐다.

1944년 7월 23일~1944년 7월 30일

D가 전화했다. 나는 외출한다고 말했다. 헨리와 여행을 떠났다. 잉글랜드 남부의 민방위대. 민방위대 대장 및 지역 엔지니어들과의 회의. 폭파된 건조물 문제. 방공호 문제. 그리고 활기찬 척하려는 문제. 헨리와 나는 밤마다 무덤 속의 시체처럼 나란히 누워 잤다. 비그웰온시의 새로 보강한 방공호에서 민

방위대 대장은 내게 키스했다. 헨리가 시장과 엔지니어와 함께 두 번째 방으로 먼저 들어갔기에 나는 민방위대 대장을 멈춰 세우고 그의 팔을 만지면서 철제 침상에 관한 질문을 던졌다. 왜 결혼한 사람을 위한 2인용 침상은 없느냐는 바보 같은 질문이었다. 그로 하여금 나에게 키스하고 싶은 마음이 일게 하려는 의도였다. 그는 나를 끌어안아서 침상에 기대어 세우고, 내 등에 철제 침상에 짓눌린 한 가닥 아픈 자국을 만들며 키스했다. 키스를 끝낸 뒤 그는 크게 놀란 표정을 지었고, 그래서 나는 웃으면서 그에게 키스를 돌려주었다. 그러나 아무 소용 없었다. 이제 다시는 안 되는 걸까? 시장이 헨리와 함께 돌아왔다. 헨리와 얘기를 나누고 있었다. "유사시에는 200명은 수용할 수 있습니다." 그날 저녁, 헨리가 공식 만찬에 참석하러 가고 없을 때, 나는 장거리 전화를 걸어 모리스의 번호로 연결해 달라고 요청했다. 침대에 누운 채로 전화가 연결되기를 기다렸다. 나는 하느님에게 말했다. 저는 6주 동안 약속을 지켰습니다. 저는 당신을 믿을 수 없습니다. 당신을 사랑할 수 없습니다. 그렇지만 저는 제 약속을 지켰습니다. 만약 제가 다시 활기를 찾지 못한다면 저는 탕녀가 될 거예요. 탕녀가 돼 버릴 거란 말이에요. 일부러 제 자신을 망쳐 버릴 겁니다. 해가 갈수록 더 망가질 겁니다. 당신은 제가 약속을 깨뜨리는 것보다 그러는 게 더 좋습니까? 저는 마구 헤프게 웃고 한꺼번에 세 명의 사내와 어울리는, 그런 술집 여자처럼 될 거예요. 친밀

감 없이도 되는대로 그들을 쓰다듬고 만지는 여자가 될 거란 말이에요. 저는 이미 산산이 부서지고 있어요.

나는 계속 수화기를 어깨에 걸치고 있었는데, 얼마 후 교환원의 목소리가 들렸다. "지금 연결해 드리고 있습니다." 나는 하느님에게 말했다. 만약 그이가 전화를 받으면 저는 내일 런던으로 돌아갈 겁니다. 나는 그의 침대 옆 어디에 전화기가 있는지 정확히 알고 있었다. 언젠가 한번은 잠을 자다가 내 주먹으로 그걸 쳐서 밑으로 떨어뜨린 적도 있었다. 여자의 목소리가 들려왔다. "여보세요." 나는 하마터면 전화를 끊을 뻔했다. 나는 모리스가 행복하기를 원했지만, 그러나 이토록 빨리 행복을 찾기를 바랐던 걸까? 나는 속이 약간 메슥거리는 것을 느꼈으나 이성을 되찾고 논리적으로 따져 보았다. 그가 그렇게 하면 안 되는 이유가 뭐야? 넌 그를 떠났잖아. 넌 그가 행복하기를 바라잖아. 내가 말했다. "벤드릭스 씨와 통화할 수 있을까요?" 그러나 이제는 다 글렀다. 그는 어쩌면 이제는 내가 하느님과의 약속을 깨뜨리는 걸 바라지 않을지도 몰랐다. 그는 자기와 함께 시간을 보내고 함께 식사를 하고 여기저기를 함께 돌아다니고 밤마다 함께 자는 것이 달콤한 습관이 된, 그리고 자기 대신 전화를 받아 주는 여자가 생긴 것이리라. 그때 여자의 목소리가 대답했다. "벤드릭스 씨는 여기 없어요. 몇 주 동안 집을 비웠어요. 제가 이 방을 빌렸고요."

나는 전화를 끊었다. 처음에는 기뻤다. 그러나 다시 비참한 기분이 들었다. 이제는 그가 어디 있는지도 몰랐다. 연락이 끊긴 것이다. 같은 사막에서 아마도 같은 샘을 찾고 있을 텐데 그는 보이지 않고, 나는 늘 외로울 터이다. 우리가 함께 있으면 사막이 아닐 텐데. 나는 하느님에게 말했다. "네, 그렇군요. 저는 당신을 믿기 시작했는데, 만약 제가 당신을 정말 믿게 된다면 당신을 증오할 겁니다. 저에게는 약속을 깨뜨릴 자유의지가 있어요. 안 그래요? 그렇지만 저는 약속을 깨뜨림으로써 뭔가를 얻어 낼 힘이 없어요. 당신은 저에게 전화를 걸게 하고서 제 앞에서 문을 닫아 버립니다. 당신은 저에게 죄를 짓게 하고서 죄의 열매는 빼앗아 버립니다. 당신은 저에게 D와 함께 달아날 생각을 품게 하고서 그 쾌락은 허락하지 않습니다. 당신은 저로 하여금 사랑을 몰아내게 하고서 너에게는 욕정도 없다고 말씀하십니다. 하느님, 당신은 제가 어떻게 하길 바라는 겁니까? 저는 여기서 어디로 가야 하나요?"

어렸을 때 학교에서 어떤 왕—헨리라는 이름을 쓰는 왕 가운데 한 명으로, 베켓을 살해하라고 지시한 왕이었다—에 대해서 배웠다. 그는 자신이 태어난 고향 마을이 적에 의해 불타는 것을 보고, 그것은 하느님이 자기한테 저지른 일이라고 여기고 다음과 같이 맹세했다. "당신은 내가 가장 사랑하는 마을을, 내가 태어나고 자란 마을을 나에게서 빼앗았으니 나는 내 안에 있는 것 중에서 당신이 가장 사랑하는 것을 당신에게서 빼앗을 거요." 그 왕의 맹세가 16년이 지난 지금 기억나다니

참 신기하다. 그 왕은 700년 전에 말에 앉아 그 맹세를 했고, 나는 지금 비그웰온시에 있는 비그웰리지스라는 호텔의 어떤 방에서 이 기도를 올린다. 하느님, 제 안에 있는 것 중에서 당신이 가장 사랑하는 것을 당신에게서 빼앗을 겁니다. 나는 평생 주기도문도 외우지 못했는데, 그 왕의 기도—그게 기도인 거 맞나?—가 기억난 것이다. 내 안에 있는 것 중에서 당신이 가장 사랑하는 것을.

제 안에 있는 것 중에서 당신은 무엇을 가장 사랑하나요? 제가 당신을 믿는다면 저는 불멸하는 영혼도 믿게 될 텐데, 당신이 가장 사랑하는 게 그것입니까? 당신은 정말 우리 몸 안에서 그 불멸의 영혼을 볼 수 있나요? 아무리 하느님이라도 존재하지 않는 것을 사랑할 수는 없다. 보지 못하는 것을 사랑할 수는 없다. 그분이 나를 볼 때 내가 보지 못하는 것을 그분은 보는 걸까? 그분이 그걸 사랑할 수 있다면 그것은 틀림없이 사랑스러운 것이리라. 그것은 내 안에 사랑스러운 것이 있다는 것을 믿으라는 과도한 요구이다. 나는 남자들이 나를 찬미해 주기를 바란다. 그렇지만 그것은 학교에서 배우는 기교일 뿐이다. 눈동자 굴리기, 어조, 손으로 어깨나 머리를 만지는 것 등등. 남자들은 내가 자기들을 찬미한다고 생각하면 내 안목이 높다면서 나를 찬미할 것이다. 그들이 나를 찬미하면 나는 잠시 나에게 찬미받을 만한 뭔가가 있다는 환상을 갖는다. 나는 지금껏 그 환상 속에서 살려고 해 왔다. 그것은 내가 몹쓸 년이라는 것을 잊게 해 주는 진정제니까. 그런데 하느님, 당신은 이 몹쓸 년 속에서 무엇을 사랑하는 건가요? 당신은 사람들이 말하는 불멸의 영혼을 어디에서 찾아내시나요? 이 사랑스러운 것을 나의—다른 사람도 아닌 나의—어디에서 보시는 겁니까? 저는 당신이 헨리—제 남편 헨리 말입니다—안에서 그걸 찾아내는 것은 이해할 수 있습니다. 그이는 점잖고 착하고 참을성 있는 사람이니까요. 당신은 모리스 안에서도 그걸 찾을 수 있을 겁니다. 모리스는 자기는 증오한다고 생각하지만 실은 사랑을 하는 사람이거든요. 언제나 사랑을 하는 사람이랍니다. 심지어 자신의 적까지도 사랑하는 사람이에요. 하지만 당신은 이 몹쓸 년의 어디에서 사랑스러운 것을 찾아내시나요?

그걸 말씀해 주세요, 하느님. 그러면 저는 그것을 영원히 당신에게서 빼앗는 일에 착수할 겁니다.

그 왕은 자신의 맹세를 어떻게 지켰을까? 그걸 기억하고 있다면 좋으련만. 그가 베켓의 무덤 위에서 수도승들로 하여금 자신을 채찍으로 때리게 했다는 것 이상은 기억나지 않는다. 그 행위는 답이 아닌 것 같다. 그 전에도 그런 일은 있었을 테니까.

오늘 밤에도 헨리는 나가고 없습니다. 제가 술집으로 가서 한 남자를 꾀어 해변으로 데려간 다음 그와 함께 모래 언덕 사이에 눕는다면 당신이 가장 사랑하는 것을 당신에게서 빼앗는 것이 될까요? 그렇지만 그 일이 잘 안 됩니다. 이젠 더 이상 잘 되지 않습니다. 그런 행동으로부터 제가 아무런 쾌락도 얻지 못한다면 당신의 마음을 아프게 할 수 없잖아요. 그럴 바엔 차라리 사막의 수도자들처럼 제 몸을 핀으로 찌르는 편이 낫겠지요. 사막 말입니다. 저는 즐거움을 누리면서 당신의 마음을 아프게 하는 그 무언가를 하고 싶습니다. 그렇지 않다면 그건 고행과 다를 바 없고, 그것은 신앙의 표현 같은 거죠. 하느님, 저는 아직 당신을 믿지 않아요. 정말이에요. 저는 아직 당신을 믿지 않아요.

4

1944년 9월 12일

피터존스에서 점심을 먹고 헨리의 서재에 놓을 새 전기스탠드를 샀다. 새침데기 여자들에게 둘러싸인 점심이었다. 어디에도 남자는 없었다. 무슨 군대 조직 속에 들어와 있는 기분이었다. 평화로운 기분마저 들었다. 그 후 피커딜리에 있는 뉴스영화관에 가서 노르망디의 폐허와 어느 미국 정치인이 도착하는 모습을 보았다. 헨리가 돌아올 7시까지는 할 일이 없었다. 혼자서 술을 두어 잔 마셨다. 실수였다. 술까지 포기해야 하나? 모든 걸 다 끊어 버리면 나는 어떻게 살아가나? 나는 모리스를 사랑하고 남자들과 어울리고 술을 즐기는 사람이었는데. 나를 이루고 있는 모든 것을 다 털어 내면 어찌 되는가? 헨리가 들어왔다. 무슨 좋은 일이 있어서 무척 기뻐하고 있다는 것을 알 수 있었다. 그이는 그게 무슨 일인지 내가 물어 주기를 바라는 눈치였지만 나는 묻지 않았다. 그래서 결국 그이가 말을 꺼내지 않을 수 없었다. "내가 O.B.E.*로 추천되었어."

"그게 뭔데?" 내가 물었다.

그이는 내가 그걸 모른다는 사실에 꽤나 실망한 것 같았다. 그다음 단계로 1년이나 2년 뒤 자기가 부서의 장이 되었을 때는 C.B.E.가 될 거라고 설명했다. "그러고 나서," 그이가 말했다. "내가 은퇴할 땐 아마 K.B.E.**를 받게 될 거야."

"혼란스럽네." 내가 말했다. "같은 칭호를 그대로 계속 유지할 순 없어?"

"당신, 레이디*** 마일스가 되고 싶지 않아?" 헨리가 말했다. 나는 속으로 화를 내며 생각했다. 내가 이 세상에서 원하는 것은 벤드릭스 부인이 되는 것뿐이야. 그런데 그 희망도 영원히 포기해 버렸어. 레이디 마일스. 연인도 없고 술도 마시지 않고 윌리엄 멀록 경과 연금에 관해 얘기나 하는 레이디 마일

♦ 대영제국 4등급 훈장 수훈자.

♦♦ 대영제국 2등급 훈장 수훈자. '경'이라는 칭호가 붙는 작위급 훈장이다.

♦♦♦ 귀족이나 높은 작위를 받은 사람의 부인에게 붙이는 경칭.

스…… 그러는 동안 나는 어디에 있는 걸까?

어젯밤 잠이 든 헨리를 들여다보았다. 내가 법적으로 죄가 있다고 여겨졌을 때는 마치 그이가 내 보호를 필요로 하는 아이인 것처럼 애정을 가지고 그이를 지켜볼 수 있었다. 그러나 소위 죄 없는 몸이 된 지금, 나는 그이 때문에 끊임없이 미칠 지경이 된다. 그이에게는 종종 집으로 전화를 거는 비서가 있다. 그녀는 이렇게 말하곤 한다. "아, 마일스 부인. H. M. 계신가요?" 비서들은 다들 그렇게 꼴사나운 이니셜을 사용한다. 은밀한 관계여서가 아니라 친근함의 표시로 그런다. H. M.이라. 나는 잠든 그이를 보며 생각했다. H. M. 국왕 폐하와 폐하의 배우자인 게로군.♦ 그는 자면서 이따금 빙그레 웃는다. '맞아요, 참 재미있네요. 그렇지만 우리, 이제 일을 다시 시작하는 게 좋지 않을까요?'라고 말하는 듯한, 점잖고 짤막한 공무원 미소이다.

언젠가 그이에게 물었다. "비서랑 그거 해 본 적 있어?"

"그거?"

"연애."

"그걸 말이라고. 당연히 없지. 왜 그런 생각을 한 거야?"

"모르겠어. 그냥 궁금했어."

♦ 헨리 마일스의 이니셜인 H. M.을 일부러 국왕 폐하His Majesty의 이니셜로 바꾸어 생각한 것.

"난 다른 여자는 사랑해 본 적이 없어." 그이는 그렇게 말하며 석간신문을 읽기 시작했다. 내 남편은 어떤 여자도 원하지 않았을 만큼 매력 없는 남자인가? 그런 생각을 하지 않을 수 없었다. 물론 나는 제외하고. 나는 한때 어느 정도는 그이를 원했던 게 틀림없다. 왜 원했는지 그 이유는 잊어버렸지만. 그때는 너무 어려서 내가 무엇을 선택하고 있는지 알지 못했다. 불공평한 일이 아닐 수 없다. 모리스를 사랑했던 동안에는 헨리도 사랑했다. 그러나 소위 착한 여자가 된 지금은 아무도 사랑하지 않는다. 그리고 하느님, 당신은 더더욱 사랑하지 않아요.

5

1945년 5월 8일

저녁에 유럽 전승 기념일 기념식을 구경하려고 세인트제임스 공원으로 갔다. 환하게 조명등을 밝힌 근위 기병대와 궁전 사이의 물가는 아주 조용했다. 소리 지르거나 노래 부르거나 술에 취한 사람은 아무도 없었다. 사람들은 둘씩 짝을 지어 손을 잡고 풀밭에 앉아 있었다. 이제 더 이상의 폭격도 없고 평화가 찾아왔으니 사람들은 행복할 것이다. 나는 헨리에게 말했다. "나는 이 평화가 싫어."

"난 국가 보안부에서 어디로 전근을 가게 될지 궁금해."

"정보부?" 나는 관심이 많은 척하며 물었다.

"싫어, 싫어. 거기는 안 갈 거야. 거긴 임시 공무원들이 바글바글해. 내무부는 어떻게 생각해?"

"어디든 당신이 좋아하는 곳이면 돼, 헨리." 내가 말했다. 이윽고 왕실 사람들이 발코니로 나왔고, 그러자 거기 모인 군중이 무척 예의 바른 태도로 노래를 불렀다. 왕실 사람들은 히틀러, 스탈린, 처칠, 루스벨트 같은 지도자가 아니었다. 그들은 누구에게도 해를 끼치지 않은 가족일 뿐이었다. 모리스가 곁에 있다면 좋겠다는 생각이 들었다. 다시 시작해 보고 싶었다. 나도 가족의 한 사람이고 싶었다.

"아주 감동적이야. 그렇지?" 헨리가 말했다. "이젠 우리도 밤에 조용히 잘 수 있게 됐어." 마치 우리가 밤에 조용히 자는 것 말고 다른 걸 했다는 듯한 말투였다.

1945년 9월 10일

현명해져야 한다. 이틀 전 내 낡은 가방을 정리하다가—헨리가 '평화의 선물'이라며 나에게 새 가방을 깜짝 선물로 주었다(꽤 비싸 보이는 가방이었다)—명함을 한 장 발견했는데, 명함에는 '리처드 스마이스. 시더로드 16번지. 매일 4시~6시 개인 상담. 누구나 환영함'이라고 쓰여 있었다. 나는 너무 오래 수동적으로 살아왔다는 생각이 들었다. 이제 나는 다른 처방약을 써 보리라. 만약 그 사람이 나를 설득해서 내겐 아무 일도 일어나지 않았으며 하느님께 한 내 맹세는 중요하지 않다고 믿게 할 수 있다면 나는 모리스에게 편지를 써서 다시 계속하고 싶지 않은지 물어봐야겠다. 어쩌면 나는 헨리를 떠나게 될지도 모른다. 잘 모르겠다. 아무튼 우선은 현명해져야 한다. 더 이상 히스테리 상태에 빠져 살지 않겠다. 합리적으로 살아가겠다. 그래서 나는 시더로드로 가서 그 집 초인종을 눌렀다.

거기서 어떤 일이 있었는지 기억을 떠올려 본다. 미스 스마이스가 차를 끓여 주었다. 차를 마신 후 그녀는 나갔고 나와 그녀의 남동생만 남았다. 그 사람은 내 고민이 무엇인지 물었다. 나는 사라사 천을 씌운 소파에 앉았고, 그는 약간 딱딱한 의자에 앉았다. 고양이 한 마리가 그의 무릎 위에 자리 잡고 앉았다. 고양이를 쓰다듬는 그의 손은 고왔다. 나는 고운 그의 손이 마음에 들지 않았다. 오히려 그의 반점이 더 마음에 들었는데, 하지만 그는 홈 없는 쪽 뺨만 내게 보여 주는 자세로 의자에 앉아 있었다.

내가 말했다. "당신은 왜 하느님이 없다고 확신하는지 말씀해 주겠어요?"

그는 고양이를 쓰다듬는 자신의 손을 내려다보았다. 그 손을 자랑스러워하는 것 같아서 좀 안됐다는 생각이 들었다. 그의 얼굴에 반점이 없다면 뭔가를 자랑스러워할 필요도 없었을 테니까.

"공원에서 하는 내 연설을 들었습니까?"

"네." 내가 말했다.

"거기서는 매우 간단히 말할 수밖에 없어요. 사람들이 스스로 생각하도록 자극을 주기 위해서 말입니다. 당신은 스스로 생각하기 시작한 겁니까?"

"그런 것 같아요."

"어느 교회를 다니셨나요?"

"교회는 가지 않았어요."

"그럼 기독교인이 아닌가요?"

"세례는 받았을 수도 있어요. 그건 사회적 관습이니까요. 그렇지 않나요?"

"아무 신앙도 없다면 왜 내 도움을 원하시나요?"

정말 왜 도움을 원하는 거지? 나는 문짝에 깔린 듯이 누워 있었던 모리스와 내 맹세에 대해 말할 수 없었다. 아직은 그럴 수 없었다. 그리고 그 점이 중요한 것도 아니었다. 나는 지금까지 살아오면서 맹세를 하고 깨뜨린 적이 얼마나 많았던가. 그런데 왜 이 맹세는 깨뜨리지 못하고 가만 놔두는 걸까? 마치 한 친구에게서 받은 못생긴 꽃병을 가정부가 깨뜨려 주기를 기다리고 있는데, 한 해가 가고 두 해가 가도 그 가정부는 소중히 여기는 다른 것들은 깨뜨리면서도 그 못생긴 꽃병만은 그대로 놓아두는 것 같은 형국이었다. 나는 그의 질문을 맞닥뜨리지 않고 회피했고, 그래서 그는 그 말을 되풀이해야 했다.

나는 말했다. "내가 정말 믿지 않는지 나도 잘 모르겠어요.

그렇지만 믿고 싶지 않아요."

"얘기해 봐요." 그가 나를 도와주려는 욕망에 깊이 빠져 자신의 손이 곱다는 것도 잊은 채 보기 흉한 쪽 뺨을 내게 돌리는 바람에, 나는 나도 모르게 얘기를 꺼내고 말았다. 그날 밤에 있었던 일, 폭탄이 떨어지던 일, 그리고 그 바보 같은 맹세에 대해서 다 얘기했다.

"그럼 당신은 정말로 믿는 건가요? 그 일은 아마도……" 그가 말했다.

"네."

"지금 기도를 올리고 있으나 그 기도에 대한 응답을 받지 못하는 전 세계 수많은 사람들을 생각해 봐요."

"팔레스타인에서 수많은 사람들이 죽어 갈 때에 나사로♦는……"

"당신도 나도 그 얘길 믿지 않잖아요. 안 그래요?" 그가 일종의 공범자처럼 말했다.

"물론 나는 안 믿어요. 그렇지만 수없이 많은 사람들이 믿어 왔어요. 그 사람들은 그게 사리에 어긋나지 않는다고 생각했을 게 틀림없을……"

"사람들은 감동을 받으면 사리에 맞고 안 맞고를 따지지 않으려 하죠. 배우자 몰래 만나는 연인이란 존재는 사리에 맞는

♦ 성경에 나오는 인물로, 죽은 지 4일 만에 예수가 다시 살려 냈다.

것인가요?"

"사랑에 대해서도 잘 설명해 줄 수 있나요?" 내가 물었다.

"아, 그럼요." 그가 말했다. "어떤 사람들에게는 소유욕이죠. 탐욕 같은 겁니다. 또 어떤 사람들에게는 내맡기고 싶은 욕망이거나 책임감을 팽개치고 싶은 욕망이거나 찬사를 받고 싶은 바람입니다. 때로는 그저 애기를 나누고 싶은 바람일 수도 있고, 싫증을 내지 않을 사람에게 자신의 짐을 내려놓고 싶은 바람일 수도 있습니다. 아버지나 어머니를 다시 찾고 싶은 욕망인 경우도 있습니다. 물론 어느 경우에나 생물학적인 동기가 있죠."

다 옳은 말이야, 하고 나는 생각했다. 그러나 그 이상의 뭔가가 있지 않을까? 나는 내 안에서, 그리고 모리스 안에서도 그런 것을 다 파냈지만 아직도 삽날은 바위에 닿지 못했다. "그럼 하느님에 대한 사랑은요?"

"그것도 똑같습니다. 인간은 자신의 형상대로 하느님을 만들었지요. 따라서 인간이 하느님을 사랑하는 것은 자연스러운 일입니다. 박람회 같은 데서 볼 수 있는, 상이 일그러져 보이는 거울 알죠? 그런데 인간은 상이 아름답게 보이는 거울도 만들었어요. 그 거울을 통해 인간은 자기 자신을 사랑스럽고 강하고 공정하고 현명한 존재로 봅니다. 거울 속의 그 모습은 인간 자신의 이상적인 모습인 겁니다. 인간은 그저 웃게만 만들 뿐인 일그러져 보이는 거울보다도 아름답게 보이는 거울 속에서 자신을 더 쉽게 알아본답니다. 이 거울에 비친 자기 모습을 무척 사랑하니까요."

　그가 상을 일그러지게 만드는 거울과 아름답게 만드는 거울에 대해 얘기할 때 나는 딴생각을 하느라고—그는 사춘기 이후로 지금까지 거울을 볼 때면 매번 얼굴이 흉해 보이지 않고 아름다워 보이게 하려고 고개를 한쪽으로 돌리려 애써 왔을 거라는 생각을 하느라고—우리가 지금 무슨 얘기를 하고 있는지 기억하지 못했다. 나는 그가 왜 반점을 감출 수 있을 만큼 길게 구레나룻을 기르지 않는지 궁금했다. 구레나룻이 자라지 않아서 그러는 걸까? 아니면 뭔가를 숨기고 감추는 것을 싫어하기 때문일까? 그는 정말로 진실을 사랑하는 사람이라는 생각이 들었다. 여기서 사랑이라는 말이 또 나오는데, 진실에 대한 그의 사랑도 여러 가지 욕망으로 나뉠 수 있다는 것은 너무나도 명백했다. 즉 태어났을 때부터 있었던 상처에 대한 보상, 힘에 대한 욕망, 그리고 늘 따라다니는 흉한 얼굴로 인해 상대의 육체적 욕망이 자극되지 않을 것이기 때문에 더욱더 간절할 듯싶은 찬사받고 싶은 바람 따위로 나뉠 수 있을 것이다. 나는 그의 반점을 손으로 만지고 싶고, 그 상처처럼 영구히 아로새겨질 사랑의 말로 그를 위로해 주고 싶은 강렬한 욕구를 느꼈다. 그것은 문에 깔린 모리스를 보았을 때 느꼈던 것과 비슷한 감정이었다. 나는 기도를 올리고 싶었다. 그가 치유될 수만 있다면 커다란 희생도 감수하겠다는 기도를 드리고 싶었다. 그러나 나에게는 바칠 수 있는 희생이 아무것도 남아 있지 않았다.

"부인," 그가 말했다. "하느님에 대한 생각은 이 문제에서 배제해야 합니다. 이 문제는 단지 당신 연인과 남편에 관한 문제일 뿐입니다. 이 일을 환상과 혼동하면 안 됩니다."

"그렇지만 사랑 같은 것이 없다면 내가 어떻게 결심을 하나요?"

"결국 가장 행복한 것이 무엇일지 판단해서 결심해야 합니다."

"행복을 믿나요?"

"난 절대적인 것은 뭐든 안 믿어요."

이 사람의 유일한 행복은 바로 이것, 즉 남에게 위로와 조언과 도움을 줄 수 있다는 생각, 자신이 쓸모 있는 사람이라는 생각인 것 같았다. 이런 생각이 그로 하여금 매주 공원에 나가서 듣지 않고 가 버리고, 질문도 전혀 하지 않고, 그의 명함을 잔디밭에 슬쩍 버리곤 하는 사람들에게 연설을 하게 만드는 힘이다. 내가 오늘 여기 온 것처럼 실제로 얼마나 자주 사람들이 찾아오는 걸까? 내가 물었다. "당신을 찾아오는 사람이 많나요?"

"그렇지 않습니다." 그가 말했다. 그의 진실에 대한 사랑은 자존심보다 더 컸다. 그가 덧붙였다. "이렇게 나를 만나러 온 분은 아주 오랜만입니다."

"얘기를 나누어서 좋았어요." 내가 말했다. "당신 덕에 제 머리가 한결 개운해졌어요." 이것이—그의 환상을 충족시키는 것이—그에게 줄 수 있는 유일한 위로였다.

그가 수줍게 말했다. "혹시 시간을 내실 수 있다면 우린 처음부터 시작해서 그 근원을 파고들 수 있을 텐데요. 내 말은 철학적 토론과 역사적 증명을 해 보자는 겁니다."

적당히 얼버무리는 대답을 해야 할 것 같다고 생각하고 있을 때 그가 말을 이었다. "그건 정말 중요하거든요. 우리의 적을 얕보면 안 됩니다. 그들 나름대로 논거가 있으니까요."

"논거가 있어요?"

"건강한 논거는 아닙니다. 피상적인 거죠. 허울만 그럴듯합니다."

그가 걱정스레 나를 쳐다보았다. 그는 나 역시 그의 연설을 듣지도 않고 가 버리는 사람들과 똑같은 사람이 아닐지 의심했던 것 같다. 그가 긴장한 어조로 "일주일에 한 시간씩. 당신에게 큰 도움이 될 겁니다" 하고 말했을 때 그것은 소소한 요청으로 여겨졌다. 나는 생각했다. 이제 난 시간이 남아돌지 않아? 책을 읽을 수도 있고 영화를 보러 갈 수도 있어. 그렇지만 책을 읽어도 글자가 머리에 들어오지 않고 영화를 봐도 기억에 남지 않아. 나의 비참한 신세가 귓전을 울리고 눈앞을 가리는군. 그러고 보니 오늘 오후엔 잠시 그걸 잊을 수 있었네.

"네." 내가 말했다. "올게요. 나를 위해 시간을 내줘서 감사합니다." 나는 내가 줄 수 있는 모든 희망을 그의 무릎 위에 쌓아 준 다음, 그가 내게서 물러나도록 치료해 주겠다고 약속한 대상인 그 하느님께 기도했다. "제가 이 사람에게 도움이 되게 해 주세요."

1945년 10월 2일

오늘은 무더운 데다 비까지 내렸다. 그래서 나는 파크로드 모퉁이에 있는 어두운 교회로 들어가 잠시 앉아 있었다. 헨리가 집에 있었지만 그이를 보고 싶지 않았다. 나는 아침을 먹을 때도 그에게 다정해야 한다는 걸 잊지 않으려 애쓰고, 그이가 집에 있을 때면 점심때도 다정하게 대하려 애쓰고, 저녁때도 잊지 않고 그러려고 애쓰지만, 때때로 그걸 잊어 먹는다. 그러면 그이가 대신 다정하게 행동한다. 평생 서로에게 다정한 두 사람. 교회 안으로 들어가 앉아서 주위를 둘러보다가 그곳이 석고상과 어설픈 작품들과 사실주의적 미술품으로 가득 찬 가톨릭교회라는 것을 깨달았다. 그 조각상들과 십자가, 그리고 인간의 육체를 강조한 모든 작품이 다 싫었다. 나는 인간의 육체와, 육체가 필요로 하는 모든 것에서 달아나려 애쓰고 있었다. 우리 인간하고는 아무런 관련이 없는, 모호하고 형태가 없고 우주적인 그런 신이라면 믿을 수 있을 거라고 생각했다. 나는 그런 신에게 뭔가를 맹세했으며, 그 신은 그에 대한 대가로 나에게 뭔가를 주었다. 이 의자들과 벽 사이를 떠도는

193

어떤 강렬한 기체처럼 그 신이 모호한 것에서 퍼져 나와 구체적인 인간의 삶으로 스며들면서 말이다. 나도 언젠가는 그 기체의 일부가 될 것이다. 나는 영원히 나 자신을 벗어나게 되리라. 그런데 나는 파크로드의 그 어두운 교회에 들어와 모든 단위에 나를 둘러싸고 서 있는 그 육신들—만족해하는 얼굴을 한 끔찍한 석고상들—을 보게 되었고, 나의 뇌리에 그들은 육체의 부활을, 나로서는 영원히 파괴해 버리고 싶은 그 육체의 부활을 믿는다는 사실이 떠올랐다. 나는 이 육신으로 아주 많은 해악을 끼쳤다. 그런 내가 어떻게 육신의 일부라도 영원히 보존하고 싶어 할 수 있겠는가. 그때 갑자기 리처드가 한 말이 생각났다. 인간은 자신의 욕망을 충족시키려고 교리를 만들어 냈다는 말이었다. 나는 그 말이 전혀 옳지 않다고 생각했다. 내가 만약 교리를 만들어 낸다면 '육신은 결코 부활하지 않으며 지난해의 해충과 더불어 썩는다'는 것이 되리라. 인간의 마음이 앞뒤로, 극에서 극으로 흔들리는 것을 보면 참으로 이상하다. 진리라는 것이 추가 흔들리는 어떤 지점—추가 결코 멈춰 있을 수 없는 어느 한 지점—에 있다는 말인가? 진리가 바람이 없을 때의 깃발처럼 마지막에 멈춰 선 중앙 수직 지점에 있는 것이 아니라 어느 한쪽 극에 더 가까운, 각도를 이룬 어느 지점에 있다는 말인가? 만약 어떤 기적이 일어나 추를 60도의 각도에서 멈춰 세운다면 사람들은 진리가 거기에 있다고 믿을 것이다. 아무튼 오늘은 추가 움직여서 나는 내 몸 대신 모리스의 몸을 생각했다. 나는 삶이 모리스의 얼굴에 새겨 놓은, 그의 글씨의 선만큼이나 개성적인 얼굴의 선들을 생각했다. 그리고 어깨에 새로 생긴 흉터를 생각했다. 그 흉터는 언젠가 무너지는 담으로부터 다른 남자를 보호하려 하지만 않았다면 생기지 않았을 흉터였다. 그는 그 일로 사흘 동안 병원에 입원했는데, 나에게는 입원한 이유를 말해 주지 않았다. 헨리가 말해 줘서 알았다. 그 흉터는 질투만큼이나 그의 성격의 일부였다. 그래서 나는 생각했다. 나는 그 육신이 기체가 되기를 원하는가(나의 육신은 기체가 되기를 원하지만 그의 육신은?). 나는 그 흉터가 영원히 존재하기를 원한다는 것을 알았다. 하지만 내 기체가 그 흉터를 사랑할 수 있을까? 그래서 나는 증오하던 내 육신을 다시 원하기 시작했다. 그러나 그 이유는 단지 내 육신이 있어야 그 흉터를 사랑할 수 있을 것이기 때문이었다. 우리는 마음으로 사랑할 수 있지만, 그러나 오직 마음만으로 사랑할 수 있을까? 사랑은 언제나 자체적으로 확장한다. 그러므로 우리는 감각이 없는 손톱으로도 사랑할 수 있다. 우리의 옷으로도 사랑할 수 있고, 따라서 옷소매가 옷소매를 느낄 수도 있다.

우리가 육신의 부활을 만들어 낸 것은 우리 자신의 육신이 필요하기 때문이라는 리처드의 말이 옳다는 생각이 들었다. 나는 즉시 그가 옳다고 인정했고, 이것은 우리가 서로를 위로하기 위해 주고받는 동화 같은 이야기라는 것도 인정했다. 그러자 그 조각상들에서 더 이상 싫은 감정이 느껴지지 않았다. 그것들은 한스 안데르센 동화책에 나오는 조잡한 원색 그림 같았다. 그것들은 또한 조잡한 시 같았다. 그러나 잘난 체하는 성격이 아니어서 자신의 엉터리 실력을 드러내기보다는 감추고 싶어 하는 사람이 마지못해 쓴 듯한 시였다. 나는 교회 안을 거닐며 조각상들을 하나씩 하나씩 살펴보았다. 가장 조악한 조각상—나는 어떤 여인상인지 알지 못했다—앞에서 한 중년 남자가 기도하고 있었다. 남자는 중산모를 옆에 벗어 놓았는데, 중산모 안에는 신문지로 감싼 셀러리가 들어 있었다.

그리고 물론 제단 위에도 한 육신이 있었다. 무척 낯익은 육신, 모리스의 육신보다도 더 낯익은 육신이었다. 난생처음으로 그분의 육신이 신체의 모든 부분을 갖춘—천으로 된 아랫도리가 감추고 있는 부분도 갖춘—하나의 육신으로 여겨졌다. 전에 헨리와 함께 간 스페인의 한 교회에서 보았던 조각상이 생각났다. 눈과 손에서 새빨간 물감으로 그린 피가 흐르는 조각상이었다. 그걸 보자 나는 속이 메스꺼워졌다. 헨리는 12세기의 기둥들을 내게 보여 주고 싶어 했지만 속이 메스꺼워진 나는 밖으로 나가 바깥 공기를 쐬고 싶었다. 이 사람들은 잔인한 것을 좋아하나 보다, 하는 생각이 들었다. 기체는 피나 울부짖음 같은 것으로 우리를 큰 충격에 빠뜨리는 일은 없을 것이다.

광장으로 나왔을 때 헨리에게 말했다. "난 저런 색칠한 상처를 보면 견딜 수가 없어." 헨리는 무척 이성적이었다. 언제나 이성적인 사람이었다. 그가 말했다. "물론 그건 대단히 물질주의적인 신앙이지. 주술 같은 것이 잔뜩……"

"주술이 물질주의적이야?" 내가 물었다.

"그래. 도롱뇽의 눈알, 개구리의 발가락, 태어나면서 질식해 죽은 아기의 손가락.♦ 그보다 더 물질주의적인 게 어디 있어. 미사에서는 아직도 성변화♦♦를 믿고 있잖아."

나도 다 알고 있는 내용이었다. 그러나 나는, 물론 빈민층은 예외겠지만, 그런 것들은 종교 개혁 때 거의 사라진 줄 알았다. 헨리가 내 생각을 바로잡아 주었다(헨리는 나의 헛갈리는 생각을 수시로 정리해 준다). "물질주의는 가난한 사람들만 취하는 태도가 아니야." 그가 말했다. "대단히 머리가 뛰어난 사람들 중에도 물질주의자가 있었어. 파스칼, 뉴먼♦♦♦ 같은 사람. 그런 사람들은 어떤 면에서는 무척 예리하지만 또 다른 면에선 천박할 정도로 미신적이야. 언젠가는 그 이유를 알게 될지도 모르지. 샘♦♦♦♦ 결핍 때문일 수도 있고."

♦ 셰익스피어의 『맥베스』에 나오는 마녀의 주문 중 한 대목.
♦♦ 聖變化. 성체성사에서 빵과 포도주가 그리스도의 몸과 피로 변하는 일.
♦♦♦ 영국의 신학자 존 헨리 뉴먼(1801∼1890)을 말한다. 국교회의 설교자였으나 후에 가톨릭 사제이자 추기경이 된 인물로, 19세기 영국 종교사에서 가장 중요하고 논쟁적인 인물이다.
♦♦♦♦ 몸속에서 물질을 분비, 배설하는 기능을 하는 세포들이 유기적으로 얽혀 있는 것.

그래서 오늘 나는 그 물질주의적인 십자가에 매달린 그 물질주의적인 육신을 바라보면서 세상 사람들은 어떻게 기체를 저기에 못 박을 수 있었는지 의아해했다. 기체는 물론 고통도 쾌락도 느끼지 못한다. 그것이 내 기도에 응답할 수 있을 거라고 생각한 것은 내 미신에 지나지 않았다. 사랑하는 하느님이라고 나는 말했었다. 그러나 사랑하는 기체님이라고 했어야 했다. 나는 당신을 증오한다고 했다. 하지만 기체를 증오할 수 있는가? 나는 "나는 너를 대신해서 이 고통을 겪느니라" 하면서 나에게 고마워할 것을 요구하는 십자가의 그 형상은 증오할 수 있다. 그러나 기체는 어떻게 증오할 수 있겠는가…… 그런데 리처드는 그 기체조차도 믿지 않으려 했다. 리처드는 우화를 싫어했다. 우화에 대항하여 싸우고, 우화를 진지하게 받아들였다. 나는 『헨젤과 그레텔』을 미워할 수 없다. 리처드가 천국의 전설을 증오하듯이 그 아이들의 사탕 집을 증오할 수 없다. 나는 어렸을 때 『백설 공주』에 나오는 사악한 여왕을 미워할 수 있었지만 리처드는 그의 동화에 나오는 악마를 미워하지 않았다. 악마도 존재하지 않았고 신도 존재하지 않았으니까. 그런데 그의 증오의 대상은 사악한 동화가 아니라 오로지 착한 동화였다. 왜일까? 나는 너무나도 낯익은 육신을 올려다보았다. 가상의 고통으로 몸을 늘어뜨리고, 잠든 사람처럼 고개를 푹 숙이고 있는 모습이었다. 나는 생각했다. 때때로 나는 모리스를 증오했는데, 하지만 내가 그를 사랑하지 않았다면 굳이 그를 증오했을까? 오, 하느님, 제가 진정 당신을 증오할 수 있다면, 그건 무얼 뜻하는 걸까요?

나는 생각해 보았다. 결국 나는 물질주의자인가? 나에게 어떤 샘 결핍이 있어서 자선 사업 감독 위원회, 생활비 지수, 노동자 계급의 영양 개선 등과 같은 정말로 중요하고 비미신적인 일이나 대의에 이토록 무관심한 걸까? 나는 그 중산모 남자와 금속 십자가와 기도를 올리지 못하는 이 손이 독립적으로 존재한다는 것을 믿기 때문에 물질주의자인가? 만약 신이 존재한다면, 신이 그 같은 육신을 가졌다면, 그분의 육신이 나의 육신과 흡사하게 존재한다고 믿는 것이 뭐가 잘못인가? 만약 그분에게 육신이 없다면 그분을 사랑하거나 미워할 수 있는 사람이 있을까? 나는 기체가 된 모리스는 사랑할 수 없다. 그것은 천박하고 경망스럽고 물질주의적이라는 것을 알지만, 내가 경망스럽고 천박하고 물질주의적이면 안 되는 이유가 어디 있는가. 나는 치밀어 오르는 분노를 느끼며 교회 밖으로 걸어 나왔다. 그리고 헨리와 모든 이성적인 사람들과 고고하고 초연한 사람들에 대한 반항심에서 스페인 교회에서 보았던 신자들의 행동을 떠올리며 나도 그대로 했다. 나는 이른바 성수를 손가락으로 찍어 이마에 성호를 그었다.

6

1946년 1월 10일

저는 오늘 밤 집에 있을 수가 없어서 비가 오는데도 밖으로 나갔습니다. 주먹을 힘껏 쥐어서 손톱이 손바닥을 찔렀던 때가 생각났습니다. 그때는 몰랐지만, 당신은 고통 속에서 임하셨습니다. 저는 당신을 믿지도 않으면서 "그이를 살려 주세요"라고 했습니다. 그렇지만 당신은 저의 믿음 없음을 개의치 않았어요. 당신은 저의 믿음 없음을 사랑으로 안아 주시고, 마치 공물이라도 되는 것처럼 받아 주셨습니다. 오늘 밤 빗물이 외투와 속옷, 그리고 피부에까지 스며들어 저는 추위서 부들부들 떨었습니다. 그리고 오늘 처음으로 제가 당신을 사랑하고 있는 것 같은 감정을 느꼈습니다. 저는 빗속에서 당신이 계신 곳 창문 밑을 거닐었어요. 마음 같아선 그 창문 밑에서 밤을 새우고 싶었습니다. 단지 제가 드디어 사랑을 알게 된 것 같고, 당신이 거기 계시기 때문에 더 이상 사막이 두렵지 않다는 것을 보여 드리기 위해서 말이에요. 집으로 돌아왔더니 모리스가 헨리와 함께 있더군요. 당신이 그를 돌려주신 게 이번이 두 번째였어요. 처음에는 그 때문에 당신을 증오했습니다. 그렇지만 당신은 저의 증오를 마치 제 믿음 없음을 당신의 사랑으로 안아 주신 것처럼 받아 주셨어요. 그걸 간직하고 있다가 나중에 제게 보여 주시려고요. 우리가 함께 웃을 수 있도록 말입니다. 제가 가끔 모리스에게 "그때 우리가 얼마나 우스꽝스러웠는지 생각나요?" 하고 말하며 웃곤 했던 것처럼······

7

1946년 1월 18일

나는 2년 만에 처음으로 모리스와 함께 점심을 먹기로 했다. 내가 전화를 해서 만나자고 했다. 버스가 스톡웰에서 교통이 막힌 탓에 나는 약속 시간에 10분이나 늦었다. 잠시 예전에 노상 느꼈던 두려움이 찾아들었다. 무슨 일이 생겨서 오늘의 만남을 망치지 않을까, 그이가 내게 화를 내지 않을까, 하는 두려움이었다. 그러나 이제는 내가 먼저 화를 내고 싶은 생각은 없었다. 다른 많은 것들과 마찬가지로 화를 내는 능력도 내 안에서 죽어 버린 것 같다. 나는 그이를 만나서 헨리에 관해 묻고 싶었다. 헨리는 요즘 이상했다. 집 밖으로 나가 술집에서 모리스와 함께 술을 마셨다는 게 너무 뜻밖이었다. 헨리는 집이나 자기네 클럽에서만 술을 마신다. 헨리는 모리스에게 뭔가 얘기할 게 있었던 듯싶다. 그이가 나를 걱정하는 거라면 의아스럽다. 우리가 결혼한 이래로 지금보다 걱정거리가 더 적었던 때는 없었으니까 말이다. 그러나 모리스를 만나 보니 별다른 이유가 있어서 두 사람이 만난 것 같지는 않았다. 그냥 만나고 싶어서 만난 것일 뿐인 듯했다. 헨리에 대해서는 아무 것도 알아내지 못했다. 모리스는 시시때때로 내 마음에 상처를 주려고 했는데, 그건 결과적으로 성공적이었다. 왜냐하면 실은 그는 자신의 마음에 상처를 입히고 있었고, 자신의 마음에 상처를 입히는 그를 보는 내 마음이 참을 수 없이 아팠기 때문이다.

모리스와 점심을 함께했다고 해서 내가 전에 했던 맹세를 깨뜨린 것일까? 1년 전만 해도 그렇게 생각했을 것이나 지금은 그렇게 생각하지 않는다. 그때는 두려웠기 때문에, 뭐가 뭔지 갈피를 잡지 못했기 때문에, 사랑에 대한 믿음이 없었기 때문에 무척 경직되어 있었다. 우리는 룰스 식당에서 점심을 했다. 그이와 함께 있다는 것만으로도 나는 행복했다. 조금 아쉬운 게 있었다면 하수구 쇠창살 위에서 작별 인사를 할 때뿐이었다. 나는 그이가 예전처럼 나에게 키스할 거라고 생각했고 나도 그걸 바라고 있었지만, 그때 발작적인 기침이 나와서 그 순간이 지나가고 말았다. 그는 걸음을 옮기며 멀어져 갔고, 나는 그가 사실이 아닌 온갖 망상을 하고 있으며 그 때문에 괴로워한다는 것을 알았다. 나는 그이가 괴로워하는 것이 괴로웠다.

남몰래 울고 싶었다. 그래서 국립 초상화 미술관으로 들어갔는데, 하필 학생들이 관람하는 날이라서 사람들이 너무 많았다. 나는 다시 메이든레인으로 돌아가, 언제나 너무 어두워서 주변 사람도 분간이 잘 안 되는 성당으로 들어갔다. 자리에 앉았다. 성당은 텅 비어 있었다. 잠시 후 성당에 들어와서 뒤편 좌석에 앉아 조용히 기도하는 작달막한 남자와 나 말고는 아무도 없었다. 머릿속에 맨 처음 이 같은 성당에 앉아 있었을 때 그 분위기가 얼마나 싫었던가 하는 생각이 떠올랐다. 나는 기도하지 않았다. 전에는 너무 자주 했었는데…… 나는 나에게도 아버지가 있었다는 걸 기억할 수 있다면 그 아버지에게 말했을 성싶은 어조로 하느님에게 말했다. 사랑하는 하느님, 저는 지쳤어요.

1946년 2월 3일

오늘 나는 모리스를 보았다. 그러나 그는 나를 보지 못했다. 그는 폰트프랙트암스 술집으로 가는 길이었고, 나는 그의 뒤를 따랐다. 나는 조금 전까지 시더로드의 그 집에서 한 시간을 보냈었다. 더디게 흐르는 긴 시간이었다. 그 시간 동안 나는 가엾은 리처드의 주장을 따라가 보려고 애썼으나 결국 얻은 거라곤 그의 주장은 전도된 믿음이라는 느낌뿐이었다. 전설에 대해서 그토록 진지하고 그토록 논쟁적인 사람이 또 있을까? 내가 이해한 것은 전에는 알지 못했던 어떤 이상한 사실—과거에 그리스도라는 사람이 있었다는 증거 등과 같은 사실—정도뿐이었는데, 내가 보기에 그러한 것은 그의 논점에 거의 도움이 되지 않을 것 같았다. 나는 피곤함과 절망감을 느끼며 그 집을 나왔다. 내가 그 사람에게 가는 이유는 나의 미신을 몰아내기 위한 것인데, 갈 때마다 그의 광신적인 생각이 나로 하여금 그 미신을 더욱 깊이 받아들이게 했다. 나는 그에게 도움을 주고 있지만, 그는 나에게 도움이 되지 않았다. 아니, 도움이 되고 있는 것일까? 그 한 시간 동안 나는 모리스 생각을 거의 하지 않았는데, 갑자기 길을 건너고 있는 모리스의 모습이 내 눈앞에 나타난 것이었다.

나는 그를 계속 지켜보면서 줄곧 뒤따라 걸었다. 우리는 꽤나 자주 함께 폰트프랙트암스 술집에 갔었다. 그가 어느 자리에 앉을지, 무슨 술을 주문할지 나는 잘 알고 있었다. 나는 생각했다. 그의 뒤를 따라가서 내가 마실 것을 주문하고, 그러다 그가 고개를 돌려 눈이 마주치면 모든 게 다시 시작되지 않을까? 그러면 헨리가 집을 나서자마자 내가 그에게 전화를 걸 수 있을 테니 아침마다 희망이 가득하리라. 그리고 헨리에게서 저녁 늦게 집에 들어갈 거라는 연락이 오기를 고대하게 되리라. 이번에는 아마 헨리를 떠나게 될 것이다. 나는 그동안 최선을 다했다. 나는 모리스에게 가면서 가져갈 돈이 없고, 모리스의 책 수입은 자기 혼자 살아가기에 족할 정도이다. 그렇지만 내가 타이핑하는 것만 도와줘도 우리는 1년에 50파운드는 절약하게 될 것이다. 나는 가난이 두렵지 않다. 때로는 안락하게 사는 것보다 분수에 맞게 사는 편이 더 편안한 법이다.

문간에 서서 그가 바가 있는 곳으로 걸어가는 것을 지켜보았다. 나는 하느님에게 말했다. 만약 그이가 고개를 돌려 나를 본다면 저도 안으로 들어가겠습니다. 그러나 그는 고개를 돌리지 않았다. 나는 걸음을 돌려 집으로 돌아가기 시작했다. 하지만 머릿속에서 그를 몰아낼 수 없었다. 거의 2년 동안 우리는 서로 남으로 지냈다. 나는 모리스가 어느 시간에 무엇을 하는지 모르고 지내 왔지만, 이제는 예전처럼 그가 있는 곳을 알았으니 그는 이제 더 이상 남이 아니었다. 그는 맥주 한 잔을 더 마신 뒤에 그 익숙한 방으로 돌아가 글을 쓸 것이다. 하루 일과를 보내는 그의 습관은 여전히 똑같았고, 나는 오래된 외투가 마음에 들듯이 그 습관이 마음에 들었다. 그의 습관에 의해 내가 보호받고 있는 느낌이 들었다. 나는 결코 낯설고 생소한 것을 원치 않는다.

나는 그를 아주 행복하게 해 줄 수 있다고 생각했다. 그것도 아주 쉽게. 그가 행복해하며 웃는 모습을 다시 보고 싶은 마음이 간절했다. 헨리는 집에 없었다. 그이는 점심 약속이 있어서 사무실에서 나왔고, 7시까지는 집에 못 갈 거라고 전화한 터였다. 나는 6시 30분까지 기다렸다가 모리스에게 전화할 생각이었다. 전화로 오늘 밤에 그에게로 가겠다고 말하리라. 오늘 밤뿐 아니라 매일 밤마다 갈 거라고, 나는 당신 없이 사는 것에 지쳤다고 말하리라. 큼지막한 파란색 여행 가방과 조그만 갈색 여행 가방을 꾸릴 작정이었다. 한 달 동안 지내기에 충분한 옷만 있으면 될 것이다. 헨리는 점잖은 사람이니까 한 달 후면 법적인 문제도 해결될 것이고, 처음의 비통한 기분도 사그라들 것이다. 그러면 내게 필요한 물건들을 틈나는 대로 집에서 가져올 수 있으리라. 아마 그리 비통하지는 않을 것이다. 우리가 아직도 사랑하는 사이인 것 같지는 않으니까. 우리의 결혼은 우정이 되어 버렸고, 우정은 시간이 조금 지나면 전과 같이 계속될 수 있을 테니까.

갑자기 자유로움과 행복감을 느꼈다. 저는 더 이상 당신 때문에 걱정하지 않을 거예요. 나는 공원을 가로질러 걸어가면서 하느님에게 말했다. 당신이 존재하든 안 하든, 당신이 모리스에게 두 번째 기회를 주신 것이든 아니면 그 모든 게 제 상상일 뿐이든 걱정하지 않을 겁니다. 아마 이것이 그를 위해 부탁드린 두 번째 기회일 거예요. 저는 그를 행복하게 해 줄 것입니다. 이것이 저의 두 번째 맹세입니다. 하느님, 저를 막을 수 있으면 막아 보세요. 막을 수 있으면 막아 보세요.

나는 2층 내 방으로 올라가서 헨리에게 편지를 쓰기 시작했다. '내 사랑 헨리'라고 썼다. 위선적인 말처럼 보였다. '사랑하는 헨리'라고 쓸까 생각했으나, 이 역시 거짓말이었다. 그러므로 그냥 지인에게 쓰듯이 '헨리에게'로 쓰는 수밖에 없었다. 그래서 '헨리에게'라고 썼다. '이렇게 말하는 게 당신에게 충격을 줄까 봐 걱정스럽지만, 지난 5년 동안 모리스 벤드릭스와 나는 사랑하는 사이였어. 거의 최근 2년 동안 우리는 서로 만나지 않았고 편지도 주고받지 않았지만 아무 효과도 없었어. 나는 그 사람 없이는 행복하게 살 수 없어. 그래서 이렇게 떠나는 거야. 난 오랫동안 아내 노릇을 잘하지 못했다는 거 알아. 그리고 1944년 6월 이후로는 정부 노릇도 못 했어. 그러니 우리 모두에게 더 나쁜 상황을 초래한 셈이야. 한때는 이 일을 단순한 로맨스로 끝낼 수 있을 거라고 생각했지. 천천히, 큰 어려움 없이 사그라질 거라고 생각한 거야. 그러나 그렇게 되지 않았어. 나는 지금 1939년에 사랑했던 것보다도 더 깊이 모리스를 사랑하고 있어. 난 그동안 철이 없었던 것 같아. 그렇지만 지금은 사람은 때가 되면 결정해야 하고, 그렇지 않으면 큰 혼란을 초래하게 된다는 걸 깨달았어. 안녕. 신의 축복이 있기를.' 나는 '신의 축복이 있기를' 부분에 줄을 그은 다음, 읽을 수 없도록 아주 진하게 덧칠했다. 괜히 허세 부리는 말투처럼 보였기 때문이다. 그리고 어차피 헨리는 신을 믿지 않는다. 나는 끝으로 '사랑해'라고 쓰고 싶었으나 왠지 어울리지 않는 것 같아 그만두었다. 물론 그것은 거짓이 아니었다. 나는 내 나름의 비루한 방식으로 헨리를 사랑하니까 말이다.

나는 편지를 봉투에 넣고 '친전親展'이라고 적었다. 그렇게 해야 헨리가 다른 사람이 있는 자리에서 편지를 뜯어보지 않을 거라고 생각했다. 그이는 어쩌면 집으로 친구를 데려올지도 모르고, 그럴 경우 그이의 자존심이 상처를 입는 것을 원치 않았기 때문이다. 나는 여행 가방을 꺼내서 옷을 꾸리기 시작했다. 그때 문득 '편지를 어디에 두었지?' 하는 생각이 떠올랐다. 편지는 곧 찾았으나, 서두르다가 편지를 현관에 두는 것을 잊어버리면 헨리는 내가 집에 돌아오기를 기다리고 기다리고 또 기다릴 거라는 데 생각이 미쳤다. 그래서 나는 편지를 현관에 놓아두려고 그걸 들고 아래층으로 내려갔다. 짐은 거의 다 꾸렸다. 이브닝드레스만 접어 넣으면 되었다. 헨리가 돌아오려면 30분은 더 있어야 했다.

현관 탁자에는 오후에 온 우편물이 놓여 있었다. 내가 막 그 위에 편지를 올려놓았을 때 열쇠로 현관문을 여는 소리가 들렸다. 나는 재빨리 편지를 다시 집어 들었는데, 왜 그랬는지 모르겠다. 그때 헨리가 들어왔다. 헨리는 안색이 안 좋고 초췌해 보였다. 그가 말했다. "아, 당신 여기 있었군." 그러고 나서 곧장 내 곁을 지나 서재로 들어갔다. 나는 잠시 기다렸다가 그이를 뒤쫓았다. 나는 생각했다. 이 편지를 지금 헨리에게 주어야 할 거야. 더 많은 용기를 내야겠지. 서재 문을 열자 불을 피우지도 않은 난로 옆 의자에 앉아 있는 그이의 모습이 눈에 들어왔다. 그이는 울고 있었다.

"헨리, 무슨 일이야?" 내가 물었다. 그가 말했다. "아무것도 아니야. 두통이 심해서 그래. 그뿐이야."

나는 헨리를 위해 불을 피웠다. "진통제 갖다줄게."

"그럴 필요 없어." 그가 말했다. "이제 좀 괜찮아진 것 같아."

"오늘은 어떻게 보냈어?"

"늘 비슷하지 뭐. 좀 피곤해."

"누구랑 점심 했어?"

"벤드릭스."

"벤드릭스?" 내가 말했다.

"왜? 벤드릭스랑 점심 하면 안 돼? 그 친구가 자기네 클럽에서 점심 대접했어. 음식이 형편없더군."

나는 그이의 뒤로 가서 그이의 이마에 손을 얹었다. 그이를 영원히 떠나기 직전에 그런 행동을 하는 것이 낯설고 이상했다. 결혼 초기에 제대로 되는 일이 없어서 내가 심한 신경성 두통에 시달릴 때면 그는 나에게 그렇게 해 주곤 했다. 그러면 나는 나은 척했었다는 것을 잠시 잊고 있었다. 그이가 내 손 위에 자기 손을 얹어서 내 손을 이마에 꾹 밀착시켰다. "난 당신을 사랑해." 그가 말했다. "알지?"

"알아요." 내가 말했다. 그런 말을 하는 그이가 한편으로는 미웠다. 그것은 무슨 요구와도 같았다. 나는 생각했다. 당신이 정말 나를 사랑한다면 상처 입은 다른 남편들처럼 행동하면 되잖아. 화를 내란 말이야. 그러면 당신의 화가 날 자유롭게 해 줄 거야.

"난 당신 없인 못 살아." 그가 말했다. 아니야, 살 수 있어. 나는 항의하고 싶었다. 불편하긴 하겠지. 그렇지만 당신은 나 없이도 살 수 있어. 전에 구독하던 신문을 바꾸었을 때도 당신은 곧 새 신문에 익숙해졌잖아. 그런 말은 상투적인 남편들이 쓰는 상투적인 말일 뿐이야. 아무 의미도 없어. 나는 거울을 통해 그이의 얼굴을 쳐다보았다. 아직도 울고 있었다.

"헨리." 내가 말했다. "무슨 일 있었어?"

"아무 일도 없었어. 내가 말했잖아."

"당신 말을 못 믿겠어. 사무실에서 무슨 일이 생긴 거야?"

그는 평소와 다르게 비아냥거리는 투로 말했다. "거기서 무슨 일이 생길 수 있겠어?"

"그럼 벤드릭스가 어떤 식으론가 당신을 화나게 했어?"

"그럴 리가 있나. 그 친구가 어떻게 그럴 수 있겠어?"

나는 그이의 손을 치우고 싶으나 그는 계속 그대로 있었다. 나는 그이가 다음에 무슨 말을 꺼낼지 두려웠다. 그이가 내 양심 위에 견딜 수 없는 짐을 내려놓고 있는 게 두려웠다. 모리스는 지금 집에 돌아와 있을 것이다. 헨리가 집에 들어오지 않았다면 나는 5분 후면 그와 함께 있을 텐데. 불행 대신 행복을 볼 수 있었을 텐데. 사람들은 불행을 직접 보지 않으면 불행을 믿지 않는다. 우리는 누구에게나 멀리서도 고통을 줄 수 있다. 헨리가 말했다. "여보, 난 남편 구실을 제대로 못 해왔어."

"무슨 말인지 모르겠어." 내가 말했다.

"나는 당신에게 너무 재미없는 사람이야. 내 친구들도 다 그런 사람들이고. 당신도 알다시피 우린 더 이상 아무것도 둘이 함께하지 않잖아."

"어떤 결혼 생활에서도 언젠가는 그렇게 되기 마련이지." 내가 말했다. "우린 좋은 친구잖아." 그것이 내 탈출구가 되어야 했다. 그이가 동의하면 나는 그이에게 편지를 주고 내가 어떻게 할 것인지 얘기하리라. 그리고 집을 나가리라. 그런데 헨리는 나에게 그럴 기회를 주지 않았고, 그래서 나는 아직도 여기 있다. 모리스에게로 가는 문이 또다시 닫히고 말았다. 다만 이번에는 하느님을 탓할 수 없었다. 나 스스로 문을 닫아 버렸으니까. 헨리가 말했다. "나는 절대 당신을 친구로 생각할 수 없어. 친구는 없어도 살 수 있잖아." 그런 다음 거울을 통해 나를 바라보며 말했다. "날 떠나지 말아 줘, 세라. 몇 년만 더 참아 줘. 내가 노력을……" 그러나 헨리는 자신이 무엇을 노력해야 하는지도 생각하지 못하는 사람이었다. 아, 몇 년 전에 그이를 떠났더라면 우리 둘 다에게 좋았을걸. 그러나 그이가 있는 데서 내가 그이에게 타격을 가할 수는 없다. 그리고 그이의 불행이 어떤 모습인지 보았기 때문에 이제 그이는 언제나 내 눈앞에 있을 것이다.

내가 말했다. "당신을 떠나지 않을 거야. 약속해." 지켜야 할 약속이 또 하나 생겼다. 그 약속을 하고 나니 그이와 함께 있는 것을 더는 견딜 수 없었다. 그이가 이겼고 모리스가 졌다. 나는 승리한 그이가 증오스러웠다. 만약 모리스가 승리했다면 모리스가 증오스러웠을까? 나는 2층으로 올라가 편지를 박박 찢었다. 아무도 편지 조각을 다시 맞춰서 읽지 못하도록 갈기갈기 찢었다. 그리고 너무 피곤해서 짐을 다시 풀 생각도 하지 않고 여행 가방을 발로 차서 침대 밑에 넣은 다음 이 글을 쓰기 시작했다. 모리스의 고통은 그의 글 속으로 스며든다. 그의 문장에서는 신경이 뒤틀리고 씰룩거리는 소리가 들린다. 정말 고통이 작가를 만들 수 있다면 나도 작가 수업을 하고 있는 거예요, 모리스. 당신과 한 번만 애기할 수 있으면 좋겠어요. 헨리와는 애기할 수 없어요. 그 누구하고도 애기할 수 없어요. 사랑하는 하느님, 그와 애기하게 해 주세요.

어제는 십자가를 하나 샀다. 급히 사야 했기 때문에 싸고 조잡한 십자가를 고르게 되었다. 그걸 달라고 말할 때 내 얼굴이 발개졌다. 내가 그 가게 안에 있는 것을 누가 보았을지도 모른다. 콘돔을 파는 가게처럼 문에 불투명 유리를 끼웠으면 좋았을 텐데. 나는 방문을 잠그고 나서야 내 보석 상자의 밑바닥에서 그걸 꺼내 보곤 한다. 저를, 저를, 저를,이 없는 기도문을 알았으면 좋겠다. **저를** 도와주세요. **저를** 더 행복하게 해 주세요. **저를** 일찍 죽음으로 인도해 주세요. 저를, 저를, 저를.

저로 하여금 리처드의 뺨에 있는 끔찍한 반점을 생각하게 해 주세요. 저로 하여금 눈물을 떨구는 헨리의 얼굴을 보게 해 주세요. 저로 하여금 저를 잊게 해 주세요. 사랑하는 주님, 저는 사랑하려고 노력해 왔는데 이렇게 엉망으로 만들고 말았습니다. 제가 당신을 사랑할 수 있다면 그들을 사랑하는 법을 알게 되겠지요. 저는 그 전설을 믿습니다. 당신이 탄생하신 것을 믿습니다. 당신이 우리를 위해 돌아가신 것을 믿습니다. 당신이 신이라는 것을 믿습니다. 저에게 사랑을 가르쳐 주세요. 제 고통은 개의치 않습니다. 제가 견딜 수 없는 것은 그들의 고통입니다. 제 고통은 지속해 주시되 그들의 고통은 멈춰 주세요. 사랑하는 주님, 할 수만 있다면 당신은 잠시 그 십자가에서 내려오시고 대신 저를 거기에 올려 주세요. 제가 당신처럼 고통을 겪을 수 있다면 저는 당신처럼 치유될 수 있을 겁니다.

1946년 2월 4일

헨리는 하루 휴가를 냈다. 그 이유는 모르겠다. 그이는 나에게 점심을 사 주고 함께 국립 미술관에 갔다. 우리는 저녁을 일찍 먹은 다음 극장에 갔다. 그이는 학교에 와서 아이를 데려가는 아빠 같았다. 그러나 실은 그가 아이였다.

1946년 2월 5일

헨리는 봄에 휴가를 내서 나와 함께 외국 여행을 할 계획을 세우고 있다. 그이는 프랑스 루아르 지방의 성들을 보러 갈 것인지, 아니면 폭격하의 독일인의 사기에 관한 보고서를 쓸 수 있는 독일로 갈 것인지 아직 결정하지 못했다. 나는 봄이 오는 것이 달갑지 않다. 삶이 또 이렇게 굴러가는군. 아니, 달갑다. 아니, 달갑지 않다. 주여, 제가 당신을 사랑할 수 있다면 헨리도 사랑할 수 있을 겁니다. 신은 인간이 되었다. 신은 모리스일 뿐만 아니라 난시가 있는 헨리였고 반점이 있는 리처드였다. 만약 내가 나환자의 상처를 사랑할 수 있다면 헨리의 따분함도 사랑할 수 있지 않을까? 하지만 만약 나환자가 여기 나타난다면 나는 헨리를 외면하듯 그 나환자에게서 고개를 돌려 버리겠지. 나는 항상 극적인 것을 원한다. 주여, 저는 당신이 겪은 못 박힘의 고통을 감내할 준비가 되어 있다고 생각합니다. 하지만 지도와 미슐랭 가이드를 들고 여행지에서 스물네 시간을 보내는 것은 견딜 수 없습니다. 사랑하는 하느님, 저는 쓸모없는 사람입니다. 저는 여전히 몹쓸 년입니다. 저를 깨끗이 치워 주세요.

1946년 2월 6일

오늘 나는 리처드와 참상을 연출했다.

리처드는 기독교 교회에 존재하는 모순에 대해 얘기했고, 나는 열심히 들으려 했으나 잘되지 않았다. 그걸 알아차린 그가 불쑥 내게 말했다. "무엇 때문에 여기 오나요?"

나는 얼떨결에 대답했다. "당신을 보려고요."

"나는 당신이 배우러 오는 줄 알았습니다." 그가 말했고, 나는 내 말이 그 말이라고 했다.

나는 그가 내 말을 믿지 않을 줄 알았고, 그래서 자존심이 상해 화를 낼 거라고 생각했으나 그는 전혀 화를 내지 않았다. 그는 크레톤 천을 씌운 의자에서 일어나서 크레톤 천을 씌운 소파로 다가와 내 옆에, 뺨의 반점이 보이지 않는 쪽 자리에 앉았다. 그가 말했다. "매주 당신을 만나는 것이 내겐 무척 의미 있는 일입니다." 그제야 나는 그가 내게 구애하려 한다는 것을 알았다. 그가 내 손목에 손을 얹고 물었다. "나를 좋아합니까?"

"그럼요, 리처드. 물론이죠." 내가 말했다. "그렇지 않으면 내가 여기 오겠어요?"

"나랑 결혼해 주겠습니까?" 그가 물었다. 그런데 그는 특유의 자존심 때문에 마치 차 한 잔 더 마시겠느냐고 묻는 것처럼 가볍게 묻는 것이었다.

"헨리가 반대할 거예요." 나는 웃어넘길 생각으로 그렇게 말했다.

"무슨 일이 있어도 헨리를 떠나지 못할 겁니까?" 그 말에 나는 속으로 화를 내며 생각했다. 모리스를 위해서도 헨리를 떠나지 못했는데 제기랄, 내가 어찌 당신을 위해 그이를 떠날 수 있을 거라고 생각하는 거야?

"나는 결혼한 몸이에요."

"그건 나나 당신에게 아무 의미도 없는 겁니다."

"아니, 그렇지 않아요." 내가 말했다. 언젠가는 그에게 얘기해야 했다. "나는 하느님을 믿어요." 나는 말을 이었다. "그리고 그 밖의 모든 것도. 당신이 그렇게 믿도록 나를 가르쳐 준 거예요. 당신과 모리스가."

"무슨 말인지 모르겠습니다."

"당신은 당신에게 불신앙을 가르쳐 준 것은 목사들이었다고 늘 말하곤 했어요. 그러니 그 반대의 경우도 얼마든지 있지 않겠어요?"

리처드는 자신의 고운 손을 들여다보았다. 조금 전까지 내 손목에 얹혀 있던 손이었다. 그가 아주 천천히 말했다. "나는 당신이 무얼 믿든 개의치 않아요. 당신이 그 어리석고 우스꽝스러운 온갖 것들을 다 믿는다 해도 나는 전혀 신경 쓰지 않을 겁니다. 사랑해요, 세라."

"죄송해요." 내가 말했다.

"내가 당신을 사랑하는 마음은 그 모든 것을 증오하는 마음보다 더 큽니다. 만약 당신과의 사이에 우리 아이가 생긴다면 나는 당신이 아이를 그릇된 길로 이끈다 해도 상관하지 않을 겁니다."

"그렇게 말하면 안 돼요."

"나는 가진 게 많은 사람이 아니에요. 내가 드릴 수 있는 유일한 선물은 내 신념을 포기하는 겁니다."

"나는 다른 사람을 사랑하고 있어요, 리처드."

"그 어리석은 맹세에 얽매여 있다고 느낀다면 당신은 그 사람을 한껏 사랑할 수 없잖아요."

나는 쓸쓸히 말했다. "난 그 맹세를 깨뜨리려고 최선을 다해보았어요. 하지만 잘 안 되더군요."

"당신은 나를 바보라고 생각합니까?"

"내가 왜?"

"당신이 뺨에 이런 게 있는 남자를 사랑할 거라고 기대했으니 말입니다." 그는 흉측한 뺨을 나에게로 돌렸다. "당신은 하느님을 믿는군요." 그가 말했다. "그건 어려운 일이 아닙니다. 당신은 아름다우니까요. 당신은 불만이 없겠죠. 그렇지만 어린 아기한테 이런 걸 준 하느님을 내가 왜 사랑하겠습니까?"

"이봐요, 리처드. 그리 흉해 보이진 않아요……" 나는 눈을 감고 그 뺨에 입술을 갖다 댔다. 기형적인 것을 두려워하는 나는 잠시 구역감을 느꼈다. 그는 내가 키스할 수 있도록 가만히 앉아 있었다. 나는 생각했다. 주여, 저는 고통에 입 맞추고 있습니다. 행복은 결코 당신 것이 아니지만 고통은 당신의 것입니다. 저는 당신의 고통 속에서 당신을 사랑합니다. 나는 그 피부에서 금속 맛과 소금 맛 같은 맛을 느낄 수 있었다. 나는 다시 생각했다. 주여, 당신은 참으로 좋은 분입니다. 당신은 저희를 행복으로 죽이실지언정 고통 속에서는 저희가 당신과 함께 있는 것을 허락하십니다.

나는 그가 갑자기 얼굴을 떼는 것을 느끼고 눈을 떴다. 그가 말했다. "안녕히 가십시오."

"안녕히 계세요, 리처드."

"이젠 다시 오지 마세요." 그가 말했다. "당신의 동정심을 견딜 수 없으니까요."

"동정심이 아니에요."

"내가 바보짓을 했습니다."

나는 그곳을 나왔다. 더 있어 봐야 아무 소용이 없었다. 나는 몸에 그 같은 고통의 표지를 지니고 있는 그가 부럽다는 말을 하지 못했다. 그는 날마다 거울 속에서 우리가 아름다움이라고 부르는 변변찮은 인간적인 것 대신에 주님을 보고 있는 거라는 말을 차마 하지 못했다.

1946년 2월 10일

저는 당신에게 글을 쓸 필요도 말을 할 필요도 없습니다. 그래서 얼마 전에 당신에게 편지를 쓰기 시작했다가 저 자신이 부끄러워져서 찢어 버렸습니다. 왜냐하면 무슨 일이든 제 머릿속에 떠오르기 전에 다 아시는 당신에게 편지를 쓴다는 게 참으로 어리석어 보였기 때문입니다. 저는 당신을 사랑하기 전에도 지금만큼 모리스를 사랑했을까요? 아니면 제가 지금껏 사랑한 것은 실은 당신이었을까요? 제가 모리스를 매만졌을 때 실은 당신을 매만진 게 아니었을까요? 만약 제가 처음 그를 매만질 때 헨리나 다른 어떤 사람을 매만지던 것과는 다르게 만지지 않았다면, 제가 과연 당신을 매만질 수 있었을까요? 그리고 그는 다른 여자들에게 했던 것과는 다르게 저를 사랑했으며 저를 매만졌습니다. 하지만 그가 사랑한 것은 저였을까요, 아니면 당신이었을까요? 그는 내 안에 있는, 당신이 미워하는 것을 미워했기 때문에 하는 말입니다. 그는 언제나 당신 편이었어요. 그걸 모리스 자신도 몰랐지만 말이에요. 당신은 우리의 이별을 바랐고, 그이 또한 이별을 바랐습니다. 그이는 분노와 질투로 이별을 향해 나아갔고, 또한 사랑으로 이별을 향해 나아갔습니다. 그는 나에게 아주 많은 사랑을 주었고 나도 그에게 아주 많은 사랑을 주었으므로 얼마 안 가서 우리의 사랑이 끝났을 때 남은 건 오직 당신뿐이었습니다. 우리 둘 다 그랬습니다. 저는 여기저기에, 이 남자 저 남자에게 조금씩 사랑을 나누어 주며 일생을 보냈을지도 모릅니다. 그렇지만 우리는 패딩턴역 근처 호텔에서 있었던 우리의 맨 처음 사랑에서조차도 우리가 가진 모든 것을 다 써 버렸습니다. 당신은 거기 계시었고, 당신이 부자에게 가르쳐 주셨듯이 우리에게 다 써 버릴 것을 가르쳐 주셨습니다. 언젠가는 당신에 대한 이 사랑 말고는 남은 게 아무것도 없게 하시려고 말입니다. 그러나 당신은 저에게 너무 잘해 주셨습니다. 제가 고통을 달라고 요청할 때 당신은 저에게 평화를 주십니다. 그이한테도 평화를 주십시오. 그이에게 나의 평화를 주십시오. 평화는 저보다 그이에게 더 필요하니까요.

1946년 2월 12일

이틀 전 나는 평화, 고요, 사랑 같은 감정을 느꼈다. 인생이 다시 행복해지려는 것 같았다. 하지만 어젯밤, 계단 꼭대기에 있는 모리스를 만나려고 긴 계단을 걸어 올라가는 꿈을 꾸었다. 나는 여전히 기뻤다. 계단 꼭대기에 이르면 우리는 정사를 나누게 될 테니까. 내가 가고 있다고 그에게 소리쳤다. 하지만 대답한 것은 모리스의 목소리가 아니었다. 그것은 배를 향해 조난의 위험을 경고하는 무적 소리처럼 부우웅 하고 울리는 낯선 사람의 목소리였고, 그 소리에 나는 겁이 났다. 나는 생각했다. 그이는 자기 방을 세놓고 다른 데로 간 거야. 그런데 난 그이가 어디로 갔는지 몰라. 그래서 다시 계단을 내려오려니까 물이 허리 위까지 차오르고 집 안은 안개로 가득 찼다. 그때 잠이 깼다. 나는 더 이상 평화롭지 못했다. 예전만큼이나 그가 그립다. 그와 함께 샌드위치를 먹고 싶고, 그와 함께 술집에서 술을 마시고 싶다. 나는 지쳤다. 고통은 더 이상 원치 않는다. 나는 모리스를 원한다. 나는 일반적인 타락한 인간의 사랑을 원한다. 사랑하는 하느님, 당신은 제가 당신의 고통을 제 고통으로 삼고자 한다는 것을 아십니다. 그러나 지금은 그러고 싶지 않습니다. 잠시 고통을 거두어 주세요. 그리고 다음에 다시 그 고통을 제게 주세요.

제4권

1

나는 더 이상 읽을 수가 없었다. 너무 고통스럽고 가슴 아픈 대목이 나올 때면 수시로 읽지 않고 그냥 넘어갔다. 나는 던스턴에 관해서는 별로 알아내고 싶은 마음이 없었지만 그래도 찾아 읽고 싶었다. 그러나 일기를 계속 읽어 나가는 사이에 그것은 무미건조한 역사상의 한 시기처럼 먼 옛날의 일로 흘러가 버렸다. 그 일은 이제 중요하지 않았다. 나에게 남은 의미 있는 기록은 쓴 지 일주일밖에 되지 않은 기록이었다. '나는 모리스를 원한다. 나는 일반적인 타락한 인간의 사랑을 원한다.'

내가 당신에게 줄 수 있는 것은 그게 전부야, 하고 나는 생각했다. 나는 다른 종류의 사랑은 모르지만, 내가 그 사랑을 다 써 버렸다고 생각한다면 당신 생각이 틀렸어. 아직 우리 두 사람이 쓰기에 충분한 양의 사랑이 남아 있어. 나는 그녀가 여행 가방을 꾸렸던 날을 생각했다. 그날도 나는 행복이 그처럼 가까이 다가온 줄도 모르고 여기 앉아 글을 쓰고 있었다. 나는 그 사실을 몰랐던 것이 기뻤고, 이제 그 사실을 알게 되어 기뻤다. 이제는 행동할 수 있다. 던스턴은 문제 되지 않았다. 민방위대 대장 같은 것도 문제 되지 않았다. 나는 전화기로 가서 세라의 전화번호를 돌렸다.

가정부가 전화를 받았다. 내가 말했다. "벤드릭스라고 합니다. 마일스 부인 부탁해요." 가정부가 기다리라고 했다. 세라의 목소리가 들려오기를 기다리는 동안 나는 마치 장거리 달리기의 마지막 지점에 이른 사람처럼 숨이 가빴다. 그러나 수화기에서 들려온 목소리는 가정부의 목소리였다. 마일스 부인은 외출하고 집에 없다는 것이었다. 왜 내가 가정부의 말을 믿지 않았는지 모르겠다. 나는 5분 동안 기다렸다가 손수건으로 송화구를 꼭 덮어씌운 다음 다시 전화를 걸었다.

"마일스 씨 계십니까?"

"안 계십니다."

"그럼 마일스 부인과 통화할 수 있을까요? 난 윌리엄 멀록 경입니다."

금세 세라가 전화를 받았다. "안녕하세요, 마일스 부인입니다."

"알아요." 내가 말했다. "당신 목소리 알아요, 세라."

"당신이군요…… 나는 또……"

"세라." 내가 말했다. "당신 만나러 지금 가겠어요."

"안 돼요. 오지 마요. 내 말 들어요, 모리스. 난 침대에 누워 있어요. 지금 전화 통화도 침대에서 하는 거라고요."

"그러면 더 잘됐네요."

"바보같이 굴지 말아요, 모리스. 난 아프단 말이에요."

"그러니 날 만나야 할 거 아니에요. 어떻게 된 거요, 세라?"

"어, 아무것도 아니에요. 심한 감기에 걸렸을 뿐이에요. 내 말 들어요, 모리스." 세라는 가정교사처럼 천천히 띄엄띄엄 말했고, 그래서 나는 화가 났다. "제발 오지 말아요. 당신을 만날 수 없어요."

"사랑해요, 세라. 지금 갈게요."

"난 여기 없을 거예요. 일어나겠어요." 마구 뛰어가면 공원을 건너 거기까지 가는 데 4분밖에 안 걸릴 거야, 나는 생각했다. 세라는 그 시간 안에 옷을 입을 수 없어. "가정부에게 아무도 집 안에 들이지 말라고 얘기할 거예요."

"당신 가정부의 체격으론 날 막을 수 없어요. 그리고 난 쫓겨나더라도 들어갈 거예요, 세라."

"제발, 모리스…… 부탁이에요. 오랫동안 당신에게 부탁한 게 아무것도 없잖아요."

"점심 먹자는 부탁을 한 번 한 것 말고는 없죠."

"모리스, 건강이 아주 나쁜 건 아니에요. 다만 오늘은 당신을 만날 수 없을 뿐이에요. 다음 주에……"

"그동안 수없이 많은 주가 흘러갔잖아요. 지금 당신을 보고 싶어요. 오늘 저녁에."

"왜요?"

"당신은 나를 사랑하니까."

"그걸 어떻게 알아요?"

"그건 신경 쓸 거 없어요. 당신에게 나와 함께 멀리 떠나자고 얘기하고 싶어요."

"모리스, 그건 전화로도 대답해 줄 수 있어요. 안 떠난다는 게 내 대답이에요."

"전화로는 당신을 만질 수 없어요, 세라."

"모리스, 제발. 오지 않겠다고 약속해 줘요."

"갈 거예요."

"내 말 좀 들어요, 모리스. 지금 몸 상태가 몹시 안 좋아요. 오늘 저녁엔 고통이 유독 심하네요. 난 일어나고 싶지 않아요."

"일어날 필요 없어요."

"오지 않겠다고 약속하지 않으면 일어나서 옷 입고 집을 나가겠어요. 정말이에요."

"이건 우리 둘 모두에게 감기보다 더 중요한 일이에요, 세라."

"제발, 모리스, 제발. 헨리가 곧 돌아올 거예요."

"돌아오라죠 뭐." 나는 전화를 끊었다.

한 달 전에 헨리를 만났을 때보다 더 안 좋은 밤 날씨였다. 이번에는 비 대신 진눈깨비였다. 눈이 되려다 만 날 선 진눈깨비가 레인코트의 단춧구멍을 통해 안으로 스며 들어와 살을 에는 듯했다. 공원의 가로등 불빛이 흐릿해서 달릴 수가 없었다. 그렇지 않다 해도 내 불편한 다리 때문에 어차피 빨리 달릴 수 없었다. 나는 전시에 사용한 손전등을 가져오지 않은 것을 후회했다. 북쪽의 세라네 집까지 가는 데 틀림없이 8분은 걸렸을 것이다. 길을 건너기 위해 보도에서 막 내려섰을 때 문이 열리고 세라가 나왔다. 나는 기뻐하며 이제 됐다, 하고 생각했다. 이 밤이 새기 전에 우리는 다시 잠자리를 같이하게 되리라는 것을 나는 믿어 의심치 않았다. 그리고 일단 그 일이 다시 이루어지면 뭐든 다 가능하리라. 세라를 지금만큼 잘 이해했던 적이 없었고 지금만큼 깊이 사랑했던 적이 없었다. 우리는 더 많이 이해할수록 더 깊이 사랑하는 법이라고 나는 생각했다. 나는 다시 신뢰의 영역으로 돌아왔다.

세라는 너무 황망하게 서두른 탓에 진눈깨비를 뚫고 넓은 도로를 가로질러 가는 나를 보지 못했다. 그녀는 왼쪽으로 돌아서 황급히 걸어갔다. 나는 생각했다. 세라는 어딘가 앉을 자리를 찾을 테고, 그땐 내 손안에 들어온 거나 다름없지. 나는 20미터쯤 뒤에서 그녀를 뒤따랐으나 그녀는 한 번도 뒤돌아

보지 않았다. 세라는 공원 외곽을 돌아서 연못가를 지나고 폭격 맞은 서점을 지났다. 지하철역으로 가는 것처럼 보였다. 나는 필요하다면 혼잡한 지하철 안에서라도 그녀에게 얘기할 준비가 되어 있었다. 세라는 지하철역 계단을 내려가 매표소로 갔다. 그러나 그녀는 핸드백을 가지고 나오지 않았고, 호주머니를 뒤졌지만 잔돈도 없었다. 지하철을 타고 왔다 갔다 하면서 자정까지 시간을 보낼 수 있게 해 줄 반 페니짜리 동전 세 개도 없었던 것이다. 세라는 다시 계단을 올라가고 이어 전찻길을 건넜다. 한 가지 방법이 막혔지만 또 다른 방법이 머릿속에 떠오른 게 분명했다. 나는 의기양양했다. 세라는 두려워했다. 그러나 나를 두려워한 것이 아니라 자기 자신을 두려워하고 우리가 만났을 때 일어날 일을 두려워했다. 나는 이 게임에서 내가 이미 이겼다는 생각이 들었고, 내 희생물에 대한 일종의 동정심을 느낄 만큼 여유가 생겼다. 세라에게 이렇게 말해 주고 싶었다. 걱정하지 말아요. 두려워할 거 없어요. 우린 곧 행복해질 거예요. 악몽은 거의 다 끝났어요.

그러다가 세라를 놓쳤다. 너무 자신만만한 나머지 그녀가 나와 큰 거리를 두고 앞서가게 한 탓이었다. 그녀는 나보다 20미터 앞에서 길을 건넜고(이번에도 나의 불편한 다리 때문에 계단을 오르는 데 그녀보다 시간이 더 걸렸다), 그때 마침 우리 사이로 전차가 한 대 지나갔는데, 그 뒤로 세라의 모습이 사라졌다. 왼쪽으로 돌아서 하이가로 갔을 수도 있고 똑바로 걸어서 파크로드 쪽으로 갔을 수도 있었다. 그러나 어디에서도 세라는 보이지 않았다. 나는 크게 걱정하지 않았다. 오늘 세라를 못 찾으면 다음에 찾으면 되니까. 이제 나는 그 우스꽝스러운 맹세 이야기를 다 알게 되고 그녀의 사랑도 확신할 수 있어서 안심이 되었다. 두 사람이 서로 사랑을 하면 함께 자게 된다. 이것은 인간의 경험에 의해 시험되고 증명된, 수학 공식과 같은 것이다.

하이가에는 ABC 극장이 있으므로 그곳을 확인해 보았다. 세라는 거기 없었다. 문득 파크로드 모퉁이에 있는 성당이 생각났고, 나는 세라가 거기 갔으리라는 것을 즉시 깨달았다. 나는 그곳으로 갔다. 정말 세라가 거기 있었다. 그녀는 기둥과 흉측해 보이는 성모상 가까이에 있는 통로 쪽 좌석에 앉아 있었다. 기도하고 있지는 않았다. 그냥 눈을 감은 채 앉아 있기만 했다. 성당 안 전체가 몹시 어두웠으므로 성모상 앞에 놓인 촛불에 의해서만 그녀의 모습을 겨우 볼 수 있었다. 나는 파키스 씨가 그러했듯이 그녀 뒤에 앉아 기다렸다. 이제 그 이야기의 결말을 알았기에 몇 년이라도 기다릴 수 있을 것만 같았다. 몸은 춥고 진눈깨비에 젖었으나 마음은 아주 행복했다. 나는 심지어 제단과 그 위에 걸려 있는 조각상을 너그러운 마음으로 바라볼 수도 있었다. 세라는 저 조각상과 나를 다 사랑하는구나, 나는 생각했다. 그러나 상像과 사람 사이에서 갈등이 생긴다면 누가 이길 것인지 나는 안다. 나는 그녀의 넓적다리에 손을 얹을 수도 있고 가슴에 입을 댈 수도 있다. 하지만 그 상은 제단 뒤에 갇혀 있어서 **자신의 대의**$_{大義}$를 호소하고 싶어도 움직일 수가 없다.

갑자기 세라가 손으로 옆구리를 짓누르며 기침을 하기 시작했다. 세라가 고통스러워하고 있다는 것을 알았다. 그녀를 고통 속에 혼자 내버려 둘 수는 없었다. 그녀에게로 가서 옆에 앉은 나는 기침을 하는 동안 그녀의 무릎에 가만히 손을 얹고 있었다. 나는 생각했다. 한번 만지기만 해도 낫는다면 얼마나 좋을까. 발작적인 기침이 끝났을 때 그녀가 말했다. "제발 나를 가만 놔두면 안 될까요?"

"절대 가만 놔두지 않을 거예요." 내가 말했다.

"무엇 때문에 그러는 거예요, 모리스? 저번에 점심을 먹을 때는 이러지 않았잖아요."

"그땐 분한 마음을 품고 있었으니까. 당신이 날 사랑했다는 걸 몰랐어요."

"왜 내가 당신을 사랑한다고 생각해요?" 그녀는 그렇게 물으면서도 내 손을 무릎에서 치우려 하지 않았다. 나는 어떻게 해서 파키스 씨가 그녀의 일기장을 훔쳤는지 얘기해 주었다. 이제는 우리 사이에 어떤 거짓말도 존재하지 않기를 바랐기 때문이다.

"그런 짓은 좋은 일이 아니에요." 그녀가 말했다.

"알아요." 그녀가 다시 기침을 하기 시작했고, 기침이 끝나

자 몹시 지친 모습으로 어깨를 내게 기댔다.

"세라," 내가 말했다. "이제 다 끝났어요. 기다림이 끝났단 말이에요. 우리 함께 떠나요."

"안 돼요." 그녀가 말했다.

나는 그녀의 몸에 팔을 두르고 가슴을 만졌다. "우린 여기서 다시 시작하는 거예요." 내가 말했다. "난 나쁜 연인이었소, 세라. 불안해서 그런 거였어요. 당신을 믿지 못했으니까. 당신을 제대로 알지 못한 거죠. 그렇지만 난 이제 확고해요."

세라는 아무 말도 하지 않았다. 하지만 여전히 나에게 몸을 기대고 있었다. 그것은 동의의 표시 같았다. 내가 말했다. "어떻게 하는 게 좋은지 내가 알려 줄게요. 집으로 돌아가서 며칠 더 자리에 누워 있어요. 그런 감기에 걸린 몸으로 여행하고 싶진 않을 테니. 내가 매일 전화해서 당신 상태가 어떤지 알아볼게요. 당신 건강이 나아지면 내가 그리로 가서 짐 싸는 걸 도와줄게요. 우린 여기 있지 않을 거예요. 도싯에 빈집을 한 채 가지고 있는 사촌 형이 한 분 계시는데, 그 빈집을 내가 사용할 수 있어요. 거기서 몇 주 머물면서 쉬도록 합시다. 내 소설도 그곳에서 끝낼 수 있을 거예요. 변호사 문제는 나중에 생각해도 돼요. 우린 휴식이 필요해요. 우리 둘 다. 난 지쳤어요. 당신 없이 살아가는 생활이 정말 지긋지긋해요, 세라."

"나도요." 그녀가 너무 가녀리게 말했기 때문에 내가 그 소리에 익숙지 않았다면 못 들었을 것이다. 하지만 그 소리는 패딩턴 호텔에서 처음으로 사랑을 나누었을 때부터 우리의 모든 관계 속에서 아련히 울리던 일종의 주제음악 같은 소리였다. '나도요'는 외로움, 슬픔, 낙담, 쾌락, 절망을 비롯한 모든 것을 함께 나누자는 요청이었다.

"돈은 부족하겠지만," 내가 말했다. "많이 쪼들릴 만큼 부족하지는 않을 거예요. 고든' 장군의 전기를 써 달라는 의뢰를 받았으니 그 선불금으로 석 달은 편히 지낼 수 있을 겁니다. 그리고 그때쯤이면 지금 쓰고 있는 소설을 넘기고 그 선불금을 받을 수 있을 거예요. 이 두 책이 올해 출간될 테니까 거기서 생긴 돈으로 다음 작품이 준비될 때까지 살아갈 수 있을 겁니다. 당신이 곁에 있으면 일이 잘될 거예요. 세라, 난 금세 안정적으로 자리 잡을 거예요. 통속 작가로 성공할 작정이니까. 당신은 그걸 싫어하고 나도 싫어하지만, 아무튼 그때가 되면 우린 사고 싶은 것을 살 수 있고 사치도 부릴 수 있을 거예요. 우리 둘이서 그런 걸 함께 하면 정말 재미있을 거예요."

나는 문득 세라가 잠들었다는 것을 깨달았다. 도망 다니느라 지쳐서 내 어깨에 기대어 잠이 든 것이었다. 그녀는 예전에도 택시 안에서, 버스 안에서, 공원 벤치에서 자주 그렇게 내 어깨에 몸을 기댄 채 잠들곤 했었다. 나는 잠을 방해하지 않으

♦ 영국 군인으로, 독실한 기독교 신자로 알려졌던 찰스 조지 고든(1833~1885)을 말한다.

려고 가만히 앉아 있었다. 어두운 성당 안에 그녀의 잠을 방해하는 것은 아무것도 없었다. 촛불들만이 성모상 주위에서 팔락거릴 뿐, 그곳에는 우리 말고는 아무도 없었다. 그녀의 무게가 실린 내 위쪽 팔에서 서서히 커지는 압박감은 지금껏 경험해 보지 못한 가장 큰 기쁨이었다.

아이들은 잠잘 때 곁에서 속삭여 주는 말에도 영향을 받는다고 한다. 그래서 나는 내 말이 그녀의 무의식 속에 최면을 거는 것처럼 스며들기를 바라면서 잠을 깨우지 않을 만큼 낮은 목소리로 속삭이기 시작했다. "사랑해요, 세라. 나만큼 당신을 사랑한 사람은 없어요. 헨리는 자존심이 상하겠지만, 그것 말고는 신경 쓰지 않을 거예요. 자존심은 금방 치유되게 마련이죠. 헨리는 당신을 대체할 새로운 습관을 찾아낼 겁니다. 고대 그리스 동전 수집 같은 거 말이에요. 우린 떠날 거예요, 세라. 함께 떠날 거예요. 이젠 아무도 우리를 막지 못해요. 당신은 나를 사랑하잖아요, 세라." 나는 새 여행 가방을 사야 할지 말아야 할지 생각하느라 말을 멈추었다. 그때 세라가 기침을 하며 깨어났다.

"깜빡 잠이 들었네요." 그녀가 말했다.

"이제 집에 들어가야 해요, 세라. 춥잖아요."

"거긴 집이 아니에요, 모리스." 그녀가 말했다. "여기서 나가고 싶지 않아요."

"추워서 안 돼요."

"추운 것은 별문제 아니에요. 어두워서 좋잖아요. 난 어둠 속에서는 뭐든 믿을 수 있어요."

"우리 둘만 믿읍시다."

"그런 뜻으로 말한 거예요." 그녀는 다시 눈을 감았다. 의기 양양해진 나는 제단을 쳐다보면서 마치 그 상이 살아 있는 경쟁자나 되는 것처럼 속으로 이렇게 중얼거렸다. 봤죠? 이런 것이 이기는 논법입니다. 나는 손가락으로 부드럽게 그녀의 가슴을 쓸었다.

"피곤하지 않아요?" 내가 물었다.

"몹시 피곤해요."

"그런 식으로 내게서 달아나지 않았어야 했어요."

"당신에게서 달아난 게 아니었어요." 그녀는 기대고 있던 어깨를 뗐다. "모리스, 이제 그만 가요."

"당신, 어서 가서 잠자리에 들어야겠어요."

"곧 갈 거예요. 당신과 함께 돌아가고 싶지 않아요. 여기서 작별 인사 하고 싶어요."

"여기 오래 있지 않겠다고 약속해 줘요."

"약속해요."

"전화 줄 거죠?"

세라는 고개를 끄덕였지만 눈은 내팽개친 것처럼 무릎 위에 힘없이 놓인 손을 내려다보고 있었다. 나는 그녀가 가운뎃 손가락을 집게손가락에 포개고 있는 것'을 보았다. 미심쩍은 생각이 들어 이렇게 물었다. "진심으로 하는 말이죠?" 나는 내 손가락으로 그녀의 포개진 손가락을 풀어 주며 말했다. "나한 테서 다시 달아날 생각을 하는 건 아니겠죠?"

"모리스, 모리스." 그녀가 말했다. "난 그럴 기운도 없어요." 그녀는 어린애처럼 주먹을 눈에 갖다 대면서 울기 시작했다.

"미안해요." 그녀가 말했다. "제발 가 줘요, 모리스. 조금만 자비를 베풀어 달라고요."

괴롭히고 앙탈하는 것에도 한도가 있어야 한다. 그렇게 애 원하는 소리가 귓전을 울리는데도 계속할 수는 없었다. 나는 세라의 거칠고 헝클어진 머리에 키스하고 물러나려다가 그녀 의 눈물 젖은 짭짤한 입술이 내 입가에 와 닿은 것을 알아차렸 다. "신의 축복이 있기를." 그녀가 말했다. 나는 그 말이 그녀 가 헨리에게 쓴 편지에서 줄을 박박 그어 지워 버린 부분이었 다고 생각했다. 누가 작별 인사를 하면 이쪽에서도 그대로 받 아서 작별 인사를 하게 마련이다. 스마이스 같은 인간이 아니 라면 말이다. 그래서 나는 나도 모르게 세라의 말을 받아서 그 녀에게 "신의 축복이 있기를"이라고 말해 주었다. 그렇지만 성 당을 나오면서 뒤돌아본 순간, 마치 몸을 녹이려고 들어온 거 지처럼 촛불이 미치는 범위의 가장자리에서 쪼그리고 앉은 그 녀의 모습이 눈에 들어왔을 때, 나는 신이 그녀를 축복하고 있

♦ 행운을 비는 뜻으로 두 손가락을 십자가 모양으로 포개는 동작.

거나 또는 사랑하고 있다는 것을 상상할 수 있었다. 이 이야기를 쓰기 시작할 때 나는 증오의 기록을 쓴다고 생각했다. 하지만 그 증오는 왠지 자리를 잘못 잡은 것 같고, 내가 아는 거라곤 세라는 과오가 있고 신뢰할 수 없는 면이 있음에도 불구하고 대부분의 사람들보다 더 훌륭한 사람이었다는 사실뿐이다. 우리 중 적어도 누구 한 사람은 그녀를 믿어야 하리라. 하지만 그녀는 결코 자기 자신을 믿지 않았다.

2

이후 며칠 동안 정신을 가다듬기 위해 무진 애를 써야 했다. 이제 나는 우리 두 사람을 위해 일했다. 나는 오전에 써야 할 소설 분량을 최소한 750단어로 정해 두었는데, 대개 오전 11시까지 1,000단어 정도를 써낼 수 있었다. 희망의 효과는 참으로 놀라웠다. 지난해 내내 질질 끌었던 소설이 끝을 향해 달려갔다. 나는 헨리가 출근하기 위해 9시 30분쯤에 집을 나선다는 것을 알았다. 그러므로 세라가 전화할 가능성이 가장 높은 시간은 그때부터 12시 30분 사이였다. 헨리는 얼마 전부터 점심을 먹으러 집에 오기 시작했다니까(파키스가 내게 알려 준 사실이었다) 그때부터 3시 사이에는 세라가 내게 다시 전화할 가능성이 없었다. 그래서 나는 일과를 바꾸어 12시 30분까지 소설을 쓰고, 그 후에는 아무리 기분이 우울하다 해도 그동안의 기대감을 떨쳐 버리고 자리에서 일어났다. 2시 30분까지 대영 박물관 열람실에서 고든 장군의 삶에 대한 자료를 찾아 기록 하는 일에 시간을 쓸 수 있었다. 책을 읽고 필요한 사항을 기 록하는 일에는 소설을 쓸 때만큼 몰입할 수가 없어서 세라에 대한 생각이 중국에서 전도 활동을 하는 장군의 삶과 나 사이 에 끼어들곤 했다. 왜 나에게 이 전기 집필을 맡겼을까? 종종 그런 의문이 들었다. 고든이 믿는 신을 신봉하는 작가를 고르 는 게 더 나았을 텐데, 하는 생각이 들었다. 하르툼¹에서의 완 강한 저항과 국내에서 안전한 생활을 영위하는 정치가들에 대 한 증오는 나도 잘 이해할 수 있었다. 그러나 언제나 책상 위 에 성경이 있었던 장군의 삶은 나와는 다른 사상계에 속하는 삶이었다. 어쩌면 출판업자가 고든의 기독교 신앙에 대한 나 의 냉소적인 관점이 구설에 올라 이목을 끎으로써 성공으로 이어지는 효과를 얼마간 노렸는지도 모른다. 나는 그 출판업 자를 기쁘게 해 줄 생각이 없었다. 이 신은 또한 세라의 신이 기도 하니까. 나는 세라가 사랑한다고 믿는 어떤 유령에게도 돌을 던지지 않을 작정이었다. 그 시기에는 세라의 신에 대해 어떠한 증오감도 없었다. 결국 내가 더 강하다는 게 증명되었 으니 말이다.

♦ 영국 정부가 이집트군의 철수를 감독하기 위해 고든 장군을 파견한 수단 중부 지역.

하루는 늘 하던 대로 내 지워지지 않는 연필을 치우고 샌드위치를 먹고 있을 때 맞은편 책상에서 반가운 어조의 귀에 익은 목소리가 들려왔다. 열람실의 다른 이들에게 실례가 되지 않도록 소리를 죽인 목소리였다. "참견해서 방해가 될지 모르겠습니다만, 선생님, 이제 모든 일이 다 잘돼 가겠지요?"

나는 내 책상 너머로 잊을 수 없는 그 콧수염을 바라보았다. "아주 잘돼 갑니다, 파키스. 고마워요. 불법 샌드위치 하나 먹을래요?"

"아닙니다, 선생님. 제가 어떻게……"

"얼른 와요. 이것도 비용에 포함된다고 생각하면 되죠." 쭈뼛쭈뼛 와서 샌드위치를 받은 그는 그걸 열어 보더니 마치 동전을 받고 나서 그게 금화라는 것을 알게 된 사람처럼 깜짝 놀라며 말했다. "이거 진짜 햄이로군요."

"내 책을 내는 출판사에서 미국산 햄을 한 통 보내 줬어요."

"고맙습니다, 선생님."

"당신이 준 재떨이, 아직 가지고 있어요, 파키스." 옆 사람이 화난 표정으로 나를 쳐다보았으므로 나는 소리 죽여 나직이 말했다.

"정서적인 가치밖에 없을 텐데요 뭐." 파키스도 소리 죽여 말했다.

"아들은 잘 있나요?"

"좀 까칠하게 굽니다, 선생님."

"당신을 여기서 보게 돼서 놀랐어요. 근무 중이에요? 여기 있는 사람 가운데 누군가를 감시하고 있는 거 아니에요?" 나로서는 이 열람실에 있는 칙칙한 사람들—몸을 따뜻하게 유지하기 위해 실내에서도 모자를 쓰고 스카프를 두른 남자들, 조지 엘리엇 전집을 끙끙거리며 공부하는 인도인, 매일 똑같은 책을 옆에 쌓아 둔 채 책상에 얼굴을 박고 잠자는 남자 등 등—가운데 누군가가 성적인 어떤 질투극에 관련되어 있으리라고는 상상할 수 없었다.

"아닙니다, 선생님. 지금은 일하고 있는 게 아닙니다. 오늘은 쉬는 날이에요. 아이도 학교에 가고 집에 없거든요."

"읽고 있는 게 뭐예요?"

"『더 타임스 판례집』입니다, 선생님. 오늘은 러셀 사건에 관한 내용을 읽고 있습니다. 이런 것들이 일을 하는 데 일종의 배경지식이 되거든요. 시야를 넓혀 주지요. 매일매일의 자질구레한 일상에서 벗어나게도 해 주고요. 저는 이 사건의 한 증인과 아는 사이였습니다, 선생님. 한때 같은 사무실에서 일했죠. 그런데 그는 역사에 남게 되었어요. 저로서는 꿈도 꾸지 못할 일이죠."

"아, 파키스. 아직은 모르는 일이에요."

"저는 압니다, 선생님. 가망 없는 일입니다. 저에게는 볼턴 사건이 정점이었죠. 이혼 소송에서 증거의 공표를 금지하는 법은 저와 같은 직업을 가진 사람에게는 큰 타격이었습니다.

판사는 절대 저희 이름을 언급하지 않아요. 판사는 이 같은 직업에 편견을 가지고 있기 일쑤입니다."

"난 그런 생각을 해 본 적이 없었네요." 내가 동정심을 느끼며 말했다.

파키스조차 그리움을 불러일으켰다. 파키스를 보면 언제나 세라 생각이 났다. 나는 세라와 함께 있게 될 희망을 품고 지하철로 집에 돌아왔다. 집에서 전화벨이 울리기를 간절히 기다리며 앉아 있다가 나는 또다시 내 동반자는 오지 않으리라는 것을 깨달았다. 오늘은 오지 않을 것이다. 5시에 나는 전화번호를 돌렸다. 그러나 신호음이 들리자마자 수화기를 내려놓았다. 헨리가 일찍 돌아와 있을지도 모르는데, 지금 나는 헨리와 이야기를 나눌 수 없었다. 왜냐하면 세라는 나를 사랑하고 세라는 그를 떠나고 싶어 하므로 내가 승리자였기 때문이다. 그러나 지연된 승리는 오래 끄는 패배만큼이나 신경을 곤두서게 한다.

8일 만에 전화가 왔다. 내가 예상한 시간도 아니었다. 오전 9시도 안 된 시간이었던 것이다. 내가 "여보세요" 했을 때 들려온 목소리의 주인공은 헨리였다.

"벤드릭스인가?" 그가 물었다. 그의 목소리에는 뭔가 아주 이상한 기운이 배어 있었다. 그래서 세라가 그에게 다 얘기한 걸까, 하는 생각이 들었다.

"맞아, 날세."

"끔찍한 일이 일어났네. 자네도 알아야 할 일이. 세라가 죽었어."

그런 순간이 닥치면 우리는 얼마나 인습적으로 행동하는가. 나는 말했다. "정말 안됐네, 헨리."

"오늘 밤 무슨 할 일이 있나?"

"아니."

"자네가 이리로 와서 한잔했으면 좋겠어. 난 혼자 있고 싶지 않네."

제5권

1

그날 밤은 헨리와 함께 보냈다. 내가 헨리의 집에서 잠을 잔
것은 그날이 처음이었다. 손님방은 하나뿐이었는데 세라가
거기 있었으므로(기침 때문에 헨리에게 폐를 끼치지 않으려고
일주일 전에 그곳으로 옮겼다고 했다) 나는 우리가 사랑을 나누
었던 응접실의 소파에서 잤다. 거기서 밤을 보내고 싶지 않았
지만 헨리가 자고 가라고 간청했다.

우리는 위스키를 한 병 반 정도는 족히 마셨던 것 같다. 헨
리가 한 말이 생각난다. "벤드릭스, 죽은 사람에 대해서는 질
투할 수 없다는 게 참 이상해. 세라가 죽은 지 몇 시간밖에 되
지 않았는데도 난 자네와 함께 있고 싶으니 말이야."

"그리 크게 질투할 일이 아니었네. 오래전에 끝난 일이었어."

"지금 그런 위로는 필요 없어, 벤드릭스. 자네도 세라도 결코 끝나지 않았어. 나는 운이 좋은 사람이었네. 그토록 오랫동안 세라를 차지하고 살았으니. 자네, 날 미워하나?"

"모르겠어, 헨리. 전에는 미워한다고 생각했는데 지금은 모르겠어."

우리는 불도 켜지 않고 서재에 앉아 있었다. 가스불도 그다지 세게 틀지 않아서 서로의 얼굴조차 잘 보이지 않았기에 헨리의 어조를 통해서만 그가 울고 있다는 것을 알 수 있었다. '원반 던지는 사람'이 어둠 속에서 우리 두 사람을 향해 원반을 던지려는 동작을 취하고 있었다. "어떻게 된 일인지 얘기해주게, 헨리."

"내가 공원에서 자네를 만났던 그날 밤을 기억해? 3주 전이었지? 4주 전이었던가? 그날 밤에 세라는 심한 감기에 걸렸다네. 그런데도 그걸 치료할 생각을 전혀 하지 않고 그냥 내버려두었어. 난 그게 폐까지 침범했다는 걸 까맣게 모르고 있었네. 세라는 그런 얘기는 아무에게도 하지 않으니까." 심지어 일기장에도 쓰지 않아, 하고 나는 생각했다. 그녀의 일기에는 병에 대한 아무런 언급도 없었다. 일기에 아픔을 토로할 시간도 없었던 것이다.

"세라는 결국 자리에 눕고 말았어." 헨리가 말했다. "그러나절대 자리에 가만 누워 있으려 하지 않았다네. 의사를 부르려해도 싫다 하고. 세라는 의사를 믿지 않았지. 그러다가 일주일 전에 일어나서 밖으로 나갔어. 어디 갔는지, 왜 갔는지는 몰라. 운동을 좀 해야겠다는 말만 했으니까. 내가 집에 먼저 들어왔는데, 그제야 세라가 나가고 없다는 걸 알았지. 세라는 9시가 지나서야 집에 돌아왔는데, 저번보다 더 흠뻑 젖어 있었어. 몇 시간 동안이나 빗속을 돌아다닌 것 같았네. 밤새 고열에 시달려 제정신이 아닌 상태에서 누군가에게 뭐라고 중얼거리더군. 그게 누군지는 모르겠어. 아무튼 자네나 나는 아니었네, 벤드릭스. 그런 뒤에야 난 의사의 진찰을 받게 했어. 의사는 일주일 전에만 페니실린 처방을 했어도 목숨을 구할 수 있었을 거라고 하더군."

우리 둘 다 위스키를 따르고 홀짝이고 다시 따르고 홀짝이는 수밖에 달리 할 일이 없었다. 나는 파키스에게 돈을 주고 그녀의 뒤를 밟게 한 그 낯선 사람을 떠올렸다. 결국 그 녀석이 이긴 게 분명했다. 아니야. 나는 생각했다. 나는 헨리를 미워하지 않아. 신이여, 나는 당신을 미워해요. 당신이 존재한다면 말입니다. 나는 세라가 리처드 스마이스에게 했던, 내가 그녀에게 믿음을 가르쳐 주었다는 말을 떠올렸다. 내가 어떻게 그랬다는 것인지 도무지 알 수 없었지만, 아무튼 내가 그랬다는 것을 생각하니 나 자신도 미워지는 것이었다. 헨리가 말했다. "세라는 오늘 새벽 4시에 죽었어. 난 그 자리에 없었네. 간호사가 제때 날 부르지 않은 거야."

"간호사는 어디 있나?"

"해야 할 일을 말끔히 끝낸 다음 다른 급한 환자가 있다며 점심시간 전에 떠났어."

"내가 자네한테 도움이 되면 좋으련만."

"여기 앉아 있는 것만으로도 도움이 되네. 끔찍한 하루였어, 벤드릭스. 나는 한 번도 내가 수습해야 할 죽음을 겪은 적이 없어. 난 늘 내가 먼저 죽을 것이고, 그러면 세라는 뭘 어떻게 해야 할지 알 거라고 막연히 생각하고 있었지. 그때까지 세라가 날 떠나지 않고 나랑 같이 산다면 말일세. 어떤 면에서 보면 이런 일은 여자의 일인 것 같아. 애를 낳는 것처럼 말이지."

"의사가 도와주었을 테지?"

"그 의사, 이번 겨울엔 몹시 바쁜가 봐. 그가 장의사에게 전화를 걸어 주었지. 나 혼자였으면 어디로 가야 할지도 몰랐을 거야. 우리 집엔 직업별 전화번호 안내 책자가 있어 본 적이 없으니까. 그렇지만 의사도 세라의 옷을 어떻게 해야 하는지에 대해선 말해 주지 못하더군. 옷장 안에 옷이 가득해. 콤팩트도 많고 향수도 많고. 그냥 내다 버릴 수는 없는데…… 세라에게 여동생이라도 있었으면……" 그가 갑자기 말을 멈추었다. 현관문이 열렸다가 닫히는 소리가 났기 때문이다. 지난번에 문소리가 났을 때 그는 가정부일 거라고 말하고 나는 세라일 거라고 말했는데, 그때 들렸던 소리와 같은 소리였다. 우리는 2층으로 올라가는 가정부의 발소리에 귀를 기울였다. 집 안에 사람이 셋이나 있는데도 집이 텅 빈 것 같은 묘한 느낌이 들었다. 우리는 각자의 위스키를 마셨고, 나는 다시 잔을 채웠다. "집에 위스키가 잔뜩 있어." 헨리가 말했다. "세라가 새 공급처를 알아냈거든……" 그리고 나서 그는 다시 말을 멈추었다. 세라는 집 안 도처에 서 있었다. 잠시라도 세라를 피할 수 있는 곳은 없었다. 나는 생각했다. 신이여, 왜 당신은 우리한테 이래야 하는 겁니까? 세라가 당신을 믿지 않았다면 세라는 지금 살아 있을 것이고, 우리는 여전히 연인으로 지내고 있을 텐데 말입니다. 내가 그런 상황을 몹시 불만스러워했다는 생각을 떠올리니 슬프고도 이상했다. 지금이라면 기쁜 마음으로 그녀를 헨리와 함께 나누어 가졌을 텐데.

내가 말했다. "장례는 어떻게?"

"벤드릭스, 어떻게 해야 할지 잘 모르겠어. 아주 곤혹스러운 일이 있었거든. 간호사 말로는 세라가 제정신이 아닌 상태에서 헛소리를 할 때(물론 세라의 책임은 아니지만) 자꾸만 신부님을 불러 달라고 졸랐다는 거야. 아무튼 적어도 세라가 아버지, 아버지, 하며 연신 아버지를 부른 것은 사실이야. 그런데 그게 자기 아버지일 리는 없잖아. 자기 아버지는 한 번도 본 적이 없으니까. 물론 간호사는 우리가 가톨릭 신자가 아니라는 것을 알고 있었어. 아주 분별 있는 간호사였지. 그녀가 세라를 잘 다독여서 진정시켰어. 하지만 난 고민스럽네, 벤드릭스."

나는 분노와 비통함을 느끼며 생각했다. 신이여, 가엾은 헨

249

리는 가만 놔두지 그랬어요. 우린 오랫동안 당신 없이 잘 살아 왔습니다. 왜 당신은 갑자기 모든 일에 끼어드는 거예요? 지구 반대쪽에 살다가 돌아온 낯선 친척처럼 왜 자꾸 남의 일에 참 견하는 거예요?

헨리가 말했다. "런던에 사는 사람에겐 화장이 가장 쉬워. 간호사가 내게 그 말을 하기 전까지는 골더스그린에서 화장 을 할 계획을 세우고 있었지. 장의사가 그 화장터에 전화를 해 주었는데, 모레면 세라를 받아들일 수 있다고 했네."

"세라는 의식이 흐려진 상태에서 헛소리를 한 거야." 내가 말했다. "세라가 한 말을 고려할 필요는 없어."

"난 이 문제에 관해 사제에게 물어봐야 하지 않을까 생각했 어. 세라는 혼자서만 간직하고 말하지 않은 것들이 아주 많았 으니까. 어쩌면 가톨릭 신자가 되었는지도 모르겠어. 최근엔 아주 이상했거든."

"아니야, 헨리. 자네나 나와 마찬가지로 세라는 아무것도 믿 지 않았어." 나는 세라가 불태워지기를 원했다. 그리하여 이렇 게 말하고 싶었다. 당신이여, 할 수 있으면 저 육신을 부활시 켜 보시지요. 헨리의 질투심과는 달리 나의 질투는 그녀의 죽 음으로 끝나지 않았다. 내 마음속에서는 세라가 아직 살아 있 는 것만 같았다. 아직 살아서 나보다 더 좋아했던 연인과 함께 있는 것만 같았다. 나는 할 수만 있다면 그녀의 뒤를 밟도록 파키스를 보내서 그들의 영생을 방해하고 싶었다.

"정말 그렇게 믿어?"

"믿고말고." 나는 조심해야 한다고 생각했다. 나는 리처드 스마이스 같아서는 안 된다. 증오해서는 안 된다. 왜냐하면 정말로 증오하면 믿게 될 테니까. 그리고 내가 믿는다면 당신과 세라에게 큰 승리가 될 테니까. 복수와 질투를 얘기하는 것은 연극적인 행위이다. 그것은 그녀가 죽었다는 절대적인 사실을 잊을 수 있도록 나의 머릿속에 채워 넣는 것들일 뿐이다. 일주일 전만 해도 세라에게 이런 말만 하면 되었다. "우리가 처음으로 함께 호텔에 갔던 거, 기억나요? 그때 우린 1실링짜리 동전이 없어서 전기 미터기를 작동하지 못했잖아요." 그러면 그 장면은 우리 둘의 머릿속에 동시에 존재하는 장면이 되었다. 그러나 이제는 내 머릿속에만 존재하는 장면이 되고 말았다. 세라는 우리의 모든 기억을 영원히 잃어버렸다. 세라가 죽음으로써 나에게서 나의 일부를 강탈해 간 것만 같았다. 나는 나의 존재성을 잃어 가고 있었다. 그것은 나 자신의 죽음의 첫 단계였다. 괴저에 걸린 사지가 죽어 가듯 기억이 떨어져 나가고 있었다.

"나는 기도를 하니 무덤을 파니 하면서 법석을 피우는 일이 정말 싫지만, 그러나 세라가 그걸 원했다면 그렇게 해 볼 생각이네."

"세라는 결혼도 호적계 사무실에서 하는 민간 결혼*을 택했잖아." 내가 말했다. "그러니 자신의 장례식을 성당에서 치르는 걸 원치 않았을 거야."

"그래. 그게 맞는 것 같네."

"민간 결혼과 화장." 내가 말했다. "잘 어울리네." 그러자 헨리가 마치 내가 빈정댄다고 의심하듯이 어둠 속에서 고개를 들고 나를 빤히 쳐다보았다.

"자네는 일을 내려놓고 나한테 맡기게." 내가 제안했다. 그것은 전에 바로 이 방에서, 바로 이 난로 옆에서, 내가 그를 대신해서 새비지 씨를 찾아가 보겠다고 제안했던 것과 같은 상황이었다.

"고맙네, 벤드릭스." 그는 마지막 남은 위스키를 아주 조심스럽게, 그리고 균등하게 우리 잔에 나누어 따랐다.

"자정이야." 내가 말했다. "자넨 잠을 좀 자 두어야 해. 잘 수만 있다면."

"의사가 수면제를 몇 알 주었어." 그러나 그는 여전히 혼자 있고 싶어 하지 않았다. 나는 그의 기분을 정확히 알 수 있었다. 나 역시 세라와 함께 하루를 보내고 난 뒤에는 내 방에 혼자 있게 되는 것을 가능한 한 늦추고 싶었기 때문이다.

"난 세라가 죽었다는 것을 자꾸 잊어버리고 있네." 헨리가 말했다. 나도 1945년—비참한 한 해였다—내내 그와 같은 경험을 했었다. 눈을 뜨면 우리의 사랑이 끝났다는 것을 잊어버

♦ 종교 의식을 치르지 않는 결혼.

렸고, 전화가 오면 그 목소리의 주인공은 세라가 아닌 다른 사람이리라는 것을 자꾸 잊어버리곤 했다. 나에게 세라는 그때도 지금처럼 죽어 있었다. 그랬는데 올해 한두 달 유령이 나타나서 희망으로 내게 고통을 주었다. 그러나 그 유령이 누워 버렸으니 이제 고통은 곧 끝날 것이다. 나는 매일 조금씩 죽어갈 것이다. 그런데도 나는 그 고통의 감정을 간직하고 싶어 하는 것이었다. 사람은 고통스러워하는 한 살아 있는 것이니까.

"이제 자게, 헨리."

"세라 꿈을 꿀까 봐 두려워."

"의사가 준 수면제를 먹으면 꿈을 꾸지 않을 거야."

"자네도 한 알 먹겠나, 벤드릭스?"

"아니, 난 됐네."

"오늘 밤은 여기서 자지 않겠나? 바깥 날씨가 너무 을씨년스러워."

"날씨는 아무래도 괜찮아."

"여기서 자 주면 정말 감사하겠네."

"그래, 여기서 잘게."

"시트와 담요를 가지고 올게."

"그럴 필요 없어, 헨리." 그러나 그는 이부자리를 가지러 나갔다. 나는 쪽모이 세공 마룻바닥을 내려다보았다. 세라의 울음소리의 정확한 음색이 떠올랐다. 그녀가 편지를 쓰던 책상 위에는 여러 가지 물건들이 무질서하게 놓여 있었는데, 나는 그 하나하나의 물건들에 담긴 의미를 암호를 해독하듯 해석할 수 있었다. 세라는 저 조약돌도 버리지 않았군, 하고 나는 생각했다. 우리가 그 생김새를 보고 웃었던 조약돌이 여전히 책상 위에 문진처럼 놓여 있었다. 헨리는 저걸 어떻게 할 생각일까? 그리고 아주 작은 병에 담긴, 헨리도 나도 좋아하지 않는 저 리큐어와 바닷물에 닳아 반질반질해진 유리 조각과 내가 노팅엄에서 발견한 조그만 목제 토끼를 헨리는 어떻게 처리할까? 내가 저걸 다 가져가면 어떨까? 그러지 않으면 헨리가 조만간 방 정리를 할 때 휴지통으로 들어가고 말 텐데. 그렇지만 저것들이 내 방에 나와 함께 있는 것을 나는 견딜 수있을까?

내가 그런 물건들을 바라보고 있을 때 헨리가 담요를 들고들어왔다. "참, 벤드릭스, 깜빡 잊고 말하지 못한 게 있는데, 가져가고 싶은 게 있으면 뭐든…… 세라가 유언을 남긴 것 같진않으니."

"고맙네."

"난 지금 세라를 사랑한 사람 누구에게나 감사하고 싶은 마음이네."

"괜찮다면 이 돌을 가져갈게."

"세라는 정말 이상한 것들을 간직하고 있었어. 내 파자마를가져왔네, 벤드릭스."

헨리가 베개를 가지고 오는 것을 잊어버려서 나는 쿠션을

베고 누웠는데, 쿠션에서 그녀의 냄새가 나는 듯한 느낌이 들었다. 나는 다시는 가질 수 없는 것들을 갖고 싶었다. 그러나 그런 것을 대체할 수 있는 것은 없었다. 나는 잠을 이룰 수 없었다. 나는 세라가 그랬던 것처럼 손톱이 손바닥을 찌를 정도로 힘껏 주먹을 쥐었다. 그 고통이 내 두뇌 활동을 막아 주기를 바란 것이었다. 그 고통이 고단하게 왔다 갔다 흔들리는 내 욕망의 추를—망각하려는 욕망과 기억하려는 욕망, 죽고 싶은 욕망과 좀 더 오래 살아 보려는 욕망의 추를—멈추어 주기를 바란 것이었다. 그러다가 마침내 잠이 들었다. 나는 옥스퍼드가를 걷고 있었다. 선물을 하나 사야 했는데 모든 가게들이 숨겨진 조명 아래서 반짝이는 값싼 보석들로 가득 차 있어서 나는 걱정스러웠다. 때때로 아름다운 것을 발견했다는 생각이 들어 유리 진열장으로 다가가 그 보석을 자세히 살펴보면, 그것 역시 다른 것들과 마찬가지로 가짜였다. 보기 흉한 녹색 새에 진홍색 눈알을 박은 것은 아마 루비처럼 보이게 하려는 의도인 것 같았다. 시간이 없어서 나는 서둘러 이 가게 저 가게를 돌아다녔다. 그때 어느 한 가게에서 세라가 나오는 것을 보았고, 나는 그녀가 나를 도와주리라는 것을 알았다. "뭘 좀 샀어요, 세라?" "여기에선 사지 않았어요." 그녀가 말했다. "그렇지만 저리로 가면 아주 예쁜 조그만 병을 파는 곳이 있어요."

"시간이 없어요." 내가 세라에게 간청했다. "도와줘요. 뭔가 근사한 것을 찾아야 해요. 내일이 생일이거든요."

"걱정하지 마요." 그녀가 말했다. "언제나 무엇인가 나타나기 마련이에요. 걱정하지 마요." 그러자 갑자기 걱정이 사라졌다. 옥스퍼드가는 안개 긴 드넓은 회색빛 벌판으로 이어졌다. 나는 맨발이었고, 혼자서 이슬에 젖은 땅을 걷고 있었다. 그러다가 움푹 팬 바큇자국에 발이 걸려 비틀거리면서 잠이 깼다. 여전히 "걱정하지 마요" 하는 소리가 속삭임처럼 귓전에 남아 있었는데, 그것은 어린 시절에 들었던 여름 소리 같았다.

아침을 먹을 시간인데도 헨리는 여전히 자고 있었다. 파키스가 매수했던 가정부가 커피와 토스트를 쟁반에 담아서 내게 가져왔다. 그녀가 커튼을 걷었다. 진눈깨비가 눈으로 바뀐 바깥 풍경은 눈이 부실 정도로 하얬다. 나는 잠이 덜 깬 데다 꿈속에서 느낀 만족감에서 헤어나지 못해 아직 정신이 흐리멍덩했다. 가정부의 눈이 오랫동안 울어서 발개진 것을 보고 깜짝 놀랐다. "무슨 일 있었어요, 모드?" 내가 물었다. 가정부가 쟁반을 내려놓고 잔뜩 화가 난 태도로 걸어 나갔을 때에야 나는 온전히 잠에서 깨어 이 빈집과 빈 세계로 돌아왔다. 2층으로 올라가서 헨리를 들여다보았다. 수면제 덕분에 여전히 깊은 잠에 빠진 그는 개처럼 빙그레 웃고 있었다. 그가 부러웠다. 나는 내려와서 토스트에 입을 대었다.

초인종이 울리고, 이어 가정부가 누군가를 2층으로 안내하는 소리가 들렸다. 장의사인가 보다, 나는 생각했다. 손님방 문이 열리는 소리가 났기 때문이었다. 장의사는 죽은 세라를 보고 있겠지. 나는 아직 보지 않았지만 보고 싶은 마음도 없었다. 세라가 다른 남자의 품에 안겨 있는 것을 보고 싶지 않은 것만큼이나 죽은 세라의 모습을 보고 싶지 않았다. 어떤 사람들은 그런 식으로 자극을 받기도 하는 모양이지만 나는 그렇지 않다. 아무도 나를 죽음을 알선하는 중개인 노릇을 하도록 시키지 못할 것이다. 나는 마음을 가다듬고 생각했다. 이젠 정말로 모든 게 끝났으니 나는 다시 시작해야 해. 나는 한 번 사랑에 빠졌어. 그러니 사랑을 다시 할 수 있을 거야. 그렇지만 나는 의심스러웠다. 내가 가지고 있던 모든 성욕을 다 써 버린 것만 같았다.

초인종 소리가 또 울렸다. 헨리가 자는 동안 집 안에서 많은 일들이 진행되고 있었다. 이번에는 모드가 나에게 왔다. 그녀가 말했다. "마일스 씨를 만나고 싶다는 신사분이 왔는데, 마일스 씨를 깨우고 싶지 않아서요."

"누군데요?"

"마일스 부인의 친구라는군요." 그녀가 말했다. 우리의 그 비루한 작업에 가담했던 자신의 역할을 처음으로 시인한 셈이었다.

"들어오시게 해요." 내가 말했다. 나는 이제 스마이스보다 훨씬 더 우월한 위치에 있다고 느꼈다. 세라의 응접실에 앉아 있고, 헨리의 파자마를 입고 있으며, 스마이스는 나에 대해서 아무것도 모르는 데 반해 나는 그에 대해 아주 많은 것을 알고 있으니까 말이다.

그는 당황한 표정으로 나를 쳐다보았다. 쪽모이 세공 마룻바닥에 그가 묻혀 온 눈이 떨어졌다. 내가 말했다. "우리 전에 한 번 만났죠? 나는 마일스 부인의 친구입니다."

"어린애를 데리고 왔죠?"

"그렇습니다."

"마일스 씨를 뵈러 왔는데요." 그가 말했다.

"소식 들었죠?"

"그래서 온 겁니다."

"마일스 씨는 아직 자고 있어요. 의사가 준 수면제를 먹어서. 이 일은 우리 모두에게 너무 큰 충격입니다." 나는 바보스럽게 덧붙였다. 그는 방 안을 둘러보았다. 시더로드에 홀연히 나타난 세라는 아마 실체 없는, 꿈같은 존재였을 거라는 생각이 든다. 그러나 이 방은 세라에게 부피와 형체를 주었다. 이 방은 세라이기도 했다. 눈이 삽에서 떨어지는 흙처럼 천천히 창턱에 쌓여 갔다. 이 방도 세라처럼 묻히고 있었다.

그가 말했다. "다음에 다시 오겠습니다." 그러고는 아쉬운 표정으로 돌아섰는데, 그때 그의 보기 흉한 쪽 뺨이 나를 향했다. 나는 생각했다. 저기가 세라의 입술이 닿았던 곳이군. 세라는 언제나 동정심 때문에 올가미에 걸려들 여지가 농후했어.

그가 바보스럽게 되풀이했다. "내가 여기 온 것은 마일스 씨를 뵙고 얼마나 상심이……"

"이런 경우엔 글로 써서 보내는 게 더 일반적입니다."

"내가 무슨 도움이 되지 않을까 하는 생각이 들어서." 그가 힘없이 말했다.

"마일스 씨는 개종시킬 필요가 없는 사람입니다."

"개종이라뇨?" 그가 불편하고 당황한 기색으로 물었다.

"마일스 부인에겐 아무것도 남지 않았다는 사실을 알려 주려는 거죠? 끝이라고, 소멸이라고 말이에요."

그가 버럭 소리 질렀다. "난 부인을 보고 싶었을 뿐이오. 그게 전부요."

"마일스 씨는 당신의 존재도 모르고 있어요. 당신이 여기 온 것은 매우 신중치 못한 처사입니다, 스마이스 씨."

"장례는 언제?"

"내일. 골더스그린에서."

"부인은 거기서 화장되는 걸 원치 않았을 겁니다." 그가 말했다. 나는 그의 말에 깜짝 놀랐다.

"부인은 믿지 않는다고 부르짖는 당신과 마찬가지로 아무것도 믿지 않았어요."

그가 말했다. "다들 모르시는 겁니까? 부인은 가톨릭교도가 되어 가고 있었습니다."

"말도 안 되는 소리."

"부인은 나한테 편지를 보냈어요. 마음을 정했다고 했습니다. 내가 무슨 말을 해도 소용없었을 겁니다. 부인은 공부

259

를 시작했어요. 교리 공부를. 그건 교인들이 쓰는 말 아니던가요?" 세라에겐 여전히 비밀이 있었군, 나는 생각했다. 그녀는 자신이 아프다는 것을 일기에 쓰지 않았듯이 교리 공부를 시작했다는 것도 일기에 전혀 쓰지 않았다. 얼마나 더 새로운 사실이 발견될까? 이 생각은 절망과도 같았다.

"당신에겐 충격적인 사실이었겠군요. 안 그래요?" 나는 내 고통을 떠넘기고 싶어 그를 조롱했다.

"아, 물론 화가 났습니다. 그렇지만 우리 모두가 같은 걸 믿을 수는 없잖습니까."

"당신의 평소 주장과는 다른 말씀이로군요."

그는 나의 적대감이 당혹스럽다는 듯이 나를 쳐다보았다. 그가 말했다. "혹시 당신 성함이 모리스 아닙니까?"

"맞습니다."

"부인이 당신 이야기를 내게 들려주더군요."

"난 당신 이야기를 글로 읽었습니다. 부인이 우리 두 사람을 다 바보로 만들었군요."

"내가 분별이 없었습니다." 스마이스가 말했다. "부인을 뵙고 갈 순 없을까요?" 계단을 내려오는 장의사의 무거운 부츠 소리가 들렸다. 예의 그 삐걱하는 소리도 들렸다.

"부인은 2층에 누워 있어요. 왼쪽 첫 번째 문입니다."

"혹시 마일스 씨가……"

"잠이 깨진 않을 겁니다."

그가 다시 내려왔을 때는 내가 이미 옷을 갈아입은 뒤였다. 그가 말했다. "고맙습니다."

"나한테 고마워하지 마세요. 당신과 마찬가지로 나 역시 그녀를 소유하고 있는 게 아니니까요."

"이런 말을 할 권리는 없습니다만," 그가 말했다. "당신이 부인을 사랑했기를 바랍니다. 사실 당신은 부인을 사랑했다는 걸 난 알고 있습니다." 그는 그러고 나서 쓴 약을 삼키듯이 덧붙였다. "부인도 당신을 사랑했어요."

"무슨 말을 하려는 거죠?"

"당신이 부인을 위해 일을 좀 해 줬으면 합니다."

"부인을 위해?"

"가톨릭식으로 장례를 치르게 해 주세요. 부인은 그걸 좋아할 겁니다."

"그게 도대체 무슨 차이가 있을까요?"

"부인에겐 아무런 차이도 없을 겁니다. 그렇지만 관대하다는 것은 언제나 우리에게 보답을 해 준답니다."

"그런데 내가 그 일과 무슨 상관이 있나요?"

"부인은 늘 자기 남편은 당신에게 큰 존경심을 가지고 있다고 말했습니다."

그의 말이 너무 억지스러워 보였다. 나는 이 무덤 같은 방에 밴 죽음의 분위기를 웃음으로 날려 버리고 싶었다. 그래서 소파에 앉아 몸을 비비 꼬며 마구 웃기 시작했다. 나는 죽어 누위 있는 2층의 세라를 생각하고, 얼굴에 바보 같은 미소를 띤 채 자고 있는 헨리를 생각하고, 나와 장례 문제를 논의하고 있는 얼굴에 반점이 있는 스마이스를 생각하고, 파키스 씨를 고용해서 그의 초인종에 가루를 뿌리게 한 세라의 연인을 생각했다. 깔깔거리며 웃는 동안 눈물이 뺨을 타고 흘러내렸다. 언젠가 런던 대공습 시기에 보았던 한 남자가 머리에 떠올랐다. 그 남자는 아내와 자식이 묻힌 자기 집 바깥에서 웃고 있었다.

"영문을 모르겠군요." 스마이스가 말했다. 그는 마치 자기 자신을 방어할 준비를 하고 있는 것처럼 오른손을 움켜쥐고 있었다. 그도 나도 이해할 수 없는 것들이 너무 많았다. 설명할 수 없는 어떤 폭발이 일어난 것처럼 고통이 우리 두 사람을 함께 날려 버리고 있었다. "난 가겠습니다." 그는 그렇게 말하며 문의 손잡이를 향해 왼손을 뻗었다. 그가 왼손잡이라고 믿을 이유가 없었기 때문에 이상한 생각이 떠올랐다.

"용서해 주세요." 내가 말했다. "내가 좀 흥분돼 있어요. 우린 지금 다 흥분된 상태인 것 같아요." 나는 그를 향해 손을 뻗었다. 그가 잠시 망설이다가 왼손으로 내 손을 잡았다. "스마이스." 내가 말했다. "손안에 있는 게 뭐죠? 부인의 방에서 뭘 가지고 나온 거예요?" 그가 손을 펴고 머리카락을 한 줌 보여주었다. "이것뿐입니다." 그가 말했다.

"당신에게 그럴 권리는 없어요."

"음, 이제 부인은 누구의 소유도 아닙니다." 그가 말했다. 갑자기 세라의 적나라한 실상이 내 눈에 보였다. 그녀는 처분되기를 기다리는 한 덩이 폐물이었다. 머리카락이 필요하면 가져가면 되고, 손톱을 깎아 주는 게 가치 있는 일이라고 여긴다면 손톱을 깎아 주면 된다. 누가 그 뼈를 필요로 한다면, 성인의 뼈처럼 그녀의 뼈를 분리할 수도 있을 것이다. 그녀는 곧 불살라질 테니까, 누구든 원하는 것을 먼저 가져가는 것이 무슨 큰 문제겠는가? 어떻든 간에 그녀를 소유하고 있다고 3년 동안 생각했던 나는 얼마나 어리석은 자였는가. 우리는 그 누구에게도—심지어 우리 자신에게도—소유되어 있지 않다.

"미안합니다." 내가 말했다.

"부인이 나한테 어떤 편지를 써 보냈는지 압니까?" 스마이스가 물었다. "불과 나흘 전이었습니다." 그 말을 듣자 세라는 나에게 전화할 시간은 없어도 그에게 편지를 쓸 시간은 있었구나 하는 슬픈 생각이 들었다. "이렇게 썼어요. '나를 위해 기도해 주세요.' 자기를 위해 기도해 달라고 나에게 부탁하다니, 이상하지 않습니까?"

"그래서 어떻게 했나요?"

"아," 그가 말했다. "부인이 죽었다는 소식을 듣고 기도를 했습니다."

"아는 기도문이 있었나요?"

"아닙니다."

"당신이 믿지 않는 신에게 기도를 하는 행위는 옳지 않은 것 같아요."

나도 그를 뒤따라 집을 나왔다. 헨리가 일어날 때까지 집에 있을 필요가 없었기 때문이다. 조만간 헨리도 나처럼 혼자 지내야 하는 현실을 직시해야 한다. 나는 스마이스가 저 앞에서 팔을 휘저으며 성큼성큼 공원을 가로질러 걸어가는 모습을 지켜보면서 저이도 히스테리가 심한 친구로군, 하고 생각했다. 불신앙도 신앙과 마찬가지로 히스테리의 소산일 수 있다. 많은 사람들이 걸어 다닌 탓에 눈이 녹아 질퍽해진 곳의 물기가 구두 밑창으로 스며들었고, 그러자 이슬에 젖은 땅을 걸었던 꿈이 생각났다. 그러나 "걱정하지 마요"라고 말하던 세라의 목소리를 떠올리려고 했지만 소리에 대한 기억은 전혀 남아 있지 않았다. 나는 그녀의 목소리를 흉내 낼 수 없었다. 목소리의 특징을 집어낼 수도 없었다. 그 목소리를 떠올리려 애를 썼으나 그것은 그저 특징 없는 어느 이름 모를 여인의 목소리일 뿐이었다. 세라를 잊어버리는 과정이 시작된 것이었다. 우리는 사진을 보관하듯 목소리도 녹음으로 남겨 두어야 할 것이다.

나는 부서진 계단을 올라가서 현관 안으로 들어섰다. 스테인드글라스 말고는 1944년 그날 밤과 같은 것은 아무것도 없었다. 어떤 일이 시작된 지점이 어디인지 정확히 아는 사람은 없다. 세라는 죽은 줄 알았던 내 몸을 보았을 때 종말이 시작되었다고 믿었다. 그녀는 그보다 훨씬 오래전에 종말이 시작되었다는 것을 절대 인정하려 들지 않았다. 이미 오래전에 이런저런 억지스러운 이유로 전화를 덜 하게 되었던 것, 사랑이 끝날 것 같은 위험을 알아차렸기에 내가 그녀와 말다툼을 하기 시작했던 것에서부터 종말이 시작되었다는 것을 그녀는 받아들이려 하지 않았다. 우리는 이미 이후를 내다보기 시작했으나, 우리가 그 방향으로 치닫고 있다는 것을 알아챈 사람은 나 혼자뿐이었다.

만약 폭탄이 1년만 더 일찍 떨어졌다면 세라는 그런 맹세를 하지 않았을 것이다. 그녀는 나를 끌어내리고 손톱이 깨지도록 안간힘을 다했을 것이다. 우리는 인간의 종말에 이르게 되면 마치 자기 음식에 더욱 복잡한 소스를 넣어 줄 것을 요구하는 미식가처럼 자신을 기만하고 신에 대한 믿음으로 나아가게 된다. 나는 녹색 페인트칠을 해서 왠지 섬뜩해 보이는, 감방처럼 깨끗한 현관을 바라보며 생각했다. 세라는 내가 두 번째 기회를 갖기 원했는데, 그게 바로 이거야. 공허한 삶, 냄새도 없는 살균된 듯한 삶, 감옥 생활 같은 삶 말이야. 나는 세라의 기도가 정말로 이런 변화를 초래하기라도 한 것처럼 그녀를 비난했다. 내가 당신에게 무슨 짓을 했기에 당신은 나에게 이런 가혹한 벌을 주어야 했나? 새로 수리한 계단과 난간은 2층으로 올라가는 내내 삐걱거렸다. 세라는 결국 수리한 이 계단을 밟고 올라가 보지 못했다. 집수리도 망각의 과정의 일부였다. 모든 것이 바뀌는 시기에는 망각하지 않으려면 시간 바깥에 존재하는 신이 필요하다. 나는 여전히 사랑하고 있었던 걸까,

아니면 단지 사랑을 후회하고 있었던 걸까?

방에 들어오니 책상 위에 세라가 보낸 편지 한 통이 놓여 있었다.

그녀는 24시간 전에 죽었고, 그 전에도 한참 동안 의식이 없었다. 편지 한 통이 그 좁다란 공원을 건너오는데 어떻게 이리 오래 걸린단 말인가? 그때 나는 그녀가 내 번지를 잘못 썼다는 것을 알았다. 그러자 예의 그 신랄한 감정이 스며 나왔다. 2년 전이라면 그녀가 내 주소의 번지를 잊지 않았을 것이다.

세라의 글씨를 볼 생각을 하니 너무 고통스러워서 편지를 가스불에 태워 버릴 생각까지 했다. 그러나 호기심이 고통보다 더 강할 수 있다. 편지는 연필로 쓰여 있었다. 연필로 쓴 것으로 보아 아마 침대에 누워서 쓴 모양이었다.

'사랑하는 모리스.' 편지는 그렇게 시작했다. '실은 전날 밤 당신이 떠난 뒤에 곧장 편지를 쓰려고 했는데, 집에 돌아왔을 때 몸이 상당히 안 좋았어요. 그런 데다 헨리까지 걱정을 하며 법석을 피워서 편지를 못 썼어요. 당신에게 전화하는 대신 편지를 씁니다. 당신과 함께 떠나지 않을 거라고 내가 말할 때 당신의 목소리가 이상하게 변하는 것을 차마 들을 수 없어서 전화를 걸지는 못하겠어요. 나는 당신과 함께 떠나지 않을 거예요, 모리스, 사랑하는 모리스. 당신을 사랑하지만 다시 당신을 만날 순 없어요. 이 고통과 갈망 속에서 어떻게 살아갈지 난 모르겠어요. 그래서 늘 하느님에게 저를 힘들게 하지 말아

주세요, 제가 계속 삶을 살아가게 하지 말아 주세요, 하고 기도한답니다. 사랑하는 모리스, 나도 다른 사람처럼 내가 원하는 두 마리 토끼를 다 잡고 싶어요. 당신이 전화하기 이틀 전에 나는 신부님을 찾아가서 가톨릭 신자가 되고 싶다고 말했답니다. 나의 맹세와 당신에 대해서도 얘기했습니다. 나는 말했죠, 사실상 이미 헨리와는 결혼한 관계가 아니라고. 내가 당신과 함께한 첫해 이후로 우리 부부는 잠자리를 함께하지 않는다고 했어요. 그리고 우리의 결혼은 진정한 결혼이 아니었다고 말했습니다. 호적계 사무실에서 거행한 민간 결혼을 결혼식이라 할 수 있겠느냐고 말해 주었죠. 난 가톨릭 신자가 되어 당신과 결혼하는 게 가능한지 신부님에게 물었어요. 당신은 그런 예식을 치르는 걸 개의치 않으리라는 것을 잘 알고 있으니까요. 신부님에게 하나씩 질문을 할 때마다 내겐 희망이 있었습니다. 그건 새집의 창문을 열면서 바깥 풍경을 기대하는 것과도 같았죠. 그런데 창문을 열 때마다 맞닥뜨린 것은 막다른 벽뿐이었습니다. 안 돼, 안 돼, 안 돼. 신부님은 거듭 안 된다고 했습니다. 나는 당신과 결혼할 수 없고, 당신을 계속 만나서도 안 된다고 했어요. 내가 가톨릭 신자가 되려고 한다면 말이에요. 나는 제기랄, 그딴 문제들 아무럼 어때, 하고 생각하며 신부님을 면담한 그 방을 나와 버렸어요. 나오면서 내가 신부님들을 어떻게 생각하는지 보여 주기 위해 문을 쾅 닫았답니다. 나는 그들이 우리와 하느님 사이를 막고 있다고 생각했어요. 하느님은 더 자애로우시다고 생각한 거예요. 성당을 나오다 거기 있는 십자가를 보았어요. 그 십자가를 보면서 맞아, 하느님은 자애로우셔, 다만 그 자애로움이 너무 특이해서 종종 벌을 주는 것처럼 보일 뿐이야, 하고 생각했죠. 사랑하는 모리스, 머리가 지독하게 아프네요. 죽을 것 같아요. 내가 엄청 강한 사람이 아니었으면 좋겠어요. 난 당신 없이 살고 싶지 않아요. 어느 날 공원에서 당신을 만나게 되면, 그땐 헨리든 하느님이든 그 무엇이든 전혀 개의치 않으리라는 걸 난 알고 있어요. 그러나 그게 무슨 소용이 있겠어요, 모리스? 나는 하느님이 계신다는 걸 믿어요. 그 우스꽝스러운 온갖 것들을 다 믿어요. 난 안 믿는 게 없어요. 삼위일체를 십이위일체로 더 잘게 나눈다 해도 믿을 거예요. 빌라도가 더 출세하기 위해 그리스도를 꾸며 냈다는 것을 증명하는 기록이 나온다 해도 난 지금과 똑같이 하느님을 믿을 거예요. 난 병에 걸리듯 신앙에 붙들렸어요. 사랑에 빠지듯 신앙에 빠졌어요. 내가 지금 당신을 사랑하듯 누군가를 깊이 사랑해 본 적이 없고, 마찬가지로 내가 지금 하느님을 믿고 있듯이 뭔가를 이토록 깊이 믿어 본 적이 한 번도 없습니다. 확실해요. 뭔가에 대해서 지금처럼 확신감이 든 적이 한 번도 없었어요. 당신이 피 묻은 얼굴로 문간에 나타났을 때 난 확신하게 되었어요. 완전히. 비록 그 당시엔 그걸 몰랐지만 말이에요. 난 사랑과 싸운 것보다도 더 오래 신앙과 싸웠어요. 하지만 이제 더 이상 싸우지 않을 거예요.

사랑하는 모리스, 화내지 말아요. 날 불쌍히 여기되 화는 내지 말아요. 나는 엉터리고 거짓말쟁이지만, 그러나 이것은 엉터리도 거짓말도 아니에요. 나는 나 자신을 확신하고 무엇이 옳고 그른지에 대해서도 확신한다고 생각했는데, 당신은 확신하지 말라고 가르쳐 주었지요. 당신은 어떤 귀하신 분이 오는 것을 맞이하려고 길에 널린 돌덩이들을 깨끗이 치우듯 내 모든 거짓말과 자기기만을 치워 주었어요. 이제 그분이 오셨지만 길을 깨끗이 치운 건 당신이었습니다. 당신은 글을 쓸 때 정확히 쓰려고 노력하지요. 그리고 나에게 진실을 추구하라고 가르쳤습니다. 내가 진실을 말하지 않을 때는 그걸 지적해 주었지요. "정말 그렇게 생각해? 아니면 단지 그런 것 같다고 생각하는 것일 뿐이야?" 당신은 그렇게 말하곤 했어요. 그러므로 모리스, 이것은 모두 당신 잘못이라는 걸 알겠죠? 이것은 모두 당신 잘못이에요. 나는 하느님에게, 제가 이런 식으로 계속 삶을 살아가게 하지 말아 달라고 기도하고 있어요.'

편지는 거기서 끝났다. 세라는 기도를 올리기도 전에 기도의 응답을 받는 재주가 있었던 듯싶었다. 왜냐하면 빗속을 돌아다니다 집에 들어왔을 때, 내가 헨리와 함께 있는 것을 발견했던 그날 밤 그녀는 이미 죽어 가기 시작했던 것 같으니 말이다. 내가 소설을 쓰고 있는 거라면 여기서 끝내야 하리라. 나는 소설은 어딘가에서 끝나야 한다고 생각했었다. 그러나 나는 최근 수년간 나의 리얼리즘에 잘못이 있었다는 것을 믿기 시작했다. 왜냐하면 이제 보니 인생에는 그 어떤 것도 끝나지 않는 것 같기 때문이다. 화학자는 물질은 결코 완전히 파괴되지 않는다고 말한다. 수학자는 방을 건너갈 때 매번 걸음을 뗄 때마다 이전 보폭의 절반 거리만큼만 나아간다면 결코 맞은편 벽에 이르지 못할 거라고 말한다. 그러니 내가 이 이야기는 여기서 끝난다고 생각한다면 나는 얼마나 낙천적인 사람일 것인가. 다만 세라가 바란 것처럼 나도 내가 엄청 강한 사람이 아니기를 바랄 뿐이다.

2

나는 장례식에 늦었다. 조그만 평론지에 내 작품에 대한 평론을 쓰려는 워터베리라는 사람을 만나러 시내에 들렀기 때문이다. 나는 그를 만나러 갈지 말지를 결정하기 위해 동전 던지기를 해 보았다. 나는 그가 거만한 문구를 구사하여 평론을 쓴다는 것을 아주 잘 알고 있었다. 그는 내가 모르고 있던 숨은 의미와, 맞닥뜨리고 싶지 않은 결함을 발견해 낼 것이다. 마지막에는 생색을 내면서 아마도 나를 몸*보다 조금 더 위에 올려놓을 것이다. 몸은 대중적이지만 나는 아직 그 죄를 범하지 않

♦ 영국 작가 서머싯 몸(1874~1965)을 말한다.

았기 때문이라면서 말이다. 아직은 말이다. 그러나 비록 내가 지금은 성공에 연연하지 않는 배타적인 태도를 얼마간 유지하고 있긴 하지만, 조그만 평론지들은 민첩한 탐정처럼 금세 수상쩍은 냄새를 맡을 수 있다.

왜 내가 굳이 동전 던지기를 했을까? 나는 워터베리를 만나고 싶지 않았고, 내 작품이 평해지는 것을 결코 원치 않았다. 이제는 내 작품에 대한 흥미가 사그라들었기 때문이다. 누가 칭찬한다고 해서 기쁘지도 않았고 비난한다고 해서 기분이 상하지도 않았다. 관료에 관한 소설을 쓰기 시작했을 때만해도 나는 아직 흥미가 있었지만, 세라가 나를 떠나고 난 뒤에는 내 작품을 과장 없이 있는 그대로 인식하게 되었다. 그러니까 그것은 몇 주일 혹은 몇 해에 걸쳐 계속 달고 사는 담배나 약물만큼이나 하찮은 것이라는 인식이었다. 만약 우리가 죽음으로써 소멸되는 존재라고 한다면—나는 아직도 이 생각을 믿으려 한다—죽은 뒤에 몇 권의 책을 남기는 것이 무슨 의미가 있으며, 술병이나 옷이나 값싼 보석을 남기는 것과 다를 게 뭔가? 그리고 만약 세라의 생각이 옳다면 예술의 그 모든 의의가 얼마나 하찮은 것인가? 내가 동전 던지기를 한 것은 단순히 외로움 때문이었던 것 같다. 장례식 이전에는 할 일이 아무것도 없었으므로 나는 한두 잔의 술로 마음을 다잡고 싶었다(사람들은 자신의 일에 대해서는 신경 쓰지 않을 수 있으나 관습에 대해서는 신경 쓰지 않을 수 없다. 사나이는 사람들 앞에서

271

허물어지면 안 된다).

워터베리는 토트넘코트로드에서 약간 떨어진 곳에 위치한 셰리 와인 바에서 기다리고 있었다. 검정 코듀로이 바지를 입은 그는 값싼 담배를 피웠다. 그보다 훨씬 더 키가 크고 잘생긴 여자 한 사람이 그와 함께 있었는데, 여자는 같은 종류의 바지를 입었으며 같은 담배를 피웠다. 그녀는 아주 젊었다. 이름은 실비아라고 했다. 워터베리의 지도 아래 이제 막 장기 문학 연구 과정을 밟기 시작했다는 것을 알게 되었다. 그녀는 스승으로 삼은 워터베리를 모방하는 단계에 있었다. 나는 초롱초롱하고 선해 보이는 눈과 윤기가 흐르는 금발을 한 그녀의 고운 자태는 언제 종말을 맞게 될까, 하고 생각했다. 10년 후, 그녀는 토트넘코트로드에서 약간 떨어진 곳에 자리 잡은 이 와인 바와 워터베리를 기억이나 할까? 나는 워터베리가 안됐다는 생각이 들었다. 지금 한껏 뽐내며 나와 그녀 모두에게 잘난 체하고 있지만, 실은 그는 강자가 아닌 약자에 속했다. 나는 의식의 흐름에 관한 워터베리의 유난히 아둔한 해석에 귀기울이고 있는 그녀의 눈을 술잔 너머로 바라보며 생각했다. 흠, 난 지금이라도 이 여자를 그에게서 빼앗을 수 있어. 그의 평론집은 종이 표지 제본이지만 내 작품은 천 클로스 제본이야. 그녀도 자기는 나에게서 더 많은 것을 배울 수 있다는 걸 알고 있어. 그런데도 이 불쌍한 작자는 때때로 그녀가 지적이기보다는 인간적인 단순한 의견을 얘기하면 호기를 부리며 모욕하는 것이었다. 나는 그의 공허한 미래에 대해 경고해 주고 싶었으나 그냥 술만 한 잔 더 마셨다. 그러고 나서 말했다. "난 여기 오래 있을 수 없어요. 골더스그린 장례식장에 가 봐야 해서요."

"골더스그린 장례식장이라." 워터베리가 큰 소리로 말했다. "당신 작품에 나오는 한 인물과 똑같구려. 꼭 골더스그린이어야 했습니까?"

"내가 그곳을 선택한 게 아닙니다."

"인생이 예술을 모방하는군요."

"친구분 장례식이에요?" 실비아가 동정 어린 표정으로 물었고, 워터베리가 쓸데없이 끼어든다고 나무라듯 그녀를 쏘아보았다.

"예."

나는 그녀가 생각을 굴리고 있다는 것을—남자일까? 여자일까? 어떤 관계의 친구일까?—알 수 있었고, 그래서 기뻤다. 나를 작가가 아닌 한 인간으로서 받아들인다는 사실이 기뻤다. 그녀는 나를 친구가 죽어서 장례식에 참석하는 남자, 기쁨과 고통을 느끼는 남자, 위로가 필요할 것 같기도 한 남자로 보는 것이었다. 나를 단순히 서머싯 몸의 작품보다 더 큰 공감을 자아내는 작품을 쓰는 노련한 글쟁이로만 보는 게 아니었다. 물론 내 작품을 그렇게까지 높게 평가할 수는 없지만……

"포스터'를 어떻게 생각해요?" 워터베리가 물었다.

"포스터? 아, 미안해요. 골더스그린까지 가는 데 얼마나 걸릴까 생각하고 있었습니다."

"40분은 잡아야 해요." 실비아가 말했다. "에지웨어로 가는 기차를 기다려야 하거든요."

"포스터 말인데," 워터베리가 짜증스러운 어조로 다시 말을 꺼냈다.

"역에서 버스로 갈아타야 해요." 실비아가 말했다.

"아이참, 실비아, 벤드릭스 씨는 골더스그린에 가는 방법을 알아보려고 여기 온 게 아니야."

"죄송합니다, 피터. 저는 그저 생각이 나서……"

"생각하기 전에 여섯까지 세도록 해, 실비아." 워터베리가 말했다. "그럼 이제 E. M. 포스터 얘기로 돌아갈까요?"

"그럴 필요가 있을까요?" 내가 물었다.

"재미있을 겁니다. 당신도 그런 특이한 유파에 속하니까……"

"포스터가 무슨 유파에 속하는 작가이던가요? 그리고 나도 유파에 속하는 작가였다는 걸 모르고 있었네요. 요즘 무슨 교재를 쓰고 계시나요?"

실비아가 빙긋 웃었고, 그가 그 미소를 보았다. 그 순간 나는 그가 자신의 직업상의 무기를 날카롭게 갈 것임을 알았다.

♦ 영국의 소설가 E. M. 포스터(1879~1970)를 말한다.

그러나 그건 나에게는 아무런 문제가 되지 않았다. 무관심과 거만함은 매우 비슷해 보이는데, 그는 아마 내가 거만하다고 생각했을 것이다. 내가 말했다. "정말 가 봐야겠어요."

"여기 온 지 5분밖에 되지 않았습니다. 이 평론을 제대로 쓰는 건 아주 중요한 일이에요."

"나에겐 골더스그린에 늦지 않는 게 무척 중요합니다."

"왜 그러는지 이유를 모르겠군요."

실비아가 말했다. "저는 햄스테드까지 갑니다. 제가 길을 안내해 드릴게요."

"나한테 그런 말 한 적 없잖아." 워터베리가 의심스럽다는 듯이 말했다.

"수요일마다 어머니를 만나러 가는 걸 아시잖아요."

"오늘은 화요일이야."

"그러면 내일은 안 가도 되겠네요."

"고마워요." 내가 말했다. "같이 가 주면 좋겠어요."

"당신은 한 작품에서 의식의 흐름 기법을 사용했습니다." 워터베리가 황급히 말했다. "그런데 왜 그 기법을 포기했죠?"

"글쎄요, 모르겠습니다. 왜 사람들은 살던 집에서 다른 집으로 이사를 가나요?"

"실패작이라고 생각했나요?"

"난 내 모든 작품을 실패작으로 여깁니다. 그럼 안녕히 계십시오, 워터베리."

"이 평론이 나오면 한 부 보내 드리리다." 그가 마치 위협을 하듯 말했다.

"고맙습니다."

"늦지 않도록 해, 실비아. 6시 30분에 BBC 제3 프로그램*에서 버르토크**에 대한 이야기를 방송하니까."

우리는 토트넘코트로드의 지저분한 거리로 함께 나섰다. 내가 말했다. "모임을 끝낼 수 있게 해 줘서 고마워요."

"아, 저는 선생님이 얼른 자리를 뜨고 싶어 한다는 걸 알았어요." 그녀가 말했다.

"성은 어떻게 되죠?"

"블랙."

"실비아 블랙." 내가 말했다. "이름과 성이 잘 어울리는군요. 아주 좋아요."

"돌아가신 분이 친한 친구분이었어요?"

"예."

"여자?"

"예."

"안됐네요." 실비아가 말했다. 그녀가 진심으로 그렇게 생각한다는 인상을 받았다. 그녀는 앞으로 책과 음악, 옷 입는 법

♦ 오늘날 '라디오 3'의 당시 이름.
♦♦ 헝가리의 작곡가이자 피아니스트인 벨러 버르토크(1881~1945)를 말한다.

이나 대화하는 법에 관해서 배워야 할 게 많겠지만 인간성에 대해서는 배울 필요가 없을 것이다. 그녀는 나와 함께 붐비는 지하철을 탔다. 우리는 손잡이 끈을 잡고 나란히 섰다. 그녀의 몸이 내 몸에 닿은 것을 느끼자 욕정이 생각났다. 이게 욕정인 걸까? 아니, 욕정이 아니라 욕정을 생각나게 하는 것일 뿐이었다. 그녀는 굿지가에서 새로 탄 승객에게 길을 터 주려 몸을 돌렸고, 그 바람에 그녀의 넓적다리가 내 다리에 와 닿은 것을 알아차렸는데 그것은 오래전에 일어난 어떤 일을 알아차린 듯한 기분이었다.

"장례식에 가는 건 이번이 처음이에요." 내가 말했다. 얘기를 나누기 위해 꺼낸 말이었다.

"그럼 부모님 두 분 다 살아 계셔요?"

"아버지는 살아 계십니다. 어머니는 내가 집에서 멀리 떨어져 학교에 다닐 때 돌아가셨어요. 나는 며칠간 결석계를 내고 집에 다녀오려 했지만, 아버지가 그러면 내 마음이 심란해질 거라고 생각해서 그러지 못하게 했어요. 그래서 어머니가 돌아가셨는데도 난 아무것도 하지 못했죠. 그 소식을 들은 날 저녁에 자율 학습 시간을 빼먹은 것 말고는."

"제 경우엔 화장이 싫어요." 그녀가 말했다.

"그럼 벌레가 있는 땅속에 묻히는 게 더 좋아요?"

"네, 그게 더 나아요."

우리는 서로 머리를 가까이 하고 있어서 목소리를 높이지 않고도 얘기할 수 있었지만, 사람들에게 밀리는 상황이라 얼굴을 마주 보지는 못했다. 내가 말했다. "난 화장이든 매장이든 상관없을 것 같아요." 그러고 나서 곧바로 뭐 하러 내가 거짓말을 했을까, 생각했다. 왜냐하면 상관이 있기 때문이었다. 분명히 상관이 있었다. 결국 헨리로 하여금 매장을 반대하도록 설득한 사람은 나였으니까.

3

전날 오후, 헨리는 동요하는 모습을 보였다. 그는 나에게 전화해서 자기 집으로 와 달라고 부탁했다. 세라가 죽고 난 뒤 우리가 무척 가까운 사이가 되었다는 것을 생각하니 기분이 묘했다. 그는 전에 세라에게 의지했던 것처럼 지금은 나에게 많이 의지했다. 그래서 나는 그 집 사람들에게 낯설지 않은 사람이 되었다. 심지어 장례식이 끝나면 헨리가 자기 집에서 같이 살자고 나에게 부탁하지 않을까, 그러면 뭐라고 대답할까, 하는 생각마저 은연중에 드는 것이었다. 세라를 잊고자 하는 관점에서 보면 두 집 중에는 마땅히 선택할 집이 없었다. 그녀는 두 집 모두에 속해 있었으니까.

내가 갔을 때 헨리는 수면제 때문에 아직 정신이 몽롱한 상태였다. 그렇지 않았더라면 내가 좀 더 귀찮았을지도 모른다.

신부 한 사람이 서재의 안락의자 끝부분에 뻣뻣하게 앉아 있었다. 구세주회 회원일 듯싶은 뚱한 표정의 야윈 얼굴을 한 신부는 아마도 내가 세라를 마지막으로 보았던 그 어두운 성당에서 주일마다 지옥에 봉사하는 사람일 터였다. 그는 처음부터 헨리와 의견이 대립된 것 같았는데, 그것은 나로서는 좋은 일이었다.

"이분은 작가인 벤드릭스 씨입니다." 헨리가 말했다. "이분은 크롬턴 신부님. 벤드릭스 씨는 제 아내의 절친한 친구였습니다." 나는 크롬턴 신부가 이미 그 사실을 알고 있다는 인상을 받았다. 그의 코는 버트레스[*]처럼 얼굴에서 튀어나와 있었다. 나는 생각했다. 아마도 이 신부가 세라 앞에서 희망의 문을 거칠게 닫아 버린 바로 그 사람일 거야.

"안녕하십니까." 크롬턴 신부가 말했다. 적대감이 가득 서린 그의 어조에서 나는 그가 파문당할 날도 머지않겠구나, 생각했다.

"벤드릭스 씨는 이 모든 걸 준비하는 데 크나큰 도움을 주고 있습니다." 헨리가 설명했다.

"미리 알았더라면 제가 당신 대신 기꺼이 일을 맡았을 텐데요."

나는 헨리를 증오한 적이 있었다. 이제 보니 나의 증오감은

---

[*] 벽체가 쓰러지지 않도록 외부에서 지탱하여 주는 부벽.

괜한 감정이었던 듯싶었다. 헨리 역시 나와 마찬가지로 희생자였다. 승리자는 보기 싫은 칼라를 목에 두른 이 음산한 남자였다. 내가 말했다. "당신은 분명 대신 일을 맡기 어려웠을 거예요. 화장을 반대하시잖아요."

"저는 가톨릭식의 매장을 준비할 수 있었을 겁니다."

"그녀는 가톨릭 신자가 아니었어요."

"가톨릭 신자가 되겠다는 의사를 표명했습니다."

"의사를 표명하면 신자가 되나요?"

크롬턴 신부가 신앙 고백문을 꺼내더니 그것을 지폐나 되는 것처럼 내려놓았다. "우리는 세례받기 원하는 사람에게는 누구에게나 세례를 베풉니다." 신앙 고백문은 누가 그것을 집어서 읽어 주기를 기다리며 우리 사이에 놓여 있었다. 그러나 아무도 그 종이에 손을 대지 않았다. 크롬턴 신부가 말했다. "아직 당신이 준비하고 있는 것을 취소할 시간이 있습니다." 그가 또 되풀이했다. "제가 당신 대신 이 모든 일을 맡을게요." 그는 마치 맥베스 부인에게 아라비아의 향수보다 더 좋은 것으로 그녀의 손을 향기롭게 해 주겠다고 약속하는 것처럼 훈계조로 그 말을 했다.♦

♦ 셰익스피어의 『맥베스』에서 맥베스 부인은 덩컨 왕을 살해한 후에 다음과 같은 대사를 읊조린다. "여기 아직도 피비린내가 나는구나. 온갖 아라비아 향수를 다 써도 이 작은 손을 다시는 향기롭게 만들지는 못하리라."

헨리가 불쑥 말했다. "그게 정말 큰 차이가 있습니까? 물론 저는 가톨릭 신자가 아닙니다, 신부님. 그렇지만 저는 알 수 없……"

"그렇게 하면 부인이 더 기뻐하실 겁니다."

"왜요?"

"교회는 책임뿐 아니라 특권도 제공합니다, 마일스 씨. 돌아가신 우리 신자를 위해 특별 미사를 드리죠. 정기적으로 기도를 올리고요. 우린 돌아가신 우리 신자를 기억합니다." 그가 말했다. 나는 화가 나서 이렇게 생각했다. 당신들이 어떻게 그 사람들을 기억한단 말이야? 당신들의 교리는 괜찮아. 당신들은 개인의 존엄성을 설교하지. 우리의 머리털까지 다 센다고 말하지.♦ 하지만 나는 내 손등에서 그녀의 머릿결을 느낄 수 있어. 그녀가 내 침대에 얼굴을 묻고 있었을 때 허리께까지 내려온 고운 머리채를 난 기억할 수 있어. 우리도 우리 식으로 우리의 죽은 이를 기억해.

나는 헨리가 나약해지는 것을 보고 단호하게 거짓말을 했다. "세라가 가톨릭 신자가 되었을 거라고 믿을 근거가 전혀 없어요."

헨리가 말했다. "물론 간호사가 그런 말을……" 내가 그의 말을 가로막았다. "세라는 마지막에 의식이 혼미해서 헛소리

♦『루가의 복음서』 12장 7절 내용.

를 했네."

크롬턴 신부가 말했다. "저는 중대한 근거가 없었다면 결코 당신을 찾아올 생각도 못 했을 겁니다, 마일스 씨."

"저는 마일스 부인이 죽기 전 일주일도 채 안 되었을 때 쓴 편지를 받았습니다." 내가 신부에게 말했다. "당신이 부인을 만난 지는 얼마나 되었나요?"

"거의 같은 때입니다. 5~6일 전이니까."

"편지에는 그 문제에 관한 언급 자체가 없으니 참 이상하군요."

"아마도 벤…… 벤드릭스 씨, 당신은 부인의 신임을 얻지 못했나 봅니다."

"신부님, 너무 성급하게 결론을 내리는 것 같군요. 사람들은 꼭 가톨릭 신자가 되고 싶다는 생각이 없어도 가톨릭 신앙에 관심을 가지고 이것저것 물어볼 수 있어요." 나는 재빨리 헨리를 향해 말을 이었다. "이제 와서 모든 걸 바꾸는 건 말이 안 되네. 이미 지침을 내렸고, 친구들에게 부고도 냈잖아. 세라는 광신자와는 거리가 먼 사람이었어. 일시적인 기분 때문에 일이 꼬이고 불편해지는 것을 누구보다도 원치 않을 거야." 나는 헨리에게서 눈을 떼지 않고 말을 계속했다. "그렇게 하면 결국 완전히 기독교식 장례가 되겠지. 세라는 기독교인이 아니었는데 말일세. 어쨌든 우린 세라에게서 그런 낌새는 전혀 보지 못했잖아. 그렇지만 자네는 크롬턴 신부님에게 미사 예물로 언제든 돈을 드릴 수 있을 걸세."

"그럴 필요 없습니다. 오늘 아침에도 그렇게 말씀드렸습니다." 그는 무릎 위에 놓인 손을 꼼지락거렸다. 그의 뻣뻣한 자세가 처음으로 흐트러졌다. 마치 폭탄이 떨어지고 난 뒤 견고했던 벽이 기우뚱 기울어지는 모습을 보는 것 같았다. "제 미사 때는 언제나 부인을 기억하겠습니다." 그가 말했다.

헨리가 그것으로 문제가 해결되었다는 듯 안도하며 말했다. "고맙습니다, 신부님." 그리고 나서 담뱃갑을 내밀며 권했다.

"마일스 씨, 이런 말씀 드리는 게 이상하고 주제넘은 짓 같습니다만, 부인이 얼마나 좋은 분이었는지 당신은 잘 모른다는 생각이 드는군요."

"아내는 제 전부였습니다." 헨리가 말했다.

"아주 많은 사람들이 부인을 사랑했지요." 내가 말했다.

크롬턴 신부가 마치 교실 뒤쪽에서 어떤 코흘리개 아이가 말참견하는 소리를 들은 교장 선생님처럼 나에게 눈을 돌렸다.

"그것으론 충분치 않을 것 같아요."

"그건 그렇고," 내가 말했다. "하던 얘기로 돌아갈까요? 신부님, 저는 이제 와서 일을 변경할 수는 없다고 생각합니다. 그러면 아주 많은 구설수를 자초하게 될 거예요. 자넨 구설수에 오르는 걸 좋아하지 않겠지, 헨리?"

"그럼. 당연히 좋아하지 않지."

"《더 타임스》에 부고도 냈잖은가. 그러니 변경을 한다면 정정 기사를 내야 해. 그런 건 사람들 눈에 잘 띄지. 그러면 말이 많아질 거야. 아무튼 자넨 무명 인사가 아니니까 말일세, 헨리. 그리고 또 전보를 쳐야 할 거야. 이미 많은 사람들이 화장터로 화환을 보냈을 걸세. 제가 말하는 뜻을 알 겁니다, 신부님."

"잘 모르겠는데요."

"신부님이 요구하는 게 합리적이지 않다는 거예요."

"당신은 아주 이상한 가치관을 가지고 있는 것 같군요, 벤드 릭스 씨."

"아무튼 신부님은 화장이 육신의 부활에 영향을 미친다고 믿는 것은 절대 아니겠죠?"

"그야 물론입니다. 제가 여기 온 이유는 이미 다 얘기했습니다. 그 이유가 마일스 씨에게 대단찮은 것으로 여겨진다면 저로서는 더 이상 할 얘기가 없습니다." 그는 의자에서 일어났다. 일어선 모습을 보니 대단히 못생긴 남자였다. 앉아 있을 때는 그래도 뭔가 위엄이 있어 보였다. 하지만 그의 다리가 몸에 비해 너무 짧은 탓에 일어서니 키가 의외로 작았다. 조금 전의 그가 갑자기 멀리 사라져 버린 듯한 느낌이 들었다.

헨리가 말했다. "조금 더 일찍 오셨더라면. 달리 생각하지 말아 주시길……"

"당신이 무슨 잘못을 했다고 생각하지는 않습니다, 마일스 씨."

"아마 제가 잘못했나 보죠, 신부님?" 내가 일부러 무례하게 물었다.

"아, 신경 쓰지 마세요, 벤드릭스 씨. 이제 당신이 무얼 하든 부인에게 영향을 미칠 수 있는 건 없을 테니까요." 고해실은 사람에게 증오를 인식하도록 가르쳐 주는 것 같다. 그는 헨리에게 손을 내밀었지만 나에게는 등을 돌렸다. 나는 그에게 이렇게 말하고 싶었다. 당신은 나를 잘못 알고 있어. 내가 증오하는 사람은 세라가 아니야. 당신은 헨리에 대해서도 잘못 알고 있어. 그녀를 타락시킨 사람은 내가 아니라 헨리야. 나는 '난 그녀를 사랑했어' 하며 나 자신을 변호하고 싶었다. 왜냐하면 사람들은 분명 고해실에서 그 사랑의 감정을 인식하는 것도 배울 것이기 때문이다.

4

"다음 역이 햄스테드예요." 실비아가 말했다.

"어머니를 뵈러 가려면 내려야지요?"

"골더스그린까지 함께 가서 길을 안내해 드리는 게 나을 것 같아요. 보통 때는 어머니를 만나는 날이 오늘이 아니에요."

"그래 주면 정말 고맙죠." 내가 말했다.

"늦지 않게 도착하려면 택시를 타야 할 것 같아요."

"앞부분 추도사 같은 것은 안 들어도 상관없어요."

그녀는 역 앞 공터까지 나를 바래다준 다음 돌아가려고 했다. 그녀가 이토록 큰 수고를 해 준 것이 내게는 낯설고 이상해 보였다. 나는 나에게 여자들이 좋아할 만한 어떤 자질이 있다고 생각해 본 적이 없었다. 지금은 그 어느 때보다도 더 그랬다. 슬픔과 실망은 증오와 흡사해서 자기 연민과 신랄함으로 사람을 추하게 만든다. 또한 우리를 매우 이기적으로 만들기도 한다. 나는 실비아에게 줄 게 아무것도 없었다. 그녀의 스승 중 한 사람이 될 생각도 없었다. 그러나 나는 앞으로의 30분이 두려웠으므로, 나의 태도를 통해 나와 세라의 관계가 어떠했을지, 두 사람 중 누가 누구를 버렸을지 알아내고 싶어 하면서 혼자 있는 나를 슬쩍슬쩍 훔쳐볼 사람들이 두려웠으므로 나는 나를 지탱해 줄 그녀의 미모가 필요했다.

"하지만 이 옷차림으로 들어갈 순 없어요." 내가 같이 가자고 부탁했을 때 실비아는 난색을 표했다. 내가 같이 가고 싶어 하는 것을 그녀가 무척 기뻐한다는 걸 알 수 있었다. 나는 그녀를 워터베리에게서 당장에라도 빼앗을 수 있다는 것을 알았다. 워터베리의 생명은 이미 시들고 있었다. 내가 마음만 먹는다면 그는 버르토크를 다룬 방송을 혼자 들어야 할 것이다.

"우린 뒤에 서 있자고요." 내가 말했다. "그러면 당신은 그저 근처를 산책하는 사람으로 보일 거예요."

"다행히 이건 검은색이네요." 그녀가 자신의 바지를 가리키며 말했다. 택시 안에서 나는 무슨 약속을 하는 것처럼 손을 그녀의 다리에 얹었는데, 하지만 약속을 지킬 의사는 없었다. 화장터 굴뚝에서는 연기가 피어올랐고, 자갈길에는 군데군데 물이 약간 비치는 반쯤 언 물웅덩이가 있었다. 많은 사람들이 지나갔다. 바로 앞 순서의 화장을 끝내고 가는 조문객들일 거라는 생각이 들었다. 마치 따분한 파티가 끝나서 이제 '제대로 즐길' 수 있게 된 사람들처럼 활기차고 쾌활한 표정이었다.

"이쪽이에요." 실비아가 말했다.

"이곳을 아주 잘 아는군요."

"2년 전에 여기서 아빠 장례를 치렀어요."

우리가 영안실에 도착했을 때 모든 사람들이 나오고 있었다. 워터베리의 의식의 흐름에 관한 질문 때문에 시간이 너무 지체된 것이었다. 나는 관습적인 슬픔이 나를 찌르는 묘한 감정에 휩싸였다. 결국 나는 세라의 마지막을 보지 못했다. 그러고 보니 바깥 뜨락 위로 피어오르던 연기는 바로 그녀의 연기였구나, 하고 나는 멍하니 생각했다. 헨리가 넋이 나간 사람처럼 혼자서 허정허정 걸어 나왔다. 그는 여전히 우느라 나를 보지 못했다. 실크해트를 쓴 윌리엄 멀록 경 말고는 아는 사람이 없었다. 그는 못마땅한 표정으로 나를 쳐다보고 나서 황급히 가 버렸다. 관료처럼 보이는 사람들이 대여섯 명 눈에 띄었다. 던스턴도 왔을까? 그건 별로 중요하지 않았다. 남편을 따라온 부인들도 몇 있었다. 적어도 그들에게는 이 장례식이 만족스러웠다. 그들의 모자를 보면 그걸 알 수 있었다. 세라의 죽음으로 인해 모든 아내는 더 안전해진 것이었다.

"죄송해요." 실비아가 말했다.

"당신 잘못이 아니에요."

나는 생각했다. 만약 세라를 방부 처리하여 미라로 만들었다면 아내들은 결코 마음을 놓을 수 없었으리라. 세라의 시신마저도 그들을 평가하는 기준이 되었을 테니까.

스마이스가 밖으로 나오더니 아무하고도 말을 섞지 않고 물웅덩이 사이를 절벅거리며 걸어서 재빨리 떠나갔다. 어떤 여자가 말하는 소리가 귀에 들어왔다. "카터 씨 부부가 이번 주말인 10일에 우릴 초대했어요."

"저는 그만 가 볼까요?" 실비아가 물었다.

"아니에요." 내가 말했다. "난 당신과 함께 다니는 게 좋아요."

영안실 문으로 가서 안을 들여다보았다. 화장로로 가는 통로는 잠시 오가는 사람 없이 비어 있었으나, 곧 이전의 화환을 밖으로 내보내고 새 화환을 안으로 들이는 움직임으로 채워졌다. 나이 많은 부인이 어색한 자세로 무릎을 꿇고 앉아 기도를 올렸다. 그 모습이 마치 예기치 않게 막이 올라감으로써 포착된, 다른 장면에서 튀어나온 배우의 모습 같았다. 내 뒤에서 익숙한 목소리가 들렸다. "선생님, 과거를 과거로 흘려보내는 이곳에서 선생님을 뵈니 슬프면서도 반갑습니다."

"당신도 왔구려, 파키스." 내가 탄성을 지르듯 말했다.

《더 타임스》에서 부고를 보고 새비지 씨한테 오후 휴가를 허락해 달라고 요청했습니다."

"당신은 언제나 당신의 고객을 이토록 멀리까지 뒤쫓나요?"

"부인은 매우 훌륭한 분이었습니다, 선생님." 그가 나무라듯 말했다. "언젠가 부인은 거리에서 제게 길을 물었지요. 물론 제가 거기 있는 이유를 모르고 말입니다. 그리고 그 칵테일파티에서는 셰리 와인을 한 잔 건네주셨어요."

"남아프리카산 셰리 말이죠?" 내가 비참한 기분으로 물었다.

"그것까지는 모르겠습니다, 선생님. 그렇지만 그때 부인의 그 태도는…… 정말 그런 분은 흔치 않아요. 제 아들 녀석도…… 개도 늘 부인 얘기를 합니다."

"그 앤 잘 있나요, 파키스?"

"그렇지 못합니다. 많이 안 좋아요. 아주 심한 복통에 시달리고 있습니다."

"의사한테 보였나요?"

"아직 안 보였습니다, 선생님. 자연에 맡기자는 게 제 신조거든요. 어느 정도까지는요."

나는 세라와 아는 사이였던 낯선 사람들의 무리를 둘러보았다. 내가 물었다. "저 사람들은 누군가요, 파키스?"

"저 젊은 숙녀는 저도 모르겠습니다, 선생님."

"저 사람은 나하고 같이 온 사람이에요."

"아, 실례했습니다. 저쪽 저 멀리 계시는 분이 윌리엄 멀록 경입니다."

"그분은 나도 알아요."

"저기 막 물웅덩이를 피하고 계신 신사분은 마일스 씨가 근무하는 부서의 부서장입니다."

"던스턴?"

"그 이름이 맞습니다, 선생님."

"정말 많이도 알고 있군요, 파키스." 나는 내 질투심이 죽었다고 생각했었다. 세라가 다시 살아날 수만 있다면 그녀를 온 세상 남자들과 공동으로 소유하는 것도 기꺼이 받아들이겠다고 생각했었다. 그러나 던스턴을 보자 잠시 그 낡은 증오심이 다시 깨어났다. "실비아." 나는 마치 세라가 내 말을 들어 주기를 바라는 것처럼 큰 소리로 불렀다. "오늘 밤 어디서 저녁 약속이 있나요?"

"피터랑 약속이……"

"피터?"

"워터베리 말이에요."

"그 사람은 잊어요."

당신 거기 있어? 나는 세라에게 말했다. 나를 지켜보고 있는 거야? 잘 봐. 당신 없이도 내가 얼마나 잘해 나가는지. 그리 어렵지 않아. 나의 증오심은 그녀가 살아 있다는 것을 믿을 수 있었다. 그녀가 죽은 새와 마찬가지로 더 이상 존재하지 않음을 알고 있는 것은 내 사랑뿐이었다.

다음번 장례식 조문객들이 모여들고 있었다. 난간 옆에 있던 나이 많은 부인은 낯선 사람들이 들어오는 것을 보고 당황하며 일어났다. 노부인은 하마터면 남의 장례식에 잘못 끼어들 뻔했다.

"전화하면 될 것 같아요."

증오가 다가올 저녁의 권태처럼 가로놓여 있었다. 나는 사랑의 감정이 없으면서도 사랑하는 척 꾸며야 할 것이라고 나 자신을 몰아세웠다. 나는 죄를—천진한 사람을 나의 미로 속으로 끌어들이는 죄를—짓기도 전에 죄책감을 느꼈다. 성행위는 아무것도 아닐 수 있다. 그러나 내 나이가 되면 그것은 언제든 모든 것이 될 수도 있다는 것을 깨닫게 된다. 나야 염려할 게 없지만, 내가 이 젊은 아가씨의 신경에 어떤 감동을 불러일으킬지 누가 알겠는가? 이 밤의 끝자락에 나는 서투른 섹스를 하게 될 것이다. 나의 그 서투름은, 그리고 만약 그때 발기불능이 된다면 그 발기불능조차도 어떤 좋은 효과를 낼지도 모른다. 또는 내가 능숙하게 섹스를 한다면 나의 그 노련함 역시 그녀를 끌어들일지 모른다. 나는 세라에게 애원했다. 날 여기서 끌어내 줘. 여기서 벗어나게 해 줘. 나를 위해서가 아니라 실비아를 위해서.

실비아가 말했다. "엄마가 편찮으시다고 말하면 될 거예요." 그녀는 거짓말을 할 준비가 되어 있었다. 워터베리는 그걸로 끝이었다. 가엾은 워터베리. 그 첫 번째 거짓말로 우리는 공범자가 될 것이다. 그녀는 언 물웅덩이 사이에 검은 바지 차림으로 서 있었고, 그 순간 나의 머릿속에는 바로 여기서 긴 미래가 시작될 수도 있겠군, 하는 생각이 떠올랐다. 나는 세라에게 애원했다. 날 여기서 끌어내 줘. 난 그 모든 것을 다시 시작하고 싶지 않아. 그녀에게 상처를 주고 싶지 않아. 난 사랑할 수 없어. 당신 외에는. 당신 외에는. 그때 머리가 희끗희끗한 그 노부인이 방향을 바꾸어 엷은 살얼음을 밟으며 나에게로 왔다. "당신이 벤드릭스 씨인가요?" 노부인이 물었다.

"그렇습니다."

"세라가 그러더군요." 노부인이 말을 꺼냈다. 부인이 잠시 머뭇거리는 동안 뭔가 내게 전할 말이 있나 보다, 죽은 사람도 말을 할 수 있구나, 하는 엉뚱한 희망이 생겼다.

"당신이 가장 친한 친구였다고. 세라는 가끔 그 말을 해 주었어요."

"그런 친구 중 한 사람이었습니다."

"난 그 애 엄마예요." 어머니가 살아 계신다는 얘기를 세라에게서 들은 기억조차 없었다. 그 몇 해 동안 우리 사이에는 언제나 할 얘기가 너무 많았고, 그래서 우리 두 사람의 삶의 전체 영역은 나중에 채워 넣어야 할 공백이 많은 초기 지도와 같았다.

노부인이 말했다. "나에 대해선 모르고 있었죠?"

"사실 몰랐습니다……"

"헨리는 나를 좋아하지 않았어요. 그래서 만나면 어색해서 늘 멀리하고 있었지요." 부인은 차분히, 조리 있게 얘기했다. 그렇지만 눈물은 별개의 것인 듯 부인의 두 눈에서는 눈물이 흘러내렸다. 조문객으로 온 남자들과 아내들은 다 사라지고 없었고, 낯모르는 사람들이 우리 세 사람 사이를 지나서 영안실 안으로 들어갔다. 오직 파키스만이 떠나지 않고 서성거렸는데, 자기는 나에게 더 많은 정보를 제공하는 일에 아직은 쓸모가 있는 사람일 거라고 생각하는 것 같았다. 그러나 파키스는 내게 종종 말했던 것처럼 자신의 위치를 알기에 적당한 거리를 유지하고 있었다.

"어려운 부탁이 하나 있어요." 세라의 어머니가 말했다. 나는 부인의 이름을 생각해 내려 애썼다. 캐머런? 챈들러? C로 시작했던 것 같은데…… "오늘 그레이트미센든에서 너무 급히 오느라……" 부인이 수건으로 얼굴을 닦듯이 무심히 눈물을 닦았다. 버트럼. 불현듯 생각이 났다. 그래, 그 이름이었어. 버트럼.

"얘기하세요, 버트럼 부인." 내가 말했다.

"내 검정 가방에 돈을 챙겨 넣는 걸 깜빡 잊어버렸지 뭐예요."

"제가 할 수 있는 건 뭐든 하겠습니다."

"1파운드만 빌려줬으면 해서요, 벤드릭스 씨. 떠나기 전에 이곳 시내에서 저녁을 좀 먹어야 하거든요. 그레이트미센든에서는 식당들이 문을 일찍 닫아요." 노부인은 말을 하면서 다시 눈물을 닦았다. 부인은 어딘지 모르게 세라를 생각나게 했다. 슬픔의 와중에도 엿보이는 실질적인 면모가 그렇고, 모호한 태도도 그런 것 같았다. 부인은 헨리에게서 너무 자주 돈을 '뜯어낸' 것일까? 내가 말했다. "저랑 조금 일찍 저녁을 드시죠."

"당신에게 폐가 되지 않을까요?"

"저는 세라를 사랑했습니다." 내가 말했다.

"나도요."

나는 실비아에게 돌아가 상황을 설명했다. "고인의 어머니예요. 내가 저녁을 대접해 드려야 할 것 같아요. 미안해요. 내가 전화해서 다음번 약속을 잡아도 될까요?"

"그럼요."

"전화번호부에 나와 있나요?"

"워터베리는 나와 있어요." 그녀가 우울하게 말했다.

"그럼 다음 주에."

"네, 좋습니다." 그녀가 손을 내밀며 말했다. "안녕히 계세요." 그녀는 이것으로 기회를 놓치게 되었다는 것을 잘 알고 있는 게 분명하다는 생각이 들었다. 다행이었다. 크게 신경 쓸 일은 아니었다. 그녀는 지하철역까지 가는 동안 내내 약간의 유감과 호기심을 느낄 것이고, 버르토크에 관한 방송을 들으면서 워터베리에게 언짢은 말을 뱉을 것이다. 버트럼 부인에게 돌아가면서 나는 나도 모르게 다시 세라에게 말하고 있었다. 당신, 봤지? 난 당신을 사랑해. 그러나 증오의 감정은 세라의 귀에 들릴 거라는 확신이 있었지만 사랑에 대해서는 그와 같은 확신이 서지 않았다.

노부인과 함께 화장터 정문에 이르렀을 때 나는 파키스가 사라진 것을 알아차렸다. 그가 가는 것을 보지도 못했다. 그는 내가 이제 더 이상 자신을 필요로 하지 않는다는 것을 깨달은 모양이었다.

버트럼 부인과 나는 이솔라벨라에서 저녁을 먹었다. 나는 세라와 함께 간 적이 있는 식당은 어디든 가고 싶지 않았다. 물론 자리를 잡은 즉시 우리가 함께 갔던 다른 모든 식당과 이 식당을 비교하기 시작했다. 세라와 나는 키안티♦는 절대 마시지 않았다. 지금 노부인과 함께 그 술을 마시다 보니 문득 그 사실이 떠올랐다. 차라리 세라와 내가 즐겨 마시던 클라레를 마시는 편이 나았을 듯싶었다. 이렇든 저렇든 나는 세라에 대한 생각에서 벗어날 수 없었으니까 말이다. 심지어 허공조차도 세라로 가득 차 있었다.

"나는 오늘 장례식이 마음에 들지 않았어요." 버트럼 부인이 말했다.

"그러셨군요."

"너무 비인간적이었어요. 컨베이어벨트 같았어요."

♦ 이탈리아 토스카나 지방 특산의 와인.

"전 괜찮아 보이던데요. 어쨌든 사람들이 기도도 드렸으니까."

"그 신부님…… 그 사람이 신부님이었던가요?"

"저는 보지 못했습니다."

"그는 그레이트 올*에 대해서 얘기했어요. 난 오랫동안 무슨 말인지 이해를 못 했지요. 그레이트 오크**에 대해서 얘기하는 줄 알았지 뭐예요." 부인은 먹고 있는 수프에 또다시 눈물을 떨어뜨리기 시작했다. 부인이 말했다. "거의 웃음이 나올 뻔했어요. 그때 헨리가 날 보더군요. 그 사람이 날 못마땅하게 여긴다는 걸 알 수 있었지요."

"헨리랑 사이가 안 좋은가요?"

"헨리는 아주 쩨쩨한 사람이에요." 부인이 말했다. 부인은 냅킨으로 눈물을 닦고는 스푼으로 요란하게 수프 속의 면을 저었다. "한번은 그 사람한테 10파운드를 빌려야만 했어요. 런던에 머물 일이 있어서 왔는데 깜빡 잊고 손가방을 안 가져왔거든요. 그런 일은 누구에게나 일어날 수 있잖아요."

"물론이죠."

"난 무슨 일이 있어도 빚을 지지 않는 걸 늘 자랑으로 여기는 사람이에요."

♦ Great All. 전지전능한 존재.
♦♦ Great Auk. 지금은 멸종된 큰바다오리.

부인의 대화는 지하철 순환 노선 같았다. 빙빙 돌았다. 커피가 나올 무렵 나는 다시 나타나는 역들을 알아차리기 시작했다. 헨리의 쩨쩨함, 자신의 금전적 결백성, 세라에 대한 사랑, 불만족스러웠던 장례식, 그레이트 올. 이 그레이트 올에서 열차는 다시 헨리를 향해 나아갔다.

"아주 우스웠어요." 부인이 말했다. "그렇지만 웃고 싶진 않았어요. 나만큼 세라를 사랑한 사람은 없어요." 우리는 다들 늘 그런 주장을 하면서도 남의 입에서 그런 주장이 나오면 화가 난다. "그렇지만 헨리는 그걸 이해하려 하지 않았죠. 그 사람은 무척 차가운 사람이에요."

나는 화제를 돌리려고 엄청 애를 썼다. "어떤 식으로 장례를 치르는 게 좋았을지 저는 잘 모르겠습니다."

"세라는 가톨릭 신자였어요." 부인은 그렇게 말하고 나서 와인 잔을 들더니 단숨에 절반을 죽 들이켰다.

"말도 안 되는 얘깁니다." 내가 말했다.

"아," 버트럼 부인이 말했다. "그 애 자신도 그걸 몰랐어요."

나는 갑자기 설명할 수 없는 공포에 휩싸였다. 그것은 거의 완벽한 범죄를 저지른 사람이 자신의 속임수의 벽에서 예상치 못한 최초의 균열을 발견한 것과도 같은 공포였다. 그 균열은 얼마나 깊을까? 제때 그걸 틀어막을 수 있을까?

"무슨 말씀인지 모르겠군요."

"내가 한때 가톨릭 신자였다는 걸 세라가 얘기하지 않던가요?"

"안 했습니다."

"독실한 신자는 아니었어요. 남편이 그런 걸 일체 싫어했으니까요. 나는 남편의 세 번째 아내였어요. 결혼한 첫해에 남편과의 사이가 안 좋았을 때, 나는 곧잘 우리가 잘못 결혼한 것 같다고 말하곤 했지요. 그이는 쩨쩨한 사람이었어요." 부인이 기계적으로 덧붙였다.

"부인이 가톨릭 신자라고 해서 세라도 가톨릭 신자인 건 아니잖아요."

부인은 다시 와인을 꿀꺽꿀꺽 마셨다. 부인이 말했다. "지금껏 이 얘기를 다른 사람에게 한 적이 없는데. 내가 좀 취했나봐요. 내가 좀 취한 것 같죠, 벤드릭스 씨?"

"천만에요. 와인 한 잔 더 드세요."

술이 나오기를 기다리는 동안 부인은 대화의 주제를 바꾸려 했으나 나는 무자비하게 다시 그 문제로 돌아가게 했다. "그게 무슨 뜻이죠? 세라가 가톨릭 신자였다는 거?"

"헨리에게 말하지 않겠다고 약속해 줘요."

"약속합니다."

"한번은 세라를 데리고 외국에 간 적이 있어요. 노르망디에 갔지요. 세라가 두 살을 갓 넘겼을 때였어요. 남편은 도빌*에

♦ 프랑스 서북부에 있는 해변 휴양지.

간다면서 자주 집을 비웠지요. 말은 그렇게 했지만 그이가 실은 첫 번째 아내를 만나고 있다는 걸 나는 알고 있었어요. 난 무지 화가 났죠. 세라와 나는 해변으로 산책을 나가 모래밭을 걸었어요. 세라는 자꾸 앉으려 했지만, 나는 잠시 쉬게 했다가 다시 조금씩 걷곤 했어요. 내가 그때 말했어요. '세라야, 이건 너와 나만의 비밀이야.' 세라는 그때도 비밀을 잘 지켰어요. 자기가 그래야겠다고 마음만 먹으면 비밀을 지켰답니다. 실은 나도 좀 겁이 났어요. 그렇지만 그건 멋진 복수였다는 생각이 드는군요."

"복수? 저는 잘 이해가 되지 않는군요, 버트럼 부인."

"물론 남편에 대한 복수였지요. 첫 번째 아내 때문만은 아니었어요. 내가 말했지요? 그이는 내가 가톨릭 신자가 되는 걸 용납하지 않았다고? 내가 미사에 참석이라도 할라치면 난리가 났으니까요. 그래서 나는 생각했지요, 세라를 가톨릭 신자로 만들자, 그이가 모르게 하고 내가 정말 화가 나지 않는 한 절대 말하지 말자, 하고요."

"그래서 말하지 않았군요?"

"그러고 나서 1년 뒤에 남편은 날 두고 떠나 버린걸요."

"그래서 부인은 다시 가톨릭 신자가 될 수 있었겠군요?"

"아, 그렇지만 난 그리 큰 **믿음**은 없었어요. 그러고 나서 난 유대인과 다시 결혼을 했지요. 그이도 까다로운 사람이었어요. 사람들은 흔히 유대인은 아주 너그럽다고 말하지요. 그거 믿지 마세요. 휴, 그이는 쩨쩨한 사람이었어요."

"그런데 해변에서는 무슨 일이 있었나요?"

"물론 해변에서 무슨 일이 있었던 건 아니에요. 우린 그렇게 거닐었다는 얘기를 한 것일 뿐이에요. 나는 세라를 성당 문간에 남겨 두고 안으로 들어가서 신부님을 찾았지요. 신부님에겐 거짓말을 좀 해야 했어요. 물론 악의 없는 거짓말이었어요. 사정을 설명하려니 어쩔 수 없었답니다. 당연히 모든 것을 남편 탓으로 돌릴 수 있었지요. 나는 남편이 결혼 전에 약속했는데 결혼하고 나서는 약속을 깨뜨렸다고 말했어요. 프랑스어를 잘하지 못했던 게 큰 도움이 됐지요. 말이 서툴면 아주 진실하게 들리는 법이거든요. 어쨌든 신부님은 바로 거기서 해 주었어요. 그래서 우린 버스를 타고 돌아와 점심을 먹을 수 있었답니다."

"뭘 해 주었다는 겁니까?"

"아이에게 세례를 베풀어 신자가 되게 해 주었어요."

"그게 전부인가요?" 내가 안도하며 물었다.

"음, 그건 세례성사였어요. 아무튼 사람들은 그걸 그렇게 부르죠."

"저는 처음에는 세라가 진짜 가톨릭 신자라고 얘기하시는 줄 알았어요."

"글쎄, 어찌 보면 진짜 가톨릭 신자였어요. 그 애가 그걸 몰랐을 뿐이죠. 헨리가 거기에 맞게 그 애를 땅에 묻어 주었어야 했는데." 버트럼 부인은 그렇게 말하며 또다시 그 기이해 보이는 눈물을 흘리기 시작했다.

"세라 자신도 그걸 몰랐다면 헨리를 탓할 수는 없어요."

"나는 언제나 그게 세라의 내면에 '배어들기'를 바랐어요. 예방접종을 받은 것처럼."

"부인께서도 그게 내면에 '배어들어' 있는 것 같진 않은데요." 나는 참지 못하고 그렇게 말했다. 그러나 부인은 화를 내지 않았다. "음, 나는 살아오는 동안 많은 유혹을 겪었어요." 부인이 말했다. "난 마지막엔 좋아질 거라고 생각해요. 세라는 나를 잘 참아 주었어요. 착한 애였죠. 나만큼 그 애를 잘 아는 사람은 없어요." 부인은 와인을 한 모금 마시고 나서 말을 이었다. "당신이라도 그 애를 제대로 알아주었으면 해요. 휴, 그 애를 제대로 키우기만 했더라면, 내가 계속 그토록 쩨쩨한 남자들하고 결혼하지만 않았더라면, 그 애는 성인이 될 수 있었을 거라고 난 진심으로 믿어요."

"그렇지만 그게 배어들지 못했잖아요." 나는 거칠게 말한 뒤 웨이터에게 계산서를 가져오라고 소리쳤다. 우리 미래의 무덤 위를 날고 있는 저 회색기러기의 날개에서 한 줄기 바람이 내 등으로 불어왔다. 그게 아니라면 언 땅의 냉기를 느낀 것인지도 모르겠다. 이 냉기가 세라가 느꼈던 것과 같은 죽음을 부르는 치명적인 냉기라면 좋으련만.

그게 배어들지 못했잖아요. 나는 매릴러번*에서 "내일은 수요일이라 집 안에 틀어박혀 자질구레한 허드렛일을 해야 해요"라고 말하는 버트럼 부인에게 3파운드를 더 빌려주고 헤어진 뒤 집으로 돌아가는 지하철 안에서 자꾸 그 말을 속으로 중얼거렸다. 가엾은 세라. 그녀에게 '배어든' 것은 그 남편들, 그 의붓아버지들이었다. 그녀의 어머니는 일생 동안 남자 하나로는 충분치 않다는 것을 아주 효과적으로 가르쳐 주었으나, 세라 자신은 어머니의 결혼 생활의 가식적인 면을 꿰뚫어 보았다. 그래서 헨리와 결혼한 뒤 그녀는 평생토록 결혼 생활을 유지하려 했고, 그걸 알기에 나는 절망스러웠다.

그러나 그런 지혜는 해변 근처 성당에서 행해진 그 엉터리 의식과는 아무 관계도 없었다. 그녀에게 '배어든' 것은 당신이 아니었어요. 나는 내가 믿지 않는 신에게—내 목숨을 구해 주었다고(도대체 무슨 목적으로 나를 구해 주었을까?) 세라가 생각하는 그 가공의 신에게—말했다. 그 신은 실재하지도 않으면서 내가 누린 단 하나의 짙은 행복을 파괴해 버린 존재였다. 그래요, 그녀에게 배어든 것은 당신이 아니었어요. 그것은 당신이 아니라 마법이었을 거예요. 그런데 난 당신을 믿지 않는 것보다도 훨씬 더 마법을 믿지 않아요. 당신의 십자가, 당신의 육신의 부활, 당신의 신성한 가톨릭교회, 당신의 성인의 통공**

◆ 런던 중서부의 지구.
◆◆ 세상, 천국, 연옥 등에 있는 모든 성인의 공로와 기도가 서로 통한다는 교리.

등이 마법이잖아요.

　나는 등을 대고 누워 공원의 나무 그림자가 천장에서 아른
거리는 것을 쳐다보았다. 그건 순전히 우연의 일치일 뿐이었
어요. 나는 생각했다. 하마터면 마지막에 그녀를 당신에게로
데려갈 뻔한 오싹한 우연의 일치일 뿐이었어요. 당신은 두 살
짜리 아이를 몇 방울의 물과 몇 마디의 기도로 평생 낙인찍을
수는 없어요. 내가 그걸 믿기 시작한다면 당신의 살과 피도 믿
을 수 있겠지요. 당신은 몇 년의 그 세월 동안 그녀를 소유하
지 못했어요. 내가 그녀를 소유한 거예요. 당신은 결국 승리했
어요. 그걸 나에게 상기시킬 필요는 없어요. 그렇지만 그녀가
나와 함께 여기 누워 있었을 때, 이 베개를 등에 대고 이 침대
위에 누워 있었을 때, 그녀는 당신과 관련하여 나를 속이지는
않았어요. 그녀가 잠잘 때 함께 있던 것은 당신이 아니라 나였
어요. 그녀의 몸속으로 들어간 것은 당신이 아니라 나였어요.

　모든 불이 다 꺼지고 침대 위에는 어둠이 깃들었다. 나는 어
떤 장마당에 있는 꿈을 꾸었다. 손에 총을 들고 있었다. 나는
유리로 만들어진 것처럼 보이는 병들을 향해 총을 쏘았는데,
마치 그 병들에 강철 코팅이 되어 있는 것처럼 총알이 튕겨 나
갔다. 나는 총을 자꾸 쏘아 댔지만 하나도 깨뜨리지 못했다.
그러다가 새벽 5시에 깨어났을 때 내 머릿속에는 정확히 똑같
은 생각이 떠올랐다. 몇 년의 그 세월 동안 세라, 당신은 그분
의 것이 아니라 내 것이었어.

5

헨리가 자기 집에서 같이 살자고 나에게 부탁할지도 모른
다고 생각한 것은 그저 나 혼자만의 터무니없는 농담일 뿐이
었다. 정말로 그런 제안을 예상한 것은 아니었으므로 그가 그
런 제안을 했을 때 나는 깜짝 놀랐다. 장례식을 치른 지 일주
일 만에 나를 찾아왔다는 사실도 놀라운 일이었다. 헨리가 내
집에 온 적은 한 번도 없었다. 그가 입때까지 비가 오던 그날
밤 공원에서 만났던 그때보다 더 남쪽으로 내려온 적이 한 번
이라도 있었는지조차도 의문이다. 나는 초인종이 울리는 소리
를 듣고 창밖을 내다보았다. 찾아온 손님을 만나고 싶지 않아
서였다. 워터베리가 실비아를 데리고 온 게 아닐까 하는 생각
이 들었다. 포장도로에 심어진 플라타너스 옆 가로등 불빛이
헨리의 검은 모자를 비추었다. 나는 아래층으로 내려가 문을
열어 주었다. "지나가다 생각이 나서." 헨리가 거짓말을 했다.

"들어오게."

내가 찬장에서 마실 것을 꺼내는 동안 그는 머뭇거리는 태
도로 어색하게 서 있었다. 그가 말했다. "자넨 고든 장군에게
관심이 있나 보군."

"장군의 전기를 써 달라고 해서."

"쓸 작정인가?"

"쓸 생각이긴 해. 그렇지만 요즘엔 일이 손에 잡히질 않아."

"나도 그래." 헨리가 말했다.

"여전히 왕립 위원회 일을 하고 있나?"

"그럼."

"그건 생각할 거리를 주잖아."

"그런가? 맞아, 그런 것 같군. 점심을 먹으러 나가기 위해 일손을 멈출 때까지는."

"어쨌든 중요한 일이잖은가. 여기, 자네 셰리."

"홀몸이 된 사람에겐 아무래도 상관없는 일인 것 같아."

《태틀러》지에 실린 만족스러워 보이는 사진으로 나를 화나게 했던 그때 이후로 헨리도 아주 먼 행로를 걸어왔다. 내 책상 위에는 스냅 사진을 확대한 세라의 사진 한 장이 엎어진 채로 놓여 있었다. 헨리가 그것을 뒤집어 보며 말했다. "이 사진 찍었던 때가 생각나는군." 세라는 나한테는 한 여자 친구가 찍어 준 사진이라고 말했었다. 내가 기분 나빠 할까 봐 거짓말을 했던 모양이다. 사진 속의 세라는 더 젊고 더 행복해 보였으나 내가 그녀를 알고 지냈던 시절보다 더 사랑스럽지는 않았다. 나는 세라를 그처럼 행복해 보이게 만들 수 있었으면 하고 바랐지만, 그러나 자신의 정부 주위로 불행이 주물처럼 굳어져 가는 것을 지켜보는 것이 연인의 운명이다. 헨리가 말했다. "세라가 웃는 모습을 찍으려고 이때 내가 좀 익살을 떨었지. 고든 장군은 재미있는 사람이야?"

"어떤 면에선 그래."

헨리가 말했다. "요샌 집 안에 있으면 이상한 기분이 들어. 그래서 되도록 밖에 나와 있으려고 한다네. 클럽에서 함께 저녁 먹을 시간은 없겠지?"

"끝내야 할 일이 한둘이 아니야."

그가 내 방을 둘러보며 말했다. "여긴 책을 놓아둘 공간이 넉넉지 못하군."

"그래. 그래서 침대 밑에도 책을 넣어 두어야 한다네."

그는 워터베리가 나를 만나기 전에 자신의 평론을 보여 주고자 나에게 본보기로 보내 준 잡지를 집어 들고 말했다. "우리 집엔 여유 공간이 있어. 사실상 한 층 전부를 자네가 사용해도 될 거야." 나는 너무 놀라서 대답하지 못했다. 그는 자신의 제안에 크게 관심이 있는 것은 아니라는 듯이 잡지를 건성으로 휙휙 넘겼다. "한번 잘 생각해 보게. 지금 결정할 필요는 없어."

"고맙네, 헨리."

"그렇게 해 주면 나에게도 좋은 일이네, 벤드릭스."

나는 생각했다. 안 될 게 뭐야? 작가는 인습에 얽매이지 않는 사람으로 알려져 있어. 내가 고급 관료보다 더 인습적인 사람은 아니잖아.

"어젯밤 꿈을 꾸었어." 헨리가 말했다. "우리가 다 같이 있는 꿈이었지."

"그래?"

"잘 기억은 나지 않아. 우린 함께 술을 마시고 있었네. 우리 셋 다 행복했어. 잠이 깼을 땐 세라가 죽었다는 생각이 들지 않더군."

"난 이제 세라의 꿈을 꾸지 않아."

"그 신부 뜻에 따를 걸 그랬어."

"그랬다면 우습게 됐을 거야, 헨리. 자네나 나나 가톨릭 신자가 아니듯이 세라도 가톨릭 신자가 아니었어."

"자넨 부활을 믿나, 벤드릭스?"

"육체의 부활이라는 뜻이라면 난 안 믿어."

"부활은 있을 수 없다는 것을 입증할 순 없네."

"뭐든 있을 수 없다는 것을 입증하는 건 거의 불가능해. 나는 소설을 쓰잖아. 내 소설 속의 사건들은 결코 실제로 일어난 일이 아니고, 인물들 역시 실제 인물이 아니라는 걸 어떻게 증명하겠나? 이보게, 난 오늘 공원에서 다리가 셋인 사람을 만났네."

"맙소사." 헨리가 진지하게 말했다. "불구자인가?"

"그런데 다리가 물고기의 비늘로 덮여 있더군."

"농담이군 그래."

"그럼 그게 농담이란 걸 증명해 보게, 헨리. 내가 신이 없다는 걸 증명할 수 없듯이 자넨 내 얘기가 허구라는 걸 증명할 수 없어. 그렇지만 내 얘기가 거짓이라는 걸 자네가 알고 있듯이 나도 신이 거짓이라는 걸 그냥 알고 있는 걸세."

"신의 존재에 관해서는 많은 주장들이 있잖아."

"아, 나도 마음먹으면 아리스토텔레스의 이론에 근거해서 내 이야기의 철학적 주장을 만들어 낼 수 있을 거야."

헨리는 갑자기 화제를 바꾸어 이전 얘기로 돌아갔다. "우리 집에 와서 나와 함께 지내면 돈을 약간 절약할 수 있을 거야. 세라는 언제나 자네 소설이 당연히 받아야 할 만큼의 성공을 거두지 못한다고 말했어."

"아니, 내 작품들 위로 성공의 그림자가 드리워지는 중일세." 워터베리의 평론이 생각났다. 내가 말했다. "이제 유명한 평론가들이 찬사를 늘어놓기 위해 펜에 잉크를 찍어 대는 소리를 들을 수 있는 순간이 오고 있어. 그것도 다음 작품이 나오기도 전에. 다 시간문제일 뿐이지." 마음을 정하지 못한 나는 그렇게 말했다.

헨리가 말했다. "무슨 악감정이 남아 있는 거 아니지, 벤드릭스? 그때 자네 클럽에서 내가 자네한테 화를 냈었지. 그 사내 문제로 말이야. 그렇지만 이제 와서 그게 무슨 문제가 되나?"

"그땐 내가 잘못 생각했네. 그 사람은 열변을 늘어놓기 좋아하는 광적인 합리주의자에 지나지 않았어. 그의 이론이 세라의 관심을 끌었을 뿐이지. 그 일은 잊어버리게, 헨리."

"세라는 좋은 여자였어, 벤드릭스. 사람들이 이런저런 말들을 하지만 세라는 좋은 사람이었어. 내가, 뭐랄까, 제대로 사랑해 주지 못한 것은 세라의 잘못이 아니었어. 알다시피 난 몹시 신중하고 조심스러운 사람이네. 사랑을 하기엔 적합하지 않은 사람이야. 세라는 자네 같은 사람을 원했어."

"세라는 날 떠났네. 다른 데로 갔어, 헨리."

"내가 언젠가 자네 소설을 읽었다는 걸 아나? 세라가 권해서 읽었지. 거기서 자넨 어떤 여자가 죽고 난 뒤의 집 안 모습을 그렸더군."

"『야심 많은 집주인』."

"맞아, 그 제목이었어. 읽었을 당시에는 제대로 잘 묘사한 것 같았어. 아주 그럴듯하다는 생각이 들었지. 그렇지만 실은 자네 생각이 틀렸네, 벤드릭스. 자넨 그 소설에서 집 안이 끔찍이도 공허하다고 느끼는 남편을 그렸잖아. 남편은 이 방 저 방 돌아다니기도 하고 의자를 옮기기도 하면서 거기에 또 다른 존재가 있는 것처럼 활동적인 분위기를 만들려고 열심히 노력하지. 때로는 잔 두 개에 술을 따르기도 하면서 말이야."

"난 잊어버렸네. 듣고 보니 좀 문학적이군 그래."

"그런데 실상은 그와 다르네, 벤드릭스. 당황스러운 것은 집 안이 공허한 것 같지 않다는 사실이야. 전에는 퇴근하고 집에 오면 세라가 밖에 나가고 없는 경우가 종종 있었지. 자네와 함께 있었는지도 모르겠어. 나는 큰 소리로 불렀고, 세라는 대답하지 않았어. 그러면 집 안이 텅 빈 것 같았지. 그럴 땐 가구도 사라진 것만 같은 느낌이 들곤 했어. 자넨 알지 모르겠지만 나는 내 방식으로 세라를 사랑했네, 벤드릭스. 지난 몇 달 동안은 내가 퇴근하고 돌아왔을 때 세라가 집에 없으면, 그때마다 나를 기다리고 있는 편지를 보게 될까 봐 몹시 두려웠어. 왜 있잖은가, '사랑하는 헨리'로 시작하는, 소설에 자주 나오는 그런 거."

"알아."

"그런데 지금은 집이 전혀 그처럼 공허해 보이지 않아. 그걸 어떻게 표현해야 할지 모르겠어. 세라가 항상 없으니까 오히려 없는 게 아니라는 생각이 드는 거야. 생각해 봐, 세라가 어디 다른 데 갔을 리는 없잖아. 누구랑 점심을 먹고 있을 리도 없고, 자네랑 영화관에 갔을 리도 없어. 세라가 집 말고 달리 있을 데가 어디 있겠나."

"그렇지만 세라의 집이 어디란 말인가?" 내가 말했다.

"벤드릭스, 날 용서해 주게. 불안하고 피곤해서 그래. 요즘은 잠을 잘 이루지 못한다네. 세라와 직접 얘기하는 것 다음으로 좋은 것은 세라에 대해서 얘기하는 거잖아. 그런데 세라에 대해서 얘기할 사람이 자네밖에 없어."

"세라는 친구들이 많았어. 윌리엄 멀록 경, 던스턴……"

"그 사람들하고는 세라에 대해 얘기할 수 없어. 그럴 바엔 차라리 그 파키스라는 사람하고 얘기하는 게 나아."

"파키스!" 나는 외치듯이 말했다. 그이는 우리들의 생활에 영원히 자리 잡은 것일까?

"그 친구 말로는 전에 우리가 열었던 칵테일파티에 왔었다고 하더군. 세라가 초대한 사람치곤 이상한 사람이었어. 자네하고도 아는 사이라던데."

"도대체 그자가 자네한테 뭘 원하던가?"

"세라가 자기 아들을 친절하게 대해 주었다는 거야. 그게 언제였는지는 모르겠어. 아들이 지금 아프대. 그 때문에 세라의 물건을 기념품으로 받고 싶어 하는 눈치더라고. 그래서 그 친구에게 세라의 낡은 동화책을 몇 권 주었네. 세라의 방에는 세라가 어렸을 때 연필로 갈겨쓴 낙서들이 가득한 동화책이 아주 많거든. 그렇게 하는 것이 동화책을 처분하는 좋은 방법이기도 했어. 그 책들을 그냥 포일스'로 보내 버릴 순 없잖아. 책을 줘서 나쁠 건 없겠지. 안 그래?"

"그야 그렇지. 그 친구는 내가 세라를 감시하게 한 사람이야. 새비지 탐정 사무소 직원이라네."

"맙소사. 미리 알았더라면…… 아무튼 그 친구는 진심으로 세라를 좋아하는 것 같았어."

"파키스는 인간적이야." 내가 말했다. "쉽게 감동하는 친구지." 나는 내 방을 둘러보았다. 헨리의 집에는 세라의 기운이 여기보다 더 짙게 배어 있지는 않을 것이다. 거기서는 세라가 묽어졌을 테니까 아마 여기보다는 더 옅을 것이다.

♦ 런던 채링크로스로드에 있는 대형 서점.

"그럼 자네 집으로 가서 자네와 함께 지내기로 하겠네, 헨리. 그렇지만 방세는 내도록 해 줘야 하네."

"정말 반가운 얘기네, 벤드릭스. 그러나 그 집은 자유 보유권이 있는 집이야. 자넨 자네 몫의 세금만 내면 돼."

"재혼하게 되면 새로운 거처를 구할 수 있도록 3개월 전에 알려 줘야 하네."

그는 내 말을 진지하게 받아들였다. "절대 재혼하고 싶진 않아. 난 결혼 생활을 잘해 나갈 수 있는 사람이 아니야. 세라와 결혼해서 그녀에게 큰 상처를 입혔잖아. 이제 그걸 잘 알고 있네."

6

그래서 나는 공원 북쪽으로 이사했다. 헨리가 곧장 이사 오기를 바랐으므로 나는 일주일 치 방세를 손해 보았고, 책과 옷가지를 옮기는 데 드는 소형 트럭 비용으로 5파운드를 지불했다. 나는 손님방을 썼다. 헨리가 잡동사니를 넣어 두는 방을 서재로 꾸며 주었다. 욕실은 위층에 있었다. 헨리는 침실 옆에 붙은 작은 방으로 가고, 싸늘한 일인용 침대가 두 개 있는 그들 부부가 썼던 방은 결코 오지 않을 손님들을 위한 방으로 남겨 두었다. 며칠 뒤에 나는 헨리가 말했던, 집이 결코 공허하지 않다는 의미를 깨닫기 시작했다. 나는 대영박물관이 문을 닫을 때까지 그곳 열람실에서 일했으며, 그런 다음 집에 돌아와 헨리를 기다렸다가 보통 둘이 함께 밖으로 나가 폰트프랙트암스 술집에서 가볍게 술을 마시곤 했다. 한번은 헨리가 본머스에서 열리는 회의에 참석하느라 며칠 동안 집을 비웠는데, 그때 나는 여자 한 명을 구해서 집으로 데려갔다. 잘되지 않았다. 나는 그걸 금방 알았다. 발기가 되지 않았다. 나는 여자가 기분 상하지 않도록 거짓말을 했다. 사랑하는 여자가 있는데, 그녀에게 다른 사람과는 절대 이 짓을 하지 않기로 약속했다고 둘러댄 것이다. 마음씨 고운 여자는 그걸 이해해 주었다. 창녀들은 감정을 굉장히 존중한다. 이번에는 내 마음속에 복수의 감정 같은 것은 없었고, 다만 내가 그리도 즐기던 것을 영원히 포기해야 한다는 게 서글펐을 뿐이다. 나는 나중에 세라의 꿈을 꾸었다. 꿈속에서 우리는 다시 연인이 되어 공원 남쪽의 내 방에 함께 있었지만, 다시금 아무 일도 일어나지 않았다. 다만 이번에는 그 사실이 전혀 서글프지 않았다. 우리는 유감스럽지 않았으며 행복했다.

그 며칠 뒤 내 방의 벽장을 열어 본 나는 낡은 동화책이 쌓여 있는 것을 발견했다. 헨리가 파키스의 아들에게 줄 동화책을 찾느라 뒤진 곳이 이 벽장이었을 것이다. 컬러 표지의 앤드루 랭의 동화책이 몇 권 있고, 비어트릭스 포터의 동화책이 꽤 여러 권 눈에 띄었다. 『새로운 숲속의 아이들』, 『북극의 흑인』, 그리고 다른 책들보다 더 낡은 책도 두어 권—캡틴 스콧의 『마지막 탐험』, 토머스 후드의 시집—있었다. 토머스 후드의 시집은 학교에서 가죽으로 장정하여 세라에게 준 것으로, 거기에는 '대수학에서 우수한 성적을 거둔 세라 버트럼에게 수여함'이라고 쓴 표 딱지가 붙어 있었다. 대수학이라! 사람은 얼마나 변화무쌍한 존재인가.

그날 저녁은 일을 하지 못했다. 나는 그 책들과 함께 마룻바닥에 누워 세라의 생애에서 내가 전혀 모르는 부분을 단편적으로나마 추적해 보려 했다. 연인은 자신의 정부의 아버지도 되어 주고 싶고 오빠도 되어 주고 싶은 때가 있는 법이다. 연인은 자신의 정부와 함께하지 못한 세월을 시샘하는 법이다. 『북극의 흑인』은 의미도 없는 낙서들이 곳곳에 색연필로 아무렇게나 마구 휘갈겨 쓰여 있는 것으로 보아 세라의 책 가운데 가장 이른 시기의 책일 듯싶었다. 비어트릭스 포터의 어떤 책에는 그녀의 이름이 연필로 적혔는데, 모음 하나가 잘못 쓰여서 셰러처럼 보였다. 『새로운 숲속의 아이들』에는 아주 단정하고 조그만 글씨로 이렇게 쓰여 있었다. '세라 버트럼의 책. 빌리려면 허락을 맡으세요. 만약 이 책을 훔친다면 당신에게 슬픈 일이 일어날 것입니다.' 그 글은 모든 시대, 모든 아이에게서 나타나는 흔적이었다. 겨울날 눈에 찍힌 새의 발자국처럼 특별할 것 없는 자취일 뿐이었다. 그 책을 덮었을 때 그것은 즉시 시간의 흐름에 덮이고 말았다.

세라가 과연 후드의 시를 읽어 보았을지 의문스러웠다. 책은 여자 교장 선생님이나 저명한 내빈이 그녀에게 주었을 당시 상태 그대로 깨끗했다. 그 책을 벽장 안에 다시 넣으려고 했을 때 인쇄물 한 장이 바닥에 떨어졌다. 그 수상식 날의 프로그램인 것 같았다. 나는 그녀의 필체로 쓴 글을 알아보았다 (우리의 글씨조차도 젊은 필체로 시작하지만 세월이 흐름에 따라 아라베스크 무늬 같은 피로한 모습을 띠게 된다). "완전한 헛소리." 나는 교장 선생님이 학부모의 박수갈채를 받으며 자리로 돌아가 앉을 때 세라가 그 글을 써서 옆자리 친구에게 보여 주는 모습을 머릿속에 그릴 수 있었다. 참을성 없고 이해심 부족하고 자신감 넘치는 여학생 시절의 세라의 그 글을 보았을 때 왜 그녀가 사용했던 또 다른 말이 내 머릿속에 떠올랐는지 모르겠다. "난 엉터리고 거짓말쟁이예요." 그 말은 천진함을 보여 주는 말이었다. 이후 20년을 그녀 자신에 대해 그렇게밖에 느끼지 못하고 살아왔다는 것이 몹시 안타까웠다. 엉터리, 거짓말쟁이. 그 말은 언젠가 내가 화가 났을 때 그녀에게 사용한 표현이 아니었던가? 그녀는 언제나 나의 비판을 가슴에 간직했다. 그렇지만 내가 해 주는 칭찬은 그녀의 가슴속에서 눈처럼 녹아 없어질 뿐이었다.

그 인쇄물을 뒤집어서 1926년 7월 23일의 프로그램을 읽었다. 왕립음악대학 미스 던컨 연주, 헨델의 '수상 음악'. 비어트리스 콜린스 낭독, 「수선화」. 교내 합창단, '튜더 시대 가곡'.

메리 피핏 바이올린 독주, '쇼팽 왈츠 A 플랫'. 20년 전의 긴 여름 오후가 나를 향해 그림자를 뻗었다. 나는 우리를 점점 더 나쁜 쪽으로 변화시킨 인생이 증오스러웠다. 그해 여름에 나는 내 첫 소설을 막 쓰기 시작했던 것 같다. 책상에 앉아 글을 쓸 때면 흥분과 야망과 희망으로 가슴이 벅찼다. 그 시절, 나는 고달프지 않았다. 행복했다. 세라가 읽은 적이 없어 보이는 시집 속에 인쇄물을 다시 집어넣은 다음 그 시집을 벽장 뒤쪽 『북극의 흑인』과 비어트릭스 포터의 동화책 밑에 끼워 넣었다. 우리는 우리 사이에 겨우 10년의 세월과 몇 개의 주州를 사이에 두고 둘 다 행복했었다. 그런 우리가 어떤 뚜렷한 목적도 없이 훗날에 만나게 되어 서로에게 커다란 고통만 주었던 것이다. 나는 스콧의 『마지막 탐험』을 집어 들었다.

그 책은 내가 가장 좋아하는 책 가운데 하나였다. 지금 보니 무척 구시대적인 책 같았다. 얼음만이 적일 뿐인 이 영웅적인 행동, 자신의 죽음 이외의 죽음은 개입시키지 않는 자기희생…… 우리 시대와 그들의 시대 사이에는 두 번의 전쟁이 있었다. 나는 사진을 들여다보았다. 수염과 부릅뜬 눈, 눈으로 쌓은 조그만 무덤, 영국 국기, 유행에 뒤처진 여자의 머리 같은 긴 갈기를 가진 조랑말들이 줄무늬 진 바위 사이를 나아가는 모습…… 그 죽음도 '마침표'였고, 여러 페이지에 밑줄을 긋고 느낌표를 붙이고 스콧이 집으로 보낸 마지막 편지의 여백에 단정한 글씨로 짧은 글을 써넣은 여학생 세라도 '마침표'였다.

세라가 써넣은 글은 이러했다. '다음에 올 것은 무엇일까? 하느님일까?• 로버트 브라우닝.' 그 시절에도 신은 그녀의 마음속에 들어가 있었구나, 나는 생각했다. 신은 한때의 일시적인 기분을 이용하는 연인처럼, 있을 법하지 않은 일과 자신의 전설로 우리를 유혹하는 영웅처럼 음흉한 존재였다. 나는 그 마지막 책을 도로 벽장 안에 넣은 다음 열쇠를 돌려 잠가 버렸다.

7

"어디 갔다 왔나, 헨리?" 내가 물었다. 그는 대개 나보다 먼저 아침을 먹었으며 때로는 내가 내려가기도 전에 출근하러 집을 나섰는데, 오늘 아침에는 그의 음식이 손도 안 댄 채 그대로 놓여 있었다. 그때 현관문이 조용히 닫히는 소리가 들렸고, 이어 그가 나타난 것이었다.

"아, 그냥 밖에 좀 나갔다 왔어." 그가 모호하게 말했다.

"밖에서 밤을 새웠어?" 내가 물었다.

"천만에. 그럴 리가 있나." 그는 내 의심에서 벗어나기 위해 사실을 얘기했다. "크롬턴 신부가 오늘 세라를 위해 미사를 올렸어."

♦ 로버트 브라우닝의 시 「1년에In a Year」에 나오는 구절.

"그 신부, 아직도 그걸 하고 있어?"

"한 달에 한 번. 가서 들여다보는 게 예의일 것 같아서 가 보았네."

"신부는 자네가 거기 간 걸 모를 것 같은데."

"미사 끝나고 그를 만나 고맙다고 말했어. 실은 저녁 식사에 신부를 초대했네."

"그럼 난 밖에 나가 있겠네."

"그러지 말고 같이 있어 주면 좋겠어, 벤드릭스. 어쨌든 그 신부도 나름대로 세라의 친구였잖은가."

"설마 자네도 신자가 되어 가는 건 아니겠지, 헨리?"

"그야 물론이지. 그렇지만 그 사람들도 우리와 마찬가지로 자기네들의 견해를 가질 권리가 있어."

그래서 그가 저녁 식사 자리에 왔다. 코가 마치 토르케마다♦의 코처럼 생긴, 못생기고 마르고 품위 없는 그가 바로 세라를 나에게서 떼어 놓은 사람이었다. 그는 일주일도 안 되어 잊어 버렸어야 할 말도 안 되는 세라의 맹세를 옹호하고 지지한 사람이었다. 빗속을 걷던 세라가 비를 피하러 들어갔다가 대신 '치명적인 독감에 걸린' 것도 그의 성당에서였다. 나는 그에게 예의를 차리고 싶은 마음이 눈곱만큼도 없었기에 저녁 식사

♦ 이교도를 끔찍이 박해했다고 알려진, 스페인의 초대 종교 재판소장인 후안 데 토르케마다(1420~1498)를 말한다.

대접은 오롯이 헨리가 떠맡아야 했다. 크롬턴 신부는 외부에서 식사를 하는 데 익숙지 않았다. 그에게 이런 자리는 마음을 가다듬기 어려운 일종의 의무일 거라는 인상을 받았다. 그는 매우 제한된 범위의 얘기만 했으며, 그가 하는 대답은 길 건너 나무들처럼 투박했다.

"이 근방엔 가난한 사람들이 많죠?" 헨리가 치즈를 사이에 두고 약간 피곤한 목소리로 말했다. 헨리는 그동안 여러 가지 화제—책의 영향, 영화, 최근의 프랑스 방문, 3차 대전의 가능성 등—를 꺼낸 터였다.

"그건 문제가 아닙니다." 크롬턴 신부가 대답했다.

헨리는 열심히 노력했다. "부도덕한 행위는요?" 헨리가 그런 말을 할 때면 어쩔 수 없이 나타나는 약간 부자연스러운 어조로 물었다.

"그건 결코 문제가 되지 않습니다." 크롬턴 신부가 말했다.

"제 생각엔…… 공원에서…… 밤이면 눈에 띄는……"

"그거야 공터가 있는 곳이면 어디서나 일어나는 일이죠. 더욱이 지금은 겨울이니까요." 그래서 그 이야기는 그걸로 끝났다.

"치즈 더 드시겠어요, 신부님?"

"아니, 됐습니다."

"이런 지역에서는 모금하는 데 굉장히 애를 먹죠? 자선 모금 말입니다."

"낼 수 있는 만큼 낸답니다."

"커피에 브랜디를 좀 넣을까요?"

"아니, 됐습니다."

"그럼 우리만……"

"아, 그렇게 하세요. 저는 브랜디를 타면 잠이 안 와서 그럽니다. 그뿐이에요. 6시에 일어나야 하거든요."

"왜요?"

"기도하러. 이젠 익숙해진 일입니다."

"저는 어렸을 때부터 기도를 많이 하진 못했습니다." 헨리가 말했다. "저도 그때는 럭비 2팀에 들어가게 해 달라고 기도를 하곤 했지요."

"그래서 들어갔습니까?"

"럭비 3팀에 들어갔습니다. 그런 기도는 별로 좋지 않은가 봐요. 그런가요, 신부님?"

"어떤 기도든 안 하는 것보다는 낫습니다. 어쨌든 하느님의 힘을 인정하는 거니까요. 그리고 하느님의 힘을 인정하는 것은 일종의 찬미라고 생각해요." 저녁 식사가 시작된 이래 그가 이렇게 말을 많이 하는 것은 처음이었다.

"제 경우엔," 내가 말했다. "기도란 나무 만지기♦나 걸을 때 보도의 선을 피하기♦♦ 같은 것과 비슷하다고 생각했어요. 아무

♦ 책상이나 벽 같은 나무로 된 것을 가볍게 두드리며 불운이 멈추기를 기원하는 미신.
♦♦ 보행로에 난 선이나 금을 밟으면 자신이나 가족에게 불행이 생긴다고 믿는 미신.

튼 그 나이 때는 그랬습니다."

"아, 그랬군요." 신부가 말했다. "저는 가벼운 미신에 대해선 반대하지 않습니다. 그것은 사람들에게 이 세상이 전부가 아니라는 생각을 심어 주니까요." 그는 코 밑으로 나를 쏘아보았다. "그건 지혜의 시작일 수 있습니다."

"당신네 교회는 미신에 지대한 관심을 가지고 있는 게 분명해요. 성 야누아리우스,♦ 피 흘리는 조각상, 성모 마리아의 환영幻影 같은 거 말이에요."

"우린 그런 걸 선별하려고 합니다. 아무튼 어떤 일이든 일어날 수 있다고 믿는 게 더 분별 있는 태도 아닐까요?"

초인종이 울렸다. 헨리가 말했다. "가정부에겐 들어가 자라고 했으니 내가 나가 봐야겠어요. 잠깐 실례해도 되겠죠, 신부님?"

"내가 가 볼게." 내가 말했다. 나는 그 부담스러운 존재로부터 벗어나는 게 기뻤다. 그는 어떤 말에도 거침없이 척척 답변을 했다. 일반 사람은 절대 그를 말로 이길 수 없었다. 그는 너무 솜씨가 좋아서 오히려 구경꾼을 지루하게 만드는 마술사 같았다. 현관문을 여니 검은 옷을 입은 통통한 여자가 꾸러미를 들고 서 있었다. 잠시 자질구레한 집안일을 해 주는 여자인

♦ 4세기 이탈리아 나폴리 출신의 순교자. 유리 용기에 모신 그의 굳은 피가 특정 시기에는 녹는다고 한다.

가 보다, 생각하고 있을 때 그녀가 입을 열었다. "선생님이 벤드릭스 씨인가요?"

"그렇습니다."

"이걸 전해 드리려고 왔습니다." 그녀가 마치 폭발물이 든 물건이라도 되는 것처럼 내 손을 향해 재빨리 그 꾸러미를 내밀었다.

"누가 보냈는데요?"

"파키스 씨가 보냈습니다, 선생님." 나는 당황하며 그것을 받았다. 파키스가 어떤 증거를 빠뜨린 채 잊어버리고 있다가 뒤늦게 내게 전해 주는 게 아닌가 하는 생각마저 들었다. 나는 이제 그만 파키스 씨를 잊어버리고 싶었다.

"인수증을 써 주시겠습니까, 선생님? 이걸 선생님께 직접 전해 드리라고 했거든요."

"연필도 종이도 없는데요. 굳이 그럴 필요가 있나 싶기도 하고."

"파키스 씨가 기록을 얼마나 중시하는지 아실 거예요, 선생님. 제 가방에 연필이 있습니다."

나는 낡은 봉투 뒷면에 인수증을 써 주었다. 그녀는 그것을 조심스럽게 집어넣은 다음 가능한 한 멀리, 가능한 한 빨리 물러나고 싶은 듯 총총걸음을 치며 대문으로 갔다. 나는 현관에 서서 손으로 그 물건의 무게를 어림해 보았다. 헨리가 식당 방에서 소리쳤다. "그게 뭔가, 벤드릭스?"

"파키스가 보낸 꾸러미." 내가 말했다. 왠지 발음이 꼬이는 듯한 느낌이 들었다.

"동화책을 돌려주는 것 같아."

"이 시간에? 그리고 내 앞으로 보낸 거야."

"그래? 그럼 뭘까?" 나는 그 꾸러미를 열고 싶지 않았다. 헨리와 나, 둘 다 잊어버리려는 고통스러운 과정을 열심히 밟고 있지 않은가? 나는 새비지 씨 사무소에 찾아간 행위에 대해 그동안 충분히 벌을 받았다는 생각이 들었다. 크롬턴 신부의 목소리가 들렸다. "이제 그만 가 봐야겠습니다, 마일스 씨."

"아직 이른 시간인데요."

이대로 밖에 있으면 굳이 내가 헨리의 인사에 덧붙여 따로 인사를 차릴 필요가 없을 테고, 신부는 곧 떠날 거라는 생각이 들었다. 나는 꾸러미를 열었다.

헨리가 옳았다. 그것은 앤드루 랭의 동화책이었다. 그런데 반으로 접은 편지지가 책갈피에 끼워진 채 삐져나와 있었다. 파키스의 편지였다.

'친애하는 벤드릭스 선생님,' 첫머리를 읽은 나는 이것은 감사의 편지로구나, 생각하고 성급하게 마지막 부분으로 눈을 돌렸다. '그러므로 이 상황에서는 이 책을 집 안에 두고 싶지 않습니다. 그렇지만 마일스 씨의 고마움과 은혜를 잊지 않고 있다는 것을 선생님께서 그분에게 설명해 주시기를 바랍니다. 앨프리드 파키스.'

나는 현관에 앉았다. 헨리의 말소리가 들려왔다. "제 마음이 편협하다고 생각하지는 말아 주세요, 크롬턴 신부님……" 나는 파키스의 편지를 처음부터 읽기 시작했다.

'친애하는 벤드릭스 선생님, 제가 마일스 씨가 아니라 선생님께 편지를 쓰는 것은 비록 슬픈 일이었지만 그 일로 인해 우리가 맺은 친밀한 관계 덕분에 선생님이 동정해 주시리라 확신하고, 또한 선생님은 상상력이 풍부한 문학가이므로 이상한 현상에 익숙하실 거라 믿기 때문입니다. 제 아들 녀석이 최근에 엄청 심한 복통을 겪었다는 걸 아실 겁니다. 아이스크림 때문은 아니고, 맹장염이 아닐까 걱정하고 있습니다. 의사는 아무 문제 없을 테니 수술을 하라고 말했지만 저는 가엾은 아들 녀석에게 칼을 댄다는 게 너무 두렵습니다. 아이 엄마도 수술을 받고 죽었거든요. 분명 과실 때문이었다고 저는 믿고 있습니다. 그런데 아들 녀석까지 그런 식으로 잃는다면 전 어떻게 될까요? 더없이 외로운 신세가 되겠지요. 이런 얘기를 시시콜콜히 하는 것을 용서해 주십시오, 벤드릭스 선생님. 그렇지만 저 같은 직업을 가진 사람들은 일을 정연하게 정리하고 중요한 것을 먼저 설명함으로써 판사가 사실을 명료하게 전달받지 못했다고 불평하지 못하도록 하는 훈련을 받습니다. 저는 지난 월요일에 의사에게 우리가 확신을 갖게 될 때까지 기다리자고 말했습니다. 녀석이 그렇게 된 것은 감기 때문이라는 생각이 들 때가 있습니다. 아들 녀석은 마일스 부인의 집 밖에서 망을 보고 있었으니까요. 이런 말씀 드리는 걸 용서해 주시기 바랍니다만, 부인은 참으로 친절한 분이셨습니다. 감시하지 않고 가만히 두었더라면 좋았을 분이셨죠. 이런 일을 하는 제 입장에선 가려서 고를 수 있는 게 아니지만, 메이든레인에서 부인을 본 첫날 이후로 저는 늘 제가 감시하는 사람이 다른 여자였으면, 하고 바랐습니다. 어쨌든 제 아들 녀석은 가엾은 부인께서 돌아가셨다는 말을 듣고 큰 충격을 받았습니다. 부인은 제 아이와 딱 한 번 얘기를 나누었을 뿐이지만, 어쩐 일인지 녀석은 제 엄마가 부인 같았을 거라는 생각이 들었나 봅니다. 그러나 제 엄마는 제 나름의 방식으로 착하고 진실한 여자이긴 했지만 부인과 비슷하지는 않았습니다. 저에게는 평생토록 언제나 그리운 사람이죠. 녀석의 체온이 그 또래 아이로서는 고온인 39.5도였을 때 녀석은 전에 거리에서 부인과 얘기했던 것과 똑같이 부인하고 얘기를 했습니다. 그런데 그 나이에도 직업적인 자부심이 있어서 평소에는 자기가 하고 있는 일을 절대 드러내지 않던 아이가 자기는 부인을 감시하고 있다는 걸 말해 버렸답니다. 그래서인지 부인이 세상을 떠났다는 말을 들었을 때 울기 시작하더군요. 그러다가 잠이 들었고, 잠이 깼을 때 체온을 재 보니 여전히 39도 정도로 높았는데, 그때 아이가 꿈속에서 부인이 자기한테 주겠다고 약속한 선물을 받아 달라고 조르는 것이었습니다. 그래서 제가 마일스 씨를 귀찮게 하고 속이기까지 한 겁니다. 직업적인 이유 때문이 아니라 오직 가엾은 아들 녀석을 위해서 그렇게 한 것에 대해 선 부끄럽게 생각합니다.

　동화책을 얻어서 아이에게 주었더니 아이가 많이 진정됐습 니다. 그렇지만 의사가 자기는 더 이상 모험을 하지 않을 것이 며, 아이는 늦어도 수요일에는 병원을 가야 하니 빈 병상이 있 으면 당장에라도 입원시키겠다고 말해서 저는 몹시 불안했습 니다. 그래서 저는 가엾은 아내와 가엾은 아들 녀석에 대한 생 각으로, 그리고 수술에 대한 두려움으로 근심스러워서 잠을 이루지 못했습니다. 저는 열심히 기도했다는 것을 숨기고 싶 지 않습니다, 벤드릭스 선생님. 저는 하느님께 기도드렸고, 제 아내에게도 할 수 있는 모든 걸 다해 달라고 기도했습니다. 천 국에 누군가가 있다면 제 아내가 거기 있을 테니까요. 그리고 마일스 부인에게도 만약 거기 계신다면 힘닿는 데까지 도와 달라고 부탁했습니다. 어른인 제가 이렇게 할 수 있다면 제 아 들 녀석은 무슨 상상인들 못 하겠습니까, 벤드릭스 선생님. 오 늘 아침 일어나서 아이의 체온을 재어 보니 37.2도로 내렸고, 아이는 아무 고통도 없었습니다. 의사가 왔을 때 기운이 빠진 기색이 전혀 없어서 의사는 좀 기다리면서 지켜보자고 했는 데, 아이는 온종일 괜찮았습니다. 좀 특이했던 것은 아이가 의 사에게, 마일스 부인이 와서 고통을 없애 주었다고 얘기한 것 이었습니다. 경솔한 얘기라서 죄송합니다만, 부인이 아이의 배 오른쪽을 만져 주었다는 겁니다. 그리고 책에 아이를 위해 글을 써 주었다고도 했어요. 그렇지만 의사는 아이를 차분하게 안정시켜야 하는데 그 책은 아이를 들뜨게 만든다고 했습니다. 그래서 이 상황에서는 이 책을 집 안에 두지 않는 게 나을 것 같아⋯⋯'

편지를 뒤집어 보니 추신이 있었다. '책에 뭐라고 적어 놓은 글이 있는데, 그 글은 오래전 마일스 부인이 어린 소녀였을 때 쓴 글이라는 것을 누구나 알 수 있습니다. 하지만 가엾은 아들 녀석에게 그걸 설명하면 고통이 되살아날까 봐 그 얘기는 하지 못하겠습니다. A. P. 올림.' 책의 면지를 살펴보니 전에 다른 책에서 본 것처럼 어린 세라 버트럼이 자신의 주장을 지워지지 않는 연필로 서툴게 갈겨쓴 글이 거기 있었다.

'내가 아팠을 때 엄마가 랭이 쓴 이 책을 주셨습니다.
아프지 않은 사람이 이 책을 훔치면 큰 벌을 받을 것입니다.
그러나 아파서 누워 있는 사람이라면
이 책을 가지고 가서 읽어도 됩니다.'

나는 그것을 가지고 다시 식당 방으로 들어갔다. "뭐였어?" 헨리가 물었다.

"그 책." 내가 말했다. "파키스에게 그 동화책을 주기 전에 책 속에 세라가 써 놓은 글을 읽었나?"

"아니. 왜?"

"우연의 일치야. 그뿐이네. 그렇지만 자넨 크롬턴 신부님의 설득에 귀 기울일 필요도 없이 미신을 믿을 수 있을 것 같네." 나는 헨리에게 그 편지를 건네주었다. 헨리는 그걸 읽고 나서 크롬턴 신부에게 건넸다.

"나는 이런 거 마음에 들지 않아." 헨리가 말했다. "세라는 죽었네. 세라가 여기저기서 자꾸 언급되는 게 난 싫어."

"무슨 말인지 알겠어. 나도 같은 심정이야."

"낯모르는 사람들이 세라에 대해 이러쿵저러쿵 떠드는 소리를 듣는 기분이야."

"부인에 대해 나쁜 얘기를 하는 사람은 없습니다." 크롬턴 신부가 말했다. 그는 편지를 내려놓았다. "이젠 정말 가 봐야겠습니다." 그러나 그는 움직이지 않고 식탁 위의 편지를 내려다볼 뿐이었다. 그가 물었다. "책에 뭐라고 쓰여 있었습니까?"

나는 신부 쪽으로 책을 밀었다. "아주 오래전에 쓴 겁니다. 그 또래 아이들이 다 그러하듯이 부인은 이 책 저 책에 그런 글들을 많이 썼더군요."

"시간은 이상한 것입니다." 크롬턴 신부가 말했다.

"물론 그 아이는 그것이 다 과거에 쓴 거라는 사실을 모를 겁니다."

"성 아우구스티누스는 시간은 어디서 오느냐고 물었습니다. 그분은 시간은 아직 존재하지 않는 미래에서 와서 지속성이 없는 현재로 들어와 더 이상 존재하지 않는 과거로 간다고 했습니다. 우리가 아이들보다 시간을 더 잘 이해할 수 있는지, 저로서는 잘 모르겠습니다."

"제 말은……"

"아, 괜찮습니다." 신부는 그렇게 말하며 일어났다. "제 말을 너무 새겨듣지 마십시오, 마일스 씨. 그것은 부인이 얼마나 좋은 분이었는지 보여 주는 것일 뿐입니다."

"그게 저한테 무슨 도움이 되겠습니까? 아내는 더 이상 존재하지 않는 과거의 일부가 돼 버린걸요."

"이 편지를 쓴 사람은 분별이 있는 분입니다. 고인에게 기도를 하는 것은 고인을 위해 기도를 하는 것과 마찬가지로 전혀 해롭지 않은 좋은 일이죠." 그러고 나서 했던 말을 되풀이했다. "부인은 좋은 분이었습니다."

나는 갑자기 화가 치밀었다. 나는 무엇보다도 그의 자기만족적인 태도에 화가 났다고 믿는다. 어떤 지적인 논리에도 흔들리거나 곤혹스러워하지 않는 그의 감각에 화가 났고, 우리가 오랜 세월 동안 알고 지낸 사람을 단 몇 시간 아니면 며칠 정도만 알고 지냈으면서도 아주 상세하게 아는 척하는 태도에 화가 난 것이었다. 내가 말했다. "세라는 그런 사람이 아니었어요."

"벤드릭스." 헨리가 날카롭게 말했다.

"세라는 어떤 남자에게나 추파를 던질 수 있는 사람이었습니다." 나는 말했다. "심지어 성직자에게도. 세라는 당신을 속였을 뿐이에요, 신부님. 남편과 나를 속인 것처럼 말이에요. 그녀는 순 거짓말쟁이였어요."

"부인은 가식적인 사람이 결코 아니었습니다."

"그녀의 정부가 나 하나뿐인 것도 아니었고……"

"그만해." 헨리가 말했다. "자네가 무슨 권리로……"

"그냥 내버려 두세요." 크롬턴 신부가 말했다. "저 가엾은 사람이 마구 떠들어 대도록 그냥 놔두세요."

"당신의 직업적인 동정을 나한테 베풀진 마세요, 신부님. 그건 당신의 참회자들을 위해 아껴 두세요."

"나에게 누구를 동정하라 마라, 하고 말하면 안 됩니다, 벤드릭스 씨."

"누구나 그녀를 가질 수 있었습니다." 나는 내가 한 말을 정말로 믿고 싶었다. 그러면 그리워할 것도 후회할 것도 없을 터이기 때문이었다. 그녀가 어디에 있든 더 이상 그녀에게 얽매이지 않을 것이기 때문이었다. 자유로워질 것이기 때문이었다.

"그리고 참회에 관해서 당신이 나에게 가르칠 수 있는 것은 없습니다, 벤드릭스 씨. 나는 고해실에서 25년을 보냈습니다. 우리가 할 수 있는 일 가운데 성인들께서 우리보다 앞서 하시지 않은 일은 아무것도 없습니다."

"난 실패한 것 빼고는 참회할 게 없습니다. 당신 신자들에게 돌아가세요, 신부님. 그 잘난 고해실과 묵주가 있는 데로 돌아가시란 말이에요."

"내가 필요할 땐 언제든 그리로 오면 날 만날 수 있을 겁니다."

"내가 신부님을 필요로 한다고요? 무례하게 굴고 싶진 않지만 나는 세라가 아닙니다. 세라가 아니란 말입니다."

헨리가 당황하며 말했다. "죄송합니다, 신부님."

"죄송해할 필요 없습니다. 저는 사람이 고통에 처했을 때의 심정을 잘 압니다."

나는 그의 자기만족의 질긴 거죽을 뚫고 들어갈 수 없었다. 나는 의자를 뒤로 밀면서 말했다. "잘못 봤습니다, 신부님. 이건 고통 같은 미묘한 감정이 아닙니다. 난 고통에 빠진 게 아니에요. 증오에 빠진 겁니다. 난 세라가 바람기 많은 여자였기에 그녀를 증오합니다. 세라가 헨리를 떠나지 않고 달라붙어 있었기에 헨리를 증오합니다. 그리고 당신이 우리 모두에게서 그녀를 빼앗아 갔기 때문에 나는 당신과 당신네 상상의 신을 증오합니다."

"당신은 증오의 달인이로군요." 크롬턴 신부가 말했다.

두 사람 중 어느 한 사람에게도 상처를 입힐 수 없을 만큼 무력하다는 것을 깨달은 나의 눈에 눈물이 맺혔다. "다들 넌더리가 나." 내가 말했다.

나는 두 사람을 안에 가두기라도 하듯 문을 쾅 닫고 나왔다. 그대의 성스러운 지혜를 헨리에게 마구 부어 주시게, 나는 생각했다. 나는 혼자야. 혼자이고 싶어. 당신을 가질 수 없다면 나는 늘 혼자이겠어. 아, 나도 누구 못지않게 믿음을 가질 수 있어. 다만 그러려면 내 마음의 눈을 오랫동안 감고 있어야겠지. 그러면 당신이 어젯밤 파키스의 아들에게로 와서 당신의 손길로 평화를 가져다주었다는 것을 믿을 수 있을 거야. 지난달 화장터에서 그 젊은 여자를 나에게서 구해 달라고 당신에게 부탁했더니, 당신은 그 여자와 나 사이에 당신 어머니를 밀어 넣었어. 아무튼 그렇게 생각하는 사람들도 있을 수 있잖아. 만약 내가 그걸 믿기 시작한다면 당신의 하느님도 믿어야 하겠지. 당신의 하느님도 사랑해야 하겠지. 어쩌면 당신이 잠자리를 함께한 남자들도 사랑할 수 있을 거야.

정신을 똑바로 차려야 해. 나는 2층으로 올라가면서 속으로 중얼거렸다. 세라는 이제 죽은 지 꽤 됐어. 죽은 사람을 계속 이처럼 강렬하게 사랑할 수는 없어. 오직 살아 있는 사람만을 그렇게 사랑할 수 있는데, 세라는 살아 있지 않아. 살아 있을 수 없어. 세라가 살아 있다고 믿어선 안 돼. 나는 침대에 누워 눈을 감고 사리에 맞게 생각하려 애썼다. 내가 종종 그러하듯이 세라를 무척이나 증오한다면 어떻게 그녀를 사랑할 수 있을까? 누군가를 정말로 증오하면서 동시에 사랑할 수도 있는 걸까? 어쩌면 내가 정말로 증오하는 것은 오직 나 자신뿐인 게 아닐까? 나는 대수롭지 않은 얄은 재주로 쓴 나의 책들을 증오한다. 나는 소설의 이야깃거리에 탐욕스러운, 그리하여 내가 쓰려는 소설의 정보를 얻기 위해 좋아하지도 않은 여

자를 유혹하기 시작한 내 안의 작가 정신을 증오한다. 나는 그
토록 많은 쾌락을 즐겼으면서도 마음이 느끼는 것을 잘 표현
하지 못하는 이 육체를 증오한다. 그리고 나는 파키스를 감시
자로 고용해서 초인종에 가루를 뿌리게 하고 휴지통을 뒤져
당신의 비밀을 훔쳐 내게 한 나의 의심 많은 마음을 증오한다.

　침대 옆 탁자 서랍에서 세라의 일기를 꺼내 손이 가는 대
로 아무 데나 펼쳐 든 나는 지난 1월 어느 날의 일기를 읽었
다. '오, 하느님, 만약 제가 정말로 당신을 증오할 수 있다면 그
것은 무슨 의미일까요?' 나는 생각했다. 세라를 증오하는 것
은 세라를 사랑하는 것과 다름없고, 나 자신을 증오하는 것은
나 자신을 사랑하는 것과 다름없어. 나는 증오할 가치도 없어.
『야심 많은 집주인』『왕관을 쓴 초상』『물가의 무덤』의 작가
모리스 벤드릭스는, 엉터리 글쟁이 벤드릭스는 증오할 가치가
없는 사람이야. 신이여, 만약 당신이 존재한다면 당신 말고는
그 무엇도—심지어 세라조차도—우리가 증오할 가치가 없습
니다. 나는 생각을 이어 갔다. 종종 나는 모리스를 증오했는데,
내가 그를 사랑하지 않았다면 과연 그를 증오했을까? 오, 하
느님, 만약 제가 정말로 당신을 증오할 수 있다면……

　세라가 믿지도 않았던 하느님에게 기도했던 일을 떠올리
면서 나는 내 얘기를 들어 주리라고 믿지 않는 그녀에게 이
야기를 건넸다. 내가 말했다. 당신은 나를 살리려다 우리 둘
을 다 희생시켰어. 그러나 당신 없는 이 삶이 도대체 무슨 삶

인 거지? 당신이 하느님을 사랑한 것은 아주 잘된 일이야. 당
신은 죽었어. 당신에겐 하느님이 있어. 그렇지만 나는 삶이 넌
더리 나고 건강도 엉망이야. 내가 하느님을 사랑하기 시작한
다면 그냥 죽을 수는 없어. 하느님에 대해 뭔가를 해야만 하는
거야. 나는 손으로 당신을 만져야 했고, 혀로 당신을 맛보아야
했어. 사랑하면서 아무것도 하지 않을 수는 없는 거야. 언젠가
꿈에서 당신이 말했던 것처럼 '걱정하지 마요'라고 내게 말해
봤자 아무 소용이 없어. 만약 내가 그런 식으로 사랑한다면 모
든 게 끝장날 거야. 당신을 사랑함으로써 난 식욕을 잃었고 다
른 어떤 여자에게도 욕정을 느끼지 못하게 되었어. 만약 하느
님을 사랑하게 된다면 하느님을 떠나서는 그 어떤 것에도 기
쁨을 느끼지 못할 거야. 아마 난 내 일마저 잃게 될 거야. 벤드
릭스로 사는 것도 그만둬야 할 거야. 세라, 난 두려워.

  그날 밤 나는 새벽 2시에 잠이 완전히 깼다. 나는 식품 저장
실로 내려가 비스킷을 조금 먹고 물을 한 잔 마셨다. 헨리 앞
에서 세라에 대해 그렇게 말한 것이 미안했다. 신부는 우리가
할 수 있는 것 중에서 성인들이 하지 않은 것은 아무것도 없다
고 말했다. 그것은 살인이나 간음처럼 눈에 확연히 띄는 죄에
대해서는 사실일지 모른다. 하지만 성인이 과연 질투나 야비
함 따위의 죄를 범했을까? 나의 증오는 나의 사랑만큼이나 사
소한 것이었다. 나는 조용히 헨리의 방 문을 열고 헨리를 들여
다보았다. 그는 불을 켜 놓은 채 한 팔로 눈을 가린 자세로 자

고 있었다. 눈을 가리고 있으니 알 수 없는 익명의 사람으로
보였다. 그저 한 사내, 우리 중 한 사람일 뿐이었다. 그는 전장
에서 만나는 최초의 적병과도 같았다. 죽어서 분간이 안 가는,
백군白軍도 적군赤軍도 아닌 자기와 다를 바 없는 한 인간일 뿐
이었다. 나는 그가 잠이 깨면 먹으라고 비스킷 두 개를 침대
옆에 놓아둔 다음 불을 끄고 나왔다.

8

소설은 진도가 잘 나가지 않았다(글을 쓴다는 것이 시간 낭
비처럼 보였지만, 그것 말고 달리 어떻게 시간을 보낼 수 있었겠는
가?). 그래서 나는 연설을 들으러 공원으로 나가 보았다. 내 기
억 속에 남아 있는, 전쟁 전에 나를 즐겁게 해 주곤 했던 이가
거기 있었다. 그 사람이 무사히 돌아와 예전처럼 연설하는 모
습을 보니 반가운 마음이 일었다. 그 사람은 정치나 종교에 관
해 연설하는 연사들과는 달라서 그의 연설에 전달하고자 하
는 메시지가 있는 것은 아니었다. 전직 배우였던 그는 그저 이
야기를 들려주거나 시구를 암송할 뿐이었다. 어떤 시구절이
라도 요청하면 다 암송해 주겠노라고 청중들을 자극하곤 했
다. "늙은 선원의 노래" 하고 누군가가 소리치면 그는 즉시
4행시를 우렁차게 외는 것이었다. 어떤 장난스러운 청중이 말

했다. "셰익스피어의 소네트 32번." 그러자 그가 되는대로 시 구절 넉 줄을 외웠다. 그 장난스러운 청중이 틀렸다고 말하자 그가 말했다. "당신이 잘못된 판본을 가지고 있는 거예요." 나는 주변의 청중들을 둘러보았다. 그때 스마이스가 눈에 들어 왔다. 그의 잘생긴 쪽 얼굴이, 즉 세라가 입술을 갖다 대지 않은 쪽 뺨이 나를 향하고 있는 것으로 보아 그가 먼저 나를 본 듯싶었다. 그렇다면 그는 내 눈을 피하고 있는 것이었다.

왜 세라가 알던 사람이면 누구에게나 말을 걸고 싶었던 것일까? 나는 청중을 헤치고 그의 옆으로 다가가 말을 걸었다. "스마이스, 안녕하세요." 그가 보기 흉한 쪽 얼굴에 손수건을 꼭 댄 채 나를 향해 고개를 돌렸다. "아, 벤드릭스 씨군요." 그가 말했다.

"장례식 이후로 못 뵈었군요."

"어디 좀 가 있었습니다."

"이젠 여기서 연설하지 않나요?"

"안 합니다." 그는 잠시 머뭇거리다가 내키지 않는 투로 덧붙였다. "사람들 앞에서 연설하는 건 그만뒀습니다."

"그렇지만 가정 교습은 여전히 하고 계시죠?" 나는 짓궂게 놀렸다.

"아니, 그것도 그만두었습니다."

"견해를 바꾼 건 아니겠죠?"

그가 우울하게 말했다. "무얼 믿어야 할지 모르겠습니다."

"믿을 건 아무것도 없어요. 그게 당신의 확고한 생각이었습니다."

"그랬죠." 그가 군중들로부터 조금 벗어나려고 걸음을 옮겼기 때문에 그의 흉한 쪽 뺨이 보이는 방향에 내가 서 있게 되었다. 나는 그를 조금 더 놀려 주고 싶은 마음을 참을 수 없었다. "치통이 있나 보죠?" 내가 물었다.

"아닌데요. 왜요?"

"그렇게 보여서요. 손수건을 대고 있어서."

그는 대답하지 않고 손수건을 뗐다. 숨길 만큼 흉한 것이 없었다. 얼굴 피부는 꽤나 젊고 싱싱해 보였다. 단지 대수롭지 않은 반점이 하나 있을 뿐이었다.

그가 말했다. "아는 사람을 만날 때마다 설명하느라 지쳤습니다."

"치료법을 찾으신 건가요?"

"예. 어디 좀 가 있었다고 말했잖습니까."

"요양소에 있었던 거예요?"

"예."

"수술했어요?"

"꼭 그런 건 아니고……" 그가 마지못해 덧붙였다. "접촉으로 치료된 겁니다."

"신앙 요법인가요?"

"나는 신앙이 없습니다. 엉터리 치료는 절대 받지 않아요."

"무슨 병이었나요? 담마진?"

그가 이 이야기를 끝맺으려고 모호하게 말했다. "현대 요법. 전기 요법이죠."

나는 집으로 돌아와서 다시 소설을 써 보려 했다. 소설을 쓸 때마다 나는 늘 도무지 생생히 살아나지 않는 인물이 하나 있다는 것을 알게 된다. 그 인물의 묘사에 심리적인 오류가 있는 것이 아닌데도 그는 꼼짝도 하지 않으려 해서, 나는 독자들에게 그 인물을 살아 있는 것처럼 보이게 만들려고 그를 이리저리 떠밀어야 하고, 그를 위한 언어를 찾아야 하고, 오랜 세월에 걸쳐 어렵게 터득한 모든 기교를 발휘해야 한다. 때로는 비평가가 내 소설에서 그 인물이 가장 잘 그려졌다고 칭찬을 해서 씁쓸한 만족감을 느끼는 경우도 있다. 그러나 그가 잘 그려지지 않은 경우 그는 질질 끌려다녔을 게 분명하다. 그는 내가 작업을 시작할 때마다 마치 배 속의 잘 소화되지 않은 음식처럼 내 마음속에 거북하게 걸리적거리고, 그가 나오는 어떤 장면에서나 내게서 창작의 기쁨을 빼앗아 가 버린다. 그는 예기치 않은 일을 하는 법이 없고, 나를 놀라게 하는 일도 없고, 책임을 지는 법도 없다. 다른 모든 인물은 도움을 주지만 그만은 방해를 할 뿐이다.

그럼에도 그 없이는 소설이 되지 않는다. 하느님도 우리 중 어떤 사람에 대해서는 그와 같이 느낄 거라고 생각된다. 성인들은 어떤 의미에서는 스스로를 창조한다고 여길 수 있다. 그들은 생생히 살아 있다. 그들은 놀라운 행동이나 말을 할 줄 안다. 그들은 플롯의 바깥에 서 있고, 플롯에 구애되지 않는다. 그러나 그런 성인들과는 달리 우리는 이리저리 떠밀리지 않을 수 없다. 우리는 존재하지 않는 것에 대해서는 융통성이 없고 고집이 세다. 우리는 도저히 벗어날 수 없을 만큼 플롯에 얽매여 있어서 하느님은 피곤해하면서 하는 수 없이 자신의 의도에 따라 우리를 이리저리 밀고 다닌다. 우리는 시심詩心이 없고, 자유의지도 없는 인물들이다. 우리의 유일한 가치는 어느 시점, 어느 장소에서 살아 있는 인물이 움직이고 말하는 장면을 꾸미는 데 도움을 주고, 성인들이 **그들의** 자유의지를 발휘할 기회를 제공해 주는 데 있을 따름이다.

현관문이 닫히는 소리에 이어 헨리의 발소리가 현관에서 들려오자 나는 기뻤다. 일을 멈출 구실이 생겼기 때문이다. 그 인물은 이제 내일 아침까지 가만 내버려 두어도 되었다. 드디어 폰트프랙트암스 술집에 갈 시간이 된 것이다. 나는 헨리가 나를 부르러 올라오기를 기다렸다(이미 한 달을 같은 집에서 산 우리는 수년 동안 함께 살아온 두 독신남처럼 우리 방식에 길들어 있었다). 그러나 나를 부르는 소리 대신에 자신의 서재로 들어가는 소리가 들렸다. 잠시 후 나도 그를 뒤따라 서재로 들어갔다. 술이 그리웠던 것이다.

그를 따라서 처음 이 서재로 들어왔던 때가 생각났다. 그는 저쪽, 푸른빛 '원반 던지는 사람' 조각상 옆에 근심과 낙심에

찬 표정으로 앉아 있었다. 그러나 지금 그를 보고 있노라니 질투도 기쁨도 느껴지지 않았다.

"한잔하러 가야지, 헨리?"

"그럼, 그럼. 물론이지. 신발을 갈아 신으려고 들어왔을 뿐이야." 그는 시내에서 신는 신발과 시골에서 신는 신발이 별도로 있었는데, 그가 보기에 공원은 시골이었다. 헨리는 몸을 숙이고 신발 끈을 풀려고 했으나, 그가 풀 수 없는 매듭이 하나 있었다. 그는 언제나 손으로 하는 일은 서툴렀다. 그는 낑낑대다가 제풀에 지쳐서 신발을 비틀어 벗었다. 나는 그걸 집어 들고 매듭을 풀어 주었다.

"고맙네, 벤드릭스." 이처럼 작은 우정의 표시도 그에게는 신뢰감을 주는 모양이었다. "오늘 사무실에서 아주 불쾌한 일이 있었어." 그가 말했다.

"무슨 일인데?"

"버트럼 부인이 찾아왔어. 자넨 아마 버트럼 부인을 모를 거야."

"아, 나도 알아. 요전 날 만났었어." 요전 날이라. 이상한 표현이라는 생각이 들었다. 마치 그날을 제외한 모든 날은 다 같은 날이라는 듯한 표현이었다.♦

♦ 요전 날은 영어로는 'the other day'이므로 이를 '다른 한 날'로 직역해서 생각해 보니 그렇다는 의미이다.

"우린 사이좋게 지낸 적이 없어."

"부인도 그렇게 얘기하더군."

"세라는 늘 이 문제를 잘 처리해 줬어. 어머니를 멀리했지."

"돈을 빌리러 온 거야?"

"맞아. 10파운드를 빌려 달라고 했어. 항상 하는 얘기를 하면서. 오늘 시내에 나왔는데 쇼핑을 하다 보니 돈이 떨어졌고, 은행은 닫혔고…… 벤드릭스, 난 인색한 사람은 아니야. 그렇지만 장모라는 사람이 계속 그러니까 몹시 짜증이 나. 자기도 1년에 2천 파운드나 되는 수입이 있으면서 말이지. 그건 내 수입과 거의 맞먹는 돈이야."

"그래, 돈을 줬어?"

"줬지. 언제나 주게 마련이라네. 그런데 문제는 이번엔 내가 참지 못하고 잔소리를 한 거야. 그랬더니 마구 화를 내더군. 난 이런 식으로 돈을 빌려 간 게 몇 번이나 되고, 돈을 갚은 건 몇 번이냐고 물었지. 그건 어려운 질문이 아니었어. 맨 처음에만 갚았으니까. 장모는 수표책을 꺼내며 그동안 빌려 간 돈을 전부 그 자리에서 즉시 수표로 갚겠다고 하더군. 무지 화를 내면서 말하기에 나는 정말 그럴 거라고 믿었지. 그런데 마지막 수표장까지 다 사용했다는 걸 잊어버린 모양이야. 장모는 나를 창피하게 만들어 줄 작정이었지만 오히려 자기만 창피를 당한 셈이지. 참 딱한 분이야. 당연히 이 문제 때문에 사태가 더 악화됐다네."

"부인이 뭘 어쨌기에?"

"세라에게 적절한 장례식을 치러 주지 않았다고 날 비난했어. 이상한 이야기도 하고……"

"그 이야기 나도 알아. 부인이 와인을 두어 잔 마시고 나서 그 얘길 해 주더군."

"그거, 거짓말이었다고 생각해?"

"아니."

"기이한 우연의 일치 아닌가? 두 살 때 세례를 받고, 기억조차 못 하는 그때로 돌아가기 시작했으니…… 마치 병에 감염된 것처럼."

"그건 자네 말대로 기이한 우연의 일치야." 나는 전에도 한 번 헨리에게 필요한 기운을 북돋아 준 적이 있었다. 이번에도 그가 나약해지는 모습을 보고만 있지는 않을 작정이었다. "나는 더 이상한 우연의 일치도 알고 있어." 나는 계속했다. "작년엔 너무 심심해서 자동차 번호를 모아 보기까지 했네. 그걸 해 보고 우연의 일치라는 것을 좀 알게 되었어. 자동차 번호가 1만 개는 될 테니 그 조합은 얼마나 많겠는가. 그런데도 나는 교통 체증 구간에서 같은 번호를 단 두 차가 나란히 가는 것을 거듭 거듭 보았다네."

"맞아. 충분히 그럴 수 있을 것 같아."

"난 우연의 일치에 대한 내 믿음을 결코 잃지 않을 거야, 헨리."

전화벨이 울리는 소리가 2층에서 희미하게 들렸다. 서재에 있는 전화기 스위치를 꺼 놓았던 터라 이제야 벨 소리를 듣게 된 것이었다.

"그것참," 헨리가 말했다. "장모가 또 전화한 거라 해도 난 조금도 놀라지 않을 걸세."

"그냥 내버려 두게." 내가 그렇게 말했을 때 벨 소리가 그쳤다.

"내가 인색해서 그런 것은 아니야." 헨리가 말했다. "그래 봤자 10년 동안 빌려 간 돈이 100파운드는 넘지 않을 것 같아."

"얼른 나가서 한잔하자고."

"물론 그래야지. 이런, 아직 신도 신고 있지 않았네." 그가 신발을 신기 위해 몸을 구부리자 정수리에 머리털이 빠진 곳이 눈에 들어왔다. 그동안의 근심 때문에 머리가 빠진 것 같았다. 나도 그의 근심거리 중 하나였다. 그가 말했다. "자네가 없었으면 난 어찌 됐을지 모르겠어, 벤드릭스." 나는 그의 어깨에 떨어진 비듬을 털어 주었다. "자, 그럼 헨리……" 그런데 우리가 나가기 전에 전화벨이 다시 울리기 시작하는 것이었다.

"그냥 놔둬." 내가 말했다.

"받는 게 좋겠어. 누가 알겠나, 혹……" 그는 신발 끈도 다 매지 않은 채로 일어나서 책상으로 걸어가 수화기를 들었다. "여보세요, 마일스입니다." 이어서 그는 나에게 수화기를 건네며 안도의 목소리로 말했다. "자네한테 온 전화야."

"예, 벤드럭스입니다." 내가 말했다.

"벤드럭스 씨." 남자의 목소리였다. "당신한테 전화를 해야만 할 것 같다는 생각이 들었어요. 실은 오늘 낮에 당신에게 한 말은 사실이 아니었습니다."

"누구시죠?"

"스마이스입니다."

"무슨 말인지 잘 모르겠어요."

"요양소에 가 있었다고 했잖아요. 실은 그런 데 간 적이 없습니다."

"나에게는 별 상관이 없는 일 같은데요."

그의 목소리가 전화선을 타고 내 귀에 흘러들었다. "아니, 상관이 있습니다. 내 말에 귀 기울이지 않는군요. 내 얼굴을 치료한 사람은 없습니다. 갑자기 깨끗해진 거예요. 하룻밤 사이에."

"어떻게? 난 아직 무슨 말인지……"

그는 음모를 꾸미는 듯한 음험한 목소리로 말했다. "당신과 나는 어떻게 해서 이리되었는지 압니다. 그걸 부인할 순 없어요. 내가 그걸 솔직히 얘기하지 않고 숨긴 건 옳지 않은 일이었습니다. 그것은……" 그러나 나는 그의 입에서 '우연의 일치'의 대용어로서 신문 같은 데서 사용하는 그 어리석은 단어◆

◆ '기적'을 말한다.

가 튀어나오기 전에 수화기를 내려놓았다. 스마이스가 오른손을 움켜쥐고 있던 모습이 떠올랐다. 마치 죽은 사람이 생전에 입었던 옷가지를 나누어 가져가듯이 죽은 사람의 일부를 챙겨 갈 수 있다는 것에 화가 치밀었던 기억이 떠올랐다.♦ 나는 생각했다. 스마이스는 자존심이 무척 센 사람이어서 늘 뭔가 폭로하고 싶은 게 있을 거야. 한두 주일 후면 그는 공원의 청중들 앞에서 그 얘기를 하며 깨끗이 나은 자신의 얼굴을 보여 주겠지. 그 이야기는 신문에도 실릴 거야. '기적적으로 치료된 합리주의 연설가 개종하다'라고. 나는 우연의 일치에 대한 나의 모든 믿음을 불러일으켜 보았지만, 내가 생각할 수 있는 거라곤—게다가 나는 세라의 유품이 없었으므로 질투심마저 느꼈다—밤새도록 세라의 머리카락에 흉측한 반점이 있는 쪽 뺨을 대고 누운 그의 모습뿐이었다.

"누구야?" 헨리가 물었다. 나는 그에게 사실대로 말을 할지 말지 잠시 망설이다가 사실을 말하면 안 된다고 생각했다. 그가 미덥지 못했다. 그와 크롬턴 신부는 죽이 잘 맞을 테니까.

"스마이스." 내가 말했다.

"스마이스?"

"세라가 자주 찾아갔던 작자."

"용건이 뭐였어?"

♦ 스마이스가 몰래 세라의 머리카락을 손에 쥐고 나가려던 때의 기억을 떠올린 것.

"얼굴이 치료됐대. 그뿐이야. 그 작자한테 그 의사 이름을 좀 알려 달라고 부탁했네. 내 친구 한 명도……"

"전기 치료를 받았나?"

"잘 모르겠어. 어디선가 그런 담마진은 원래 히스테리성이라는 글을 읽은 적이 있어. 정신과 치료와 라듐 치료를 병행하나 봐." 그럴듯한 대답으로 보였다. 어쩌면 사실일지도 몰랐다. 같은 번호판을 단 두 대의 자동차가 나란히 가는 것과 같은 또 하나의 우연의 일치일 수도 있었다. 나는 피로감을 느끼며 앞으로도 얼마나 많은 우연의 일치가 나타날까, 하고 생각했다. 장례식 때의 세라의 어머니, 파키스 씨 아들의 꿈. 이런 일이 매일매일 계속 일어날 것인가? 나는 자신의 힘을 완전히 다 써 버렸는데 물살이 자기보다 더 세다는 것을 알게 된 수영 선수 같은 기분이었다. 그렇지만 설령 내가 물에 빠져 죽는다 해도 헨리만큼은 물에 빠지지 않도록 마지막 순간까지 떠받쳐 줄 작정이었다. 그게 바로 친구의 의무 아니겠는가? 왜냐하면 이런 일이 반증되지 않는다면, 이런 일이 신문에 실린다면, 그 끝이 어디일지는 아무도 모르기 때문이다. 나는 맨체스터의 장미를 떠올렸다. 그 사기는 오랜 시일이 지나서야 진상이 밝혀졌다. 요즘은 사람들이 비정상적으로 흥분하는 경향이 있으므로 이러다가는 유품 수집가나 기도하려는 사람이나 참배 행렬이 몰려들지도 모른다. 헨리는 그런대로 꽤 알려진 사람이므로 이 소문은 굉장한 파장을 일으킬 것이다. 기자들이 떼로 몰려와서 헨리 부부의 생활에 대해 묻고 도빌 근처 성당에서 있었던 그 이상한 세례 이야기를 캐낼 것이다. 경건한 척하는 언론사의 천박함이란. 나는 기사의 제목을 상상할 수 있었다. 아마 그 제목들은 더 많은 '기적'을 만들어 낼 것이다. 그러므로 이러한 일은 애초에 그 싹을 잘라 버려야 했다.

2층 내 서랍 속에 들어 있는 일기장이 생각났다. 그것도 없어져야 한다는 생각이 들었다. 그들 손에 들어가면 그들 방식으로 해석될 테니 말이다. 마치 우리가 세라를 구하기 위해서는 세라의 특징을 하나씩 하나씩 파괴해야만 하는 것 같았다. 그녀의 동화책조차도 위험하다는 게 입증되었다. 사진도 있었다. 그중에는 헨리가 찍은 것도 있는데, 그것은 절대 언론사의 수중에 들어가지 않아야 했다. 가정부인 모드는 믿어도 될까? 우리는 이 집을 임시방편으로나마 집답게 꾸려 가려고 함께 애쓰고 있지만, 그마저도 무너져 내리고 있었다.

"한잔하기로 한 거 어떻게 됐어?" 헨리가 말했다.

"잠깐만 기다리게."

나는 내 방으로 올라가 일기장을 꺼냈다. 표지를 뜯어냈다. 표지는 단단히 제본되어 있었다. 책등에서 실이 섬유처럼 드러났다. 마치 새에게서 날개를 뜯어낸 것만 같았다. 이제 일기장은 날개를 잃고 부상당한 종이 뭉치가 되어 침대 위에 놓여 있었다. 위쪽이 마지막 페이지여서 나는 눈에 들어온 그 페이지를 다시 읽어 보았다. '당신은 거기 계시었고, 당신이 부자에게 가르쳐 주셨듯이 우리에게 다 써 버릴 것을 가르쳐 주셨습니다. 언젠가는 당신에 대한 이 사랑 말고는 남은 게 아무것도 없게 하시려고 말입니다. 그러나 당신은 저에게 너무 잘해 주셨습니다. 제가 고통을 달라고 요청할 때 당신은 저에게 평화를 주십니다. 그이한테도 평화를 주십시오. 그이에게 나의 평화를 주십시오. 평화는 저보다 그이에게 더 필요하니까요.'

　나는 생각했다. 당신은 거기서 실패했어, 세라. 당신의 기도 가운데 적어도 하나는 응답받지 못했어. 내겐 평화가 없어. 내 겐 사랑이 없어. 내겐 당신밖에 없어. 당신밖에. 나는 증오의 인간이라고 그녀에게 말했지만, 증오를 그리 많이 느끼지는 않았다. 나는 사람들이 비정상적으로 흥분하는 경향이 있다고 말했지만, 그러나 내 말은 과장되었다. 나는 그들이 정직하지 못하다는 것을 알아차릴 수 있었다. 내가 주로 느낀 감정은 증오보다는 공포였다. 왜냐하면 세라, 나는 속으로 중얼거렸다. 만약 이 하느님이 존재한다면, 그리고 당신조차—그 욕정, 그 간음, 그리고 곧잘 지어내곤 하던 그 좀스러운 거짓말이 몸에 밴 당신조차—이렇게 변할 수 있다면, 우리는 모두 당신이 도약한 것처럼 그렇게 도약하여 성인이 될 수 있을 테니까 말이야. 눈을 꼭 감고 단호히 도약함으로써 말이야. 만약 **당신**이 성인이라면 성인이 되는 것도 그리 어렵지 않은 일이야. 도약, 그것은 하느님이 우리들 누구에게나 요구할 수 있는 것이야. 그렇지만 나는 도약하지 않겠어. 나는 침대에 앉아 하느님에게 말했다. 당신은 그녀를 손에 넣었지만 아직 저를 붙잡지는 못했어요. 저는 당신이 교활하다는 걸 알아요. 당신은 우리를 높은 곳으로 데리고 가서 우리에게 온 세상을 주겠노라고 얘기합니다. 하느님, 당신은 도약하라고 우리를 유혹하는 마귀입니다. 그러나 저는 당신의 평화를 원치 않습니다. 당신의 사랑을 원치 않습니다. 저는 아주 단순하고 아주 쉬운 것을 원했습니다. 세라와 평생을 함께하는 것을 원했던 겁니다. 그러나 당신은 그녀를 데리고 가 버렸습니다. 마치 추수꾼이 들쥐의 보금자리를 망가뜨리듯이, 당신은 당신의 원대한 계획으로 우리의 행복을 망가뜨립니다. 하느님, 전 당신을 증오해요. 마치 당신이 존재하기라도 하는 것처럼 당신을 증오해요.

  나는 그 종이 뭉치를 바라보았다. 그것은 한 줌 머리카락만큼도 인간미가 느껴지지 않는 것이었다. 머리카락은 입술이나 손으로 만질 수 있지만 정신적인 것은…… 나는 정신적인 것에 신물이 났다. 내 삶의 주된 목적은 그녀의 육체였다. 나는 그녀의 육체를 원했다. 그렇지만 내가 가지고 있는 것은 일기장뿐이었으므로 나는 그것을 다시 벽장 안에 넣고 문을 잠갔다. 왜냐하면 내가 그 일기장을 파기해 버리고 나 자신을 더욱 철저히 세라에게서 단절시킨다면, 그것은 신에게는 또 하나의 승리가 될 테니까 말이다. 나는 세라에게 말했다. 좋아, 당신 마음대로 해. 나는 당신이 살아 있고 하느님이 존재한다고 믿을게. 그러나 하느님에 대한 이 증오를 사랑으로 돌리기 위해선 당신의 기도만으로는 안 되고 그 이상의 것이 필요할 거야. 하느님은 나에게서 빼앗아 갔으니 나는 (당신이 일기에 쓴 그 왕처럼) 내 안에 있는 것 가운데 하느님이 원하는 것을 하느님에게서 빼앗을 거야. 증오는 내 배 속이나 피부에 있는 것이 아니라 내 머릿속에 있어. 그것은 복통이나 발진처럼 없앨 수 있는 게 아니지. 난 당신을 사랑했을 뿐 아니라 증오하기도 했잖아? 그리고 나는 지금 나 자신을 증오하고 있잖아?

나는 아래층의 헨리에게 소리쳤다. "이제 내려갈게." 우리는 폰트프랙트암스 술집을 향해 나란히 공원 길을 걸었다. 가로등은 꺼져 있고, 연인들은 길이 교차하는 곳에서 만나고 있었다. 풀밭 건너편에 부서진 계단이 있는 집이 있었다. 하느님이 이 희망 없는 불구의 삶을 나에게 되돌려 준 집이었다.

"나는 우리의 이 저녁 산책이 늘 기다려진다네." 헨리가 말했다.

"나도 그래."

나는 내일 아침에 의사에게 전화를 걸어 신앙 요법이라는 것이 가능한지 물어보아야겠다고 생각했다. 그런 다음 전화하지 않는 편이 좋겠다고 다시 생각했다. 알지 못하는 동안은 수없이 많은 치료법을 상상할 수 있으니까…… 나는 헨리의 팔에 손을 얹고 계속 그대로 걸었다. 이제 나는 우리 둘을 위해 굳세어야 했다. 헨리는 아직 심각하게 걱정할 정도는 아니었다.

"내가 유일하게 기다리는 게 바로 이 산책이라네." 헨리가 말했다.

나는 이 글을 시작하면서 이것은 증오의 기록이라고 썼다. 헨리와 저녁 맥주를 한잔 걸치러 걸어가면서 나는 이 겨울 분위기에 어울릴 법한 기도를 하나 생각해 냈다. 오, 하느님, 당신은 할 만큼 했습니다. 저에게서 충분히 빼앗아 갔잖아요. 저는 사랑을 배우기엔 너무 지쳤고 너무 늙었습니다. 저를 영원히 혼자 있게 놔두세요.

해제

　세라의 장례식장에 가는 길에 모리스 벤드릭스는 그의 작품에 대한 평론을 쓰려는 문학 평론가를 만나러 시내에 들른다. 벤드릭스는 자신이 왜 그랬는지 곧바로 의아해한다. '나는 그가 거만한 문구를 구사하여 평론을 쓴다는 것을 아주 잘 알고 있었다. 그는 내가 모르고 있던 숨은 의미와, 맞닥뜨리고 싶지 않은 결함을 발견해 낼 것이다.' 그린은 자신의 인물을 굉장히 솜씨 좋게 다루면서, 한편으로는 장래에 작품의 서문을 쓸 사람으로 하여금 몸을 사리게 만든다.

　그린의 작품을 다룬 글들은 대단히 많아서, 그걸 보면 비평도 소설과 마찬가지로 정말 시작도 없고 끝도 없는 것처럼 보인다. 그린 자신이 캐서린 월스턴과 벌인 유명한 연애 사건과 이 『사랑의 종말』에 그려진 내용과의 명백한 유사성(캐서린은 가톨릭으로 개종했으며, 연인들이 많다는 평이 있었고, 남편은 '유력' 인사였고 성격이 유순했다는 점 등등)에 관해 침을 튀기며 하는 얘기들을 여기서 새삼스럽게 늘어놓을 필요는 없다. 그린은 탐정 같은 문학 연구가들이 분명 자신의 삶을 자세히 조사할 거라고 예상하고 경각심을 가지고 있었다는 사실을 언급하는 것으로 충분하다. 이 책의 초반부에서 벤드릭스는 직업 작가와 관련된 위험을 의식해서 자기가 연인에게 일부러 편지를 아주 적게 보냈다는 사실을 자각한다. '여자들은 연인의 훌륭함을 과장하는 경향이 있고, 작가들은 어느 실망스러운 날에 경솔한 편지 한 통이 "흥미로운 품목"이라는 이름 아래 5실링에 팔리는 육필 편지 목록에 나타나리라는 것을 내다보지 못한다.'

캐서린과 세라를 비교하는 것에 뒤따르는 손쉬운 가정은 벤드릭스가 그린의 '또 다른 자아'라는 것이다. 서툴지만 열성적인 직업적 염탐꾼인 파키스도 그 증거를 찾아내는 데 별 어려움이 없을 것이다. 벤드릭스는 깨끗하게 줄 쳐진 풀스캡에 하루 평균 500단어를 꼬박꼬박 규칙적으로 쓰며, 잠자리에 들기 전에 자신이 쓴 것에 대해 곰곰이 생각해 보는 습관이 있다. 그는 그린 자신의 모든 글쓰기 습관의 명령을 따르는 것 같다. 그러나 이것은 앙상한 뼈대일 뿐이고, 그린은 두 가지 영역에서 이 작품 속 소설가에게 살을 붙인다. 첫 번째는 신비한 창조의 행위다. 벤드릭스는 무의식('그 심해의 동굴')의 역할을 정확하게 묘사하며 다음 소설 작품에 대한 열정을 갈

구한다. 그는 '흥분이 다시 사람들이 결코 의식하지 못했던 것을 기억하도록 일깨워 줄 것이라고' 기대한다. 두 번째는 더욱 신비한 교제술이다. 벤드릭스는 세라를 곧장 좋아하는데, 왜냐하면 '그녀는 내 소설을 읽었다고 말한 뒤 그에 대해서는 더 이상 언급하지 않았'기 때문이다. 두 사람이 불륜 관계가 끝난 이후로 처음 만났을 때 세라는 그가 새 작품을 쓰고 있는지 묻는다. '세라는 처음 만나 남아프리카산 셰리를 마시며 얘기할 때도 그런 말은 하지 않았다.' 그린은 수류탄을 던지듯 그들의 대화 속에 적절한 동사를 던져 넣어 재결합에 대한 벤드릭스의 흐릿한 희망을 파괴한다. 바로 여기서 우리는 (벤드릭스가 그린의 글쓰기 습관을 차용했다는 사실보다 훨씬 더) 작가와 소설 속 인물을 동일시하고 싶은 유혹을 받게 된다. 작가라는 신분에 의해 걸러진 벤드릭스의 관점은 매우 설득력 있다.

그러나 이런 점을 더 추적하는 것은 고고학자를 보내 집 뒤쪽 테라스를 파게 하는 것만큼이나 실망스러운 일일 것이다. 그린은 물론 벤드릭스에게 살을(그리고 신체의 주요 기관들을) 기증해야 한다. 작가가 달리 어떻게 작가를 창조하겠는가? 그러나 이렇게 하는 것이 벤드릭스를 (작가와 대립되는) 그린의 또 다른 자아를 나타내는 인물로 만들지는 않는다.

『도피의 길』*에서 작가 자신은 자신과 캐서린의 관계와 비

♦ 1980년에 발표한 그린의 자서전.

교하면서 이 소설을 읽는 것을 인정하지 않으려 했다. '『사랑의 종말』에서 나는 사랑이 어느 날 갑자기 끝날까 봐 너무 두려워한 나머지 종말을 재촉하고, 그 후로는 그 고통을 이겨 내기 위해 애쓰는 사내를 그렸다. 그러나 그때 내게는 달아나야 할 불행한 사랑이 없었다. 나는 사랑 안에서 행복했다.' 물론 그는 여기서 거짓말을 하고 있는 것일지도 모른다. 그리고 벤드릭스가 작가의 또 다른 자아일 필요는 없지만, 그러나 또 다른 자아가 아닐 필요도 없다.

여기서 던질 질문은 이것이다. 그런 것이 중요한가? 우리가 그런 것에 신경 쓰는가? 그린 마니아의 대답은 '예'일 것이다. 그러나 그저 그린을 좋아하는 독자일 뿐인 나머지 사람들에게는 그것이 집 뒤쪽 테라스를 지은 해가 1947년인지 아니면 1948년인지에 대한 논쟁처럼 보인다. 즉 사소한 관심사일 뿐인 것이다.

그러면 무엇이 이 소설에 오랜 세월이 흐른 지금까지 우리를 끌어들이는 독특한 흡인력을 주는가? 간음은 치과 검진처럼 일상적이며, 관련 비용은 그보다도 더 적게 든다. 성적인 암시는 밀스앤분◆ 편집자의 눈썹을 추켜세우지 못할 것이다. 고통스러운 가톨릭 신앙, 기적, 신앙의 본질에 대한 격한 언쟁은

◆ Mills & Boon. 영국의 유명한 연애 소설 출판사.

우리의 맥박을 뛰게 하리라고 장담할 만한 게 못 된다. 그리고 외도에 관심을 보이며 흘끔흘끔 곁눈질하는, 색을 밝히는 작가의 태도도 작품 전체에 걸쳐 독자를 끌고 가기엔 역부족이다.

이 작품은 (인기가 많은 소설이었지만) 완전한 성공은 아니라는 게 그린의 생각이었다. 『도피의 길』에서 그린은 1인칭 시점으로 쓰는 것을 이 작품에서 처음 시도하게 된 배경에 대해 간략하게 얘기한 다음, 자신을 먼지 속을 느릿느릿 걸어가는 환멸에 찬 외로운 인물로 그린다. '나는 그의 음울한 길을 따라 "나"를 밀고 나간 것을 후회한 적이 많았다……' 그린은 이 소설의 분위기에 대해 후회한다('이 작품에는 같은 색의 두 가지 색조만 있었다. 즉 강박적인 사랑과 강박적인 증오만 있는 것이었다'). 그러고 나서 파키스와 그의 아들은 '해학적인 색조와 감상적인 색조, 이 두 색조를 더 도입하려는 나의 시도였다'는 것을 고백한다. 이 책의 앞부분에서 그린은 스마이스를 '살기를 완강히 거부하는' 인물이라고 밝힌다. 보다 본격적인 비판에서 그린은, 이 소설은 세라의 죽음 이후 부분의 분량이 최소한 세라가 죽기 전의 분량만큼은 되도록 이야기가 계속 진행되었어야 했다고 주장한다. 원래의 의도는 그랬는데, 자기가 그걸 '배신했다'는 것이다.

그의 비평은 호평과는 거리가 멀다. 하지만 그것이 우리가 이 소설을 향유하고 즐기는 것을 방해하지는 못한다. 언제나 독자를 실망시키지 않는 긴장감 조성의 달인인 그린은 처음부터 조용히 작업에 착수한다. 세라가 죽을 거라는 예상과 증거는 첫 장에서 주어지고, 우리는 화자와 마찬가지로 그것을 거의 믿지 않으려 한다. 우리는 벤드릭스가 헨리를 만나는 초반부 장면을 통해 긴장과 호기심에 빠지게 된다(헨리는 언제 눈치챌까?). 우리는 그들의 불륜이 어떻게 끝나는지 알게 되는 계단 장면(강렬하고 가혹한 장면이다)을 초조하게 기다리며, 그 기다림이 우리의 반응을 심화시킨다. 파키스가 지극히 중요한 일기장을 벤드릭스에게 건넬 때, 우리는 벤드릭스와 함께 파키스의 점잖은 수다를 들어 주어야 하는 성가신 의무감에 붙들려 아까운 시간을 지체하게 된다.

그린이 조연을 출연시키는 장난스럽고 즐거운 방식은 우리로 하여금 내심 박수갈채를 보내게 한다. 그의 솜씨가 빛을 발하는 대목을 보면 그는 하이쿠[1]와도 같은 경제적인 표현으로 그런 인물들을 드러내 보인다. 탐정 사무소 소장인 새비지 씨와 면담하는 장면을 보자. "최고의 광고는, 선생도 아시겠지만,"—그가 체온계를 밀어 넣듯 상투적인 어구를 슬쩍 넣었다—"고객 만족이니까요.'" 그는 여섯 어절로 우리가 알고 싶어 하는 모든 것을, 즉 너무나도 매끄러운 전문가적인 태도, 노련한 영업 화술, 무심함 속에 우려하는 마음이 깃들어 있는 내면의 모습 등을 다 말해 준다. 이번에는 세라의 장례식에 참

♦ 극도로 축약해서 표현하는 일본의 전통 단시.

석한 공무원의 아내들을 살펴보기로 하자. '적어도 그들에게는 이 장례식이 만족스러웠다. 그들의 모자를 보면 그걸 알 수 있었다.' 그린은 간단하고 깔끔한 문장으로 세라로 인해 야기된 모욕감, 품위에 대한 위협뿐 아니라 살아서 세라의 끝을 보게 된 그들의 감추려 해도 감출 수 없는 도도한 승리감을 보여준다.

그린은 또한 장면을 연출하는 데도 성공적이다. 소설이 시작되는 장면에서 그린은 날씨가 고약한 그 밤의 공원 나무들은 '망가진 배수관처럼 여기저기 서 있었다'고 말한다. 그러고 나서 우리는 곧바로 우리의 목을 타고 흘러내리는 빗방울을 느낀다. 그린은 벤드릭스가 속한 클럽을 즉석에서 훌륭하게 만들어 낸다. 클럽에 나오지 않은 회원들(성직자, 신문 기자, 장학관—'브롬리나 스트레덤 등지의 자기 집으로 돌아갔다'), 비회원들(작가—'벽에 걸린' 작가들을 제외한 작가들), 음식(헨리는 '그 분홍빛 잡탕 죽 같은 것을 꾸역꾸역 넘기기만 했다'), 가구('널찍한 검은색 말총 소파'), 그리고 무엇보다도 클럽의 총무('그를 헨리에게 소개하자 그는 이발사처럼 재빠르게 말했다. "매일 보도를 챙겨 읽고 있습니다"')를 지어냄으로써 모든 면에서 어설픈 클럽의 모습을 훌륭하게 만들어 낸다. 그린은 그로부터 10년 후 자신의 가장 어두운 작품인『타 버린 환자』를 썼을 때에야 비로소 '코미디'를 발견했다고 말했지만, 그러나 이 소설에서도 얼마간 음울한 해학을 발견할 수 있다. 흥미로운 점은 그것이 이 작품의 분위기에 그다지 위안을 주지 못한다는 사실이다. 우리는 클럽 총무의 궁상스러운 처지에 대해 벤드릭스가 무얼 보여 주고 있는지 이해하지만, 그러나 우리는 화자의 비통함에 너무 깊이 빠져 있어서 입술을 씰룩거릴 수 없다. 다른 대목에서 면도날처럼 예리한 위트를 마주칠 때도 이와 똑같은 일이 일어난다. 벤드릭스의 주인아주머니가 방문을 노크한다. "'파키스라는 어떤 사람이 찾아왔는데요.' 아주머니는 "어떤"이라는 말을 통해서 내 방문객의 사회적 지위가 낮다는 사실을 은근히 내비쳤다.' 우리는 벤드릭스에 대한 농담이 나와도 그의 정신 상태에 대한 걱정이 너무 커서 그 농담을 제대로 즐기지 못한다. 파키스가 초기에 성공한 것은 벤드릭스에게 세라의 연애편지처럼 보이는 종잇조각을 구해서 건네준 일이다. 이것은 그녀의 전 연인 벤드릭스에게 질투심을 불러일으킨다. 예전에 그들은 사랑의 암호로 '양파'를 사용했다. 그들에게 양파라는 단어는 여러 겹의 의미와 연관성과 애정이 밴 단어였다. "'저는 이미 당신 이외의 모든 것, 모든 사람을 버리고 싶어요.' 그래, 양파. 나는 증오심에 사로잡혀 생각했다. 양파. 우리끼리는 그걸 양파라고 했지.' 이 상황에는 분명히 무언가 희극적인 게 있는데, 그럼에도 벤드릭스가 자신의 마음속에 새겨진 기억조차 파괴하려 한다는 것을 알기에 빙그레 웃을 줄 아는 우리의 능력은 위축되고 만다.

그린이 그처럼 강한 자신감으로 그려 낸 인물은 조연들만

이 아니다. 헨리 역시 작은 기적이라 할 수 있을 만큼 잘 그려 낸 인물이다. 우리는 그가 입은 '검은색 공무원 외투'와 술집 여자 바텐더에 대한 그의 언급에서 거의 즉시 그의 면모를 파악하게 된다. 그린은 예상 밖의 수법으로 헨리의 틀에 박힌 태도를 요약적으로 보여 준다. '"예쁘군." 헨리가 건성으로 말했다.' 클럽에서 벤드릭스와 대치한 뒤 무너져 내릴 것처럼 맥이 풀린 그에 관한 묘사로 다음과 같은 표현 이상은 필요치 않다. '모자도 쓰지 않고 밖에 나와 있는 그는 이름 없고 가진 것 없는 사람들과 같은 부류가 된 것처럼 보였다⋯⋯' 그렇지만 이 작품의 보석은 화자인 벤드릭스다. 그의 복합적인 고뇌, 상반되는 충동의 힘, 크고 어두운 마음과 신경, 욕망의 왜곡된 논리(우리 역시 그러하다는 것을 우리는 안다) 등이 우리에게 거의 만질 수 있을 정도로 잘 창조된 인물이라는 느낌을 준다. 그린은 펜을 잘못 놀리는 법이 거의 없는데, 유일한 얼룩은 아마도 세라가 기억하는 벤드릭스의 흉터가 아닐까 싶다. 그 흉터는 무너지는 담으로부터 한 남자를 보호하려다가 생긴 것이라고 세라는 기억한다. 그린은 마치 벤드릭스가 '선량하다'는 확신이 없으면 우리가 그를 우리와 같은 사람으로 받아들이지 않을지도 모른다고 생각한 것 같다.

이와는 매우 대조적으로, 스마이스는 페이지 밖으로 나오는 데 실패한다. 그리고 그린이 1인칭 시점의 단조로운 색조의 '문제'를 개선할 생각으로 고안한 인물인 파키스와 그의 아들도 썩 성공적이지는 않다. 그린은 1935년《런던 머큐리》에 기고한 글에서 이렇게 썼다. '기교는 무엇보다도 결핍을 숨기는 수단이다.' 독자들은 그린의 기교가 여기에 잘 드러나 있다고 말하고 싶은 유혹을 느낄 것이다. 그린은 디킨스의 『위대한 유산』을 읽고 감명을 받아 1인칭 시점 이야기를 시도하려는 마음을 품게 되었다. 디킨스가 그와 같은 시점으로부터 만들어 낼 수 있었던 다양한 색조에 감명을 받은 것이었다. 그러나 디킨스의 소설은 생각이 많은 음울한 화자의 시점이 아니라 순진하고 감수성이 풍부한 소년의 시점이라는 장점이 있으며, 더욱이—이 점이 더 중요하다—세상에 대한 잘 다듬어진 희극적 감각을 지니고 있다. 이에 비해 파키스의 경우에는 유머의 시도가 다소 밋밋하다. 파키스의 추레함은 디킨스의 『데이비드 코퍼필드』에 나오는 유라이어 히프라는 인물과 비슷하다. 그러나 물론 히프는 간교하기 때문에 웃음을 유발하는 반면에 파키스는 그저 음울할 뿐이다.

그린이 왜 이 작품의 색조에 대해 기껏해야 애증의 양면적 감정을 느꼈는지, 그 이유를 이해하는 것은 그리 어렵지 않다. 벤드릭스는 사랑과 증오에 대해, 끝과 시작에 대해 끊임없이 계속 지껄이며(「네 개의 사중주」♦에 나오는 '내 시작에 끝이 있다'와 '내 끝에 시작이 있다'를 생각나게 한다) 안도감은 좀처럼

♦ 영국 시인 T. S. 엘리엇의 장시.

찾아들지 않는다. 그의 어둠은 때때로 값싼 멜로드라마가 될 위험에 빠지기도 한다. 벤드릭스는 헨리에게 이렇게 말한다. '나는 사랑이 끊임없이 계속되기를 원했어. 시들어 가는 일 없이……' 이것을 보며 우리는 이 사람이 조금 전에 세라의 남편인 헨리에게 '자넨 다른 사람들에게 문제가 되지 않는 것처럼 우리에게도 문제 되지 않았지'라고 아주 쌀쌀맞게 말했던 그 벤드릭스와 같은 사람인가 하며 의아해한다. 어떤 때는 그 강박관념이 훌륭하게 절제된 표현으로 전달되는데, 그들의 불륜이 절정에 달했을 때를 떠올리는 대목이 그 경우이다. '이 무렵에는 독일이 이미 저지대 국가를 침공했던 것으로 기억한다.' 우리는 동일한 곪은 부위에서 말로 표현할 수 없는 욕망을 마주한 채 벤드릭스의 세계에 점점 더 깊이 빨려 들게 되고, 결국 그 끈질기고 면밀한 시선이 승리한다.

세라는 어떤가? 그녀는 탕녀인가, 성인聖人인가? 벤드릭스와 마찬가지로 우리는 세라를 상대를 무장 해제시키는 솔직함을 지닌 동시에 차분한 현실 감각으로 자신의 불륜의 흔적을 감출 줄 아는 여자로 여긴다. 그리고 우리는—일기라는 장치를 통해서—지옥에 대한 그녀의 개인적인 통찰('나에게 찬사의 말을 해 주는 사람도 없이, 나에게 흥분하는 사람도 없이')로부터, 그리고 그녀에게 강요되는 듯한 성인이라는 것과의 싸움('주여, 저는 당신이 겪은 못 박힘의 고통을 감내할 준비가 되어 있다고 생각합니다. 하지만 지도와 미슐랭 가이드를 들고 여행지

에서 스물네 시간을 보내는 것은 견딜 수 없습니다')으로부터 그
녀를 직접 받아들인다. 세라 자신에게도 해당되지만 독자에
게도 가장 중요한 질문은 이것이다. 왜 그녀는 위기의 순간에
자신이 믿지 않는 하느님에게 했던, 다시는 벤드릭스를 만나
지 않겠다는 맹세를 고집스럽게 지키는가? 그린은 이 문제를
돌리고 돌려서 여러 각도에서 접근한다. 때로는 무신론자인
스마이스와의 대화를 통해 접근하며, 때로는 그녀가 자기 자
신과 나누는 대화를 통해서 접근하고, 마지막에는 그녀가 사
실은 그 순간에 '개종했다'는 소식을 전한다. '당신이 피 묻은
얼굴로 문간에 나타났을 때 난 확신하게 되었어요. 완전히.'
그것은 깨달음의 순간이다. 하지만 그것은 이후 2년이라는 시
간 동안 그녀는 적잖이 흔들리고 무너져서 그 누구보다도 사
랑했던 남자와 자신의 이러지도 저러지도 못하는 상황에 대
해 상의했을 게 틀림없다는 비판에서 자유롭지 못하다. 그린
은 『도피의 길』에 나오는 아무 관련이 없는 구절—새로운 정
서적 발견을 개종 경험에 비유하여 논의하는 대목—에서 무
심코 이 각본에 대해 의문을 던진다. '(나는 종교적 신앙으로 개
종되지 않았다. 나는 그 교리의 가능성에 대한 구체적인 논거에 설
득된 것이다.) 그 경험이 나에게 무척 새롭지 않다면 개종이 지
속되지 않는다는 것을 나는 알았어야 했다……' 이것이 세라
의 난점이다. 그 문제가 우리로 하여금 불안과 불만을 느끼게
하는데, 좋게 보면 그것은 얼마간 벤드릭스 자신의 불안과 불

만일 것이다.

이 소설의 마지막에 이르러서도 벤드릭스의 불만은 줄어들지 않는다. 사실 그의 불만은 '도저히 있을 법하지 않은' 신의 존재의 가능성에 맞닥뜨리고 신에게 말을 건네며 무기력한 증오감을 표출하면서 오히려 고조된다. 그린의 애초의 계획은 세라가 죽고 난 이후의 이야기를 죽기 전 이야기 분량만큼 계속 써서 벤드릭스에게 우연의 일치의 경험이 서서히 쌓여 감으로써 그로 하여금 신의 권능의 가능성을 고려하지 않을 수 없게 만드는 것이었다. 우리는 벤드릭스가 이 글을 쓰고 있는 시점은 3년 후라는 것을 알지만, 그러나 화자인 벤드릭스가 다루는 장례식 이후의 이야기는 고작 5주 동안의 이야기에 불과하다. 그린은 사실상 상황과 세부 사항을 적절히 첨가할 기회를 자기 자신한테 주지 않는다. 벤드릭스는 화장터 밖에서 자기를 젊은 여자에게서 벗어나게 해 달라고(그 여자와 함께 의미 없는 섹스를 하며 지루한 밤을 보내게 될 두려운 상황에서 벗어나게 해 달라고) 기도하는데, 그때 세라의 어머니의 출현을 통해서 세라가 그 기도에 응답하는 '것처럼 보인다'. 벤드릭스처럼 확고히 신을 믿지 않는 사람에게 그 장면은 이상하리만큼 설득력이 낮다. 세라의 어머니가 장례식장에 나타났다? 그건 전혀 놀라운 일이 아니라고 우리 같은 신을 믿지 않는 완고한 사람들은 말할 것이다. 파키스의 아들이 아팠다가 다시 나았다는 사실이 우리 같은 대부분의 사람들의 생각을 성인이 개입했다는 쪽으로 돌리지는 않을 것이다(빌린 책 속에 세라가 써 놓은 글이 있든 없든 상관없이 말이다). 피부 질환이 있는 뺨에 세라의 머리카락을 댄 결과 스마이스의 뺨의 상태가 깨끗해졌다는 것은 '기적' 중에서 가장 기적적인 일로 보이지만, 그러나 그것은 경험의 축적에 해당된다고 보기 어렵다. 어떤 경우에도 벤드릭스는 신이 관여되어 있을 미래의 관점에서 전체 이야기를 서술하지만, 전체 사건의 순서에 대해서는 (신중히 고려된 몇 가지 암시를 제외하고는) 우리에게 그 정보를 알려 주지 않는다. 이 관점은 우리에게 시간을 앞뒤로 건너뛰는 모험적인 구조를 제공할 뿐만 아니라 그린으로 하여금 소설의 깊이와 복잡성을 증대하는 방식으로 독자를 다룰 수 있게 해 준다. 화자는 자신의 통제력을 넘어선 힘에 추월당했다는 사실을 알지 못한 채 자신이 사건들을 조정하고 있다고 믿는 이야기를 우리에게 들려준다. 그는 과거를 되돌아보고 있기 때문에 (말을 하고 있는 시점에서) 그 이야기의 내용을 다 알고 있으면서도 우리를 줄곧 자신의 음해와 상상으로 빚은 어두운 미로로 이끌고 가는 방식을 택한다. 그리하여 우리 역시 우월한 힘(즉 작가의 힘)에 휘둘리게 되는 것이다.

출간된 지 50년이나 넘었으며 그동안 사회 풍토가 많이 바뀌었는데도 오늘날『사랑의 종말』이 이토록 독자의 마음을 끄

는 이유는 무엇인가? 나는 여기서 두 가지 요인을 지적하고
싶다.

첫 번째는 운명/자유의지 축에 관한 것이다. 이것은 지금도
반세기 전과 다름없이 우리에게 관심이 있는 문제이다(어쩌
면 오늘날에는 유전자 결정론과 크게 성장하고 있는 'DIY♦ 정
신' 문화 사이에서 그 해답이 점점 더 파편화되고 복잡해져서
반세기 전보다 더 관심이 가는 문제일지도 모른다). 이 소설은
그 심상을 선택한 것이 화자의 자유였을까 '아니면 그 심상이
나를 선택한 것일까?' 하고 묻는 한 가닥 날카로운 질문을 제
기하는 것으로 시작된다. 그런 다음 등장인물들이 직면한 선
택과 환상 둘레에 그물을 짠다. 그리고 마지막에 벤드릭스가
자신의 문학 창작물을 신이 창조한 세계에 비유할 때 목청껏
외치는 무기력의 축제 속에서 그물을 거두어들인다.

하느님도 우리 중 어떤 사람에 대해서는 그와 같이 느낄 거라
고 생각된다. 성인들은 어떤 의미에서는 스스로를 창조한다고 여
길 수 있다. 그들은 생생히 살아 있다. 그들은 놀라운 행동이나 말
을 할 줄 안다. 그들은 플롯의 바깥에 서 있고, 플롯에 구애되지
않는다. 그러나 그런 성인들과는 달리 우리는 이리저리 떠밀리지
않을 수 없다. 우리는 존재하지 않는 것에 대해서는 융통성이 없

♦ Do It Yourself. 스스로 하라.

고 고집이 세다. 우리는 도저히 벗어날 수 없을 만큼 플롯에 얽매여 있어서 하느님은 피곤해하면서 하는 수 없이 자신의 의도에 따라 우리를 이리저리 밀고 다닌다. 우리는 시심詩心이 없고, 자유의지도 없는 인물들이다. 우리의 유일한 가치는 어느 시점, 어느 장소에서 살아 있는 인물이 움직이고 말하는 장면을 꾸미는 데 도움을 주고, 성인들이 자유의지를 발휘할 기회를 제공해 주는 데 있을 따름이다.

우리는 가톨릭적 고뇌에 사로잡히지 않아도, 종교에 관심이 없어도 얼마든지 이 소설에 깊이 빠져들 수 있다. 우리는 이 '지구촌' 시대(정치, 경제, 온난화, 빈곤 등)에—이따금씩, 혹은 적어도 깊이 생각해 볼 때—우리의 한계, 우리의 무력함에 직면하지 않는가? 우리는 우리의 하찮음에 움츠러들고 우리의 보잘것없음을 푸념하지 않는가?

이 소설이 왜 세월의 시험을 그토록 잘 견뎌 내는지에 대한 또 다른 이유—다른 이유 못지않게 근본적인 이유—가 있다. 데이비드 로지*의 2001년 소설 『생각하기를……Thinks…』에서 주인공 헬렌은 소설 후반부에 나오는 자신의 일기에서 이렇게 언급한다. '몇 달 동안 나는 내가 바로 세라라는 공상에 빠졌다. (……) 이제 나는 그녀의 상황에 더욱 깊숙이 빠져 있지만,

* 영국의 소설가이자 문학 평론가.

그러나 그녀의 신앙은 내게 없다.' 실제로 이 두 소설에는 유사점이 있다. 간음, 비밀, 일기, 가톨릭과 관련된 긴장감 등이 그것이다. 그러나 두 소설의 더 깊은 유사점은 주제나 서술적 장치에 있다기보다는 무엇에 '관한' 소설인지에 있다.

『사랑의 종말』을 쓴 지 10년 후에 그린은 모든 것에서 믿음을 잃어버린 유명한 건축가에 대한 소설을 썼다. 그 건축가는 '20년 동안 어떤 고통도 전혀 느끼지' 못한다. 이것이 그의 문제의 본질이다. 『타 버린 환자』의 반영웅 퀘리는 나환자촌의 의사와 우정을 쌓아 가는데, 그 의사는 이런 말을 한다. '때로는 고통의 탐색과 고통의 기억만이 우리가 인간의 조건과 온전히 접촉할 수 있는 유일한 수단이라는 생각이 든다.' 우리는 이것을 그린 작품의 정수로 읽을 수 있다.

이 기준에서 보면 벤드릭스는 확실히 '접촉'을 가지고 있다. 이것은 그가 다른 사람들에게도 사용하는 기준이다. 그의 마음속에서 처음으로 헨리에 대한 존중심이 꿈틀거린 것은 헨리가 눈에 띄게 고통스러워하고 있을 때이다. '나는 더 이상 그를 깔볼 수 없었다. 그도 불행을 배운 불행 학교의 졸업생이었다……' '행복은 우리를 없애 버린다. 행복 속에서 우리는 우리의 정체성을 잃어버린다.'

『생각하기를……』에서 로지는 남주인공인 인지 과학자와 여주인공인 소설가가 벌이는 논쟁을 다룬다. 인지 과학자는 다윈의 말('울음은 당혹스러운 것이다')을 인용하며 언젠가 컴

퓨터가 '인간처럼 생각'할 수 있는 날을 고대한다. 소설가는 그럴 가능성 자체를 부정하며 인간의 경험에서 고통이 중심적 위치를 차지한다는 점을 예로 들어 설명한다.

사람처럼 생각할 수 있는 기계를 만들 수 있으려면 먼저 사람이 어떻게 생각하는지를 알아야 한다. 새천년의 우리 소설가는 인지 과학자를 통해 최신 과학의 발전과 이론을 도식화한다('의식은 인간 지식의 지도에서 가장 큰 여백이다'). 그러나 우리의 전후 소설로 돌아가면 우리는 그 탐험 또한 못지않게 모험적이고 못지않게 적절하다는 것을 알게 된다. '나는 종종 내가 무슨 생각을 하는지 알아차리지 못한다.' 벤드릭스는 이렇게 쓴다. 그리고 그의 사색은 수십 년의 세월을 가로지르며 메아리친다. '내가 이상한 데서 길을 잃었기 때문이다. 나는 지도를 가지고 있지 않다. 나는 종종 내가 여기에 쓰고 있는 것이 과연 진실인지 의문스러울 때가 있다.'

로지의 소설에 나오는 불륜 커플이 벌이는 지적 논쟁은 궁극적으로 엄청난 질문으로 귀결되는데, 그것은 생각한다는 것의 의미뿐 아니라 '존재한다'는 것의 의미에 대해서도 묻고 있다는 점이다. 소설가가 과학자에게 자아 같은 것은 없다는 뜻이냐고 묻자 그는 이렇게 대답한다. '그런 것은 없어. 당신이 의미하는 게 고정된 별개의 실재를 의미하는 거라면 그런 건 없어. 그러나 물론 복수複數의 자아들은 있지. 우린 항상 그것들을 만들어 내고 있어. 당신이 이야기를 지어내듯이.'

그린은 비록 다른 시대에 다른 기준을 가지고 작품을 썼지만 무엇이 우리를 만드는가, 하는 문제에 있어서 결코 설득력이 떨어지지 않는다. 벤드릭스는 세라가 죽은 후 우리는 어떻게 우리 자신과 화해할 것인가 하는 문제를 붙들고 씨름한다. '세라는 우리의 모든 기억을 영원히 잃어버렸다. 세라가 죽음으로써 나에게서 나의 일부를 강탈해 간 것만 같았다. 나는 나의 존재성을 잃어 가고 있었다.' 신이 존재한다는 가능성을 생각할 때 벤드릭스가 가장 두려워하는 것은 이것이다. '나는 벤드릭스로 사는 것도 그만둬야 할 거야.' 우리는 신이든 과학이든 간에 본능적으로 자아 상실의 두려움을 인식한다. 비록 벤드릭스는 자신의 연대기가 증오의 연대기라고 말하지만 사실은 의심의 연대기라는 것을 우리는 안다. 우리는 인간이 된다는 것이 무엇인지에 대한 물음에 결코 쉬운 답을 주지 않는 작가의 믿을 수 없을 만큼 단순한 복잡성에 경의를 표한다.

2004년
모니카 알리♦

♦ 방글라데시 태생의 영국 작가이자 소설가. 2004년 『브릭레인』으로 맨부커상 최종심에 올랐다.

20세기 인간의 의식과 불안의
궁극적인 기록자

이 소설의 시점은 1인칭이다. 소설가인 벤드릭스가 '나'로 등장하여 이야기를 이끌어 간다. 이전의 소설들을 모두 3인칭 시점으로 쓴 그레이엄 그린이 이 작품 『사랑의 종말』에서 처음으로 1인칭 시점을 도입한 것이다. 작가가 시점을 바꾸어 가며 창작하는 일이야 끊임없이 새로운 방식의 창작을 시도하는 작가들의 습성에 비추어 보면 대수로운 일이 아닐 수도 있지만, 이 작품에서는 1인칭 시점이라는 사실이 특별히 당대의 문단과 독자들의 관심을 끌었다. 그것은 이 소설이 그린의 실제 연애 경험이 반영된 대단히 자전적인 작품일 거라는 공공연한 소문 때문이었다. 구체적으로 말하면 캐서린 월스턴이라는 유부녀와의 염문 때문이었다. 자신의 경험과 심리 상태를 효과적으로, 핍진하게 소설화하기 위해서는 1인칭 시점이 적절하다고 판단했으리라는 것이다.

실제로 그린은 캐서린과의 연애 사건이 이 소설의 창작 동기가 되었음을 굳이 숨기려 하지 않는다. 소설이 시작되기 전 맨 앞 장에 그린은 이 소설을 C에게 바친다는 뜻으로 'To C.'라고 적었다. C는 물론 캐서린Catherine의 이니셜이다. 그것도 영국에서 나온 책에는 얼마간 주변의 눈을 의식해서 그렇게 이니셜로 썼지만, 미국판에서는 아예 '사랑을 담아 캐서린에게 To Catherine with love'라고 박았다.

그린 스스로도 거리를 두고 객관적으로 바라보기 힘들 만큼 자신의 절절한 경험이 녹아 있기 때문인지 이 소설은 긴장감 넘치는 작품을 쓰기로 유명한 그린의 작품 중에서도 유독 흡인력이 강하다. 공간적 배경은 런던 시내로만 제한되어 있고, 장황한 정경 묘사는 생략되어 있으며, 등장인물은 소수의 사람으로 한정되어 있다. 대화는 산만하지 않고 간결하고, 다루는 주제 또한 크게 보면 사랑과 신앙 문제로 초점이 모아져 있다. 요컨대 이 소설은 다른 다양한 소설적 기교와 묘사를 생략하거나 줄이고 주제에 집중함으로써 작가의 분신으로 여겨지는 화자의 목소리를 선명하고 강렬하게 부각하는 효과를 낸다.

1951년에 발표된 이 소설은 결코 가볍지 않은 주제 의식을 담고 있으면서도 불륜에 빠진 남녀의 고뇌라는 통속적인 재미의 요소가 심오하게 표현되어 있어서 1955년과 1999년, 두 번에 걸쳐 영화로 만들어졌다. 레이프 파인스와 줄리앤 무어가 남녀 주인공으로 출연한 1999년 영화는 우리나라에서는 〈사랑의 슬픔 애수〉라는 제목으로 개봉되었다. 로버트 매크럼이라는 《옵서버》지 부편집장을 지낸 영국 작가는 일반적으로 그린의 대표작으로 꼽히는 『권력과 영광』 대신 이 소설을 '영어로 쓰인 100대 걸작 소설' 중 하나로 꼽기도 했다. 그에 따르면 이 『사랑의 종말』은 그린 자신이 구분한 오락 작품과 진지한 소설, 그 두 부류의 특장점을 다 보여 준다는 것이다.

이 소설은 사랑과 증오의 이야기인 동시에 신앙의 이야기이다. 벤드릭스와 세라는 누가 누구를 더 사랑한다고 말할 수 없을 만큼 지극히 서로를 사랑한다. 둘의 육체적 사랑은 강렬하며 더없이 만족스러운데, 그것은 인간 경험의 한 정점이라고도 할 수 있을 것이다. 벤드릭스는 이 사랑을 방해하는 것들을 증오한다. 그래서 세라의 남편 헨리를 미워하고, 세라를 빼앗아 간 신을 증오한다. 작품의 서두에서 화자인 벤드릭스는 이것은 사랑의 기록이라기보다는 증오의 기록에 훨씬 더 가깝다고 말한다. 이후 벤드릭스의 의식을 통해 보게 되는 증오의 모습, 질투의 모습은 가히 압권이다. 독자는 작가의 예리한 펜이 이끄는 대로 속절없이 끌려 들어가 우매하고 옹졸하고 변덕스러운 사랑의 민낯을 확인하고는 경악한다. 그러면서도 화자의 모습에서 얼마간 자신의 모습을 발견하고 씁쓰레한 미소를 지을 것이다. 어쩌면 증오는 사랑의 반대가 아니라 사랑과 한 몸이고, 질투 없는 사랑은 사랑도 아닌 것 같은 느낌을 받게 될지도 모른다. 제임스 설터라는 작가는 『소설을 쓰고 싶다면』에서 소설은 전적으로 꾸며 낸 게 아니라 완벽하게 알고 자세히 관찰한 것에서 비롯되며, 거의 모든 위대한 소설에는 그 안에 실제 사람이 담겨 있다는 말을 했는데, 이 소설에서 느끼는 공감의 원천 역시 작가가 그린 사랑의 모습에 관념이 아니라 실제 사람이 담겨 있기 때문이리라.

훗날 그린이 자서전 『도피의 길』에서 밝힌 바에 따르면, 세라가 죽은 이후의 이야기를 그 이전의 이야기만큼 길게 써서 신과 신앙의 이야기를 좀 더 비중 있게 다루는 것이 애초의 계획이었다고 한다. 만약 그랬더라면 한결 관념적인 소설의 모습을 띠지 않았을까 싶다. 이 소설에 나타나는 종교적 관념보다는 사랑의 고뇌에서 비롯된 실감 나는 심리 묘사에 훨씬 더 큰 매력을 느낀 나로서는 그린의 애초의 계획이 어긋난 것이 안타깝지만은 않다.

그린은 역설의 논리를 잘 구사한다. 이 말을 하는가 보다 하고 따라가다 보면 다른 얘기를 하고 있는 경우가 많다. 그는 증오를 통해서 사랑에 접근하고 악을 통해서 선에 접근한다. 그에게 사랑이나 선은 증오나 악에서 비롯된 갈등이나 고뇌 없이 거저 얻어지는 것이 아니다. 신의 구원 역시 죄를 통해 얻어진다. 이 작품의 제목 『사랑의 종말』 또한 그런 역설적인 관점에서 보자면 세라의 죽음으로 벤드릭스와의 인간적인 사랑은 끝났지만, 벤드릭스를 살려 주면 그와의 사랑을 포기하겠다는 하느님과의 약속을 끝까지 지킴으로써 신의 사랑을 얻었다고 해석할 수도 있을 것이다. 그런 세라의 모습을 지켜 본 벤드릭스에게도 변화의 기미가 찾아든다. 이전까지 신의 존재 자체를 부단히 부정하려 했던 그가 (여전히 신을 증오하기는 하지만) 신이 존재할지도 모르겠다는 막연한 생각을 품게 되는 것이다.

앞부분의 긴박하고 흥미진진한 불륜과 증오와 질투의 이야기가 인간적인 사랑과 신과의 약속 사이에서 고뇌하는 세라의 갈등을 지나 신앙의 세계로 들어가는 것에 대해서는 호불호가 있을 것이다. 인간적인 사랑이 신앙의 세계로 넘어가는 과정의 이야기 전개에서 여전히 긴박감을 느끼고 더 확장된 주제의식에 공감하는 독자도 있겠지만, 우연의 일치인지 기적인지 모를 일들을 죽은 세라와 결부시키는 대목들에서는 다소 느슨해진 논리에 불편해하는 독자들도 있을 듯싶다.

이 작품은 일반적으로 앞서 나온 『브라이턴 록』『권력과 영광』『사건의 핵심』에 이은 그린의 네 번째이자 마지막 가톨릭 소설로 평가받는다. 그린은 다수의 걸작들을 남겼지만 그래도 세계적으로 가장 큰 이목을 끄는 작품들은 아마 이들 가톨릭 소설일 것이다. 『파리대왕』의 작가 윌리엄 골딩은 그를 가리켜 '20세기 인간의 의식과 불안에 대한 궁극의 기록자'라고 평가했다. 이 작품은 이 평가가 참으로 적절하다는 것을 또렷이 보여 준다.

그레이엄 그린 작품 목록

■ **중장편**

1929   내부의 나*The Man Within*

1930   행동의 이름*The Name of Action* (저자가 자신의 저서 목록에서 영구 제외.
            이후 재출간되지 않음)

1931   황혼의 소문*Rumour at Nightfall* (저자가 자신의 저서 목록에서 영구 제외.
            이후 재출간되지 않음)

1932   스탐불 특급열차*Stamboul Train* (미국에서 『오리엔트 특급*Orient Express*』
            으로 출간)

1934   여기는 전쟁터*It's a Battlefield*

1935   나를 만든 것은 영국*England Made Me*
            곰이 자유 낙하 했다*The Bear Fell Free*

1936   권총을 팝니다*A Gun for Sale*

1938   브라이턴 록*Brighton Rock*

1939   밀사*The Confidential Agent*

1940   권력과 영광*The Power and the Glory*

1943   공포의 성*The Ministry of Fear*

1948   사건의 핵심*The Heart of the Matter*

1949   제3의 사나이*The Third Man*

1951   사랑의 종말*The End of the Affair*

■ 시나리오

1937   미래는 공중에 떠 있다 The Future's in the Air

1940   새로운 영국 The New Britain

       21일21 Days (존 골즈워디의 『최초와 최후 The First and The Last』 각색)

1947   브라이턴 록 Brighton Rock

1948   추락한 우상 The Fallen Idol

1949   제3의 사나이 The Third Man

1956   패자 독식 Loser Takes All

1957   성녀 조안 Saint Joan (조지 버나드 쇼의 동명 희곡 각색)

1959   아바나의 사나이 Our Man in Havana

1967   코미디언 The Comedians

■ 자서전

1971   일종의 인생 A Sort of Life

1980   도피의 길 Ways of Escape

1984   장군을 알아 가게 되다 —열중에 대한 이야기 Getting to Know the General: The Story of an Involvement

1992   나만의 세계 — 꿈일기 A World of My Own: A Dream Diary

■ 기행문

1936   지도 없는 여정 Journey Without Maps

1939   무법 도로 The Lawless Roads

1961   캐릭터를 찾아서 —두 개의 아프리카 일지 In Search of a Character: Two African Journals

1990   꽃들에 둘러싸인 잡초 A Weed Among the Flowers

■ 어린이책

1946/1973   꼬마 기차 The Little Train

1950/1973   꼬마 소방차 The Little Fire Engine

1952/1974   꼬마 마차 버스 The Little Horse Bus

1955/1974   꼬마 증기 롤러 The Little Steamroller

옮긴이 서창렬

연세대학교 영어영문학과를 졸업했다. 그레이엄 그린의 단편 53편을 모은 『그레이엄 그린』과 장편소설 『브라이턴 록』을 비롯하여 에이모 토울스의 『모스크바의 신사』, 제프리 유제니디스의 『불평꾼들』, 스티븐 밀하우저의 『밤에 들린 목소리들』, 조이스 캐럴 오츠 외 작가 40인의 고전 동화 다시 쓰기 『엄마가 날 죽였고, 아빠가 날 먹었네』, 줌파 라히리의 『축복받은 집』 『저지대』, 시공로고스총서 『아도르노』 『촘스키』 『아인슈타인』 『피아제』, 앨리 스미스의 『데어 벗 포 더』, 데일 펙의 『마틴과 존』 등을 우리말로 옮겼다.

사랑의 종말

지은이 그레이엄 그린
옮긴이 서창렬
펴낸이 김영정

초판 1쇄 펴낸날 2021년 11월 23일
초판 2쇄 펴낸날 2022년 10월 19일

펴낸곳 (주)현대문학
등록번호 제1-452호
주소 06532 서울시 서초구 신반포로 321 (잠원동, 미래엔)
전화 02-2017-0280
팩스 02-516-5433
홈페이지 www.hdmh.co.kr

ⓒ 2021, 현대문학

ISBN 979-11-6790-073-9 03840